Das Buch

»Ich würde jemanden umbringen, um nach Stanford zu kommen.«
Diese Drohung hört Goldy Bear, die beliebte Inhaberin des Partyservice »Goldilocks' Catering«, zwischen Blitzkrapfen und Eistorte, während sie die Besucher einer Orientierungsveranstaltung der örtlichen
Eliteschule verköstigt. Die Eltern und Schüler sind gekommen, um
sich über die Wahl des richtigen Colleges zu informieren. Oder geht
es hier um weit mehr? Als Goldy wenig später die Leiche des für
Stanford auserkorenen Musterschülers findet, kommen ihr ernste
Zweifel. Nur zu gern würde sie sich aus den Schulintrigen und
Machtproben ehrgeiziger Eltern heraushalten – doch als man ihrem
Sohn Arch eine Klapperschlange in den Schulspind hängt, legt Goldy
ihre Schürze und ihre Kochutensilien beiseite und beginnt, dem
Mörder die Suppe zu versalzen ...

Die Autorin

Diane Mott Davidson eroberte mit ihren kulinarischen Kriminalromanen wie *Süß ist der Tod, Man nehme: eine Leiche* oder *Harte Nuss* die
Bestsellerlisten der USA im Sturm. Sie lebt mit ihrem Mann und
ihren drei Söhnen in Evergreen, Colorado.

Von Diane Mott Davidson sind in unserem Hause bereits erschienen:

Darf's ein bisschen Mord sein?
Ein Mann zum Dessert
Ein todsicheres Rezept
Harte Nuss
Hochzeitsschmaus mit Todesfall
Man nehme: eine Leiche
Mord à la carte
Süß ist der Tod

Diane Mott Davidson

Müsli für den Mörder

Roman

Aus dem Englischen
von Ulrike Bischoff

Ullstein

Besuchen Sie uns im Internet:
www.ullstein-taschenbuch.de

Umwelthinweis:
Dieses Buch wurde auf chlor- und säurefreiem Papier gedruckt.

Ullstein Verlag
Ullstein ist ein Verlag des Verlagshauses Ullstein Heyne List GmbH & Co. KG.
1. Auflage März 2003
2. Auflage April 2003
© 2003 für die deutsche Ausgabe by Ullstein Heyne List GmbH & Co. KG
© 1999 für die deutsche Ausgabe by Verlagshaus Goethestraße, München
© 1994 für die deutsche Ausgabe by Econ Taschenbuch Verlag, Düsseldorf und
Wien
© 1993 by Diane Mott Davidson
First published by Bantam Books. Translation rights arranged with Sandra Dijkstra
Literary Agency through Agence Hoffman, Munich. All Rights reserved
Titel der amerikanischen Originalausgabe: *The Cereal Murders* (Bantam Books,
New York)
Übersetzung: Ulrike Bischoff
Umschlaggestaltung: Thomas Jarzina, Köln
Titelabbildung: Mauritius, Mittenwald
Druck und Bindearbeiten: Elsnerdruck, Berlin
Printed in Germany
ISBN 3-548-25640-6

*In Liebe und Dankbarkeit
meinen hervorragenden Lehrern und Lehrerinnen
Emyl Jenkins, Pamela Malone und Gunda Freeman
sowie dem ausgezeichneten Lehrkörper
der Saint Anne's School in Charlottesville, Virginia.*

Ich habe nie zugelassen,
daß die Schule sich in meine Bildung einmischte.

Mark Twain

Besonderer
Dank

Mein besonderer Dank gilt: Jim Davidson, Jeffrey Davidson, J. Z. Davidson und Joseph Davidson, die mich liebevoll unterstützt und unbeirrt ermutigt haben; Sandra Dijkstra, die mir eine hervorragende und begeisterte Agentin ist, und Katherine Goodwin Saideman, die ihr als standhafte, umsichtige Partnerin zur Seite stand; Kate Miciak, die sich als wahrhaft brillante, scharfsichtige und gründliche Lektorin erwiesen hat; Deirdre Elliott, die das Manuskript sorgfältig und hervorragend gelesen hat; Paul Krajovic, der mich mit seinen umfangreichen Kenntnissen und seinen wunderbaren Geschichten unterstützt hat; Lee Karr und der Gruppe, die in ihrem Haus zusammenkam, für ihre freundschaftliche Kritik und Geduld; Reverend Constance Delzell, die mir eine hervorragende Seelsorgerin und unvergleichliche Freundin war; Joyce Meskis, Margaret Maupin, Jim Ashe und Jennifer Hawk, die mir großzügig erlaubt haben, in ihrem Reich herumzustöbern; Mrs. Harold Javins aus Charlottesville, Virginia, Cheryl Fair aus Evergreen, Colorado, und Rosalie Larkin aus Tulsa, Oklahoma, die die Rezepte ausprobiert haben; John William Schenk und Karen Johnson von der Firma J. William's Catering, Bergen Park, Colorado, die mir ihre kulinarischen Kenntnisse zur Verfügung gestellt haben; und wie immer Ermittler Richard Millsapps vom Jefferson County Sheriffs Department, der mir mit seiner Sachkenntnis und seiner Unterstützung eine wertvolle Hilfe war.

Privatschule Elk Park

Elk Park, Colorado

**Oktober-Studienberatungs-Dinner
für Schulabgänger und Eltern**

Krabbenspießchen

*

Lauch-Zwiebelküchlein

*

Eichblattsalat und Radicchio mit Himbeervinaigrette

*

Roastbeef au Jus

*

Yorkshire-Pudding

*

Kürbispüree

*

Gedünsteter Brokkoli

*

Blitzkrapfen

*

Ivy-League-Eistorte

1   »Ich würde jemanden umbringen, um nach Stanford zu kommen.«

Ein ungläubiges Lachen prustete über einen der Eßtische im Haus des Schulleiters.

»Fang an, Football zu spielen«, raunte eine zweite Stimme. »Dann bringen sie sich gegenseitig um, nur um *dich* zu bekommen.«

Als ich diesen weisen Rat hörte, balancierte ich gerade verzweifelt eine Platte Blitzkrapfen und *Ivy-League**-Eistorte und betete im stillen, daß das Ganze nicht auf dem königsblauen Aubusson-Teppich landen möge. Ich hatte meinen Partyservice-Auftrag für den ersten Studienberatungsabend an Colorados renommiertester Privatschule beinahe hinter mich gebracht. Es war ein langer Abend geworden, und das einzige, wofür ich jemanden umgebracht hätte, war ein heißes Bad.

»Hört auf, Jungs!« ertönte die Stimme eines dritten Schülers. »Der einzige, der nach Stanford geht, ist der heilige Andrews. Für *den* würden sie sich umbringen.«

Heilig…? Mit dem silbernen Tortenheber der Schule verteilte ich die letzten drei Stücke Eistorte auf Teller. In dicken Lagen senkte sich Pfefferminzeis in die dunklen Fondantteiche. Ich

---

* »Ivy League« heißen die Ehemaligen der Eliteuniversitäten in den USA.

hetzte zum letzten Grüppchen elegant gekleideter Teenager hinüber.

Die superathletische Greer Dawson rutschte affektiert in einem limonengrünen Moiré-Kostüm auf ihrem Stuhl hin und her, um einen besseren Blick auf den Tisch des Direktors zu erhaschen. Greer, der Volleyballstar der Schule, half gelegentlich in meinem Geschäft aus: *Goldilocks' Partyservice: Alles vom Feinsten!* Offenbar war sie der Meinung, es gäbe ihr einen Anschein von Vielseitigkeit, wenn sie in ihre Bewerbung für Princeton schreiben konnte, sie habe Powernahrung mit Elan serviert. Heute abend servierte sie allerdings nicht. Greer und die anderen Schüler der Abschlußklasse waren den ganzen Abend vollauf damit beschäftigt, umwerfend auszusehen und sich unbeeindruckt zu geben, während sie den Vorträgen über die bevorstehenden Prüfungen und die Besuche der Collegevertreter lauschten. Ich mußte mit ihrem Stück Eistorte vorsichtig umgehen. Moiréseide war eine Sache, Eiscreme eine andere. Mit der linken Hand stellte ich Teller vor zwei Jungen ab, ehe ich das Tablett auf der Hüfte balancierte und das letzte Dessert schwungvoll vor Greer absetzte.

»Ich bin im Training, Goldy«, verkündete sie, ohne mir einen Blick zu gönnen, und schob den Teller fort.

Der Direktor stand auf, beugte sich zum Mikrophon hinunter und räusperte sich. Das perlende Gesprächsgemurmel verebbte. Einen Augenblick lang war nur noch der Wind zu hören, der in dicken Schwaden Schnee gegen die hundert Jahre alten welligen Glasscheiben der Fensterreihen wehte.

Ich verschwand in die Küche. In allen Knochen spürte ich die Müdigkeit. Das Dinner war verflixt anstrengend gewesen. Und zu allem Überfluß fingen jetzt erst die Reden an. Ich sah auf die Uhr: halb neun. Seit vier Uhr nachmittags war ich mit zwei Helferinnen im Haus des Direktors, um das Essen vorzubereiten und zu servieren. Die Cocktails hatten um sechs begonnen. Kristallgläser mit Chardonnay in der einen und pralle Krabbenspießchen in der anderen Hand, hatten die Eltern sich angeberisch darüber unterhalten, daß Tyler die Familientradition in Amherst fortsetzen werde (Großpapa war ein Ehemaliger) und Kimberley nach Michigan ginge (bei den Noten, was dachten Sie denn?). Die meisten Eltern hatten mich einfach ignoriert, doch eine Mutter, die magersüchtig dünne Rhoda Marensky, hatte sich mir anvertraut.

»Wissen Sie, Goldy«, erklärte sie und ließ sich, begleitet vom Rascheln ihres pelzbesetzten Taftkleides, aus erhabenen Höhen zu mir herab, »unser Brad hat sein Herz an Columbia gehängt.«

Angesichts meiner unbeeindruckten Miene und der nur noch spärlich gefüllten Platte mit Krabbenhäppchen führte Rhodas lang aufgeschossener Mann, Stan Marensky, aus: »Columbia ist in New York.«

Ich meinte: »Was Sie nicht sagen! Ich dachte, es liegt in Südamerika.«

Als ich kurze Zeit später die Platte mit den Häppchen nachfüllte, ermahnte ich mich, netter zu sein. Vor fünf Jahren war Stan Marensky das Fanal der Junioren-Fußballmannschaft von Aspen Meadow gewesen, wenn er mit langen Beinen und schnellen Schritten an der Seitenlinie auf und ab jagte und mit seinen Schreien allen das Blut in den Adern gerinnen ließ. Er hatte alle eingeschüchtert, Schiedsrichter, Gegner und seine eigene Mannschaft, die *Marensky Maulers*, der mein Sohn Arch einen elenden Frühling lang als glückloses Mitglied angehört hatte.

Mit weiteren Krabbenspießchen kehrte ich zurück in den Speisesaal. Den Marenskys ging ich aus dem Weg. Nach einer leidvollen Fußballsaison hatte Arch sich entschlossen, den Mannschaftssport aufzugeben. Ich machte ihm keine Vorwürfe. Mein Sohn, der inzwischen zwölf ist, hatte seine Interessen sehr bald vom Sport auf Fantasy-Rollenspiele, Zaubern und Französisch verlagert. Ich war über mehr Ritterfiguren, Trickhandschellen und Miniatur-Eiffeltürme gestolpert, als mir lieb war. Zur Zeit hatte Arch allerdings eine Leidenschaft für astronomische Himmelskarten und die Romane von C. S. Lewis entwickelt. Ich fand, solange er zum Autor intergalaktischer Reiseromane heranwuchs, war es in Ordnung. Da meine Karriere als Mutter eines Sportlers beendet war, hatte ich lediglich über den Kleinstadtklatsch erfahren, daß Stan Marensky mit seiner gellenden Stimme mittlerweile Coach der Junioren-Basketballmannschaft war. Vielleicht gefiel es ihm ja, seine Drohungen von den Wänden der Turnhalle widerhallen zu lassen.

Ich sah die Marenskys während des Abendessens nicht wieder. Ich dachte nicht einmal mehr an Arch, bis ich den Nachtisch anrichtete und zufällig aus dem Küchenfenster sah. Mir sank das Herz. Was nachmittags als harmloser Schneeschauer begonnen hatte, war der erste ausgewachsene Schneesturm der Saison geworden. Das versprach eisglatte Straßen und eine längere Rückfahrt nach Aspen Meadow, wo mein Sohn auf eigenen Wunsch ohne Babysitter allein zu Hause saß. Arch hatte erklärt, er sei froh, wenn ich mir um ihn ebensowenig Sorgen mache wie er um mich. Ich mußte mich also nur darum kümmern, mit den Schulabgängern und ihren Eltern fertig zu werden und meinen Lieferwagen ohne Winterreifen einfühlsam über die sieben gefährlichen Meilen gewundener Gebirgsstraße zu bringen.

Die letzten beiden Reihen Blitzkrapfen riefen. Eigentlich waren es *chômeurs,* Bällchen aus gehaltvollem Biskuitteig, die in einem Sirup aus heißer Butter und braunem Zucker ausgebacken waren. Ich hatte dem Teig Haferflocken zugegeben, auf ausdrückliche Bitte des Direktors, der hartnäckig darauf bestanden hatte, daß selbst der Nachtisch etwas von gesunder Kost haben müsse, da es andernfalls kritische Anmerkungen gäbe. Den Eltern sei jeder Vorwand recht, sich zu beschweren, hatte er mir bedauernd erklärt. Ich schöpfte je einen Krapfen mit einem Rand dampfender Karamelsoße in Schälchen und übergoß sie mit kalter Schlagsahne. Das Tablett reichte ich Audrey Coopersmith, meiner bezahlten Helferin für diesen Abend. Audrey war seit kurzem geschieden und hatte eine Tochter in der Abschlußklasse. Sie nahm das Tablett mit Porzellanschälchen, die auf ihren Unterteilen klirrten, und bedachte mich unter ihrer Lockenpracht im Stil von Annette Funicello mit einem matten Lächeln. Audrey würde es nicht im Traum einfallen, sich über die Bekömmlichkeit der *chômeurs* zu beklagen; sie brauchte jeden Atemzug, den sie erübrigen konnte, um sich über ihren Exmann zu beklagen.

»Ich mache mir solche Sorgen, Goldy, ich halte es nicht aus. Es ist ein so wichtiger Abend für Heather. Und natürlich konnte Carl nicht damit behelligt werden, zu kommen.«

»Es wird schon alles gut gehen«, meinte ich beschwichtigend, »abgesehen davon, daß die Schlagsahne gerinnt, wenn sie nicht bald serviert wird.«

Sie gab ein resignierendes Geräusch von sich, drehte sich auf dem Absatz um und schlich mit ihrem Tablett ins Eßzimmer.

Die *chômeurs* hatten die Küchenfenster beschlagen lassen. Ich rieb eine Scheibe mit der Handfläche klar, um nach dem Schneesturm zu sehen. Braune, pfennigrunde Augen und mein leicht sommersprossiges, einunddreißig Jahre altes Gesicht tauchten auf, zusammen mit meinem blonden Kraushaar, das im Küchendunst, wie zu erwarten, völlig aus der Form geraten war. Sah ich aus wie jemand, der nicht wußte, daß Columbia in New York liegt? Also, diese Leute waren nicht die einzigen, die gute Schulabschlüsse hatten. Auch ich habe eine Privatschule besucht und sogar ein Jahr an einem Elite-College studiert. Nicht, daß es mir viel genutzt hätte, aber das ist eine andere Geschichte.

Vor dem Haus des Direktors, einem Ziegelgebäude, das ein Silbermagnat aus Colorado in den achtziger Jahren des vorigen Jahrhunderts erbaut hatte, beschienen die Lampen, die den Aufgang säumten, Wogen fallenden Schnees. In der idyllisch verschneiten Landschaft deutete nichts auf die bewegte Geschichte von Elk Park hin. Nachdem die Silberminen ausgebeutet waren, hatte ein Schweizer Hotelier das Anwesen gekauft und ganz in der Nähe das Elk-Park-Hotel gebaut. Es lag mit der Kutsche eine Tagesreise von Denver entfernt und hatte wohlhabenden Bürgern von Denver als Nobelherberge gedient, bis die Highways mit ihren Motels es überflüssig gemacht hatten. In den fünfziger Jahren hatte man das Hotel zur Privatschule Elk Park umgebaut. Die Schule hatte finanziell manch stürmische Zeit erlebt, bis es dem jetzigen Direktor, Alfred Perkins, gelungen war, das »Andover des Westens« (wie er es gerne nannte) auf eine gesicherte Basis zu stellen, indem er das Internat schloß, eine umfassende PR-Kampagne durchzog und reiche Förderer erfolgreich hofierte. Zu den Vorzügen, ein Genie in der Beschaffung von Geldmitteln zu sein, gehörte natürlich, daß der gegenwärtige Direktor nun schon seit zehn Jahren das Herrenhaus des Silbermagnaten bewohnte.

Der Wind wehte weiße Schneeböen zwischen die Kiefern am Haus. Während des Studienberatungsessens war die Schneedecke mindestens um zehn Zentimeter höher geworden. Ende Oktober gibt es in den Höhenlagen von Colorado häufig solche starken Schneefälle, sehr zur Freude der Skifahrer in der Vorsaison. Vom ersten Schnee profitierte auch ich, ebenso wie von einer erfolgreichen Spielsaison der Broncos. Betuchte Skifahrer und Footballfans brauchen große Empfänge mit Partyservice, um sich auf den Pisten und vor ihrem großformatigen Fernsehschirm einzuheizen.

Die Kaffeemaschinen brodelten und zischten auf der Arbeitsplatte. Direktor Perkins hatte mich eindringlich vor dem alten Haus gewarnt: Jeder plötzliche Anstieg des Stromverbrauchs würde den Zorn der Götter in Gestalt durchgebrannter Sicherungen über uns bringen. Sicherheitshalber hatte ich statt zwei großer sechs kleine Kaffeemaschinen eingepackt und vor der Cocktailstunde vierzig Minuten damit verbracht, Verlängerungskabel quer durch die Küche und die Eingangshalle zu verschiedenen Steckdosen zu legen. Die Eltern fanden das alte Haus mit seinen Orientteppichen, den antiken Möbeln und seinen kunterbunten Umbauten einfach reizend. Aber sie mußten in seiner Küche auch kein Essen für achtzig Personen vorbereiten.

Nach dem Kabelchaos stand ich vor dem Problem, Salatschüsseln und Roastbeefplatten unterzubringen, die schief und schwankend auf den buckligen Linoleumarbeitsflächen schaukelten. Die eigentliche Herausforderung kam jedoch erst, als ich den Yorkshire-Pudding in Backöfen ohne Thermostat und Guckfenster machen sollte, durch die ich die Fortschritte des Backvorgangs hätte beobachten können. Als der Pudding saftig, gebräunt und aufgegangen zum Vorschein kam, wußte ich, was ein Wunder ist.

Aus dem Eßzimmer drang wieder das gewichtige Räuspern zu mir. Ich sauste gerade mit den letzten Krapfen um die Ecke, als der Direktor seine Ansprache begann.

»Da wir uns nun anschicken, diese jungen Menschen in die fruchtbare Wildnis des Universitätslebens zu entlassen, wo das Überleben von der Fähigkeit abhängt, gleichermaßen Löwenzahn wie Gold zu entdecken...«

Verschone mich. Direktor Perkins, der bei jeder Witterung Tweed trug, besaß eine ausgesprochene Vorliebe für bildhafte Sprache. Ich kannte das. Ich hatte mir schon bei den Orientierungsabenden für Eltern manches Beispiel anhören müssen. Archs sechstes Schuljahr in der staatlichen Schule hatte schlecht angefangen und ein noch schlimmeres Ende genommen. Er hatte jedoch den Sommerunterricht der Privatschule Elk Park durchgestanden und war als Schüler in die siebte Klasse aufgenommen worden. Zu meinem größten Vergnügen hatte ein Richter meinen reichen Exmann verpflichtet, das Schulgeld zu zahlen. Aber wie Audrey Coopersmith sehr bald und zu ihrem ausdrücklichen Bedauern feststellte, war ich diejenige, die an den Elternabenden teilnehmen mußte. Ich hatte schon von

»unserem Flug zu den Sternen« und »der Ernte unserer Bemühungen« gehört, solange alles gut lief, und, wenn es weniger gut
lief, von »einer Durststrecke«.
Nun psalmodierte Direktor Perkins: »Und in dieser Wildnis
werden sie das Gefühl haben, durch Asteroidfelder zu navigie-
ren«, er hielt sich ein fiktives Teleskop vors Auge. Ich seufzte.
Galileo begegnet Euell Gibbons.
Ich servierte die letzten Desserts, kehrte zurück in die Küche
und schenkte gemeinsam mit Egon Schlichtmaier, einem meiner Helfer aus dem Lehrkörper, die ersten acht Tassen Filterkaf-
fee in schwarz-goldene Porzellantassen. Egon, der in Deutsch-
land geboren und aufgewachsen war, hatte ein jungenhaft
gutaussehendes Gesicht mit dunklem Teint und eine muskulöse
Gestalt, die seine Kleidung zu sprengen drohte. Der Schulzei-
tung war zu entnehmen, daß der neu eingestellte Herr Schlichtmaier zudem äußerst gebildet war und soeben seine Doktorarbeit über »Form, Fatum und Furore im *Faust*« beendet hatte.
Wie ihm *das* helfen sollte, den Oberstufenschülern der High
School amerikanische Geschichte beizubringen, überstieg mein
Begriffsvermögen, doch was soll's. Ich erklärte dem athletischen
Herrn Doktor, daß Sahne, Zucker und Süßstoff auf den Tischen
stünden, und er sauste mit seinem Tablett, das er wie eine Hantel
hielt, davon. Unverzüglich schenkte ich acht Tassen koffeinfrei-
en Kaffee in weiß-goldene Porzellantassen. Ich nahm mein
Tablett auf und kam gerade rechtzeitig ins Eßzimmer, um zu
hören, wie der Direktor seinem Publikum erklärte: ». . . Galaxien
in einem Universum der Möglichkeiten.«
Ich kam an den Tisch, an dem Julian Teller saß, gewöhnlich
meine zweite bezahlte Hilfskraft, und entsetzlich unbehaglich
dreinsah. Julian, Schüler der Abschlußklasse der Elk-Park-
Schule, war fanatischer Vegetarier und Gesundheitsapostel. Er
war zudem Langstreckenschwimmer und bevorzugte den ent-
sprechenden blonden Bürstenhaarschnitt. Seit vier Monaten
wohnte er bei Arch und mir und verdiente seinen Lebensunter-

halt, indem er für mein Geschäft kochte und servierte. Ebenso wie Greer Dawson war Julian heute abend wegen des wichtigen Anlasses vom Dienst befreit. Ich hatte versucht, ihn während des Abendessens hin und wieder mit einem verstohlenen Lächeln aufzumuntern. Doch jedesmal war Julian gerade in eine offenbar lähmend einseitige Unterhaltung vertieft gewesen. Als ich ihn eben fragen wollte, ob er Kaffee wünsche, befreite er sich von dem Mädchen, das auf ihn einredete, und erhob sich halb.

»Hast du es dir anders überlegt? Brauchst du Hilfe?«

Ich schüttelte den Kopf. Aber immerhin war es nett, zu hören, daß er an mich dachte. Angesichts der Platten mit Roastbeef hatte Julian nicht viel zu essen bekommen. Ich hatte angeboten, etwas *Tofu bourguignon* für ihn mitzubringen, das er am Abend vorher in den Kühlschrank gestellt hatte, aber er hatte es abgelehnt.

Julian setzte sich wieder und drehte sich in dem grauen Zweireiher um, den er im Secondhandladen in Aspen Meadow gekauft hatte. Während er mir beim Einladen des Abendessens geholfen hatte, hatte er mir die Rangfolge der dreißig Schüler der Abschlußklasse aufgezählt. Die meisten kleineren Schulen stellten keine Rangfolge auf, versicherte er mir, aber die Privatschule Elk Park war eben nicht irgendeine Schule. Alle machten sich darüber lustig, erklärte er, aber die Schulabgänger kannten dennoch den Notendurchschnitt ihrer Mitschüler auswendig. Julian war der Zweitbeste seiner Klasse. Doch selbst als Schüler, dem die Auszeichnung zuteil wurde, die Begrüßungsansprache bei der Abschlußfeier zu halten, würde er neben seinem Grips auch noch etwas Geld brauchen, um seinen Collegeabschluß zu erreichen, wie der abgetragene Anzug deutlich erkennen ließ.

»Danke für das Angebot«, flüsterte ich zurück. »Die anderen Kannen sind fast durchgelaufen und ...«

Lautes Räuspern rasselte aus den Kehlen zweier irritierter Eltern.

»Haben Sie richtigen Kaffee?« fragte Rhoda Marensky und

schüttelte den Kopf mit dem gleichmäßig kastanienbraunen Haar, das gefärbt war, um die grauen Strähnen zu kaschieren. Sie hatte mir die Bemerkung über Columbia noch nicht verziehen.

Ich nickte und setzte eine schwarz-goldene Tasse neben ihren Löffel. Ich gebe Leuten, die ohnehin schon gereizt sind, nur ungern Koffein.

Julian sah mich mit einer hochgezogenen Augenbraue an. Instinktiv machte ich mir Sorgen, wie sein kurzer Bürstenhaarschnitt sich in dem Schneesturm, der draußen tobte, wohl halten würde, oder vielmehr, wie schnell seine Kopfhaut darunter wohl einfrieren würde.

»Servieren Sie den Kaffee oder träumen Sie nur davon, ihn zu servieren?« Das barsche Flüstern kam von Caroline Dawson, Greer Dawsons Mutter. Sie war fünfundfünfzig, birnenförmig und trug ein burgunderfarbenes Moiré-Kostüm im gleichen Stil wie das ihrer Tochter. Während der Schnitt der sportlichen Greer gut stand, wirkte er an Caroline alles andere als vorteilhaft. Als sie mich in scharfem Ton ansprach, bedachte ihr Mann mich mit einem schwachen, mitfühlenden Lächeln. *Machen Sie sich nichts draus, ich muß mit ihr leben.* Ich stellte eine weiße Tasse vor Caroline hin, während ich mir widerstrebend klar machte, daß ich schon bald wieder für dieselben Leute kochen mußte. Vielleicht würde der koffeinfreie Kaffee sie etwas milder stimmen.

»Schüler, die von der High School ans College gehen, sind wie...« Der Direktor machte eine Pause. Wir warteten. Ich stand da und hielt die letzte Kaffeetasse des Tabletts auf halbem Weg zum Tisch in der Schwebe. »...ein Schwarm Seebarsche..., der von der geschützten Bucht in den Ozean hinausschwimmt...«

Oje, dachte ich, während ich die Tasse absetzte und zurück in die Küche hastete, um den restlichen Kaffee auszuschenken. Da sind wir nun also bei den Fischwitzen.

»Darum«, dröhnte der Direktor mit einem selbstironischen Kichern, das, elektronisch verstärkt, wie ein Rülpsen klang, »darum heißen sie ja auch *Schulen*, nicht wahr?«

Niemand lachte. Ich kniff die Lippen zusammen. Ich sollte mich daran gewöhnen. Noch zwei Studienberatungsabende und weitere sechs Jahre bis zu Archs Schulabschluß. Ein ganzer Berg bildhafter Ausdrücke. Ein See von Gleichnissen. Eine ganze Dose voller Ohrstöpsel.

Als ich wieder ins Eßzimmer kam, wirkte Julian, als fühle er sich unbehaglicher denn je. Direktor Perkins war beim unangenehmen Thema der Finanzbeihilfe angelangt. Unangenehm für die Reichen, denn sie wußten, wenn man über siebzigtausend im Jahr verdiente, hatte man nicht die geringste Chance, Beihilfe zu bekommen. Der Direktor hatte mir vor dem Essen geradeheraus erklärt, von diesen Dingen zu sprechen mache etwa ebenso viel Spaß wie die Planung einer Förderveranstaltung, um Spenden für den Parteitag der Republikaner zu sammeln. Der einzige Erwachsene, der heute abend angesichts der Wortes *Bedarf* nicht aufstöhnte, war die Studienberaterin. Miss Suzanne Ferrell war eine zierliche, engagierte Lehrerin, die außerdem Beraterin des Französischclubs und Archs neue Bekanntschaft war. Ich warf einen prüfenden Blick auf Julians Gesicht. Besorgte Linien gruben sich neben seinen Augen ein. Er war dank eines eigens für ihn eingerichteten Stipendiums an der Privatschule Elk Park. Doch mit diesem Schuljahr endete auch seine Schulgeldbefreiung, trotz der Ehre, die Begrüßungsansprache halten zu dürfen.

»Und es versteht sich von selbst«, dröhnte Perkins weiter, »daß das Geld hier nicht vom Himmel regnet wie im Amazonasgebiet . . . ähm – «

Mitten in einem Gleichnis war er steckengeblieben und versuchte, sich mit einem geistigen Schlenker zu retten.

»Ähm, nicht daß es auf den Amazonas regnet . . .«

Oh, käme ihm doch die passende meteorologische Metapher!

»Ich meine nicht, daß es am Amazonas *Geld* regnete ...«
Greer Dawson kicherte. Am selben Tisch fing eine Schülerin in einem beigefarbenen Leinenkostüm an zu giffeln.
Der Direktor gab wieder diesen gräßlichen Gurgellaut von sich.
»Eigentlich *im* Amazonasgebiet ...«
Miss Ferrell stand auf. Verloren in seinem Bilderdschungel, warf der Direktor der Studienberaterin einen flehenden Blick zu, während sie auf das Mikrophon zuging.
»Danke, Alfred, das war sehr aufschlußreich. Die Schüler und Schülerinnen der Abschlußklasse wissen bereits, daß ich mich in dieser Woche mit ihnen zusammensetze, um über ihre Bewerbungen und die Termine zu sprechen.« Suzanne Ferrell sah mit einem angedeuteten Lächeln hinab in die besorgten, jungen Gesichter. »Wir werden auch Termine vereinbaren, um unsere Listen durchzugehen.«
Ein allgemeines Seufzen ging durch den Saal. Besagte Liste enthielt die Colleges, die die Schule – in Gestalt von Miss Ferrell – für den jeweiligen Schüler als geeignet ansah. Die Privatschule Elk Park nannte das, einen Kompromiß zwischen Student und College finden. Julian meinte allerdings, wenn ein Schüler auf ein College gehen wolle, für das die Schule ihn nicht *geeignet* fände, bekomme er keine Empfehlung, selbst wenn die Eltern der Bibliothek eine Harriet-Beecher-Stowe-Abteilung stiften sollten.
»Noch eine Bekanntmachung, sie betrifft unseren letzten Redner.« Sie neigte sich dem Publikum zu. »Unser Schlußredner, Keith Andrews, hat soeben ein Bundesstipendium erhalten.«
Miss Ferrell fing an zu klatschen. Der Abschlußredner, ein schlacksiger Bursche, stand auf. Der heilige Andrews, dachte ich. Er hatte etwas Heiliges an sich, aber vielleicht hatte jeder Klassenbeste diese Aura. Keith hatte einen Kopf, der zu klein war für seinen Körper, und sein mittelbrauner Bubikopf, der sich vom Borstenschnitt der meisten seiner Klassenkameraden abhob, strahlte im Licht der Messingleuchter wie ein Heiligen-

schein. Keith Andrews hatte auch nichts für die modische Kleidung übrig, die die meisten seiner Altersgenossen bevorzugten. Er trug einen weiten, glänzenden Anzug, der sicher aus einem Billigkaufhaus stammte.

Keith streckte eine knochige Hand nach dem Mikrophon aus. Einige Eltern wurden stocksteif. Sie waren hergekommen, um *ihre* Kinder glänzen zu sehen und nicht irgend einen Bundesstipendiaten, der zugeknöpft in Polyester erschien.

»Was ist ein gebildeter Mensch?« begann Keith mit einer überraschend tiefen Stimme für einen so schmächtigen, linkischen Burschen. Ich sah plötzlich ein Bild vor Augen: In seiner linkischen Art, mit seinen niedergeschlagenen Augen und dem Mangel an sportlicher Ausstrahlung erinnerte Keith Andrews mich an Arch. Würde mein Sohn in sechs Jahren aussehen wie er?

An einem der Schülertische wurde wieder ein schrilles Lachen laut. Miss Ferrell, die neben Keith Andrews stand, bedachte das Grüppchen mit einem scharfen Blick. Ein Raunen der Eltern drang durch die stickige Luft.

»Unser Wort *Bildung* bedeutet, einen Menschen nach einem Bild zu prägen«, führte Keith unbeirrt aus. »Der Bildung geht es in erster Linie um die Gestaltung der Persönlichkeit, nicht um gute Noten, obwohl wir auf diesem Gebiet besser abschneiden könnten«, erklärte er mit einem Grinsen. Erneutes Gekicher, während vom Direktortisch Seufzen herüberklang. Selbst ich wußte, worum es ging: Vor kurzem hatte die *Denver Post* in einem Artikel die Abschlußnoten an der Privatschule Elk Park mit den Abschlußnoten staatlicher High Schools der Umgebung verglichen. Der Notendurchschnitt an der Privatschule war schlechter als der ihrer staatlichen Gegenstücke, sehr zum Leidwesen von Direktor Perkins.

Keith fuhr fort: »Ist Bildung nur an renommierten Schulen zu erreichen? Oder ist unser Streben, an solche Schulen zu kommen, lediglich Ausdruck unseres Geltungsdranges?« Eltern und

Schüler sahen sich mit gerunzelter Stirn an. Die Frage berührte eindeutig gefährliches Terrain. »Für mich heißt Bildung, daß ich lerne, mich auf den Weg statt auf das Ziel zu konzentrieren...« So tönte es weiter, während ich mich mit leeren Nachtischschälchen in die Küche zurückzog, um den Rücktransport des schmutzigen Geschirrs in Angriff zu nehmen. Wie vorherzusehen war, verfügte die antiquierte Küche im Haus des Direktors nicht über eine Spülmaschine.

Als ich mit Kaffeekannen wieder in den Speisesaal kam, um die Tassen nachzufüllen, endete Keith gerade mit den Worten: »... uns immer zu fragen, ist das Integrität oder Heuchelei? Ist das eine Eintrittskarte für eine Stellung oder Bildung fürs Leben? Hoffen wir, es ist letzteres. Ich danke Ihnen.«

Rot vor Verlegenheit oder Freude verließ Keith das Mikrophon unter leidenschaftslos rieselndem Applaus.

Eine schwache Würdigung, wenn man mich fragte, aber vielleicht lag es an der Tatsache, daß seine Ansprache weniger dem Abschlußredner der Abschlußklasse als einem politischen Wahlkandidaten entsprochen hatte.

»Also, wir sehen uns später wieder...« erklärte Miss Ferrell. »Und die Schüler und Schülerinnen der Abschlußklasse denken bitte daran, sich in der kommenden Woche über die Termine für die Besuche der Collegevertreter zu informieren...«

Meine Hilfskräfte räumten Kaffeetassen, Unterteller, Dessertschalen und Besteck zusammen. Ich ging mit meinem zweiten Tablett in die Küche. In der Eingangshalle schwollen die Geräusche der Leute, die nach Mänteln und Stiefeln kramten, zu einem kleinen Getöse an.

Und plötzlich herrschte völlige Dunkelheit.

»Was zum...« Ich hatte diese Sicherungen auf keinen Fall durchbrennen lassen. Ich hatte gerade alle Kaffeemaschinen abgeschaltet.

Geschrei und Geschiebe erfüllte die plötzliche Finsternis. Nachdem ich in einen Wandschrank gestolpert war und beinahe mein Tablett fallengelassen hätte, gewöhnten sich meine Augen allmählich an die Dunkelheit. Weder der Backofen noch der Kühlschrank oder irgendein anderes Elektrogerät war in Betrieb. Ich konnte kaum mein Tablett erkennen, und den Boden sah ich überhaupt nicht. Ich traute mich nicht, auch nur einen Schritt zu tun.

Eine laute Frauenstimme rief: »Na, ich schätze, der Direktor hat uns zum letztenmal eingeladen!« Es gab wieder Gedränge, Stühle wurden geschoben und vereinzeltes Gelächter erklang. Durch eine Tür oder ein Fenster, das jemand geöffnet hatte, drang kalte Luft herein.

»Geduld, Geduld, wir bringen gleich etwas Licht in die Lage . . .« versicherte eine Männerstimme, die nach dem Direktor klang. Es gab ein schlurfendes Geräusch, einen dumpfen Laut und etwas, das sich nach einem äußerst einfallsreichen Fluch anhörte, und dann leuchtete in meiner Nähe eine Taschenlampe auf. Die Person, die sie hielt, arbeitete sich über den Linoleumboden vor und die hölzerne Kellertreppe hinunter. Draußen im Speisezimmer und in den Salons wurde das Lachen und Reden lauter, als könne die Kakophonie den Schrecken der unerwarteten Finsternis abwehren. Kurze Zeit später flackerte Licht auf. Und dann gingen alle Lampen wieder an. Weiteres Gelächter und erleichterte Ausrufe drangen zu mir herein.

Ich sah mich nach meinen Helfern um. Egon Schlichtmaier, Audrey und ich trugen schnell das restliche Geschirr in die Küche und räumten es klappernd in Pappkartons. Ich dankte beiden und schickte sie nach Hause, da die Straßen entsetzlich glatt sein mußten. Die Kartons konnte ich allein in den Lieferwagen laden. Aus der Eingangshalle mit ihren riesigen, geschnitzten Holztüren drangen gutgelaunte Abschiedsgrüße der letzten Gäste herüber, die ihre Nerz- und Kaschmirmäntel überzogen. Als meine Helfer fort waren, tauchte plötzlich Julian neben einer der buckligen Arbeitsplatten auf.

»Komm, ich helfe dir«, erklärte er und nahm einen Karton mit

Bratpfannen auf. »Was für eine langweilige Veranstaltung! Den ganzen Abend mußte ich einem Burschen neben mir zuhören, der mir erzählte, daß seine alten Herrschaften tausend Knicker für den Vorbereitungskurs auf die Eignungstests ausgegeben haben und der wissen wollte, ob ich ein Gegenwort zu *zuvorkommend* wüßte. Auf der anderen Seite saß ein Mädchen, das mir erzählte, alle Frauen ihrer Familie gingen seit Urzeiten aufs Smith College. Schließlich habe ich ihr gesagt: ›Ich könnte schwören, daß diese Frauen *uralt sein* müssen.‹ Aber ehe sie stocksauer werden konnte, ging das Licht aus.« Julian sah sich in der alten Küche um, in der überall Kartons herumstanden. »Soll ich sie zumachen?«

»Das wäre nett.«

Julian schlug die Deckklappen eines Kartons mit Kaffeetassen ein. Als sich die Menge verlaufen hatte, schleppte ich den ersten Karton mit Silberzeug in die spärlich beleuchtete Eingangshalle. Der Direktor war nirgendwo zu sehen. Vielleicht träumte Perkins bereits von einer metaphorischen Milchstraße. Mit einem Seufzen schob ich die schwere Haustür auf. Beißende Kälte drang durch meine Arbeitskleidung, und ich schimpfte mit mir, weil ich meine Jacke im Wagen gelassen hatte. Wenigstens hatte es aufgehört zu schneien. Ich war entschlossen, so schnell wie möglich nach Hause zu kommen. Schließlich mußte ich noch sechs Kartons Geschirr spülen.

Helle Wolkenbänder trieben am tintenblauen Himmel entlang. Der Mond ging hinter einem Hauch silbrigen Dunstes auf und beschien die Silhouetten der Berge im Westen. Die schneeglänzende Eislandschaft erstreckte sich vor dem Haus des Direktors wie ein knittriges, fluoreszierendes Bettlaken. Die dunklen Fußstapfen der Gäste markierten den Weg zum Lieferwagen. An einer Stelle rutschte ich in eine Schneewehe, und der schwere Karton glitt mir aus den Händen. Er landete mit einem lauten, metallischen Scheppern. Fluchend beschloß ich, die erste Pause dieses Abends einzulegen. Ich sog in tiefen Zügen die eisige

Luft ein, stieß sie seufzend in Dampfwolken wieder aus und sah mich um. Die Zweige der Kieferngruppe neben dem Haus waren schneebedeckt.

Der kleine Hain wirkte wie ein Eispalast in einem Osterei von Fabergé. Am Ende des Hains hatte jemand einen Schlitten umgekippt und liegenlassen. Ich biß die Zähne zusammen und bohrte meine Hände unter den Karton, um ihn hochzuwuchten. Ich holte tief Luft, hievte den Karton mit eiskalten Fingern hoch und ging auf den Lieferwagen zu.

Ich kam nur langsam voran. Schnee rutschte mir in die Schuhe; eisige Nadelstiche bohrten sich in meine Fesseln. Als ich mich dem Parkplatz näherte, sah ich, daß mein Wagen einen trapezförmigen Hut aus Schnee trug. Ich würde wohl eine Viertelstunde brauchen, die Windschutzscheibe zu enteisen. Ich schleppte den Karton bis zur Ladeklappe, öffnete den Laderaum und hob den Karton hinein. Der Mond verschwand hinter einer Wolke. Die plötzliche Dunkelheit jagte mir einen Schauer über den Rücken.

Ich öffnete die Fahrertür, ließ den Motor an und schaltete die Scheinwerfer ein. Sie beleuchteten die immergrünen Büsche, die im frischen Schnee erstarrt waren. Neben dem umgekippten Schlitten lag, halb versunken in einer Mulde, ein Mantel. Ich seufzte. Eine der unerfreulichen Strafen, die der Partyservice für große Abendeinladungen mit sich brachte, war, daß man am Ende zum Hüter einer erstaunlichen Sammlung verlorener und gefundener Gegenstände wurde.

Im fahlen Scheinwerferlicht des Lieferwagens trottete ich durch den Schnee zu den Bäumen, an denen der umgekippte Schlitten lag. Ich rutschte in die seichte Mulde und beugte mich zu dem Mantel hinunter. Er war voller Schnee; vielleicht hatte ihn jemand hinter sich hergezogen oder fallengelassen. Mit der Hand klopfte ich den eisigen Puderzucker ab. Irgend etwas stimmte nicht. Der Mantel widerstand meinen Versuchen, ihn aufzuheben. Er war zu schwer. Mit halb erfrorenen Händen suchte ich schnell nach dem Mantelsaum.

Ich hörte mich in der Kälte schwer atmen. Die Nachtluft war eiskalt. Ich drehte das schwere, harte Ding gerade um, als der Mond wieder auftauchte.

Es war kein Mantel. Es war der Schlußredner, Keith Andrews. Blut, das aus seinem Hinterkopf austrat, färbte den Schnee dunkel. Instinktiv tastete ich nach seinem Puls. Er war nicht zu fühlen.

2   »O nein. Bitte nicht.«

Ich schüttelte Keith an der Schulter. Der Junge rührte sich nicht. Seinen Kopf konnte ich nicht anfassen. Sein glattes Haar lag in einer Lache aus Blut und Schnee. Der Mond schien auf seine erstarrten Züge. Der Ausdruck seines Gesichts mit offenem Mund war gräßlich, entstellt von Todesangst. Meine Finger stießen auf eine vereiste Schnur, die ihm um den Rumpf geschlungen und am Schlitten befestigt war.

Ich wich zurück. Aus meiner Kehle drangen hohe, unmenschliche Laute. Der tiefe Schnee gab nach wie Treibsand, als ich rückwärts stolperte. Ich rannte zum Haus des Direktors, torkelte über den Steinboden der leeren Eingangshalle und wählte 911.

Der Telefonist fragte mich teilnahmslos nach meinem Namen und der Feuerkennummer, ein übliches Verfahren zur Standortbestimmung im gebirgigen Teil von Furman County. Natürlich wußte ich die Nummer nicht; ich rief jemanden im Haus herbei, ganz gleich, wen. Julian tauchte aus der Küche auf. Ein fassungslos dreinschauender Direktor Perkins stolperte aus den Privaträumen die Treppe herunter. Hinter ihm kam ein schlaksiger, pickeliger Jüngling, der mir entfernt bekannt vorkam – es war der, der die Bemerkung über Stanford gemacht hatte. Der Tweed des Direktors war in Unordnung geraten, als habe er

bereits angefangen, sich auszuziehen, sich aber plötzlich anders
besonnen. Ihm fiel die Feuerkennummer nicht ein, er wandte
sich an den hochaufgeschossenen Jungen, der die Nase rümpfte
und sechs Ziffern murmelte. Perkins trottete schleunigst Richtung Küche, wo ich, wie er offenbar glaubte, einen Brand gelegt
hatte.

Die Stimme am anderen Ende der Leitung bat mich geduldig,
zu wiederholen, was passiert sei und was nun geschehe. Er wollte
wissen, wer noch anwesend sei. Ich sagte es ihm und fragte den
schlaksigen Teenager nach seinem Namen.

»Oh«, meinte der Junge. Er war nicht nur groß, sondern auch
muskulös, doch seine Akne machte ihn mitleiderregend abstoßend. Er stammelte: »Ach, kennen Sie mich denn nicht? Ich bin
Macguire. Macguire... Perkins. Direktor Perkins ist mein
Vater. Ich wohne hier. Und wissen Sie, ich gehe hier zur Schule.«

Ich gab das dem Telefonisten weiter, der sich erkundigte, woher
ich wisse, daß der Junge im Schnee tot sei.

»Da war Blut, und er war kalt, und er... rührte sich nicht. Sollen
wir versuchen, ihn hereinzuholen? Er liegt im Schnee...«

Der Telefonist meinte, nein, wir sollten jemanden hinausschik-
ken, der ihm noch einmal den Puls fühlte. »Nicht Sie«, befahl er.
»Sie bleiben am Telefon. Stellen Sie fest, ob jemand im Haus ist,
der sich mit Herzwiederbelebung auskennt.« Ich fragte Julian
und Macguire: »Herzwiederbelebung?« Sie sahen mich verständnislos an. »Der Direktor vielleicht?« Macguire lief in die
Küche, um ihn zu fragen, und kam augenblicklich kopfschüttelnd zurück. Ich sagte ihnen, sie sollten bitte hinausgehen und
Keith Andrews den Puls fühlen, der offenbar tot in der kleinen
Mulde am Kiefernhain lag.

Fassungslos wich Julian zurück. Sein Gesicht verlor jede Farbe;
Schatten, dunkel wie Blutergüsse, bildeten sich unter seinen
Augen. Macguire saugte seine Wangen nach innen, seine linki-
schen Schultern hingen schlaff herunter. Einen Moment glaub-

te ich, er werde gleich ohnmächtig. »Geht, geht schnell«, sagte ich zu ihnen.

Als sie zögernd gehorchten, ließ der Telefonist mich alles noch einmal erzählen. Wer ich sei. Warum ich dort sei. Ob ich eine Vorstellung hätte, wie das geschehen konnte. Ich wußte, daß er mich solange wie möglich am Apparat halten mußte, das war seine Aufgabe. Aber es war die reinste Qual. Julian und Macguire kamen zurück, Macguire stumm vor Schock, Julian noch blasser. Und Keith? Julian schloß die Augen und schüttelte den Kopf. Ich sagte dem Telefonisten: »Kein Puls.« »Sorgen Sie dafür, daß niemand der Leiche nahekommt«, wies er mich an. »Feuerwehr und Polizei von Furman County sind unterwegs. Sie müßten in etwa zehn Minuten an der Schule sein.«

»Ich warte auf sie. Ach, und könnten Sie bitte Ermittler Tom Schulz anrufen«, fügte ich mit vor Schock und Verwirrung heiserer Stimme hinzu, »bitten Sie ihn, herzukommen.«

Tom Schulz war ein guter Freund von mir. Er war außerdem bei der Mordkommission, wie Julian und ich nur allzugut wußten. Der Telefonist versprach, er wolle versuchen, Schulz zu erreichen und legte auf.

Ich fing an zu zittern. Ich hörte Macguire fragen, ob ich irgendwo einen Mantel hätte, den er mir holen könne. Ich blinzelte zu ihm auf, unfähig, eine Antwort auf seine Frage zusammenzubekommen. Ob ich in Ordnung sei, fragte Julian. Ich bemühte mich krampfhaft, mich auf seine Stimme zu konzentrieren, die von weit her kam, auf seine besorgten Augen, sein fahles Gesicht und sein gebleichtes, nasses Haar, das ihm in kegelförmigen Spitzen vom Kopf stand. Julian rieb die Hände an seinem zerknitterten weißen Hemd und versuchte, seine karierte Fliege zu richten, die verrutscht war. »Goldy, bist du in Ordnung?« wiederholte er.

»Ich muß Arch anrufen und ihm sagen, daß es uns gut geht und wir später kommen.«

Die Haut zwischen Julians Augenbrauen kräuselte sich in Sorgenfalten. »Soll ich das machen? Ich kann den Apparat in der Küche benutzen.«

»Ja, bitte. Ich traue mir im Augenblick nicht zu, mit ihm zu sprechen. Wenn er meine Stimme hört, macht er sich bestimmt Sorgen.«

Julian schoß in die Küche, gefolgt von Macguire, der wie ein Riesenschatten beklommen hinter ihm hertrabte. Ich zitterte am ganzen Leib. Zu spät wurde mir klar, daß ich Macguire hätte sagen sollen, meine Jacke sei im Wagen. Wie ein Roboter ging ich hinüber zum vorderen Garderobenschrank in der Diele, um nach einer Decke, einem Schal, einer Jacke oder etwas Ähnlichem zu suchen, und hörte Julians Stimme an einem der Telefonanschlüsse. Ich zog einen riesigen Waschbärpelz von einem Bügel. Völlig zusammenhanglos kam mir der absurde Gedanke: *Wenn du das Ding in Denver auf der Straße trägst, sprühen Tierschützer dich mit Farbe voll.* Als ich den schweren Mantel überzog, fiel eine meiner Kaffeemaschinen aus den dunklen Tiefen des Wandschranks, und eine kalte, braune Flüssigkeit und nasser Kaffeesatz spritzten auf den Steinboden. Was machte sie da drin? Ich konnte nicht denken. Ich schwankte. *Reiß dich zusammen.* Ich schlug gegen die hängenden Mäntel, um sicherzugehen, daß in den Nischen des Wandschranks keine weiteren Überraschungen lauerten. Dann ging ich durch die Eingangshalle und schaute in jeden der großen Räume mit unregelmäßigem Grundriß, schweren goldgrünen Brokatvorhängen, dunklen Holzmöbeln und dicken Orientteppichen, um zu sehen, ob sonst noch jemand da war.

Aus der Küche drangen undeutlich die Stimmen von Julian, Macguire und dem Direktor herüber. Plötzlich rief der Direktor: »Keith Andrews? Tot? Seid ihr sicher? O nein!« Ich hörte Schritte, die hastig die Küchentreppe heraufkamen. Ich stand da und starrte in den Salon, in dem Tische und Stühle nach dem Aufbruch der Gäste wirr durcheinanderstanden.

»Was machst du hier? Meine Güte, Goldy.« Julian beugte sich

über mein Gesicht. »Du siehst noch schlechter aus als vor fünf Minuten.«

In meinen Ohren rauschte es.

»Hast du Arch erreicht?« fragte ich.

Julian nickte.

»Und?«

»Es geht ihm gut... Es gab ein Problem mit der Alarmanlage.«

»Wie bitte?«

»Jemand hat einen Stein durch ein Fenster im ersten Stock geworfen. Er hat wohl einen der Sensoren getroffen, schätze ich. Der Alarm hat sich eingeschaltet. Nachdem Arch den Stein gefunden hatte, schaltete er den automatischen Notruf ab.«

Ich rang nach Luft. Hinter meinen Augen machte sich ein Stechen bemerkbar. Ich mußte nach Hause. Ich sagte: »Kannst du dir etwas überziehen? Wir müssen nach draußen... Wir müssen da sein, wenn sie kommen.«

Er verschwand wortlos. Ich ging in den Waschraum und betrachtete mein Gesicht in dem winzigen Spiegel.

Der Tod war mir nicht fremd. Im vergangenen Frühjahr hatte ich mitangesehen, wie ein Freund bei einem Autounfall ums Leben gekommen war, der gar kein Unfall war.

Ich fing an, mir heftig die Hände zu waschen. Auch Gewalt war mir nicht fremd. Ich bewegte meinen Daumen, den mein Ex-Mann, Dr. John Richard Korman, mir vor unserer Scheidung dreimal gebrochen hatte. Als ich versuchte, ihn zu beugen, zuckte ich zusammen. Unter dem warmen Wasser prickelten meine Hände wie von Nadelstichen.

Mein Gesicht im Spiegel sah grau aus, meine Lippen fahl wie Staub. Ein Problem mit der Alarmanlage. Ich schüttelte die Tropfen von den Händen. Plötzlich begann meine rechte Schulter zu schmerzen. Bei einem Streit hatte John Richard mich auf den Geschirrkorb der offenen Spülmaschine gestoßen. Ein Fleischmesser hatte sich neben meinem Schulterblatt tief ins

Fleisch gebohrt; ich hatte meinen Protest gegen seine Seiten-
sprünge mit zwanzig Stichen, wochenlangen Schmerzen und
einer bleibenden Narbe bezahlt.
Der Tod, die Gewalt ließ all das nun wieder aufsteigen. Ich sah
auf meine zitternden Hände hinunter. Sie hatten die kalte, steife
Schnur berührt, die um Keith Andrews Körper geschlungen
war. Das Wasser lief plätschernd über meine Finger, aber es
konnte das widerliche Gefühl des Kabels nicht abwaschen. Ich
dachte an Keith Andrews' engelsgleichen Ausdruck. Der heilige
Andrews. Ich hatte in sein lebloses Gesicht gestarrt . . . wie ähnlich er Arch gesehen hatte, dünn, blaß und verletzlich . . . was
hatte Keith gesagt? *Ich lerne, mich auf den Weg statt auf das Ziel zu
konzentrieren . . .* Jetzt nicht mehr.
Es klopfte an der Tür. Julian. Ob mit mir alles in Ordnung sei?
Ich sagte ja, kühlte mir die Augen mit Wasser, nahm ein bestick-
tes Gästehandtuch und rieb mir mit dem dünnen Läppchen
Hände und Wangen, bis sie rot wurden.
Als ich hinauskam, rief Macguire, sein Vater und er seien in
einer Minute draußen. Ich schlang das Waschbärmonstrum fest
um meinen Leib. Zusammen mit Julian trottete ich wieder hinaus in den tiefen Schnee, um schweigend neben einer der Kut-
scherlaternen draußen zu warten, in einem respektvollen
Abstand von drei Metern zu Keith Andrews' Leiche.

Tom Schulz traf als erster von der Polizeistation Furman County
ein. Als sein dunkler Chrysler in den verschneiten Parkplatz einbog, warfen seine Scheinwerfer einen Lichtkegel, der durch die
Kieferngruppe neben dem alten Haus hüpfte. Unmittelbar hinter ihm kam ein zweiter Wagen; beide hielten abrupt an und wirbelten eine Schneewolke auf. Die Wagentür des Chrysler öffnete sich quietschend, und Tom Schulz zwängte seinen massigen
Körper heraus. Er trug keinen Mantel, schlug die Tür zu und
kam mit knirschenden Schritten über den gefrorenen Platz.
Endlich.

Zwei Männer stiegen aus dem zweiten Wagen; einer trat neben Schulz. Der andere kam zu Julian und mir. Er stellte sich als einer der Ermittlungsbeamten vor.

»Wir müssen wissen, von wem die Fußspuren sind«, erklärte er. Er sah auf meine Schuhe. »Waren Sie die einzige, die zu dem Opfer gegangen ist?«

Ich sagte ihm, daß noch zwei weitere Personen zu ihm gegangen seien. Er schüttelte den Kopf und fragte, welchen Weg wir durch den Schnee genommen hätten. Ich zeigte es ihm. Er drehte sich um und wies den anderen Männern einen Weg, der in großem Bogen um unseren Pfad herumführte.

Schulz und der Mann, der, wie ich annahm, Sanitäter war, gingen zu der Leiche hinüber. Sie beugten sich über sie, unterhielten sich murmelnd, und dann stapfte Schulz zurück und griff nach dem Sprechfunkgerät. Seine Stimme prasselte durch die kalte Luft, aber ich konnte kein Wort verstehen. Die anderen Männer bezogen wie Wachposten Stellung bei der Leiche und ignorierten uns. Julian und ich standen schweigend und elend da und schützten uns mit verschränkten Armen gegen die schneidende Kälte.

Schulz kam herüber. Er blieb stehen und zog mich in spröde-männlicher Hochlandmanier an sich. Er brummelte: »Bist du in Ordnung?« Als ich an seiner Schulter nickte, meinte er: »Möchtest du mir erzählen, was passiert ist?«

Ich machte mich von ihm los und sah ihn an, diesen Mann, der vor einem Jahr in mein Leben getreten war und sich seitdem hartnäckig weigerte, wieder daraus zu verschwinden. Das goldene Licht der Laternen beschien sein breites, auf schlichte Weise gutaussehendes Gesicht, das nun finster und grimmig wirkte. Sein ernster Mund, seine zu schmalen Schlitzen verengten Augen mit den zeltartigen, buschigen Augenbrauen – all das zeugte von beherrschter Willensstärke inmitten des Chaos. Seine verblichenen Jeans, das weiße Hemd mit dem verschlissenen Kragen und der kornblumenblaue Pullover ließen erkennen, daß er sich ausgeruht hatte, als der Anruf kam. Jetzt richtete Schulz sich auf, seine Befehlshaltung. »Was ist hier passiert, Goldy?« wiederholte er schroff. *Jetzt übernehme ich hier das Kommando.*

»Ich weiß es nicht«, sagte ich. »Ich sah den Schlitten, als ich den Lieferwagen belud, und dann sah ich den Mantel und ging hinüber...«

Schulz' Seufzer ließ eine Dampfwolke zwischen uns entstehen. Hinter uns fuhren drei weitere Polizei- und Feuerwehrwagen auf den Parkplatz. Er streckte eine Hand aus und legte den Pelzkragen fein säuberlich um meinen Hals.

»Laß uns hineingehen! Das ist vielleicht ein Aufzug. Ihr beide. Das schwöre ich euch. Komm, Sportsfreund«, sagte Schulz zu Julian und legte ihm einen Arm um die Schultern. Hinter uns leuchteten blitzend Halogenscheinwerfer auf. »Ihr könnt alle beide froh sein, wenn ihr euch keine Lungenentzündung holt. Ehrlich.« Ein anderer Polizist schloß sich uns an. Schulz und der Polizist gingen mit Julian den schmalen Pfad entlang, der an den Kiefern vorbei zu dem großen Ziegelgebäude führte. Ich ging hinterher und versuchte ungeschickt, in ihre Fußstapfen zu treten.

Der Direktor trippelte die mit Läufern ausgelegte Treppe herunter, als wir die Tür zu der eleganten Eingangshalle aufstießen. Der hochgeschlagene Kragen seines schwarzen Trenchcoats rahmte Perkins' erschrockene Augen ein, die hinter den runden Gläsern seiner Hornbrille hervorschauten. Sein wolliges, weißes Haar über der hohen Stirn war in wilder Unordnung. Die Schnallen seiner Stiefel klapperten, während er durch das Foyer auf uns zukam. Nachdem Schulz sich ausgewiesen hatte, fragte der Direktor: »Besteht die Möglichkeit, das aus den Zeitungen herauszuhalten?«

Schulz runzelte die Stirn und überhörte seine Frage. Statt einer Antwort sagte er: »Ich brauche Angaben über seine nächsten Angehörigen, ehe wir zum Leichenbeschauer zurückgehen. Können Sie mir da weiterhelfen?« Der Direktor nannte die Namen von Keiths Eltern, die offenbar in Europa waren. Der

Polizist notierte die Namen und verschwand. Schulz schritt in seiner charakteristischen Art durch die Eingangshalle und steckte seinen Kopf durch jede Tür. Als er einen Raum fand, der ihm zusagte, deutete er mit einem Daumen auf Perkins.

»Direktor, Sir«, erklärte er mit einer Ehrerbietung, die niemanden täuschte, »würden Sie bitte hier drin warten, bis ich Zeit habe, mit Ihnen zu sprechen?« Als der Direktor benommen nickte, fügte Schulz hinzu: »Und sprechen Sie bitte mit niemandem, Sir. Presse oder sonstwem.«

Der Direktor trottete an den Platz, der ihm zugewiesen war. Schulz schloß die schwere Tür hinter ihm, drehte sich um und fragte, wer sonst noch da sei. Julian rief nach Macguire, der hereinschlich und ein anderes Zimmer zugewiesen bekam. Perkins' Sohn sah völlig verstört aus. In freundlicherem Ton bat Schulz Julian, sich in den Salon zu setzen, bis er mit mir gesprochen habe. »Und bemühe dich, nichts zu verändern«, fügte er hinzu. »Aber hol dir eine Decke zum Aufwärmen.«

Julians Gesicht wirkte auf eine Weise verloren, die mir zu Herzen ging. Er gehorchte Schulz wortlos. Als wir in die Küche hinuntergingen, hörte ich ihn erstickt keuchen.

Ich sagte: »Laß mich . . .«

»Nein, noch nicht. Ich bringe dich in ein paar Minuten zurück. Wir müssen miteinander reden, ehe die ermittelnden Beamten überall herumschwirren.« Schulz hielt inne und bedeutete mir dann, mich auf einen der altmodischen Holzstühle zu setzen. Ich gehorchte. Nachdem er sich in der Küche umgesehen hatte, setzte er sich ebenfalls und zückte ein Notizbuch. Er klopfte mit einem Kugelschreiber gegen seine Lippen. »Fang an, als du mich hast benachrichtigen lassen, und geh von da aus zurück.«

Ich erzählte. Keiths Leiche. Davor das Aufräumen, die Gespräche nach dem Essen, das Essen. Der Stromausfall.

Schulz hob eine seiner dichten Augenbrauen. »Bist du sicher, daß eine Sicherung durchgebrannt ist?« Ich erklärte, ich hätte es nur vermutet. »Wer hat sie ausgewechselt, weißt du das?«

Ich schüttelte den Kopf. »Ach, und eine meiner Kaffeemaschinen war im vorderen Wandschrank in der Halle. Ich habe sie nicht dahin gestellt.«

Schulz machte sich eine Notiz. »Hast du eine Gästeliste?«

»Der Direktor müßte eine haben. Dreißig Schüler und Schülerinnen der Abschlußklasse, die meisten mit ihren Eltern. Ungefähr achtzig Personen insgesamt.«

»Hast du jemanden gesehen, der nicht eingeladen war, irgendwie fehl am Platz wirkte oder etwas in dieser Art?« Ich wußte nicht, wer eingeladen war und wer nicht. Niemand hatte fehl am Platz gewirkt, sagte ich ihm, aber bei den Schülern und Schülerinnen hatte spürbare Spannung geherrscht. »Sonst noch etwas Greifbares?« wollte er wissen.

Ich starrte ihn an. Er war nüchtern und sachlich. *Sonst noch etwas, das sich greifen ließ.* Er bedachte mich mit einem flüchtig angedeuteten Lächeln. John Richard Korman sagte immer, ich erwarte von ihm, meine Gedanken zu lesen; Tom Schulz konnte es wirklich. Ich wünschte uns beiden, wir wären anderswo und täten alles andere als das hier.

Schulz las wieder meine Gedanken und meinte: »Wir sind fast durch.« Dann legte er den Kopf in den Nacken und trommelte sich mit den Fingern einer Hand aufs Kinn.

»Okay«, sagte er, »war irgend jemand *nicht* da, der hätte da sein sollen?«

Auch das wußte ich nicht.

Er sah mir geradewegs in die Augen. »Sag mir, warum jemand diesen Jungen umbringen wollte.«

Das Blut hämmerte mir in den Ohren wie ein Preßlufthammer. »Ich weiß es nicht. Er wirkte ziemlich harmlos, eigentlich eher etwas trottelig...«

Schweigen senkte sich in der alten Küche über uns.

Schulz sagte: »Paßt Julian irgendwie ins Bild? Oder der Sohn des Direktors? Oder der Direktor?«

Ich sah elend auf die großen alten Blechdosen in der Küche, auf die buttergelb gestrichenen Holzschränke, ehe ich antwortete. »Ich weiß nicht viel über die Vorgänge in der Abschlußklasse und auch nicht über die Schule insgesamt. Julian und Macguire gingen hinaus, um den Puls zu fühlen, während ich mit dem Mann vom Notruf sprach. Ich weiß nicht, ob Julian, Macguire und Keith oder sonst noch jemand befreundet waren.«

»Weißt du, ob sie Feinde waren?«

»Also.« Unwillkürlich fiel mir Julians Aufzählung der Rangfolge seiner Klasse ein. Er hatte nichts von Gehässigkeiten in diesem Konkurrenzkampf erwähnt. Ich weigerte mich, Spekulationen anzustellen. »Ich weiß es nicht«, erklärte ich bestimmt.

Der Polizist kam in die Küche. An seinen Schuhen und Kleidern hing Schnee. Er ignorierte mich und sagte zu Schulz: »Wir haben Schleifspuren vom Pförtnerhaus gefunden, aus dem der Schlitten geholt wurde. Sie sind noch nicht mit den Fotos fertig, es wird ein paar Stunden dauern. Sie haben da oben in der Halle einen Burschen sitzen, dem es nicht sonderlich gut geht.«

Schulz nickte kaum wahrnehmbar, und der Polizist verschwand.

»Goldy«, sagte Schulz, »ich möchte in deinem Beisein mit Julian sprechen. Dann kümmere ich mich um Macguire Perkins. Sag mir, ob der Direktor so idiotisch ist, wie er aussieht.«

»Noch schlimmer.«

»Na großartig.«

Julian saß im vorderen Zimmer. Er hatte die Augen geschlossen und den Kopf gegen die Sofakissen gelehnt. Sein Adamsapfel, der zur Decke zeigte, verlieh ihm etwas ungemein Verwundbares. Als wir ins Zimmer kamen, hustete er und rieb sich die Augen. Sein Gesicht war immer noch grau; sein stacheliges, blondes Haar ließ ihn unwirklich erscheinen. Er hatte eine Wolldecke gefunden, die er sich fest um den Körper geschlungen hatte. Schulz bedeutete mir, ich solle zu ihm hinübergehen.

Ich ging leise zu einem Sessel, der neben der Couch stand, und streckte eine Hand aus, um Julians Arm zu tätscheln. Er drehte sich um und sah mich verdrossen an.

»Erzähl mir, was passiert ist«, begann Schulz ohne Umschweife.

Müde berichtete Julian vom Ende des Abendessens. Alle hatten ihre Mäntel angezogen und geplaudert. Er war noch geblieben, um zu sehen, ob er ein Mädchen, das er kannte und für das er ein gewisses Interesse hegte – wie er mit niedergeschlagenen Augen sagte –, nach Hause bringen könne. Sie hatte ihm lässig geantwortet, sie fahre mit Keith nach Hause.

»Ich sagte: ›Ach, wir arbeiten uns wohl nach oben, was?‹, aber sie hörte gar nicht hin.« Julian rümpfte die Nase. »Seit ich ihr erzählt habe, daß ich lieber Küchenchef werde als Neurochirurg, behandelt sie mich wie einen Aussätzigen.«

Schulz fragte nachsichtig: »Wollte Keith Neurochirurg werden?«

»Aber nein«, sagte Julian. »Habe ich das gesagt? Ich muß durcheinander gewesen sein ...«

Wir warteten, während Julian hustete und schnell seinen Kopf schüttelte wie ein Hund, der Wasser abschüttelt.

»Möchtest du, daß wir später darüber reden, Julian?« fragte Schulz. »Obwohl es ganz hilfreich wäre, wenn du mir jetzt die Ereignisse schildern könntest.«

»Nein, das geht schon klar.« Julian sprach so leise, daß ich mich vorbeugen mußte, um ihn zu verstehen.

Schulz zückte sein Notizbuch. »Laß uns weiter zurückgehen. Vor der Sache mit dem Mädchen. Es gibt eine Dinnerparty für achtzig Leute, und am Ende ist ein Junge tot. Goldy sagte, es ging bei der Einladung ums College oder so. Wie war das?«

Julian zuckte mit den Achseln. »Ich schätze, es soll den Leuten helfen, sich mit dem Gedanken ans College anzufreunden.«

»Inwiefern?«

»Ach, du weißt schon, so was in der Art, daß alle das gleiche durchmachen. Daß man sich klarwerden muß, was man will, sich nach der richtigen Schule umsehen und alle Papiere und das Zeug zusammenbekommen muß. Druck, Druck und nochmal Druck. Arbeiten schreiben. Prüfungen machen.« Er stöhnte. »Die Hochschuleignungstests sind am Samstag. Wir haben im letzten Jahr auch Eignungstests gemacht, aber das hier sind die wichtigen. Das sind die Ergebnisse, nach denen die Colleges sich richten. Die Lehrer sagen immer, es ist nicht wichtig, es ist nicht wichtig, und daher weiß man einfach, daß es wichtig ist. Es *ist* wichtig, Mann.« In seiner Stimme lag eine Heftigkeit, die ich zuvor noch nie an ihm gehört hatte.

»War Keith Andrews wegen alldem nervös? Der erste große Schritt auf dem Weg zum Neurochirurgen?«

Julian schüttelte den Kopf. »Nee.« Er machte eine Pause. »Zumindest machte er nicht den Anschein. Wir nannten ihn den heiligen Andrews.«

»Den heiligen Andrews? Warum?«

Eine Spur von Mißbilligung zeichnete sich auf Julians Wangen ab. »Also, Keith wollte eigentlich nicht Arzt werden. Er wollte zu einem Bob Woodward heranwachsen. Er wollte ein so berühmter Reporter werden, daß alle beim kleinsten Skandal sagen würden: ›Ruf besser Andrews an.‹ So als wäre er der Red Adair des Journalismus oder sowas.«

Schulz schürzte die Lippen. »Weißt du jemanden, über den er gerade Nachforschungen anstellte? Jemanden, dem er auf die Füße getreten hätte?«

Julian zuckte die Achseln und wich Schulz' Blick aus. »Ich habe einiges gehört. Aber es war nur Klatsch.«

»Was dagegen, wenn du mir das erzählst? Es könnte uns weiterhelfen.«

»Nee. Es war nur ... Gerede.«

»Sportsfreund. Wir sprechen hier von einem Toten.«

Julian seufzte trübsinnig. »Ich denke, er wird schon seine Probleme gehabt haben. Wie jeder andere.«

»Seine Probleme mit wem?«

»Weiß ich nicht. Mit allen und keinem.«

Schulz machte sich wieder Notizen. »Ich brauche Einzelheiten dazu. Du sagst es mir, und ich sage es keinem weiter. Manchmal helfen Gerüchte uns sehr. Du würdest dich wundern.« Er wartete einen Augenblick, dann ließ er seinen Kugelschreiber zurückschnappen und steckte ihn in die Tasche. »Das Licht ging also wieder an, das Mädchen gab dir eine Abfuhr. Und dann?«

»Ich weiß nicht, ich glaube, ich unterhielt mich mit ein paar Leuten...«

»Mit wem?«

»Ach, meine Güte, ich kann mich nicht erinnern...«

»Keith?«

Julian dachte nach und sagte: »Ich kann mich nicht erinnern, Keith da gesehen zu haben. Weißt du, alle sprachen übers Licht und sagten ›Bis Montag‹ und solche Sachen. Dann bin ich zu Goldy gegangen, um sie zu fragen, ob sie Hilfe braucht.«

»Die Zeit, Miss G.?«

Ich sah auf meine Armbanduhr: elf. Schulz deutete mit dem Daumen über seine Schulter weg. Wann war Julian in die Küche gekommen? Ich sagte: »Ich weiß es nicht. Gegen halb zehn.«

»Kam jemand in die Küche, um nach Keith zu suchen? Zum Beispiel dieses Mädchen, das du erwähnt hast?«

Wir verneinten beide.

»Okay,« meinte Schulz beiläufig, »sag mir, wer Keiths Feinde waren.«

»Gott, ich habe dir schon gesagt, ich weiß es nicht! Weißt du, er war so ein Zweihundertprozentiger. Und ein Neunmalkluger dazu. Du weißt schon. Zum Beispiel schauten wir uns im Englischunterricht einen Ingmar-Bergman-Film an, und der Film war keine zwei Sekunden vorbei, da redete Keith schon vom inneren Aufbau. Ich meine, mhm? Wir anderen kamen zwar mit, das schon, aber worum es im Kern eigentlich ging?« Er schnitt eine Grimasse. »So eine hyperschlaue Art kann dir schon manchen Freund verprellen.«

»Wen im einzelnen?«

»Ich weiß es nicht, siehst du, die Leute werden einfach sauer. Sie fangen an zu reden.«

»Was ist mit dem Bundesstipendium?« sagte ich, ehe mir einfiel, daß ich den Mund halten sollte.

»Was damit ist?« Julian sah mich verwirrt an. »Es ist nicht so, daß sie es jetzt einem anderen geben... Keith war die Nummer eins in unserer Klasse, der Vorsitzende des Französischclubs. Und nach der Schule arbeitete er für das *Mountain Journal*. Schon allein dafür könnten manche ihn hassen.«

Schulz fragte: »Warum?«

»Es bereitet ihnen Unbehagen, daß sie nicht das gleiche tun«, erklärte Julian auf eine Weise, die deutlich zeigte, daß jeder Dummkopf den gleichen Schluß ziehen würde.

Schulz seufzte und stand auf. »Okay, fahrt nach Hause, ihr zwei. Ich spreche im Laufe des Wochenendes mit den anderen Gästen und komme dann wieder auf euch zurück, je nachdem...«

»Schulz!« rief eine erregte Stimme aus der Eingangshalle. »Hey!« Es war der Polizist.

Als wir zu ihm kamen, besah er sich die Kaffeemaschine, die aus dem Wandschrank in der Halle gefallen war.

»Ach, das ist meine...« setzte ich an und brach ab.

»Ihre was?« fragte der Polizist.

»Kaffeemaschine«, antwortete ich wenig geistreich.

Der Polizist sah mich mit wachsendem Mißtrauen an. »Sie hatten ein paar Verlängerungskabel daran?«

»Ja, drei. Wissen Sie, sie haben hier Schwierigkeiten mit den Sicherungen...«

Der Polizist hielt den freien Stecker der Kaffeemaschine hoch. Zu spät wurde mir klar, wo die Verlängerungskabel gelandet waren.

3   Julian fuhr mit seinem Allradantrieb, einem
——————   weißen Range Rover, den er von früheren
Arbeitgebern geerbt hatte, als erster vom Parkplatz. Ich sah, wie
er im Rückspiegel kontrollierte, ob ich hinter ihm war. Mein
Lieferwagen kroch und rutschte die gefährliche Zufahrt zur Privatschule hinunter. Über mir blitzten die Wolkenränder auf wie
Messerklingen. Der Mond kam zum Vorschein und ließ die verschneiten Berge silbrig aufleuchten. Als ich über die Ereignisse
der letzten Stunden nachdachte, bildete sich ein Knoten in meinem Magen.
Im Laufe des Abends hatte ein Schneepflug wohl die Straße
zwischen Elk Park und Aspen Meadow geräumt. Dennoch nahmen wir die scharfen Kurven äußerst vorsichtig. Meine Gedanken wanderten zurück zu dem umgekippten Schlitten.
Dieser entsetzte Ausdruck in Keith Andrews' jungem
Gesicht.
Ich schüttelte den Kopf und konzentrierte mich aufs Fahren. Ich
nahm das Lenkrad fest in die Hände und beschleunigte an
einem leichten Hang. Ich hoffte, daß mit Arch alles in Ordnung
war. Der Stein, den jemand in eines unserer Fenster geworfen
hatte, ängstigte mich. Halloween stand vor der Tür, und da war
mit Streichen zu rechnen. Ich hätte Schulz von dem Stein erzählen sollen. Ich hatte es vergessen.

Schulz wollte uns anrufen. Er würde uns sagen, was mit Keith geschehen war, oder? Ich war über den verschneiten Vorplatz des Direktors gestapft, hatte die leblose Gestalt gefunden, das eisige Verlängerungskabel berührt. Es war wie ein persönlicher Affront. Ich mußte wissen, was passiert war. Ob es mir gefiel oder nicht: Ich steckte mit in der Sache.

Entschlossen wehrte ich diese Vorstellung ab und dachte über Schulz nach. Irgendwie hatte sein Verhalten heute abend auf eine tiefgreifende Wandlung unserer Beziehung hingedeutet, von einer wachsenden Vertrautheit zurück zu distanzierter Sachlichkeit. Ich drehte langsam am Lenkrad, während ich eine Serpentine nahm. Einen atemberaubenden Moment lang war während dieser Kurve nur noch Luft vor der Fensterscheibe zu erkennen.

Tom Schulz. Seit einem Jahr ging ich mit ihm aus, mal mehr, meist weniger. In letzter Zeit allerdings wesentlich mehr und ernsthafter. Der vergangene Sommer hatte ein *rapprochement* gebracht, ein französisches Wort für *einander wieder näher kommen,* das Arch inzwischen ins Gespräch streute wie Zucker auf seine Reiskrispies.

Schulz und ich waren nicht wirklich ein Paar. Aber er und ich bildeten zusammen mit Julian und Arch eine Einheit: Wir vier wanderten, gingen angeln, kochten, suchten abwechselnd Filme aus. Da Schulz in letzter Zeit nur leichte Fälle bearbeitet hatte wie Postdiebstähle und Urkundenfälschungen, blieb ihm Zeit, die er mit uns verbrachte.

Geschützt durch die Gegenwart der beiden Jungen, war meine zwiespältige Haltung, die ich seit meiner Scheidung für Beziehungen hegte, allmählich lockerer geworden. Ich hatte mich ertappt, wie ich mir Vorwände ausdachte, Tom Schulz anzurufen, Anlässe ersann, ihn zu treffen und mich darauf freute, mit ihm über die Alltäglichkeiten des Lebens zu sprechen und zu lachen.

Und dann hatte sich die Frage der Namensänderung gestellt.

Was anfangs nach einer Lappalie ausgesehen hatte, hatte sich zu einem symbolträchtigen Thema zwischen Schulz und mir entwickelt. Im Laufe des Sommers hatte ich von der Existenz eines Partyservices in Denver erfahren, der den unglückseligen Namen *Partyservice Drei Bären* trug. Sie hatten mir mit einer Klage wegen unerlaubter Benutzung ihres Firmennamens gedroht. In einem der vertraulicheren Momente zwischen uns hatte Tom mich plötzlich gefragt, ob ich nicht den Namen Schulz annehmen wolle. Mit allem, was dazugehört, hatte ich sofort abgewehrt. Aber es war, wie man über Partys sagt, unheimlich nett, gefragt zu werden.

Und nun standen wir in der Privatschule Elk Park vor einer Katastrophe. In die ich verwickelt war, Julian verwickelt war und die einen Mord betraf. Irgend etwas sagte mir, daß meine zukünftige Beziehung zu Tom Schulz wieder einmal mit einem Fragezeichen versehen war.

Die Bremslichter des Range Rover funkelten wie rechteckige Rubine, als Julian und ich das steile Gefälle in die Stadt hinunterfuhren. Wir fuhren am Aspen Meadow Lake mit seiner glatten, schwarzen Oberfläche entlang, die in einem schimmernden Fleck kleiner Kräuselwellen das schleierartige Mondlicht widerspiegelte. Ein Teil von mir wollte Schulz sagen, komm zu mir. Eine andere, vernünftigere innere Stimme sagte mir, dieser Wunsch entsprang dem Wissen, daß es unmöglich war. Wenn Schulz in einem Mordfall ermittelte, war er sehr beschäftigt. Der Tod und das Bedürfnis nach menschlicher Nähe beschäftigten mich ständig, seit ich in das leblose Gesicht des jungen Keith Andrews gesehen hatte.

Meine Reifen knirschten die Hauptstraße von Aspen Meadow entlang. Lediglich in der Kurve am Grizzly Saloon standen ein paar Autos in weiten Abständen geparkt; Musik und Neonreklamen verkündeten, daß es immer noch Samstagabend war. Zu sehen, daß andere ausgingen und sich amüsierten, machte mich nach den Ereignissen, die ich gerade in der Privatschule Elk

Park erlebt hatte, leichtsinnig. Ich kurbelte die Fensterscheibe herunter; der eisige Luftzug trieb mir Wasser in die Augen.

Kurz darauf hielten Julian und ich vor meinem Haus. Weiße Fensterläden hoben sich schimmernd gegen die braunen Dachziegel ab. Die vordere Veranda mit ihren eingeschossigen, weißen Säulen und der Schaukel schien zu lächeln. Dieses Haus war mir in den fünf Jahren seit meiner Scheidung von Dr. John Richard Korman sehr ans Herz gewachsen. Wenn ich abends nach Hause kam, war ich jedesmal froh, daß der Kotzbrocken, wie seine andere Ex-Frau und ich ihn nannten, endgültig fort war und daß meine brandneue Alarmanlage dafür sorgte, daß er auch fort blieb. Ich sprang aus dem Lieferwagen und landete in acht Zentimeter tiefem Neuschnee. Hier hatte es weniger geschneit als in Elk Park, das gut 150 Meter höher lag als Aspen Meadow mit seinen 2 400 Metern über dem Meeresspiegel. Eine heftige Bö ließ mich den Mantel enger um mich schlingen. In meiner Kehle stieg ein Fluch auf. Ich war, ohne es zu merken, in diesem blöden Waschbärpelz losgefahren. Ich steckte die Hand in die Tasche und stieß an etwas Flaches und Hartes. Schon der Gedanke, wieder in die Schule zu fahren, um den Mantel zurückzubringen, ließ mir einen Schauer über den Rücken laufen.

Ich tippte den Sicherheitscode der Alarmanlage ein und trat aus der Kälte ins Haus, dicht gefolgt von Julian. Arch, der nach Julians Anruf natürlich nicht zu Bett gegangen war, trottete in hohen, nicht zugebundenen Turnschuhen die Treppe herunter. Er trug einen grauen Jogginganzug und hielt eine große Taschenlampe in der Hand – zur Vorsorge bei Stromausfällen. Sein holzfarbenes, verstrubbeltes Haar stand ihm wirr vom Kopf ab. Ich war so froh, ihn zu sehen, daß ich ihn in eine hauptsächlich aus Waschbärpelz bestehende Umarmung schloß. Er wich zurück und rückte sich die Brille auf seiner kleinen, sommersprossigen Nase zurecht. Vergrößerte, braune Augen sahen Julian und mich eindringlich an.

»Kommt ihr aber spät! Wieso trägst du denn dieses komische Ding? Was ist passiert? Du hast nur gesagt, es gab Schwierigkeiten im Haus des Direktors. Heißt das, wir brauchen am Montag nicht in die Schule?« Diese Aussicht schien ihm zu gefallen.

»Nein, nein«, sagte ich. Schlagartig überkam mich Müdigkeit. Wir waren zu Hause, und ich wollte nur noch, daß wir alle möglichst bald ins Bett kamen. Ich erklärte: »Jemand wurde nach dem Essen verletzt.«

»Wer?« Arch zog seine knochigen Schultern bis zu den Ohren hoch und verzog das Gesicht. »War es ein Unfall?«

»Nicht ganz. Keith Andrews, ein Schüler der Abschlußklasse, ist gestorben.« Ich sagte nicht, daß es nach einem Mord aussah. Das war ein Fehler.

»Keith Andrews? Der Vorsitzende des Französischclubs?« Arch sah Julian ängstlich an. »Der Bursche, mit dem du dich gestritten hast? Mann! Das ist nicht euer Ernst!«

Julian schloß die Augen und zuckte die Achseln. Von einem Streit war während der Befragung keine Rede gewesen. Ich sah Julian mit gehobenen Augenbrauen an; seine Miene blieb ausdruckslos.

Ich sagte: »Es tut mir leid, Arch. Tom Schulz und die Polizei sind oben in der Schule...«

»Tom *Schulz!*« rief Arch aus. »Sie glauben also...«

»Arch, Kumpel«, sagte Julian. »Reg dich ab. Niemand weiß, was passiert ist. Wirklich.«

Archs Augen wanderten von Julian zurück zu mir. Er sagte: »Viele in der Schule konnten Keith nicht leiden. Ich mochte ihn aber. Er fuhr nicht in einem Porsche oder BMW herum, als ob er total cool wäre. Du weißt schon, wie manche der Älteren es machen. Er war nett.«

Archs Worte schwebten in meiner Diele. Wie leicht es ihm fiel, das Leben dieses Jungen in den Bereich der Vergangenheit zu verweisen. Schließlich sagte ich: »Also, ehrlich gesagt, ich möchte darüber jetzt lieber nicht sprechen, wenn es euch recht ist. Und... du hattest Probleme mit einer zerbrochenen Fensterscheibe?«

Er griff in die Tasche seines Sweatshirts und zog den Stein heraus. Soviel zu Fingerabdrücken. Der Stein hatte allerdings die Größe eines Tennisballs und eine rauhe Oberfläche. Vermutlich hätte er ohnehin keine Fingerabdrücke festgehalten.

»Ich wette, das waren ein paar Jungs aus meiner alten Schule. Ein Halloweenstreich.« Arch seufzte.

»Wann ist das passiert?«

»Ach, spät. Kurz bevor Julian angerufen hat.«

Ich nahm ihm den Stein ab. Hatte ich Kunden, die wütend auf mich waren? Mir fiel keiner ein. Ich war jedenfalls zu müde, darüber nachzudenken. »Wir gehen morgen in die Kirche«, sagte ich zu Arch, während ich den Stein in die Tasche steckte und in die Küche ging.

»Aber es hat geschneit!«

»Arch, ich habe genug für heute abend.«

»Hey, Kumpel«, sagte Julian, »wenn du jetzt mit mir nach oben kommst, laß ich mir von dir das Modell zeigen, das du nach dem Narnia-Buch gebaut hast.«

»Du meinst den Schrank mit der falschen Rückwand?«

»Was auch immer.«

Und ehe ich noch etwas sagen konnte, spurteten die beiden Jungen die Holztreppe hinauf. Arch versuchte mit Geheul, als erster das Zimmer zu erreichen, das er und Julian sich teilten. Ich sah mich in der Diele um und dachte an die Kartons mit schmutzigem Geschirr, die im Wagen darauf warteten, gespült zu werden. Es war nach Mitternacht. Sie würden nicht weglaufen.

Ich zog den Mantel aus und sah mir das Ding an, das in der Tasche steckte. Es war eine Kreditkarte vom Kaufhaus Neiman-Marcus. Ausgestellt auf K. Andrews.

Ich fegte die Glasscherben unter Archs zerbrochenem Fenster auf, klebte ein Stück Karton über das Loch und fiel ins Bett.

Alpträume mischten sich in einen unruhigen Schlaf. Ich wachte mit dumpfen Kopfschmerzen und der Erkenntnis auf, daß der vorige Abend kein schlechter Traum gewesen war.

Schulz konnte unmöglich vor Mitternacht aus der Elk-Park-Schule fortgekommen sein. Um ihn zu Hause nicht zu wecken, hinterließ ich ihm auf seinem Anrufbeantworter im Büro des Sheriffs eine Nachricht wegen der Kreditkarte. Neiman-Marcus für einen Achtzehnjährigen? Aber Arch hatte gesagt, Keith sei kein Angeber gewesen, zumindest nicht in materiellen Dingen. Was hatte er gesagt? *Als ob er total cool wäre.*

Scout, der Kater, reckte auf meinem geflochtenen Läufer das Schnäuzchen in die Luft und ließ sich dramatisch auf den Rücken rollen. Ich kraulte ihm gehorsam das lange, weiße Bauchfell, das hellbraune Fell auf dem Rücken und das dunkelbraune Fell im Gesicht. Julian hatte von den reichen Leuten, für die wir beide gearbeitet hatten, seinen Range Rover geerbt, mein Erbe bestand in dieser Katze. Ich war mit meinem unerwarteten Erbteil zufrieden. Scout floß jedesmal über vor Zuneigung, sobald die Essenszeit näherrückte. Die vollkommene Katze für eine Köchin.

A propos Kochen, ich hatte zu arbeiten. Für mich waren Katzen sicherer als Kreditkarten. Ich hatte noch nicht einmal einen Fuß in den neuen Neiman-Marcus-Laden in Denver gesetzt, überlegte ich, während ich mich durch meine zwanzig Minuten Yogaübungen arbeitete. Im allgemeinen trafen die Unterhaltszahlungen von Dr. John Richard Korman für seinen Sohn zu spät, unzureichend oder gar nicht ein. Mein Kalender quoll über von Aufträgen für die Hochsaison der Partylieferanten, der Zeit zwischen Halloween und Weihnachten. Im November und Dezember sind die Leute gesellig, hungrig und verschwenderisch. Es war für mich die einträglichste Zeit des Jahres. Ganz gleich, was in der Privatschule Elk Park passieren mochte, ich mußte unseren Lebensunterhalt verdienen, um die ersten sechs Monate des nächsten Jahres durchzustehen. Nobelkaufhäuser entsprachen eindeutig nicht mehr meinem Lebensstil.

In der Küche wand Scout sich zwischen meinen Beinen durch, und ich gab ihm zu fressen, ehe ich einen prüfenden Blick auf meinen Kalender warf. Leider brachte mein erster Auftrag dieses Tages mir nicht einmal etwas ein, von steuerlichen Abschreibungsmöglichkeiten einmal abgesehen. In einem schwachen Moment hatte ich mich bereiterklärt, die Erfrischungen vorzubereiten, die im Anschluß an den Zehn-Uhr-Gottesdienst in der Episkopalkirche gereicht werden sollten. Danach stand ein einträglicher Halbzeitimbiß für zwölf Bronco-Fans bei den Dawsons auf dem Programm; es gab *choucroute garnie*. Ein Partyservice-Trick: Benutze immer französische Bezeichnungen für die Speisen. Für Sauerkraut mit Würstchen bezahlt kein Mensch große Summen.

Keine Ruhe für die Müden, zumal für die des Kochens Müden, dachte ich, während ich die Kisten mit Töpfen und Tellern vom Vortag hereinschleppte und in meine Profispülmaschine lud. Als ich damit fertig war, wusch ich mir die Hände und machte mich an die Planung. Ich mußte Audrey Coopersmith anrufen und sie erinnern, daß sie zu dem Nachmittagsimbiß ein T-Shirt in Bronco-Orange tragen mußte.

Ich wußte, daß Audrey an diesem Sonntagmorgen bereits früh auf den Beinen war, obwohl sie gestern abend lange für mich gearbeitet hatte. Durch die Depression, die ihr Scheidungstrauma ihr eingebracht hatte, schlief Audrey selten länger als bis zum Morgengrauen. Ich wußte das, da ich zu den Leuten gehörte, die sie schon gegen sechs Uhr morgens anrief. In den letzten Monaten war ich wider Willen sogar zu einer Art Expertin für Audrey Coopersmiths Lebensfragen geworden.

Für die Mutter einer Schülerin der High-School-Abschlußklasse war Audrey noch recht jung: achtunddreißig. Ihr Haus war voller Bücher. Obwohl sie schon mit zwanzig geheiratet und das College verlassen hatte, war sie gebildet und ungewöhnlich belesen. Statt sich um sich selbst zu kümmern, nahm sie sich herrenloser Tiere an: kleiner Kätzchen, die andere Leute nicht los wurden, der Meerschweinchen, Hamster und Kaninchen, die am Schuljahresende übrigblieben, streunender Hunde, ausgesetzt von Familien, die fortzogen. Außerdem bemühte sie sich fanatisch, ihren Körper sowohl im Sportclub als auch im örtlichen Freizeitzentrum zu stählen.

Doch die Regale voller Bücher, der Grundbestand an Haustieren und ihr schlaffer Körper, der sich allen Fitneßbemühungen beharrlich widersetzte, waren ihr auch keine Hilfe, wie sie bei einem Treffen von Amour Anonym, unserer Selbsthilfegruppe für beziehungssüchtige Frauen, traurig erklärt hatte. Nachdem sie zwei Jahre lang eine Trennung verweigert hatte, reichte sie schließlich nach zwanzig Ehejahren die Scheidung ein. Ihr Mann, Carl Coopersmith, hatte mit einer Verschlagenheit, die außer Audrey keinen Menschen hatte täuschen können, seit fünfzehn Jahren in Denver eine andere Frau unterhalten. Diese andere hatte Kinder aus erster Ehe, doch da Carl schon so lange bei ihnen ein und aus ging, nannten ihre Kinder ihn Papa, und ihre Nachbarn dachten alle, »Papa« sei der Ehemann der anderen. Was die Unterhaltszahlungen anging, schuf diese Lage für alle außer für die Anwälte eine recht verworrene Situation. All diese Verzögerungen, Unterlagen, die es anzufordern galt, Anträge und Gegenanträge waren das reinste Fest für die Rechtsverdreher.

Das Ende vom Lied war, daß »Papa« Carl Coopersmith Audreys Scheckkarte und ihre Kreditkarten gekündigt und einen Haufen Lügen über sein Einkommen und seine Vermögenslage aufgetischt hatte. Mit dem Gerichtsbeschluß über die endgültigen Unterhaltszahlungen für Audrey und ihre Tochter Heather war jeden Tag zu rechnen. Doch er war, wie üblich, nun schon dreimal verschoben worden. Vor zwei Monaten hatte Audrey mich wegen einer Teilzeitbeschäftigung gefragt. Sie durfte nicht allzu viel verdienen, hatte sie mir erklärt, weil das ihre Forderungen an Carl unterlaufen würde. Aber es fiel ihr schwer, über die Runden zu kommen. Neben der Arbeit für mich ging sie also noch stun-

denweise bei Tattered Cover jobben, Denvers größter Buchhandlung, in der es ihr angeblich gut gefiel. Aber wie man sich
denken kann, war Audrey immer fix und fertig, immer am
Boden zerstört und immer unglücklich.

Ihr einziger Lichtblick war Heather, eine achtzehnjährige
Musterschülerin, die in Naturwissenschaften glänzte und in der
Abschlußklasse der Privatschule Elk Park Drittbeste war. Sehr
zu meinem Bedauern gab es für Audrey nur zwei Dinge, die sie
sich vom Leben wünschte: daß Heather am Massachusetts
Institute of Technology angenommen wurde und daß Carl zur
Vernunft kam, die andere Frau mitsamt ihren Kindern und
Nachbarn verließ und nach Hause in den Aspen Meadow
Country Club zurückkam.

Diese Frau war wirklich beziehungssüchtig. Um von ihrem nicht
sonderlich ausgeprägten Realitätssinn ganz zu schweigen. Audrey wollte verzweifelt wieder alles wie früher haben. In unserer
Gruppe Amour Anonym hatten wir mit vereinten Kräften versucht, sie aufzuklären, doch ohne Erfolg. Manche Leute müssen
ihre Erfahrungen einfach selbst machen.

Das erste Läuten des Telefons konnte noch nicht verklungen
sein, als sie auch schon antwortete. Sobald ihr klar wurde, daß
ich nicht Carl war, verlor ihre Stimme jede Lebendigkeit und
klang eher distanziert. Ja, sie hatte daran gedacht, daß sie mir bei
der Football-Party helfen sollte. Aber dann fiel ihr ein, daß sie
versprochen hatte, nach ihrem Dienst ein Pfannengericht für ein
kleines Beisammensein mit ihren Kolleginnen zu machen; denn
sie sollte nachmittags für eine andere einspringen.

»Einspringen?« fragte ich.

Sie lachte auf. »Beste Abteilung.«

»Wirklich?« fragte ich. »Kochbücher?«

»Selbsterfahrung.«

Ich fragte also, ob sie mir bei den Erfrischungen in der Kirche
helfen könne, dann wolle ich sehen, ob ich für die Nachmittags-
party bei den Dawsons Ersatz fände. Sie willigte ein und meinte,

sie müsse jetzt aufhören, weil aus irgendeinem Grund die Polizei vor der Tür stehe.

Aus irgendeinem Grund. Ich legte auf. Direktor Perkins hatte der Polizei also schon Audreys Namen genannt. Das war aber sicher noch nicht alles. Ich sah aus dem Küchenfenster auf schneebedeckte Kiefernzweige. Die Eltern einiger Schüler der Elk-Park-Schule gehörten der Episkopalkirche an. Bis zum Beginn des Gottesdienstes hatten gewiß schon manche Besuch von den Ermittlungsbeamten bekommen. Die polizeilichen Ermittlungen, um von Keiths rätselhaftem Tod gar nicht zu reden, waren garantiert Hauptgesprächsthema bei der Kaffeestunde in der Kirche.

Koche, befahl ich mir, dann fühlst du dich besser. Ich raspelte Orangenschale in einen schaumigen Biskuitteig, aus dem ich Bronco-Fan-Napfkuchen für den Brunch bei den Dawsons backen wollte. Als die Napfkuchen im Ofen waren, ließ ich dicke, blaue Pflaumen abtropfen und hackte sie klein für einen Happy-End-Pflaumenkuchen, einen Prototyp für Caroline Dawson, die versprochen hatte, ihn in der Kirche zu probieren. Sollte er ihr und Hank schmecken, hatten sie sich bereiterklärt, ihn in ihrem Restaurant, dem Aspen Meadow Café, zu verkaufen.

Für die restlichen Erfrischungen in der Kirche schnitt ich zwei Dutzend knackige Granny-Smith-Äpfel in Scheibchen und arrangierte sie zu vogelförmigen Verzierungen, um die sich in konzentrischen Kreisen Käseecken aus Gouda und Cheddar ranken sollten. An den Preis dieser kleinen Käseplatte durfte ich nicht einmal denken. Ich rief mir ins Gedächtnis, daß es eine günstige Gelegenheit war, Werbung für mich zu machen, obwohl es in der Kirche stattfand. Um der Käseplatte den letzten Schliff zu geben, schnitt ich mehrere Laibe duftenden, hausgemachten Haferbrots zu dreieckigen Schnittchen auf und legte obendrein noch ein Rad Jarlsberg-Käse dazu. Werbung kann teuer werden.

Arch zog sich mit einem Minimum an Gejammer an, da er Juli-

54

an nicht wecken wollte, der dumpf schnarchte. Der Wind drang schneidend durch unsere Kleidung, als wir in den Lieferwagen kletterten. Der Himmel schimmerte wie das Innere einer Perle. Der Schneepflug hatte die Straßen gerade erst geräumt, und wir kamen auf der glatten Fahrbahn nur langsam voran. Als wir zu der mächtigen Steinkirche mit ihren großen Rosettenfenstern kamen, war der Parkplatz bereits zur Hälfte zugestellt mit Cadillacs, Rivieras und Chrysler New Yorkers und hier und da einem Mercedes, Lexus oder Infiniti.

Ich suchte den Parkplatz nach dem Jeep meines Ex-Mannes mit dem GYN-Kennzeichen ab, das ihn als Gynäkologen auswies, doch er stattete der Kirche heute offenbar keinen seiner seltenen Besuche ab. Die Nummernschilder mit den persönlichen Kennzeichen ließen erkennen, wer bereits da war. Die beiden Lieferwagen gleichen Typs der Dawsons verkündeten die Anwesenheit von Eltern und Tochter. Greer Dawson hieß bei ihrer Volleyballmannschaft nur G. D., der Hammer, ihr Kennzeichen lautete demnach GD HMR. Das gesetztere Autokennzeichen ihrer Eltern war ausgestellt auf AMCAFE für Aspen Meadow Café. Außerdem war da noch KRMI von einem ortsansässigen Krimiautor und AMEN, von wem wohl? Dem Pfarrer natürlich. Ich bog in die Lücke neben dem goldfarbenen Jaguar meiner besten Freundin Marla Korman, die zufällig Dr. John Richard Kormans zweite Ex-Frau war. Ihr Kennzeichen verkündete schlicht ZU HBN.

Als Arch und ich uns mit unseren Tabletts durch die schweren Türflügel schoben, rief Marla uns einen schrillen Gruß entgegen und kam eilends durch das Foyer auf uns zu. Marla, eine körperlich wie geistig stattliche Person, kleidete sich immer der Jahreszeit entsprechend. Heute morgen verlangte der frühe Wintereinbruch ein silberfarbenes Wildlederkostüm, dessen Jacke und Rock üppig mit Zinnknöpfen besetzt waren. Funkelnde Silberspangen, die ich ihr zum vierzigsten Geburtstag geschenkt hatte, hielten ihr ständig krauses, braunes Haar zurück. Sie schloß mich in eine Umarmung aus Armreifen und weichem Leder.

»Was zum Teufel ist bloß gestern abend in dieser Schule passiert?« zischte sie mir ins Ohr.

»Wie hast du davon erfahren?«

»Was, machst du Scherze? Mein Telefon klingelt seit halb sieben heute morgen!«

Der Organist ließ die Anfangstakte einer Fuge von Bach erklingen. Ich flüsterte: »Es war schrecklich, aber ich kann jetzt nicht darüber sprechen. Hilf mir nachher in der Küche, dann erzähle ich dir, was ich weiß.«

Marla erklärte mir, sie habe Gäste, denen sie versprochen habe, sich während des Gottesdienstes neben sie zu setzen, aber sie könne mir später bei den Erfrischungen helfen. Dann raunte sie: »Ich habe gehört, der Bursche hat Kreditkarten gestohlen.«

»Hat er *nicht*«, erklärte Aren laut und vernehmlich hinter uns.

»Er war *nett*.« Bei diesen Worten drehten sich die Köpfe in den Kirchenbänken herum und starrten uns an. Die Fuge von Bach war in vollem Gang. Marla hob ihr Kinn zu einer gebieterischen Geste. Ich tat, als kenne ich keinen von beiden und brachte schnell die erste Käse-Apfel-Platte hinaus in die Küche der Kirche.

Wir murmelten uns durch den Gottesdienst bis zu der Stelle, an dem man dem Priester Gottes Segen wünscht und sich an seine Nachbarn wendet, um ihnen den gleichen Segenswunsch auszusprechen. In dieser Gemeinde war der Segenswunsch jedoch das Signal, Neuigkeiten, Bemerkungen übers Wetter und Kommentare über Krankheitsfälle und abwesende Gemeindemitglieder auszutauschen, bis der Priester dem Tohuwabohu ein Ende setzte, um Bekanntmachungen und Ankündigungen zu verlesen. An diesem Tag waren die Segenswunsch-Gespräche leider den Ereignissen an der Privatschule Elk Park vorbehalten.

Als Arch und ich allen Nachbarn höflich die Hand geschüttelt hatten, überraschte Marla uns, indem sie sich zu uns in die Bank zwängte. Sie erklärte vorwurfsvoll: »Du hast mir gar nicht gesagt, daß du ihn gefunden hast! Nach dem Dinner! Weißt du, daß die Polizei schon bei einigen Eltern war und sie befragt hat? Ich habe gehört, sie verdächtigen diesen Burschen, der bei dir wohnt. Du weißt schon, Julian.«

»Was? Wer hat dir das gesagt?«

»Ich habe es gerade gehört«, antwortete sie mit einem Achselzucken in silbernem Wildleder. »Ich weiß nicht mehr, wer es mir erzählt hat. Oh, Pastor Olson bedenkt uns mit scheinheiligen Blicken. Ich kann jetzt nicht reden.«

Während des Schlußliedes bemerkte ich, daß Audrey Coopersmith während des Gottesdienstes hereingeschlüpft war. Sie stand statuenhaft in der letzten Bank, die Arme vor der Brust verschränkt. Sie sah müde aus, war aber sorgfältig zurechtgemacht und trug eine lange weiße Schürze über ihrer sackartigen Kleidung. Seit der Trennung von ihrem Mann zeigte Audrey eine Vorliebe für weite, gelblich braune Hemden und graue Hosen, die aussahen, als seien sie für Postbeamte gemacht. Sie nahm nur selten eine Handtasche mit, stopfte statt dessen eine Brieftasche in die hintere Hosentasche und ließ den Schlüsselbund an einer Gürtelschlaufe baumeln. Obwohl um sie her alle sangen, blieb sie stumm. Ihre dunklen Augen waren halb geschlossen. Ich fragte mich, ob sie um Carls Heimkehr oder um Stärkung ihres Selbstbewußtseins betete. Andererseits schloß das eine vielleicht das andere aus.

Während die Altardiener die Kerzen löschten, gab ich Audrey ein Zeichen, und wir stellten schnell einen Tisch im hinteren Teil der Kirche auf. Ich versuchte, Caroline Dawson in dem Gedränge ausfindig zu machen. Das letzte, was ich brauchen konnte, war, daß der Pflaumenkuchen dezimiert war, ehe sie auch nur ein Stück probiert hatte.

Audrey schlurfte mit einem tief eingegrabenen verdrießlichen Zug um den Mund zu einer der Arbeitsplatten in der Küche. Über das heitere Stimmengewirr hinweg, das aus dem Foyer hereindrang, meinte sie: »Greer Dawsons Mutter ist draußen. Sie möchte etwas von dem Pflaumenkuchen. Ich habe gesagt, ich weiß nichts davon. Sie meinte: ›Also, dann sollten Sie besser mal nachsehen gehen.‹«

Audrey fuhr sich flatternd mit der freien Hand an die Brust. »Warum fragt sie nicht Greer? Sie konnte uns gestern abend schon nicht helfen, wieso springt sie heute morgen nicht ein? Oder ist wirkliches Servieren zu schwer für den Hammer?«

»Audrey«, meinte ich beschwichtigend, »Greer hat gestern abend den Vorträgen zugehört, genauso wie Heather und Julian. Ich kümmere mich um Caroline Dawson.«

Audrey grummelte.

In gewisser Weise hatte sie natürlich recht. Greer D., der Hammer, war nur insofern an der Arbeit für mich interessiert, als sie bei den Zulassungskommissionen für die Hochschulen den Eindruck erwecken wollte, daß sie in ihren Interessen und Begabungen wohl abgerundet war. Ich begriff nicht, wieso sie ihre Erfahrungen nicht abrunden konnte, indem sie im Café ihrer Familie arbeitete, aber vielleicht hatten die Eliteschulen etwas gegen Vetternwirtschaft.

Jedenfalls beanstandete Audrey zu Recht, daß Greer es selten schaffte, die Arbeit für mich mit ihrem vollen Terminkalender zu vereinbaren. Aber ich konnte es mir nicht leisten, es mir mit ihren Eltern zu verderben, bevor ich sie mit meinen Backkünsten überwältigt hatte. Ich reichte einer ernst dreinschauenden Audrey eine Käseplatte. Die saftigen Stücke Pflaumenkuchen verströmten einen verlockenden Zimtduft. Während ich die Kuchenplatte nahm und mich auf den Weg zu den Dawsons machte, kam ich zu dem Schluß, das letzte, was ich in meine College-Bewerbung würde schreiben wollen, wäre, daß die Arbeit im Partyservice mich *abgerundet* habe.

»Oooh, oooh, oooh«, zwitscherte Marla, als ich ins Foyer stürmte. Sie verschlang den Kuchen mit gierigen Blicken. »Du mußt mir immer noch von gestern abend erzählen. Und laß dir gesagt

Happy-End-Pflaumenkuchen

200 g Butter
175 g weißer Zucker
175 g brauner Zucker
2 große Eier
1 Teelöffel Vanilleextrakt
375 g Weizenmehl Typ 405 (im Gebirge: 2 Eßlöffel mehr)
2 Teelöffel Backpulver (im Gebirge: $^1/_2$ Teelöffel weniger)
1 Teelöffel Natron
$^1/_2$ Teelöffel Salz
2 Teelöffel gemahlenen Zimt
1 Glas Backpflaumen im eigenen Saft, gut abtropfen lassen und
hacken, den Saft aufheben
Puderzucker

Den Backofen auf 200 Grad vorheizen. Die Butter in einer
Rührschüssel sämig schlagen, nach und nach den Zucker
zugeben und zu einer lockeren, glatten Masse verrühren. Die
Eier hineinschlagen und mit dem Vanilleextrakt verquirlen.
Das Mehl sieben, Backpulver, Natron, Salz und Zimt unter-
mengen. Das Mehl und 100 ml des Pflaumensafts in kleinen
Portionen abwechselnd in die Teigmasse geben und glattrüh-
ren. Mit dem Mehl beginnen und enden. Abschließend die
Pflaumen unterheben. Den Teig auf einem eingefetteten
Backblech verteilen. 25 bis 30 Minuten backen, bis an einem
Zahnstocher keine Teigreste mehr haften bleiben. Den ferti-
gen Kuchen auf einem Rost abkühlen lassen und mit Puder-
zucker bestreuen. *Ergibt 12 bis 16 Portionen.*

sein, Pastor Olson ist ganz hingerissen von dem Imbiß. Er hat mich schon gefragt, ob du vielleicht die Bewirtung für ein hochkarätiges Treffen der Geistlichkeit übernehmen würdest.«

»Solange er bezahlt, stehe ich ihm zur Verfügung.«

»Es geht hier um die *Kirche,* Schätzchen.« Marla mopste sich ein Stück Kuchen und stopfte es sich in den Mund. »Er wird für gar nichts bezahlen.« Sie kaute gedankenverloren, den Blick auf etwas hinter meinem Rücken gerichtet. »Da kommen Hank und Caroline Dawson«, raunte sie, »der König und die Königin der Kleinwüchsigen. Sie werden alles aufessen, was ihnen unter die Augen kommt.«

»He!« protestierte ich. »Ich bin auch klein! Und ich mag es nicht…«

»Dann erweise deinem Königspaar die Referenz«, meinte Marla und deutete mit dem Kinn hinter mich. »Sie stehen gleich hinter dir.«

Die Dawsons kamen zu mir. Hank bedachte mich mit einem wissenden Blick.

»Großes Spiel heute. Nervös?« sagte er.

Ich sah ihn an. Hank Dawson war ein vierschrötiger Mann, hatte ein solides, ledriges Gesicht mit eckigem Kinn, breite Schultern und einen soliden, grauen Anzug von Brooks Brothers. Sein kurz geschnittenes, graumeliertes Haar, der schwindende Haaransatz und seine flinken, abschätzenden blauen Augen sagten: Hier steht ein stocknüchterner Republikaner. Wenn wir es vermeiden konnten, über Greers brillante Talente zu sprechen, plauderten Hank und ich nach der Kirche fachmännisch über die bevorstehenden Spiele der Broncos. Wir waren eingefleischte Fans, hatten für die Sonntagnachmittage spezielle Kleidung in Bronco-Orange im Schrank, begleiteten die Spiele, Strategien, Spielerkäufe und -verkäufe mit unseren Kommentaren und mußten uns regelmäßig etwas gegen Magenbeschwerden verschreiben lassen, sobald die Play-off-Runde begann. Mit Hank nach dem Gottesdienst in der Episkopalkirche zu fachsimpeln war, als träfe man mitten in Norddakota einen Landsmann, der Zulu spricht.

»Nee«, antwortete ich. »Die Vikings sind erledigt.«

»Stimmt. Ohne Bud Grant sind die Vikings erledigt.«

»Die Vikings sind schon erledigt, seit Fran Tarkenton aufgehört hat.«

»Trotzdem«, beharrte Hank, »man muß sich vor jeder Mannschaft in acht nehmen, die ein ganzes Spielviertel lang einen Zwei-Minuten-Angriff abwehren kann.«

»Hank. Das war vor Jahren.«

»Ja.« Er sah beruhigt aus. »Das war Bud Grants letztes Jahr.«

Gemeinsam intonierten wir unseren Refrain: »Und wir haben Elway.«

»Entschuldigt bitte!« kreischte Caroline Dawson. Man sieht, es bringt sie immer aus der Fassung, wenn man Zulu spricht.

Plötzlich wünschte ich mir, ich hätte versucht, dem Café Bronco-Napfkuchen zu verkaufen statt Pflaumenkuchen. Ich bedachte Caroline mit einem reumütigen Lächeln, das nur eine Spur zuckrig war.

Die Königin der Kleinwüchsigen faßte an die Knöpfe ihres purpurroten Kostüms à la Chanel, das nur einen Hauch dunkler war als das burgunderrote Seidenkostüm des Vorabends. Marla hatte mich einmal darauf aufmerksam gemacht, daß Frauen Ende Fünfzig diesen Farbton bevorzugen. Sie nannte ihn menopausenrot. Wie Caroline so dastand, erinnerte sie an eine untersetzte, schwere Säule, die die Griechen zurückgelassen hatten. Die beiden Dawsons ließen mich an Archs alte Bauklötze denken, die er in runden und eckigen Formen besaß und die man mit einem Hammer durch die richtigen Löcher treiben mußte.

»*Sieht* der nicht himmlisch aus«, murmelte Caroline, während sie nach einem großen Stück Kuchen griff. »Ich hoffe, er schmeckt ebenso gut, wie er aussieht.« Sie schlang es hinunter und schob ein zweites Stück in den Mund. Hank nahm sich gleich zwei Stücke und aß sie gleichzeitig. Mit vollem Mund meinte Caroline schließlich: »*War* das ein Essen gestern abend. Natürlich hat Greer die Studienberatung *eigentlich* nicht nötig. Sie hat sich ihre Schulen schon ausgesucht.«

»Ach, wirklich? Na ja. Ich freue mich, daß Ihnen das Essen gefallen hat. Es war wirklich ganz gelungen, bis auf das Ende.«

Beide sahen mich erstaunt an. War es möglich, daß jemand es noch nicht gehört hatte? Schnell erzählte ich ihnen, wie ich Keith Andrews gefunden hatte. Im stillen betete ich, daß die Polizei nicht heute während des Bronco-Spiels auftauchen möge, um Fragen zu stellen.

»Mein Gott«, rief Hank Dawson aus. Ich glaube, er hatte gerade sein achtes Stück Kuchen vertilgt. Er wandte sich an seine Frau. »Erinnerst du dich, was Greer nach der Landesmeisterschaft im Volleyball gesagt hat?«

Caroline biß in ihr Kuchenstück. Dann schürzte sie affektiert die Lippen. »Ich war, glaube ich, zu aufgeregt.«

Eifrig wandte Hank sich wieder an mich, um es mir zu erklären. »Sie wissen sicher, daß das Elk-Park-Volleyballteam unserer Tochter die Landesmeisterschaft zu verdanken hat.«

»Herzlichen Glückwunsch.«

Hank kniff skeptisch ein Auge zu. »Jedenfalls hat Greer uns nach dem Endspiel von diesem Gerücht erzählt, daß Keith Andrews Drogenprobleme gehabt haben soll...«

Ich sagte: »Wie bitte?«, und fast fiel mir die Kuchenplatte aus der Hand, als Caroline gerade nach dem letzten Stück griff, etwa ihrem zehnten. »Drogen? Keith Andrews schien gar nicht der Typ dafür zu sein.«

Hank zuckte lebensklug die Achseln. »Die aussehen, als wären sie der Typ, sind es selten. Sie wissen ja, Goldy, das war auch in der Mannschaft so.« Wir schüttelten gemeinsam unsere Köpfe über den unausgesprochenen Namen eines früheren Abwehr-spielers der Broncos. Dreimal im Laufe des vergangenen Jahres waren Kokaintests bei ihm positiv ausgefallen, und man hatte ihn für den Profi-Football gesperrt. Er hatte auch für die Profi-liga gespielt. Damals waren Hank und ich uns einig gewesen, daß im ganzen Bundesstaat die Flaggen hätten auf Halbmast wehen müssen. »Nehmen Sie nur den Sohn des Direktors, Mac-guire«, sagte Hank nach unserer Schweigeminute. »Er sieht aus wie ein Unschuldslamm, aber wie ich gehört habe, hat dieser Bursche ganz schön Erfahrung mit Drogen.«

»Drogen?« Marla schlängelte sich mit einem Tablett in der Hand neben uns. »Was für ein hübsches Rot, Caroline. Es steht Ihnen.«

»Ich kann Ihnen sagen, wo ich es bekommen habe, wenn Sie möchten, Marla.« Caroline und Hank griffen gleichzeitig nach den Napfkuchen auf Marlas Servierplatte.

»Oh«, zwitscherte Marla, »ich glaube nicht, daß ich Einkaufs-ratschläge brauche . . .«

»Mrs. Dawson«, fuhr ich schroff dazwischen, »finden Sie den Kuchen gut genug, um ihn in Ihrem Café zu verkaufen?«

Caroline spitzte die Lippen und schloß die Augen. Einen Augenblick lang sah sie aus wie einer dieser kleinen chinesischen Dämonen, die nichts als Unglück bringen. »Eigentlich nicht«, murmelte sie. »Tut mir leid, Goldy. Wir wissen allerdings zu würdigen, was Sie für Greer tun. Wir sehen uns später.« Und da zog sie hin mit ihrem vierschrötigen Mann und leckte sich im Weggehen die letzten Kuchenkrümel von den Fingern.

»War das eine Ablehnung?« fragte ich Marla.

»Nein, nein. Schätzchen, die königlichen Kleinwüchsigen haben die Platten geputzt. Jetzt müssen sie sich mit ein paar anderen Gemeindemitgliedern unterhalten, die soeben aus dem Heiligen Land zurückgekehrt sind.« Ich konnte mich nicht erinnern, daß das auffällig gekleidete Paar, mit dem die Dawsons sich unterhielten, besonders religiös gewesen wäre. Marla erklärte: »Du weißt schon, Goldy. *England.*« Flüsternd fügte sie hinzu: »Ich frage mich nur, warum sie soviel davon gegessen hat, wenn es ihr nicht geschmeckt hat?«

63

Das wußte ich nun wirklich nicht. Ich warf einen prüfenden Blick auf das Büfett, das Audrey eifrig mit Nachschub versorgt hatte. Über den Raum hinweg traf mein Blick sich mit Archs. Er stand mit den großen, hageren Marenskys zusammen, die entweder mir oder meinem Essen oder beidem aus dem Weg gingen. Stan und Rhoda Marensky gehörten zu jener Sorte Menschen, die Köchen mißfallen: Sie picken wie die Vögel in ihrem Essen herum, essen ihre Teller nicht leer und beklagen sich dann, wie teuer alles ist. Stan fragte Arch gerade aus, der mir einen flehentlichen Blick zuwarf, mit dem er mir zu verstehen gab: Können wir gehen? Ich bedeutete ihm mit der Hand: noch fünf Minuten. Dann winkte ich ihn zu mir. Die Marenskys wandten mir den Rücken zu.

»Hat der Sohn des Direktors Schwierigkeiten?« fragte ich leise, als Arch neben mir stand.

Arch rückte seine Brille auf der Nase zurecht. In einem Mundwinkel hing ihm ein Stückchen Käse. Ich nahm eine Papierserviette und wischte es fort.

»Laß das, bitte.« Arch entwand sich meiner Fürsorglichkeit.

»Erzähl mir etwas über Macguire, den Sohn des Direktors. Und seine Probleme.«

Arch zuckte unverbindlich mit den Schultern. »Na ja, er baut schon ganz schön Mist. Ich meine, kann man es ihm verdenken, daß er komisch ist, bei so einem Vater? Ich glaube, er darf nicht mehr Auto fahren. Hör mal, Mama, die Leute sprechen heute nicht besonders nett über Keith. Sagen, er hätte es verdient, zu sterben und so.«

»Wer sagt das, die Marenskys?«

»Ich glaube schon. Sie und andere.« Wieder ein Achselzucken. Ebenso wie Julian würde Arch nicht einmal dann tratschen, wenn sein Leben davon abhinge. »Ich sage dir, Keith war großartig. Obwohl er in der Abschlußklasse war, hat er mit uns gesprochen. Die meisten aus der Abschlußklasse ignorieren uns einfach.« Arch nahm sich noch einen Napfkuchen.

»Ich weiß, ich weiß«, sagte ich und verspürte einen mütterlichen Stich wegen der Art, wie die anderen Kinder Arch behandelten, meinen zierlichen, unsportlichen Sohn.

Marla tänzelte mit Grandezza heran, in der einen Hand ein Stück Kuchen, in der anderen eine Tasse Kaffee. Sie machte eine ausladende Geste mit ihrer Kaffeetasse. »Van Gogh muß wohl zugehört haben, wie die Leute sich über die Eliteschulen stritten. Er ist nach Hause gekommen und hat sich das Ohr abgeschnitten.«

Ich unterdrückte ein Lachen.

»Geh nur und hör dir das Gespräch zwischen den Dawsons und Audrey Coopersmith an. Caroline ließ sich gerade darüber aus, daß der Notendurchschnitt weniger zählt als die außerschulischen Aktivitäten. Audrey hielt ihr entgegen, daß Greer Dawson sich neben Volleyball außerhalb der Schule einzig und allein für Kleider interessiert habe. Daraufhin meinte Caroline, wo sie gerade davon spreche, vielleicht könne ihr liebes Töchterchen, Greer, Audreys Tochter, Heather, auf diesem Gebiet ein paar Tips geben. Und was das beträfe, schob Caroline noch nach, wo sie einmal in Fahrt war, sehe es ganz so aus, als könne Audrey selbst in Modefragen den ein oder anderen Rat gebrauchen.«

Ich seufzte. »Arme Audrey. Als hätte sie nicht schon genug am Hals.«

»Mach dir keine Gedanken«, sagte Marla. »Ich habe Pastor Olson gesagt, wir brauchten einen Schiedsrichter für eine Streitfrage während der Kaffeestunde. Er meinte: Oh, theologisch oder ethisch? Und ich sagte: akademisch. Er nickte und sagte, darüber habe er alles im Seminar gelernt.«

»Wirklich?«

Doch ehe Marla ins Detail gehen konnte, kam der Küster zu mir und bat mich, den Tisch abzuräumen, da nach dem Gottesdienst noch eine Zusammenkunft im Gemeindesaal stattfinden sollte. Arch schlich davon.

Zu meiner Erleichterung war fast der ganze Käse aufgegessen, vom Pflaumenkuchen waren nur noch Krümel übrig, und die Apfelvögel hatten sich bis auf ein paar Gefiederschnitzchen verflüchtigt.

»Ach, Goldy!« Pastor Olson strahlte vor Freude. »Das war wunderbar! Und es hat die Kaffeestunde so belebt! Ich habe überlegt, ob ich Sie überreden könnte, für den theologischen Prüfungsausschuß ein Mittagessen auszurichten? Leider muß ich sagen, daß wir es uns nicht leisten können, zu...«

»Nein danke!« rief ich fröhlich über die Schulter, während ich die letzten Reste des Gouda zusammenpackte. »Ich bin für die nächsten drei Monate völlig ausgebucht.« Das entsprach zwar nicht ganz der Wahrheit, aber Kunden müssen bereit sein, für ihr Essen zu zahlen. Ich habe schließlich ein Kind zu ernähren.

»...verstehe einfach nicht, wieso Sie meinen, Ihre Tochter sei die einzig Qualifizierte...« Hank Dawson gestikulierte mit einem Stück Gouda. Er tadelte Audrey Coopersmith in vernichtendem Ton. »Wir haben uns ausführlich damit beschäftigt...«

Caroline Dawson nickte und stopfte sich den Rest ihres Napfkuchens in den Mund. Die Revers ihrer roten Kostümjacke bebten erbost. Sie schluckte und führte den Gedanken ihres Mannes weiter. »Also, erst neulich sprach ich mit dem Leiter der Zulassungskommission von...«

»Und Sie meinen, das macht Sie zu Experten?« erwiderte Audrey das Feuer. Ihr Gesicht war rot vor Zorn. »Sie wissen doch rein gar nichts über den Wert einer guten Schulbildung.« Sie machte eine Pause, und selbst mich fröstelte angesichts der feurigen Glut ihrer dunklen Augen, die sie auf eine verblüffte Caroline Dawson richtete. Audreys Worte explodierten wie ein Kugelhagel. »Sie halten Ben Johnson doch für einen kanadischen Läufer. Sie, Sie« – sie stockte, suchte nach weiteren Beleidigungen –, »Sie glauben doch, *Heidegger* ist eine Kiste, die man herumträgt, um *Strahlung* zu messen!«

Mit diesen Worten knallte Audrey ihr Tablett auf den Tisch und stampfte zur Holztür der Kirche hinaus. Ihr Schlüsselbund schlug mit lautem Rasseln gegen die Türkante. Sie blieb nicht stehen, um sich von mir zu verabschieden. Sie nahm nicht einmal ihre Schürze ab.

4   Pastor Olson zupfte an seinem Bart. »Ich
     wünschte, sie hätte nicht mit Heidegger
gespaßt...«

»Ach«, erklärte ich mitfühlend. »Sie macht gerade eine schwere
Zeit durch.« Pastor Olson ging, um die gesträubten Nackenhaa-
re der Dawsons glattzustreichen. Ich war mir nicht ganz klar, ob
Audrey Verständnis, mehr Selbstbewußtsein oder eine völlig
neue Lebensperspektive brauchte. Aber irgend etwas brauchte
sie mit Sicherheit. Schmerz sickerte aus ihr heraus wie Wasser
aus einem leckgeschlagenen Damm. Ich beschloß, ihr bei nächster Gelegenheit, wenn wir zusammen arbeiteten, ein paar
wohlüberlegte, aufmunternde Worte zu sagen. Wohlüberlegt,
weil Arch immer erklärte, was ich für aufmunternd hielt, wirke
auf den Betreffenden wie ein Rollkommando, wenn er doch nur
geniest habe.

Hank Dawson nickte Pastor Olson zu und schlängelte sich zu
mir durch. »Ist Ben Johnson denn kein kanadischer Läufer?« Er
runzelte die Stirn.

»Doch, natürlich. Vielleicht nach einem Dichter des sechzehn-
ten Jahrhunderts getauft.«

»Was glaubt diese Frau eigentlich, wer sie ist?«

»Na ja, sie war aufgebracht...«

Hank Dawson schenkte sich noch eine Tasse Kaffee ein und

blies darauf. Er sah an seiner breiten Nase vorbei auf mich herab. »Audrey Coopersmith hat meine Frau aufgeregt.« Und das von dem Burschen, der mir am Abend zuvor den klassischen Blick des Pantoffelhelden zugeworfen hatte: Machen Sie sich nichts draus, ich muß mit ihr leben. Je mehr Ärger Audrey Caroline Dawson bereitete, um so mehr bekam vielleicht auch Mr. Dawson ab.

»Ach, Hank...«

»Hören Sie. Audrey ist nur eifersüchtig, weil unsere Greer so begabt ist. Heather ist gut in Mathe und Naturwissenschaften, Punkt. Greer, das sage ich Ihnen, hat schon Geschichten erfunden, seit sie acht ist. Sie ist hervorragend in Sprachen und obendrein noch eine gute Sportlerin. Sie ist vielseitig, und genau das suchen sie überall, das wissen Sie ja. Ein Wettstreit zwischen Heather und Greer? Das ist kein Spiel, das ist eine sichere Schlappe.«

»Natürlich«, meinte ich beschwichtigend. »Aber Sie wissen ja, wir alle wollen nur das Beste für unsere Kinder. Besonders nach dem, was gestern abend passiert ist.«

Hank rührte in seinem Kaffee und sah mich mit seinen strengen, eisblauen Augen an. »Ach, wem sagen Sie das? Neuntausend Knicker im Jahr, und dann erzählen Sie mir, Sie finden eine Leiche nach dem Essen im Haus des Direktors! Heiliger Strohsack!«

»Pastor Olson kann uns hören«, raunte ich.

Hank hob sein Kinn, das so messerscharf war, daß man eine italienische Salami damit hätte schneiden können. Er spuckte die Worte förmlich aus. »Ausgerechnet jetzt muß diese Schule in einen Skandal verwickelt werden, das ist das Allerschlimmste. Diese Kinder sind im Abschlußjahr, die Collegebewerbungen stehen bevor. Und wie kommt Audrey Coopersmith dazu« – die blauen Augen funkelten, während seine Stimme lauter wurde –, »die es in ihrem Leben zu nichts gebracht hat, ein Urteil über unsere Tochter zu fällen? Greer hat im landesweiten Französischwettbewerb den fünften Platz gemacht. Sie hat Gedichte geschrieben... sie hat eine Autorentagung besucht und bei einem Schriftsteller in *Harvard* Unterricht genommen.«

»Greer ist wunderbar, wunderbar«, log ich. »Alle finden das.«

Der König der Kleinwüchsigen grunzte, drehte sich auf dem Absatz um und ging davon.

Das Seltsame an Audreys Wutausbruch war, daß Caroline Dawson innerhalb von zehn Minuten ihre Meinung änderte – nicht über Audrey, sondern über mich. Genauer gesagt, über meinen Pflaumenkuchen. Sie wollte wohl zeigen, daß sie kein völliger Snob war, schätze ich. Ehe die letzten Nachzügler die Kaffeestunde in der Kirche verließen, kam sie, als ich gerade die letzten Reste der Vögel aus Apfelschnitzen wegräumte, geschäftig zu mir und verkündete, sie habe es sich anders überlegt. Was sei ihr nur eingefallen? Selbstverständlich hätten sie gerne, daß ich meinen Pflaumenkuchen im Café verkaufte. Er sei einfach *köstlich* und werde bei ihrer Kundschaft *wunderbar* ankommen. Ob wir mit sechs pro Woche anfangen sollten?

»Ja, sicher«, erwiderte ich matt.

Der Kuchenerfolg hüllte mich in eine kleine Wolke des Wohlbehagens, daher ließ ich Pastor Olson sofort wissen, daß ich bereit sei, die Bewirtung für sein Priestertreffen zu übernehmen, wenn die Kirche mir meine Arbeit und meine Kosten bezahlen könne. Seine rechte Hand strich durch seinen Mosesbart. Er brummelte, er wolle das mit dem Diözesanbüro klären. Das Treffen sei am kommenden Freitag, und aus dem kirchlichen Mitteilungsblatt gehe hervor, daß es sich mit Glauben und Buße befassen solle. Ob ich mir wohl etwas Passendes dazu ausdenken könne? Ich sah ihn verständnislos an. Brot und Wasser? Dann versicherte ich ihm, ein Bußmahl sei kein Problem. Ich besaß sogar ein Rezept für einen sogenannten Bußkuchen.

Als Arch und ich nach Hause kamen, saß Julian in der Küche und trank Café au lait nach seiner Version, eine Tasse heißer Milch, aromatisiert mit einem Teelöffel Espresso. Er sagte, er

70

habe einen Glaser angerufen, der morgen vorbeikäme, und er habe keine Lust, seine Hausaufgaben zu machen, ob er mir vielleicht bei dem *choucroute für* das Bronco-Essen helfen könne? Er sagte mir auch, daß sechs Anrufe für mich gekommen seien. Zweimal habe sich niemand gemeldet, und vier Anrufer ließen mir etwas ausrichten: der Direktor der Schule, Tom Schulz, Audrey Coopersmith und mein Exmann, dem man deutlich angehört habe, daß er über irgend etwas verärgert war.

Das war nichts Neues. Aber zweimal hatte sich niemand gemeldet?

»Haben diese anonymen Anrufer irgend etwas gesagt?«

Julian wippte auf einem der Küchenstühle. »Nee. Ich hab' nur gesagt: ›Hallo? Hallo? Hier ist Goldilocks' Partyservice, wer ist da?‹ Ich konnte aber nur ein Atmen hören und dann ein Klikken.«

Plötzlich wurde die Luft um mich kalt. Konnte das derselbe Witzbold gewesen sein, der am Abend vorher unsere Fensterscheibe eingeworfen hatte? Was wäre gewesen, wenn Arch diese Anrufe entgegengenommen hätte? Beobachtete jemand unser Haus? Am besten war es, Schulz davon zu erzählen. Aber zunächst mußte ich einen anderen Anruf erledigen.

Ich griff nach dem Hörer; mein Exmann nahm beim vierten Klingeln ab. Mit jener ausdruckslosen Stimme, die er benutzte, um sich den Anschein zu geben, über jedes Gefühl erhaben zu sein, erklärte der Kotzbrocken lediglich, er habe schon den ganzen Morgen versucht, mich zu erreichen. Ich fragte, ob er gestern abend um unser Haus geschlichen sei, vielleicht mit einem Stein. Er antwortete: »Was denkst du eigentlich von mir, hältst du mich für verrückt?«

Also, darauf würde ich ihm keine Antwort geben. Ich fragte, was er wolle. Nur das: Da schon so früh Schnee gefallen war, wollte er am nächsten Wochenende, seinem regulären Wochenende mit Arch, skifahren. Er habe vor, ihn am Freitag, dem Halloweentag, zeitig von der Elk-Park-Schule abzuholen, um den Staus zuvorzukommen. Das wollte er mir lediglich mitteilen.

Ich kaute auf der Innenseite meiner Wange herum. Da unsere Besuchsregelung sich nicht auf Freitage erstreckte, mußte John Richard mit mir absprechen, wenn er Arch früher von der Schule abholte. Natürlich hieß das im Klartext, daß er mir seine Pläne mitteilte und dann abwartete, ob ich mich aufregen würde. Wer, ich? Ich machte mir allerdings Gedanken, ob Arch nicht schon andere Pläne für Halloween hatte. Falls Arch einverstanden war, würde John Richard ihn sicher mitnehmen in seine Eigentumswohnung in Keystone. Arch hatte mir erzählt, daß sein Vater die Schlösser hatte auswechseln lassen, um sicherzugehen, daß ich die Wohnung nicht heimlich benutzte. Warum sollte ich mich aufregen? »Schön«, erklärte ich John Richard, »ich muß das nur noch mit Arch klären«. Ich erwähnte mit keinem Wort, was mir durch den Kopf ging, daß nämlich manche Leute an Halloween arbeiten mußten. Oder zumindest, wie der theologische Prüfungsausschuß, Buße taten. John Richard paßte allerdings in keine dieser beiden Kategorien, daher legte ich auf.

Als nächstes rief ich Direktor Perkins an, erreichte aber nur seinen Sohn. Macguire gab zu verstehen, daß er mich kannte, indem er sagte: »Ah ja, hi. Das war ganz schön hart gestern abend. Sind Sie o.k.?« Als ich das bejahte, erklärte er: »Pa hat gesagt, ich soll Ihnen ausrichten, daß er Sie sehen möchte. Morgen. Sie sollen einfach irgendwann ins Büro kommen und, eh, irgendeinen Mantel mitbringen.« Er dachte einen Augenblick nach. »Sagen Sie ihm, daß Sie gerade hereingeschneit sind, Sie wissen schon, wie ein . . . Meteorit.«

Ich sagte ihm, er solle morgen gegen zehn Uhr mit meinem Aufschlag rechnen und legte auf. Ehe ich Schulz anrufen konnte, klingelte das Telefon.

»Goldilocks' Partyservice«, zwitscherte ich, »alles vom Feinsten.«

Atmen.

»Heh!« brüllte ich. »Wer ist da?«

Ein Klicken und dann Stille. Ich wählte Schulz' Nummer.

»Wie geht es meiner Lieblingsköchin?« fragte er lachend, nachdem ich ihn begrüßt hatte.

»Du meinst, deiner *einzigen* Köchin.«

»Oh. Sie hat schlechte Laune. Muß mit ihrem Ex-Mann gesprochen haben.«

»Das, und irgend jemand hat gestern abend einen Stein durch unsere Fensterscheibe geworfen. Und außerdem habe ich gerade einen anonymen Anruf bekommen, den dritten heute morgen.«

Er schnaubte verächtlich. »Fängt dein Ex wieder mit den alten Spielchen an?«

»Er sagt nein. Die Alarmanlage ging los, als der Stein durchs Fenster kam, Arch hat sich darum gekümmert. Die Anrufe machen mir Sorgen.«

»Sagst du der Telefongesellschaft Bescheid?«

»Ja, ja, natürlich. Aber was mir Angst macht ist, daß das alles unmittelbar nach der Sache mit Keith Andrews passiert. Vielleicht gibt es da einen Zusammenhang. Ich wünschte, ich hätte ihn nicht gefunden. Ich wünschte, ich wäre nicht da hineingeraten. Aber ich habe ihn gefunden und hänge mit drin, falls du es vergessen haben solltest.«

»Ich weiß, ich weiß, Miss G. Nimm's nicht so schwer, deshalb habe ich dich auch angerufen. Du hast eine Nachricht auf meinem Anrufbeantworter hinterlassen, erinnerst du dich? Du wolltest mich nicht wecken, aber du hättest etwas gefunden.«

Ich erzählte ihm von der Kreditkarte in der Tasche des Waschbärmantels. Er erkundigte sich nach der Nummer. Ich angelte nach der Karte und las ihm die Ziffern vor. Er sagte: »Gib die Karte nicht mit dem Mantel zurück. Kannst du sie mir morgen vorbeibringen? Und zum Abendessen bleiben?«

»Liebend gern.« Ich hatte ein schlechtes Gewissen, weil ich ihn so angeherrscht hatte. Sanfter sagte ich: »Warum kommst du nicht zu mir? Wahrscheinlich habe ich tonnenweise Bratwurst übrig. Und wenn ich einen anonymen Anruf bekomme, kannst du den Betreffenden gleich selbst anschnauzen.«

»Wie wär' es damit... gib die Würstchen den Jungen, und komm gegen sechs zu mir. Ich muß dich allein sprechen.«

Sein Ton entlockte mir ein Lächeln. »Klingt interessant.«

»Wäre es auch, wenn es um uns ginge«, erwiderte Schulz zögernd. »Aber es geht um Julian.«

Großartig. Ich sagte, ich würde kommen und legte auf. Als ich das *choucroute* einpackte, fiel mir Audrey Coopersmith ein. Verflucht. Aufmunternd, aufmunternd, sagte ich mir vor, wählte die Nummer der Buchhandlung und ließ mich mit der Abteilung Selbsterfahrung verbinden. Eine Unterabteilung der Psychologie, erklärte man mir. Hmm.

»Ach Gott, Goldy«, sagte Audrey atemlos, als wir verbunden waren. »Ich bin so froh, daß du anrufst. Ich bin ein Wrack. Zuerst die Polizei und dann diese verdammten Dawsons in der Kirche, nachdem ich gestern schon diesen furchtbaren Brief von Carls Anwälten bekommen habe...«

»Bitte«, unterbrach ich sie, allerdings sehr nett, »du weißt doch, daß ich diese Bronco-Sache bei den Dawsons habe...«

»Ach ja, ich habe ein Riesenproblem. Wir haben heute abend ein Seminar ›Wie bekomme ich mein Leben in den Griff‹, und ich habe versprochen, für das Personal ein kleines Pfannengericht zu machen, wenn wir zwischen fünf und sieben den Laden schließen, und nachdem die Polizei mir all diese Fragen gestellt hatte, habe ich das Essen völlig vergessen, und sie haben Teller und alles hier, aber ich habe nichts zu essen mit, und ich dachte, wenn du vielleicht...«

Einspringen könntest. Ich zog die Schnur des Telefonhörers lang, öffnete meinen begehbaren Kühlschrank und stöberte den Inhalt durch. »Wieviele Personen?«

»Acht.«

»Vegetarier dabei?«

»Keiner, habe ich schon gefragt. Und wir haben gesammelt, fünf Dollar pro Person. Ich gebe dir das ganze Geld, kaufe dir ein Kochbuch deiner Wahl und übernehme Servieren, Aufräumen und Abwasch...« Aus ihrer Summe klang Erleichterung und Freude, dabei hatte ich noch nicht einmal ja gesagt.

»In Ordnung, aber es wird etwas Schlichtes«, warnte ich sie.

»Sie *wollen* es ja gerade schlicht, das gehört dazu, sein Leben in den Griff zu bekommen.«

Ich gab einen undeutlichen Laut von mir und erklärte, ich käme nach dem Spiel der Broncos. Ich überlegte eine Weile, nahm dann zwei Pfund Rinderfilet heraus und mixte schnell eine herrliche Marinade aus gepreßtem Knoblauch, Sherry und Sojasoße. Als das Rindfleisch unter kaltem Wasser angetaut war, schnitt ich es in kleine Stückchen, tunkte sie in die Marinade und packte das Sauerkraut und die Beilagen fertig ein. Ich konnte allerdings das Gefühl nicht abschütteln, daß es ein ausgedehntes Halbzeit-Essen werden sollte.

In dem riesigen Haus der Dawsons, einem Gebäude aus Holz und Glas, war eine heftige Diskussion über den Kunstrasen im überdachten Stadium von Minneapolis im Gange. Mein Erscheinen unterbrach die Gäste nur kurz bei ihren Margaritas und Whisky-Sours und ihren Einschätzungen zur Strategie der Vikings. Caroline Dawson, immer noch in ihrem roten Kostüm, watschelte Arch, Julian und mir voraus in die Küche.

Es war der sauberste, makelloseste kulinarische Arbeitsplatz, den ich je betreten hatte. Als ich ihr Komplimente machte, wie tadellos sauber alles sei, sah sie mich bestürzt an.

»Ist *Ihre* Küche nicht sauber?« Ohne eine Antwort abzuwarten, spähte sie unter die Plastikfolie, die eines meiner Tabletts abdeckte. Ich dachte, sie wolle prüfen, wie sauber es sei, bis ihre rundlichen Finger mit einer Kruste Kartoffel-Kümmel-Brot zum Vorschein kamen. Sie stopfte sie sich in den Mund, kaute und erklärte: »Da Hank und ich im Gaststättengewerbe sind,

halten wir eine staub- und schmutzfreie Umgebung für unerläß-
lich. Sie wissen ja, daß wir Sie gebeten haben, dieses Essen zu
machen, weil wir, nun ja, uns um die Gäste kümmern müssen,
und Sie haben einen guten Ruf...«

Damit verschwand sie, allerdings nicht, ohne vorher noch eine
Scheibe Brot zu stibitzen. Julian, Arch und ich machten uns nun
ernsthaft an die Vorbereitung des Essens. Wenn ich jedoch
geglaubt hatte, wir würden ungestört bleiben, so hatte ich mich
geirrt.

Rhoda Marensky, dünn und langbeinig wie ein vertrockneter
Rhododendron, kam als erste hereingeschlendert. Es war stadtbekannt, daß die bildschöne Rhoda, die mittlerweile schon die
Fünfzig erreicht hatte, für das Pelzgeschäft Marensky als Man-
nequin gearbeitet hatte, ehe Stan Marensky sie heiratete. Zu der
Bronco-Party trug sie ein chartreusefarbenes Strickensemble,
das mit Pelztupfern und -punkten besetzt war, als hätten die
Nerze mit Morsezeichen um Hilfe gerufen. Sie stand übertrieben lässig da und lobte Julian.

»Na, mein lieber Junge«, erklärte sie mit unverhohlener Bosheit,
»Sie müssen ja zeitig mit dem Lernen für Ihren Eignungstest
fertig geworden sein, wenn Sie sich die Zeit nehmen können,
hier zu bedienen. Was für ein Selbstvertrauen!«

Julian hörte auf, Sauerkraut zu schöpfen, preßte die Lippen
zusammen und schluckte. Arch sah von Julian zu mir.

»Im Gegensatz zu gewissen anderen Leuten«, erwiderte ich
gelassen, »hat Julian es nicht nötig, zu lernen.«

Rhoda schnaubte verächtlich und beugte sich zu Julian hinüber,
ein weiblicher Uriah Heep. Sie legte ihre Hand auf den Griff des
Schöpflöffels und zwang ihn, sie anzusehen. »Begrüßungsred-
ner! Und unser Brad erzählt mir, daß Sie noch nicht einmal eine
Begabtenförderung hatten. Woher kommen Sie noch, irgendwo
aus Utah?«

»Sagen Sie«, überlegte ich laut, »was für ein Name ist *Marensky*
eigentlich? Woher kommt er, aus Osteuropa?« Biestig, ich weiß,

aber manchmal muß man Feuer eben mit Flammenwerfern
bekämpfen. Außerdem wissen hagere Menschen Köche selten
zu schätzen.
»Die Marenskys gehören einem Zweig der russischen Zarenfa-
milie an«, erwiderte Rhoda.
»Wow! Cool!« warf mein leicht zu beeindruckender Sohn ein.
Ich warf einen verstohlenen Blick auf das Fleischermesser, das
auf der Arbeitsplatte lag. »Welcher Zweig soll das sein, der mit
den Blutern? Oder nennt man das eine Ader?«
Das wirkte. Rhoda verzog sich. Einen Augenblick später kam
ihr Mann in die Küche. Stan Marensky stolperte fast über Arch,
der ihm aus dem Weg sprang und das Gesicht verzog. Ich
bemühte mich, nicht zu stöhnen. Stans langes, von tiefen Falten
durchfurchtes Gesicht, sein übergroßer Mund und seine schlaksige Gestalt erinnerten mich immer an ein Rennpferd. Er war
ebenso schlank wie seine Frau, aber wesentlich nervöser. Das
mußte an all diesem russischen Blut liegen, das nicht gerinnt.
»Was haben Sie zu meiner Frau über Blut gesagt?« fragte er.
»Blut? Nichts. Sie muß an das Football-Spiel gedacht haben.«
Stan ging hinaus. Arch kicherte. Julian starrte mich ungläubig
an.
»Mensch, Goldy, beruhige dich! Du hast mir immer gesagt, man
soll besonders nett sein, vor allem zu reichen Leuten, damit man
noch mehr Aufträge bekommt... und da fällst du so über die
Marenskys her...«
Caroline Dawson unterbrach seine Zurechtweisung, als sie wie-
der in die Küche gewatschelt kam. Die Königin der Kleinwüchsigen stemmte die Hände in ihre breiten Hüften; ihr krebsroter
Körper bebte vor Zorn. »*Was* dauert hier eigentlich so lange?
Wenn ich gewußt hätte, daß Sie drei hier draußen ein Schwätz-
chen halten, hätte ich Greer gebeten, Ihnen zu helfen, oder,
oder... ich hätte Hilfe aus dem Café geholt...«
»Kein Problem!« unterbrach ich sie fröhlich und hob ein Tablett
mit Platten voller dampfender Würstchen an. »Wir schaffen es

77

schon. Wollen mal sehen, wie unsere Mannschaft sich hält«, sagte ich zu den Jungen.

Julian nahm schweigend sein Tablett mit Sauerkraut und Kartoffel-Kümmel-Brot. Arch ergriff die erste Schüssel mit warmer Apfelsoße. Wir servierten würdevoll das Essen und ernteten reichlich Komplimente. Die Marenskys sahen uns hochnäsig an, während sie in ihrem Essen herumstocherten, enthielten sich jedoch weiterer kritischer Bemerkungen.

Auf dem großformatigen Bildschirm liefen brillante Großaufnahmen, die den Bodenbelag des Footballfeldes nach winzigen Messern aussehen ließen. Mit Glück gewann Denver durch zwei Touchdowns, einen durch einen Überraschungsangriff des Quarterback und den anderen durch einen angetäuschten Sprungtrittversuch. Ich sagte beide Spielzüge voraus, während ich das Essen servierte.

Hank Dawson erinnerte mich mit hochrotem Kopf überschwenglich, daß ich für das Spiel in der nächsten Woche wieder bei ihnen gebucht war. Er schwang ein Bündel Banknoten, unsere Bezahlung plus einem Trinkgeld von fünfundzwanzig Prozent. Ich bedankte mich ausgiebig und teilte das Trinkgeld mit Arch und Julian. Leider wußte ich, daß die Broncos in der nächsten Woche in Washington gegen die Redskins spielten. Vielleicht konnte ich das Trinkgeld über zwei Wochen verteilen.

Kurz vor fünf waren wir wieder zu Hause. Vom Himmel sank eine frühe Dämmerung herab, ebenso wie der erste Schnee und die Kälte eine Mahnung, daß der Winter sich mit schnellen Schritten näherte. Julian starrte aus dem Küchenfenster und meinte, vielleicht sollte er lieber zu Hause bleiben und für die Prüfungen lernen, statt bei Tattered Cover zu servieren. Im stillen verfluchte ich Rhoda Marensky. Als ich Arch erzählte, daß wir im dritten Stock kochen sollten, der gewöhnlich für Publikumsverkehr geschlossen war, meinte er, er käme gerne mit.

»Cool! Haben sie da vielleicht ihren Safe und die Überwa-
chungsanlage und so?«

»Nichts von alldem«, versicherte ich ihm, während ich die Zutaten einpackte. »Vermutlich nur eine Menge Schreibtische und
Bücherkartons. Und eine kleine Küche.«

»Vielleicht sollte ich meinen Schrank mit der falschen Rückwand für die C. S. Lewis-Auslage mitnehmen. Ach Julian, *bitte*
komm mit, dann kannst du mir tragen helfen. Ich weiß, daß sie
einen Geheimschrank haben, hast du das gewußt? Meinst du,
sie wollen meinen Schrank benutzen? Ich meine, wenn Julian
mir beim Aufstellen hilft?« Er sah hoffnungsvoll von Julian zu
mir. Ich fürchtete, wie Mütter es immer tun, daß der zweckdien-
liche Rat: »Vermutlich haben sie alle Dekorationen, die sie brauchen« als Zurückweisung verstanden würde. Nach kurzer Über-
legung sagte ich also: »Warum fragen wir sie nicht einfach, wenn
wir hinkommen?«

Damit schien er zufrieden. Julian beschloß, daß seine Hausaufgaben und die Prüfungsvorbereitungen warten konnten. Er half
Arch, den Sperrholzschrank in den Lieferwagen zu laden, während ich die Zutaten für das Pfannengericht einpackte. Auf der
Fahrt nach Denver entschloß ich mich, Archs Wochenendpläne
zur Sprache zu bringen. Obwohl er an sich eher unsportlich war,
hatte er schon früh Skilaufen gelernt und fand sogar Spaß daran.
Ich fragte ihn also, ob er an Halloween schon mittags mit seinem
Vater zum Skilaufen fahren oder mit anderen zu Halloween-
streichen losziehen wolle.

»Ich habe in der Elk-Park-Schule keine Freunde, mit denen ich
an Halloween losziehen könnte«, antwortete er nüchtern.
»Außerdem, wenn Paps Ski laufen will – warte! Ich könnte
durch sein Apartmenthaus ziehen!«

»Und als was willst du dich verkleiden?« fragte Julian.

»Als Galileo natürlich.«

Ich grinste, während ich in das Parkhaus der Buchhandlung einbog. Audrey wartete im zweiten Stock vor dem Ladeneingang in

ihrem silberfarbenen Lieferwagen auf uns. Sie sprang heraus und steckte ihre Kennkarte in den Apparat neben der Tür. Arch, ein Fan von Sicherungsanlagen, ließ sie den Vorgang wiederholen und studierte ihn mit gerunzelter Stirn, während Julian und ich den Wagen ausluden. Audrey half uns, den elektrischen Wok und die Taschen mit den Zutaten hineinzuschleppen und erklärte uns, daß das Geschäft während der zweistündigen Pause zwischen Ladenschluß und Beginn des Seminars leer sei. Die anderen sieben Angestellten, die noch da seien, erledigten noch letzte Vorbereitungen... das Essen sei für zwanzig vor sieben angesetzt und sie habe schon angefangen, Reis zu kochen, den sie im Schrank gefunden habe... das sei doch in Ordnung?

»Ist jetzt ein guter Zeitpunkt, sie wegen des Schranks zu fragen?« wisperte Arch mir im Aufzug zum dritten Stock zu.

Es blieb uns noch eine Viertelstunde, ehe wir anfangen mußten zu kochen. Ich nickte; Arch stellte seine Frage.

»Ein Schrank mit einer falschen Rückwand!« rief Audrey aus. »Du hast ja soviel Phantasie! Genau wie Heather... also, ich erinnere mich, als sie neun war, mochte sie C. S. Lewis ebenfalls. Wie alt bist du?« Arch lief rot an und sagte, er sei zwölf. Audrey zuckte die Achseln und ging weiter. »Als Heather neun war, wünschte sie sich einen Himmelsführer zu Weihnachten, und sie ist natürlich *so* begabt in Naturwissenschaften, also, in einem Sommer hat sie hinten in unserem Garten eine Zeitmaschine gebaut mit kleinen elektrischen Dingern...«

Arch sah mich mit verdrehten Augen an; Julian räusperte sich und sah fort. Ich glaube, Audrey bemerkte seinen Blick, denn sie blieb abrupt stehen und biß sich auf die Lippe. »Also, Arch, es tut mir leid, aber wahrscheinlich geht es nicht«, meinte sie mit weinerlicher Summe. »Ich meine, ich kann dir nicht erlauben, einen Schrank mit falscher Rückwand aufzustellen, es könnte sich jemand verletzen...«

Arch sah enttäuscht aus, legte aber dann los: »Kann ich denn dann den Geheimschrank sehen? Ich weiß, daß es hier einen gibt, ein Junge aus der Schule hat es mir erzählt.«

»Ähm, ich denke schon«, meinte Audrey zögernd, »aber er ist nicht gerade so wie in ›Der König von Narnia‹. Bist du sicher?«

Arch bejahte begeistert. Arch, Julian, Audrey und ich packten die Lebensmittel aus und fuhren hinunter ins Erdgeschoß. In der Abteilung kaufmännische Bücher zog Audrey vorsichtig ein ganzes Bücherregal vor, das vom Boden bis zur Decke reichte. Dahinter lag eine kleine Kammer. Arch bestand darauf, sich dort einsperren zu lassen.

Mit erstickter Summe sagte er: »Ja, das ist echt cool! Laßt mich jetzt wieder raus.«

Das taten wir auch. Zufrieden kam er mit uns zurück in den dritten Stock und zog schon kurze Zeit später unter Julians Anleitung Zuckererbsen für die Gemüsepfanne ab.

Als ich das Öl im Elektrowok erhitzte, sagte Arch: »Hast du im Sommer solche Sachen gemacht, als du neun warst, Mama? Eine Zeitmaschine gebaut?«

Julian schnaubte verächtlich.

Ich antwortete: »Das einzige, was ich im Sommer gemacht habe, als ich neun war, war im Meer schwimmen und etwas essen, das Feuerbälle hieß.«

Arch rückte seine Brille auf der Nase zurecht und nickte nachdenklich. Schließlich meinte er: »Okay. Ich schätze, ich bin doch nicht zu blöd.«

Ich bedachte ihn mit einem wütenden Blick, den er erwiderte. Da das Öl zu sieden begann, gab ich das marinierte Rindfleisch hinein. Aus dem Wok stieg der köstliche Duft des mit Knoblauch angebratenen Fleisches auf.

»Danke, danke«, sprudelte Audrey förmlich über. »Ich weiß ja nicht, was ich ohne dich gemacht hätte, ich war in letzter Zeit so im Streß . . .«

»Kein Problem.« Ich schob das brutzelnde Rindfleisch gegen die

Seitenwände des Wok, bis das dunkle Rot zu Rosa verblaßte. Als das Fleisch gerade eben zart war, hob ich es auf eine Platte und erhitzte weiteres Öl für den Brokkoli, die Möhren, den Mais und die Zuckererbsen, eine einladende Palette aus Grün, Orange und Blaßgelb. Sobald das Gemüse heiß, aber noch knackig war, übergoß ich es mit der Austernsoßenmischung und gab das Rindfleisch und gehackte Frühlingszwiebeln zu. Zusammen mit dem Reis servierte ich diese heiße, dampfende Mischung Arch, Audrey und ihren Kolleginnen, die sich begeistert über das knackige Gemüse, das zarte Fleisch und den herzhaften Knoblauchgeschmack äußerten.

»Ich mag es, Leute zu beköstigen«, erwiderte ich lächelnd und machte mich selbst mit Eßstäbchen über die Köstlichkeiten her.

Auf dem Heimweg erklärte Julian, er sei hundemüde und streckte sich auf der Rückbank aus. Innerhalb von Sekunden schnarchte er schon. Arch plapperte in verschwörerischem Ton über das bevorstehende Wochenende, das Skilaufen, die Süßigkeiten, die er im Apartmenthaus seines Vaters an Halloween erbeuten würde, und die Sterne, die er in Keystone besser sehen könne, weil der Ort weiter von den Lichtern Denvers entfernt lag. Er fragte mich, ob ich C. S. Lewis gelesen habe, als ich in seinem Alter war, oder ob ich mir wenigstens die Sterne angesehen habe. Hatte ich gewartet, bis es dunkel war, um den Polarstern zu sehen, und konnte man in Küstennähe in Jersey viele Sterne sehen? Im Sommer zum Beispiel? Ich erklärte ihm, das einzige, worauf ich mich an Sommerabenden gefreut habe, als ich in seinem Alter war, sei das Eis am Stiel gewesen, das ich vom Good-Humor-Eismann bekommen habe.

»Ach, Mama! Feuerbälle und Eis am Stiel! Du denkst immer nur ans Essen.«

Ich faßte das als Kompliment auf und lachte. Ich hätte ihn gerne gefragt, wie es in der Schule lief, wie es Julian seiner Ansicht nach ging und wie das Leben im allgemeinen lief, aber die

Chinesische Gemüsepfanne mit Rindfleisch

1 Pfund gut abgehangenes Rinderfilet, in ca. 2 cm große Würfel geschnitten
1 Eßlöffel trockener Sherry
1 Eßlöffel Sojasoße
1 Eßlöffel Stärke
$^1/_2$ Teelöffel Zucker
$6^1/_2$ Teelöffel Pflanzenöl
$^1/_8$ Teelöffel frisch gemahlener schwarzer Pfeffer
2 Zehen Knoblauch, gepreßt
1 Eßlöffel Pflanzenöl
1 Eßlöffel Austernsoße
1 kleine Dose Gemüsemais, abgetropft
2 große Stengel Brokkoli, in Röschen zerteilt, Stiele entfernt
2 Möhren, geschält und schräg in Scheiben geschnitten
$^1/_2$ Tasse Rinderbrühe
20 frische Zuckererbsen
1 Schalotte, mit grünen und weißen Teilen gehackt

Das Rinderfilet bei Zimmertemperatur in einer Mischung aus Sherry, Sojasoße, Stärke, Zucker, $^1/_2$ Teelöffel Pflanzen-öl, Pfeffer und Knoblauch eine Stunde marinieren. 1 Eßlöffel des restlichen Öls in einem Wok auf großer Flam-me erhitzen. Das Rindfleisch schnell anbraten, bis es braun und innen rosig ist. Herausnehmen.
Die restlichen 2 Teelöffel Stärke mit der Austernsoße ver-rühren. Den Wok wieder mit einem Teelöffel Öl erhitzen. Brokkoli und Möhren hineingeben und 30 Sekunden bra-ten.
Die Brühe zugeben, den Wok abdecken und das Gemü-

se etwa 1 Minute dünsten lassen, bis es zart, aber noch knak-kig ist. Mais, Zuckererbsen, Frühlingszwiebeln, Rindfleisch und die mit Stärke verrührte Austernsoße zugeben. Schnell erhitzen, bis die Soße klar und eingedickt ist. Sofort servieren. *Ergibt 4 Portionen.*

Erfahrung hatte mich gelehrt, daß er das als Spionieren auslegen würde. Außerdem ersparte er mir die Mühe, als wir den letzten Abschnitt des Highway bis zu unserer Ausfahrt hinter uns brachten.

»Wo wir gerade von Essen sprechen, ich bin froh, daß es heute abend Fleisch gab«, flüsterte mein Sohn. »Manchmal denke ich, es liegt an all dem ungeschälten Reis mit Tofu, daß Julian so unglücklich ist.«

Der Montagmorgen brachte schiefergraue Wolken, die aus der südlichsten Ecke des Horizonts im Osten heraufkrochen. Unter der Wolkendecke funkelte ein aufgehendes Sonnenscheibchen rosa wie Fiberglas. Ich dehnte mich durch meine üblichen Yoga-übungen und drehte gerade rechtzeitig das Radio an, um zu erfahren, daß dem Front Range aus dieser Wolkendecke – gefürchtete Ankündigung – gelegentliche Schneefälle drohten. Die Menschen in Colorado benutzen das in östlicheren Gefilden übliche Wort *Herbst* nicht, weil der Oktober entweder einen Spätsommer oder einen frühen Winter bringt und dazwischen reichlich wenig.

Ich zog mich an und machte Espresso. Arch und Julian schlurften verschlafen aus ihrem Zimmer und gesellten sich zu mir. Ich briet ihnen dicke Scheiben französischen Toasts in Ei und goß reichlich Ahornsirup darüber. Das machte die beiden munter. Als die Jungen zur Schule gegangen waren, setzte ich mich an meine Buchführung, verschickte ein paar Rechnungen, bezahlte andere, bestellte Vorräte für die kommende

Woche und fuhr dann in die Elk-Park-Schule, den Waschbärmantel zu einem Pelzknäuel zusammengerollt auf dem Beifahrersitz.

Die gewundene Zufahrt zur Privatschule Elk Park war gegen Ende des Sommers asphaltiert und etwas begradigt worden. Doch die Fahrt zu dem herrlichen, alten Hotel war nach wie vor atemberaubend. In einigen Kurven erhaschte man sogar einen flüchtigen Blick auf schneebedeckte Gipfel. Der Schnee, der Samstag abend gefallen und inzwischen fast völlig geschmolzen war, hatte die ausgesäten Wildblumen auf den Böschungen am Straßenrand zu rostfarbenen Stengeln mit zerknitterten Blüten in verblaßten Blau- und Purpurtönen verkommen lassen.

Als ich um die letzte Kurve fuhr, bemerkte ich, daß der Maschendrahtzaun, der die Baustelle für den Swimmingpool umgeben hatte, vollständig abgebaut war. An seiner Stelle erhob sich eine dekorative Steinmauer, umgeben von Schierlingsbüschen. Offenbar wollte die Schulleitung nicht, daß die Kinder angesichts des nahenden Winters ans Schwimmen dachten. Im Sommer war Arch in diesem verfluchten Pool fast ertrunken. Auch ich wollte nicht ans Schwimmen denken.

Ich stellte den Wagen ab, nahm den Pelzmantel und sprang auf die vereiste Fahrbahn. Vor dem Haus des Direktors sah ich zwei Polizisten, die mit Metalldetektoren systematisch den Boden absuchten. Ich wandte mich ab.

Jemand hatte fotokopierte Bilder von Keith Andrews an die Flügel der Schultüre geklebt. Jedes war mit einem Trauerflor aus schwarzem Kreppapier umgeben. Von beiden Fotos starrte mich das engelsgleiche Gesicht an, das Arch so unbehaglich ähnlich sah. Ich schloß die Augen und stieß die Türe auf.

In der mit Teppichboden ausgelegten Eingangshalle standen Schachbretter, die mitten im Spiel verlassen worden waren, auf Tischen, um die sich eilig weggeschobene Stühle kreuz und quer gruppierten. Über Bänke ergossen sich stapelweise Bücher und Papiere. Durch dieses Durcheinander bahnte sich Egon

Schlichtmaier einen Weg, mein muskulöser Helfer beim Colle-gedinner. Heute war er auffallend schick in einer äußerst unfau-stischen Schaffelljacke. Neben ihm ging der wesentlich weniger elegante Macguire Perkins in einem verblichenen Jeansmantel. Macguires pickeliges Gesicht wirkte verdrossen; Egon Schlicht-maiers Kindergesicht sah grimmig drein. Sie kamen von drau-ßen und hatten es wohl eilig.

»Deinetwegen kommen wir zu spät«, schimpfte Egon.

»Ach?« gab Macguire zurück.

»Ah, da sind Sie ja«, trällerte Direktor Perkins mir entgegen. Er kam im Tagestweed, einem finsteren Fischgrätmuster, auf mich zu. »Mit Mrs. Marenskys Mantel. Da *wird* sie aber froh' sein.« Ja, nicht wahr. Mr. Perkins führte mich in sein Büro, einen hohen Raum, der malvenfarben gestrichen war, passend zu einem der Farbtöne in dem handgearbeiteten chinesischen Tep-pich, der den Marmorboden fast völlig bedeckte. Ein Summton aus seiner Sprechanlage lenkte ihn ab. Ich setzte mich vorsichtig auf eines der burgunderroten Ledersofas, das üppig mit Mes-singknöpfen besetzt war. Es gab einen Seufzer von sich.

»Du und ich«, flüsterte ich.

»Also!« erklärte der Direktor so plötzlich, daß ich auffuhr. »Samstag abend war wirklich tragisch.« Perkins' Blick durch sei-ne Hornbrille bohrte sich in meinen; uns verband die unvermit-telte Intimität von Fremden, die eine Katastrophe zusammenge-führt hatte. Wir beide hatten, wenn auch ungewollt, das Bedürf-nis, mit den Geschehnissen klarzukommen. Seine übliche gezwungene Leutseligkeit war verschwunden; er konnte seine Besorgnis kaum kaschieren. »Entsetzlich, einfach entsetzlich«, murmelte er. Er sprang ruhelos auf und ging vor den Fenstern auf und ab. Sein dichtes, vorzeitig weiß gewordenes Haar leuch-tete im Sonnenlicht. »Es war wie ein . . .« Doch dieses eine Mal wollten die komplizierten Gleichnisse nicht kommen. »Wie Sie sich vorstellen können«, verhaspelte er sich, »haben bei uns die Telefone nicht mehr aufgehört zu klingeln. Eltern rufen an, um zu erfahren, was passiert ist. Die Presse ...« Er gestikulierte mit den Händen und hob ausdrucksvoll die blassen Augenbrauen. »Wir hatten heute morgen eine Sonderkonferenz. Ich mußte ihnen sagen, daß Sie die Leiche gefunden haben.«

Ich seufzte. »Heißt das, die Leute werden mich anrufen, um zu erfahren, was passiert ist?«

Direktor Perkins fuhr mit dem Finger über einen der Messingleuchter an der Wand, ehe er zu seinem Schreibtischstuhl im Queen-Anne-Stil hinüberging und sich feierlich niederließ. »Nicht, wenn Sie mir genau erzählen können, was Sie gesehen haben, Mrs. Korman. So kann ich mich um die Leute kümmern, die alle Einzelheiten erfahren wollen.«

Hmmm. In einer Kleinstadt wollen die Leute immer *alle* Einzelheiten wissen, weil jeder als erster die ganze Geschichte kennen will. Mit wievielen Stichen mußte George genäht werden, als er beim Bergsteigen abgestürzt ist? Hat Edward sein Haus verloren, als er Konkurs angemeldet hat? Haben sie Tanyas Lymphknoten entfernt? Und so weiter. Seine Bitte überraschte mich also keineswegs. Andererseits war ich nicht zum erstenmal in die Ermittlungen zu einem Mord verwickelt. Ich hatte von Schulz gelernt, in solchen Situationen so wenig wie möglich zu erzählen. Einzelheiten, an die man sich erinnerte, waren der Polizei vorbehalten, nicht dem Dorfklatsch.

»Tut mir leid«, sagte ich mit einem angedeuteten Lächeln, »Sie wissen ebensoviel wie ich. Aber lassen Sie mich eine Frage stellen. Wer hatte Schlüssel zu Ihrem Haus und konnte hinein, ehe ich an jenem Abend kam?«

»Oh.« Perkins machte sich nicht die Mühe, seinen Abscheu zu verhehlen. »Wir lassen es offen. Wir haben hier eine Atmosphäre des *Vertrauens*.«

Na ja, er hätte mich glatt hereinlegen können. Die Sekretärin ließ wieder den Summer ertönen. Während Perkins in seine Gleichnisse vertieft war, sah ich mich verstohlen in seinem Büro um. An den malvenfarbenen Wänden hingen Diplome und Bilder in Holzrahmen. Die Hill School. Bachelor of Arts der Columbia University. Master of Arts, Yale. Ein großes Ölgemälde mit rissigem Firnis zeigte eine Fuchsjagd mit Reitern in roten Jagdröcken, die über einen Zaun setzten. Ein anderes Bild zeigte Big Ben. Als sei das Leben von *Merrie Old England* im Hochland von Colorado zu finden. Diese Bilder vermittelten jedoch angehenden Schülern und vor allem ihren Eltern eine unterschwellige Botschaft: Möchten Sie diese Ausstattung und alles, was dazu gehört? Dann besuchen Sie diese Schule.

Der Direktor beendete sein Telefongespräch und verschränkte die Finger hinter seinem silberweißen Haar. »Ich muß noch ein paar andere Dinge mit Ihnen besprechen, Mrs. Korman. Wir müssen den nächsten Studienberatungsabend außerhalb der Schule abhalten. Es würde zuviele Ängste wachrufen, wenn wir ihn wieder in meinem Haus abhalten würden, fürchte ich. Sind Sie flexibel?«

»Wie ein Gummiband«, erklärte ich, ohne eine Miene zu verziehen.

»Und denken Sie daran, daß die Hochschuleignungstests am kommenden Samstagmorgen stattfinden? Sie machen einen gesunden Imbiß, etwas mit Vollkorn?«

Ich nickte. Wie hätte ich das vergessen können? Ich sollte für die Abschlußschüler der Elk-Park-Schule und für die der örtlichen High School, die ebenfalls kamen, eine Art Frühstücksbüfett vorbereiten, das ihnen vor den Prüfungen gereicht wurde. Auf jeden Fall besser als Ski laufen in Keystone, dachte ich säuerlich.

»Es ist der Morgen nach Halloween«, überlegte der Direktor, »obwohl ich kaum glaube, daß das etwas ausmacht. Aber es könnte ihnen Angst einjagen«, fügte er mit einer Grimasse hinzu.

Er wurde allmählich wieder er selbst. Ich wartete. Perkins nahm seine Brille ab und putzte sie sorgfältig.

Ich sagte: »Also, wenn das alles war . . .«

»Nein.«

Ich wand mich auf meinem Sofa. Er setzte die Brille wieder auf, kniff die Augen zusammen und schürzte nachdenklich die Lippen.

Perkins sagte: »Ihr Sohn Arch hat ein paar Probleme.«

Das Klingeln dröhnte mir in den Ohren. Mit bemüht ruhiger Stimme fragte ich: »Welche Art von Problemen?«

»Schulische wie auch soziale, wie ich höre.« Es sprach für ihn, daß sich ein freundlicher Unterton in seine Stimme schlich. »Arch kommt in Sozialkunde nicht mit. Er schafft die meisten der gestellten Aufgaben nicht, wenn ich es richtig verstanden habe. Er macht einen recht unglücklichen Eindruck... er schwimmt nicht mit dem Strom des schulischen Lebens. Liest Bücher, die nicht im Lehrplan stehen und will darüber erzählen.«

»Kommt nicht mit? Sozialkunde?« Die Mutter erfährt es immer als letzte.

»Wir wollten, daß Sie es wissen, ehe es nächste Woche die Zwischenzeugnisse gibt. In zwei Wochen ist Elternsprechtag. Wenn Sie kommen, können Sie selbst mit Archs Lehrern sprechen.«

»Kann ich nicht jetzt mit seinen Lehrern sprechen? Wissen Sie, warum das so ist?«

Er zuckte die Achseln. Seine Geste sagte deutlich: Dafür bin ich nicht zuständig. »Die Lehrer können mit Ihnen sprechen, wenn es ihnen auskommt. Denken Sie daran, Zeugnisse zeigen lediglich, was der junge Arch lernt. Wie bei der Wettervorhersage kann das einen Sturm bedeuten, aber es mag sich auch nur um dunkle Wolken handeln... eine winzige Störung in der Stratosphäre.« Letzteres war begleitet von einem *winzigen* väterlichen Lächeln.

»Die Lehrer können mit mir sprechen, wenn es ihnen auskommt?« wiederholte ich. Wenn man in der staatlichen Schule einen Lehrer sprechen wollte, konnte man das tun, fertig. »Zeugnisse sind wie die Wettervorhersage?« Wut verschleierte

meine Stimme. »Wissen Sie, wie diese Schule ist? Wie...
wie... Wasser in Flaschen! Sie bezahlen mehr dafür als für das
Zeug aus der Leitung, aber es wird weniger kontrolliert! Und das
Ergebnis ist äußerst unberechenbar!«
Perkins wich zurück. Wie konnte ich es wagen, in seinen
Bereich metaphorischer Sachkenntnis einzudringen? Ich stand
auf und verbeugte mich leicht, meine Art, mich wortlos zu entschuldigen. Die ganze, ärgerliche Geschichte hatte nur einen
tröstlichen Aspekt: Es war John Richard, nicht ich, der für die
meteorologische Analyse von Archs schulischen Fortschritten
jährlich neuntausend Dollar zusammenkratzte.

5   Als ich aus dem Büro des Direktors kam, bemerkte ich das ultradünne, ultraschicke Paar, Stan und Rhoda Marensky, die bei der Sekretärin warteten. Heute kontrastierte Rhodas modisch kurzes, rotes Haar mit einer blondgesträhnten Pelzjacke, eine von jenen, die aussehen, als hätten die Tiere ihre Haare bleichen lassen. Sie hörte auf, einen Artikel zu lesen, der eingerahmt an der Wand hing, und wandte mir ein ausdrucksloses, affektiertes Gesicht zu. Entweder war sie wütend, weil sie erfahren hatte, wer ihren Waschbärpelz mitgenommen hatte, oder sie war noch immer wütend wegen meiner Bemerkung über die Bluter.

Stan, der weniger wie ein Dressman aussah denn wie ein Pferd in Kleidern (heute einem zerknitterten, grünen Anzug), lief nervös auf und ab. Sein faltiges Gesicht bebte; mit blutunterlaufenen Augen warf er unruhige Blicke durch den Raum. Er sah mich und wandte sich ab. Eindeutig war ich keinen Gruß wert.

»Ich habe Ihren Mantel zurückgebracht«, verkündete ich laut und vernehmlich, da ich nicht zu den Menschen gehöre, die sich ohne weiteres brüskieren lassen.

»Hmh«, schnaubte Rhoda. Sie warf den Kopf in den Nacken, um an ihrer Nase entlang auf mich herabsehen zu können. »Ich hatte schon den *Verdacht,* daß jemand ihn genommen hat. Schwerer Diebstahl in Verbindung mit Mord, warum nicht?«

Ich spürte, wie zum zweitenmal innerhalb von zehn Minuten die Wut in mir hochkochte. Ich konnte es gar nicht abwarten, Schulz zu erzählen, in wessen Mantel die Kreditkarte eines anderen gesteckt hatte. Eines Toten. Was die Anspielungen betraf, da würden wir schon sehen. Ich lächelte die Marenskys lediglich höflich an. Ich hatte leidvoll gelernt, Feindseligkeiten nicht direkt zu erwidern. Statt dessen säuselte ich: »Wie läuft das Pelzgeschäft?«

Keine Antwort. Die Sekretärin hörte sogar einen Moment auf, auf ihrer Computertastatur zu tippen, um zu sehen, ob sie etwas verpaßt habe. War es möglich, daß Marensky Pelze, ein Familiengeschäft, das seit über dreißig Jahren zu den Institutionen von Denver gehörte, nicht sonderlich gut lief? Die Zeitungen quollen über von trübseligen Analysen der Wirtschaftslage in Colorado. Aber Marla, die Stammkundin bei Marensky war, hätte mir erzählt, wenn der Silberfuchshandel einen Einbruch erlitten hätte. Vielleicht hätte ich fragen sollen, wie es Neiman-Marcus ging.

Die Klingel läutete zum Ende der zweiten Stunde. Ich wollte Arch gerne zwischen zwei Unterrichtsstunden abfangen, war allerdings entschlossen, wenn hier jemand nachgäbe, sollten es die Marenskys sein. Stan hörte auf, hin- und herzulaufen und stopfte die Hände tief in die Taschen. Er wippte auf den Absätzen seiner ungeputzten italienischen Slipper und sah mich an. »Habe ich Ihren Sohn nicht in der Fußballmannschaft gehabt?«

»Ja, kurz.«

»Kleiner Bursche, stimmt's? Bißchen schüchtern? Was macht er?«

»Baut Requisiten aus C. S. Lewis-Erzählungen.«

Stan Marensky sah mich weiterhin an, als verblüffe ich ihn oder als sei ich ihm ein Rätsel. Eine Woge lärmender Schüler quoll in die Eingangshalle. Stan Marensky sagte: »Ich habe gehört, Julian Teller wohnt jetzt bei Ihnen?«

Was sollte das werden, ein Verhör? Wenn er mir nicht einmal sagen konnte, wie es um den Pelzhandel stand, wieso sollte ich ihm dann erzählen, was in meinem Haus vorging?

Ich gab lediglich ein »Mmm« von mir. Direktor Perkins rettete uns vor dem Ausbruch offener Feindseligkeiten, indem er plötzlich in seiner Tür erschien. Er sah die Marenskys erwartungsvoll an, die sich in schöner Gemeinsamkeit umdrehten und in seinem Büro verschwanden. Seltsam. Sie brauchten nicht zu zweit zu kommen, um einen alten Mantel abzuholen. Da mußte noch etwas anderes im Busch sein. Doch als die Bürotür sich mit leisem Klicken schloß, wußte ich, daß ich nicht in Vertraulichkeiten eingeweiht werden sollte.

Es läutete zum zweitenmal. Ich fragte die Sekretärin, wie ich zum Sozialkundeunterricht der siebten Klasse käme und ging nachdenklich einen langen Korridor hinunter. Zwischen den Anschlagtafeln und den Reihen von Metallspinden hingen Bilder des alten Hotels aus der Zeit, ehe es zur Schule wurde. Auf der ersten Fotografie war die Empfangshalle in ihrer früheren Pracht zu sehen. Damals war es eine geräumige Halle mit rosafarbenem Colorado-Marmor, in der hier und da Nachbildungen klassischer Statuen geschmackvoll plaziert standen. Jetzt lag dort ein dunkler Teppichboden. Andere Bilder zeigten die breiten Flure zu den Gästezimmern; und wieder andere die Suiten, luxuriös ausgestattet mit Teppichen in Blumenmustern, passenden Tapeten und Zierleisten mit Eierstabornamenten. Die verblichenen Fotos strahlten eine Atmosphäre unaufdringlichen Luxus aus, der in krassem Widerspruch zu der Anschlagtafel voller Aushänge, den zerbeulten Spinden mit Bildern von Rockstars und den jugendlichen Stimmen stand, die aus den Klassenzimmern drangen.

Durch das rechteckige Fenster in der Tür zum Klassenzimmer sah ich Arch in der letzten Reihe sitzen. Vorne lief ein Film auf einer Leinwand, die sich herunterfahren ließ. Eine Aufnahme der Akropolis flackerte auf der Leinwand, begleitet vom lauten

Dröhnen des Sprechers, gefolgt von einer Aufnahme des Kolosseums. Auf der Tafel las ich mit Kreide geschrieben die Worte: »Antike Städte: Athen und Rom.« Arch saß abgewandt vom Lehrer, die Beine von sich gestreckt, und paßte nicht auf. Seine Brille war ihm auf der Nase hinuntergerutscht, während er sich über ein Buch beugte, das er in das Licht des Projektors hielt. Ich brauchte den Titel gar nicht erst zu sehen: »Ein Schiff aus Namia«, sein derzeitiges Lieblingsbuch.

Ich kämpfte gegen den unwiderstehlichen Drang an, hineinzugehen und ihm das Buch aus der Hand zu nehmen. Er war drauf und dran, in diesem Fach durchzurasseln, mein Gott. Aber ich hielt mich zurück. Es gelang mir sogar, nicht ans Fenster zu klopfen und ihn in Verlegenheit zu bringen. Doch dann ließ eine plötzliche Berührung an meiner Schulter mich aufschreien. So viel zum Preis Mutter des Jahres: Ich verlor das Gleichgewicht, und meine Stirn schlug gegen das Fensterglas. In der Klasse fuhren sämtliche Köpfe zu mir herum. Hastig zog ich mich zurück, sah aber noch, wie Arch verlegen den Kopf in den Händen barg.

»Was ist?« fuhr ich Audrey Coopersmith brüsk an, die heute ein immergrünes Gabardinehemd und sackartige Hosen zu hohen Turnschuhen trug.

Sie gab einen wimmernden Laut von sich. Ihre perfekten Locken zitterten leicht.

»Tut mir leid«, sagte ich und meinte es ehrlich. Aufmunternd, ermahnte ich mich. »Was machst du hier?«

»Ich liefere Bücher aus. Ich war gerade im Büro des Direktors, aber die Sekretärin meinte, du seist hier.« Ihr Ton war vorsichtig; vielleicht fürchtete sie, ich würde wieder mit ihr schimpfen.

»Hör zu, das war ein großartiges Essen, das du gestern gemacht hast. Nochmals vielen Dank. Übrigens, nach dem Seminar sagte eine Kollegin, daß in der Buchhandlung diesen Freitag eine, eine... Lesung stattfindet. Ich dachte, ich spreche heute morgen mit Perkins darüber, aber er hat eine Besprechung. Die

Sekretärin ließ mich aber mit ihm telefonieren, weil es so kurzfristig ist...«

»So kurzfristig für was?« Mir schwante eine Gemüsepfanne für
hundert Personen. Das letzte, was ich jetzt brauchen konnte, war
noch ein Auftrag in einer ohnehin schon geschäftigen Woche.

»Der Direktor möchte die Lesung als Studienberatungsabend
nutzen. Du und ich, wir sollen die Bewirtung übernehmen.
Nach der Lesung, natürlich.«

»Sag es nicht. Halloween? Clive Barker. Stephen King.«

»Neein«, sagte Audrey. Sie wippte auf ihren Turnschuhen auf
und ab; die Schlüssel an ihrer Gürtelschlaufe klingelten. »Es
geht um Marshall Smathers.« Auf meinen verständnislosen
Blick hin erklärte sie: »Er hat diesen Bestseller geschrieben: ›Der
Aufstieg in die Eliteschulen.‹ Er gibt darin Tips für das Zulassungsverfahren.«

Echter Horror. Ich fragte: »Bezahlt die Buchhandlung die
Bewirtung?«

»Nein, das übernimmt die Schule. Alle Schüler der Elk-Park-
Schule sollen hinkommen. Es wird zeitig zu Ende sein, weil am
nächsten Morgen die Eignungstests sind. Das Sekretariat ruft
die Eltern an und sagt ihnen Bescheid. Perkins meinte, die
Schule sei bereit, die Kosten zu übernehmen, wenn du ein kleines Schild anbringst, daß die Erfrischungen eine Spende der
Privatschule Elk Park sind. Das habe ich ihm vorgeschlagen«,
erklärte sie mit einem leichten Schnauben.

»Audrey, du bist ein Werbekanone.«

Sie meinte matt: »Ich bin eine Kanone, das stimmt.«

Ich war mir nicht klar, ob die Verärgerung, die ich in mir aufsteigen spürte, Audreys zynischem Tonfall oder meiner wachsenden
Ungeduld mit ihrem chronischen Elend zuzuschreiben war.
»Okay, okay«, meinte ich. »Sag Perkins, daß ich es mache und
ihn noch anrufe.« In diesem Moment wäre ich lieber ein Stück
Fell in einem Marensky-Pelz gewesen als mich weiteren Meta-
phern zu stellen.

Sie sagte, sie wolle Perkins eine Nachricht hinterlassen, weil sie noch eine andere Verabredung habe. Dann drehte sie sich um und trippelte davon. Ich machte mich auf die Suche nach Miss Ferrell. Sie unterrichtete zwar nicht in Archs Klasse, aber sie beriet den Französischclub, an dem er großen Spaß hatte. Vielleicht konnte sie mir etwas über seine Schwierigkeiten sagen.

Nachdem ich fast zehn Minuten orientierungslos durch das Gewirr von Fluren geirrt war, fand ich Miss Ferrells Klassenraum. Eigentlich war es gar nicht so schwierig: Es war die einzige Tür, die ein Poster mit einem Riesencroissant aufwies. Darüber hing ein handgeschriebenes Schild: ABSCHLUSSSCHÜLER: HEUTE, DRITTE STUNDE – BESPRECHUNG DER SCHRIFTLICHEN BEWERBUNGEN UND ROLLENSPIEL FÜRS BEWERBUNGSGESPRÄCH. Aus dem Klassenraum drangen Stimmen. Ich öffnete die Tür und schlüpfte hinein, nur von fünf oder sechs der dreißig anwesenden Schüler beachtet. Audrey schien ebenfalls gerade hereingekommen zu sein; zu meiner Überraschung saß sie in der letzten Reihe. Die Marenskys, deren Gespräch mit dem Direktor offenbar beendet war, sowie die Dawsons und einige andere Eltern saßen an der Seite. Ein Paar runzelte bei meinem Eintritt die Stirn. Ich bin's nur, die Frau vom Partyservice. Ich bemerkte, daß einige der Abschlußschüler mit schwarzen Armbinden ihre Trauer um den Abschiedsredner zum Ausdruck brachten.

Ein untersetzter, rundlicher Bursche flüsterte: »Haben Sie etwas zu essen mitgebracht?« Als ich den Kopf schüttelte, richtete er widerstrebend seine Aufmerksamkeit wieder nach vorne.

Miss Ferrells toastfarbenes Haar war zu einem großen Knoten aufgesteckt und mit einem flatternden Tuch gehalten, das farblich auf ihr rotes Zeltkleid abgestimmt war. Das Kleid war eines dieser zweigeteilten Dreiecke, halb leuchtend rot, halb himbeerfarben. Sie sah aus wie eine Fruchteispyramide. Ich setzte mich auf einen freien Stuhl im hinteren Teil des Raumes. Julian grüßte mich mit einem Handzeichen, das ich mit einem

Lächeln beantwortete. Ich war wohl gerade rechtzeitig gekommen.

»Also gut«, sagte Miss Ferrell, »ich habe den Eindruck, allzu viele von Ihnen versteifen sich allzu sehr auf die Frage, was die Colleges verlangen . . .«

Eine Hand schoß nach oben.

»Ja, Ted?«

»Ich habe gehört, daß man für die wählerischsten Schulen einfach *gestorben ist,* wenn man nicht zu den oberen zehn Prozent seiner Klasse gehört.«

Teds unglückliche Wortwahl ließ allen den Atem stocken. Miss Ferrell wurde sichtlich bleich.

»Also, die Rangfolge mag zwar eine gewisse Rolle spielen, aber es hilft durchaus, gute Noten zu haben, die den Lerneifer widerspiegeln . . .«

»Aber was ist mit einem Gesamtergebnis bei den Eignungstests von 1 550 bis 1 600 Punkten?« hielt ihr ein anderer Schüler heftig entgegen. »Muß man das nicht ebenfalls haben?«

»Ich habe gehört, man muß in der Schulmannschaft Fußball, Basketball und Lacrosse spielen« rief ein anderer dazwischen, »und außerdem den Preis für sportliche Fairneß bekommen haben.«

Es gab Geflüster und Kopfschütteln. Miss Ferrell bedachte ihre Zuhörer mit einem ernsten Blick, der alle zum Schweigen brachte.

»Leute! Ich könnte Ihnen erzählen, daß der ideale Kandidat jeden Tag mindestens zehn Kilometer zu Fuß zur Schule geht! Daß er freiwilliges Mitglied der Selbstschutzgruppe in der U-Bahn ist! Würden Sie sich damit im Zulassungsverfahren besser oder schlechter fühlen?«

»In den Bergen gibt es keine U-Bahn! Gut oder schlecht?«

Audrey Coopersmith hob sittsam die Hand. »Ich habe gehört, daß der ideale Kandidat aus einer Familie mit niedrigem Einkommen und einem alleinerziehenden Elternteil kommt.« Auf die gemurmelten Proteste hin wurde sie lauter: »Und ich habe außerdem gehört, daß ein Bewerber, der nach der Schule arbeitet, um seine Familie finanziell zu unterstützen, damit Charakter beweist, und *das* ist es, was an Eliteschulen gefragt ist.«

Aufschreie, »Was?« und »Huh!« veranlaßten Miss Ferrell erneut zu strengen Blicken. Hatte Heather Coopersmith nach der Schule einen Job? Ich konnte mich nicht erinnern.

»Das ist ein mögliches Profil.« Miss Ferrell zog ihren Mund zu einer Knospe winziger Fältchen zusammen.

Hank Dawson hob die Hand. »Ich habe gehört, daß die Spitzenkandidaten freiwillige Arbeit leisten müßten. Ich finde es für Greer zu unsicher, in einer Suppenküche mit einer Horde Wohlfahrtsempfängern herumzuhängen.«

»Niemand *muß* irgend etwas tun«, erwiderte Miss Ferrell schroff. »Wir bemühen uns, eine Übereinstimmung zwischen Schüler und Schule zu finden...«

Rhoda Marensky hob die Hand. Ihre Ringe funkelten. Sie hatte ihren Pelz auf ihrem Schoß drapiert. »Ist es ratsam für einen Bewerber, über die Zugehörigkeit zu einer Minderheitengruppe zu sprechen? Soviel ich weiß, besteht wieder vermehrt Interesse an Bewerbern mit slawischen Nachnamen.«

Hank Dawson bellte: »Was für ein *Mist*!«

Greer Dawson schrie: »Daddy!« Caroline Dawson funkelte ihren Mann und ihre Tochter mit einem Blick an, der ihnen befahl, den Mund zu halten und beide gehorsam in sich zusammensinken ließ.

Macguire Perkins verdrehte seinen langen Hals und grinste seine Klassenkameraden an. »Ich geb's auf. Ich lass' es. Ich werde wohl ewig in Elk Park bleiben. Ihr könnt mich alle hier besuchen kommen. Ich hab' keine Chance, daß irgendeine Schule mich je nimmt.«

»Sie haben bereits demonstriert, wie man nicht angenommen wird«, erklärte Miss Ferrell scharf. Unter den Zuhörern wurde Gekicher laut, mir war jedoch nicht klar, worüber. Miss Ferrell

fragte Macguire: »Haben Sie an Indiana geschrieben? Ich habe
Sie gebeten, es bis heute fertig zu machen, erinnern Sie sich?«
»Ja, ja«, murmelte er.
»Ich möchte, daß Sie es uns vorlesen, bitte.«
»O Scheiße.«
»Kommen Sie, Macguire.«
Macguire brummelte und blätterte eine unordentliche Mappe
durch, bis er einige Blätter fand.
»Von hier vorne, bitte«, befahl Miss Ferrell. »Ruhe, bitte. Wie
ich schon mehrfach gesagt habe, was wir an diesen Bewerbungs-
schreiben schätzen, ist Aufrichtigkeit und Phantasie. Die
Eltern« – sie nickte vielsagend in Richtung der angespannten
Erwachsenen im hinteren Teil des Raumes – »täten gut daran,
das nicht aus dem Auge zu verlieren.«
Macguire stöhnte wieder. Dann zwängte er seinen langen Körper
aus seinem Pult und schlurfte vor die Klasse, wo er die zierliche
Miss Ferrell weit überragte. Durch die Löcher in seiner engen Jeans
war muskulöses Fleisch zu sehen. Die Zipfel seines übergroßen
Hemdes schauten unter seinem Sweatshirt hervor. Er grinste
selbstverächtlich und errötete unter seiner Akne. Es war peinlich.
Miss Ferrell warnte: »Wenn es während Macguires Vortrag
irgendeine Störung gibt, verläßt der Betreffende die Klasse.«
Macguire warf einen flehentlichen Blick in die Klasse. Dann
hob er zögernd einige zerknitterte Blätter Papier und begann zu
lesen.
»Ich möchte die Indiana University besuchen, weil ihre Basket-
ballmannschaft mich braucht. Ich war immer ein Fan von ihr.
Ich meine, bei mir wird man nie erleben, daß ich bei den
NCAA-Endspielen vor dem Fernseher sitze und brülle: ›India-
na-Bauer! Indiana-Bäuerin!‹«
Jemand kicherte. Macguire räusperte sich und las weiter.
»Ich möchte dieses Schreiben nutzen, um mich für mein Verhal-
ten während meines Besuchs auf dem Campus zu entschuldigen.
Und um einige Dinge zu klären.

Es fing damit an, daß einige meiner Kameraden aus der Basketballmannschaft der letzten Abschlußklasse an der Indiana University und alle im Studentenbund SAE sind. Außerdem kam ich mit meinem Campus-Gastgeber nicht klar. Ich meine, im wirklichen Leben wären wir keine Freunde gewesen, warum sollten wir uns also etwas vormachen? Ich versuche nur zu erklären, wieso alles schiefgelaufen ist, was mir aufrichtig leid tut.

Nachdem mein Campus-Gastgeber und ich uns getrennt hatten – ich habe ihn nicht stehenlassen, wie er behauptet hat –, ging ich hinüber ins SAE, um die Jungs zu treffen. Sie hatten gerade ein Faß aufgemacht und luden mich dazu ein. Ich wollte nicht unhöflich sein und hatte ein etwas schlechtes Gewissen wegen der Sache mit dem Campus-Gastgeber. Also dachte ich, na gut, diesmal will ich höflich sein.«

Das Gelächter wurde lauter. Macguire sah auf. An Miss Ferrell gewandt sagte er mit lauter Stimme: »Ich weiß, Sie haben gesagt, das Schreiben soll nur eine Seite lang sein, aber es ist eine lange Geschichte. Ich mußte noch ein paar Seiten zufügen.«

»Lesen Sie«, befahl Miss Ferrell. Sie bedachte die kichernden Schüler mit einem drohenden Blick. Sie verstummten.

»Jedenfalls«, las Macguire mit einem Zucken seines schlaksigen Körpers weiter, »da waren wir also, und ich war höflich und benahm mich als guter Gast. Ja, ich *weiß*, daß ich noch nicht volljährig bin, doch, wie ich schon gesagt habe, ich versuchte nur, *höflich* zu sein. Nachdem ich also stundenlang höflich gewesen war, konnte ich natürlich den Weg zurück ins Wohnheim nicht finden, weil Sie all diese Gebäude aus Indiana-Sandstein gebaut haben, und, um ehrlich zu sein, sie sehen alle gleich aus. Als ich mich verlaufen hatte, tat es mir ehrlich leid, daß ich meinen Gastgeber stehengelassen hatte.

Schließlich fand ich das Wohnheim, und es tut mir aufrichtig leid für den Jungen im Erdgeschoß, an dessen Fenster ich anklopfen mußte, damit er mich einließ. Er war wütend auf mich, aber es war draußen gar nicht *so* kalt, ich meine, ich hatte mich fast eine Stunde lang verlaufen da draußen, und *mir* war nicht kalt. Wieso hat es ihm also soviel ausgemacht, in Unterwäsche herauszukommen? Und wieso schließen Sie überhaupt das Wohnheim an einem Freitagabend ab? Sie müssen doch wissen, daß die Leute auf Partys gehen und spät zurückkommen.«

Ich sah mich um. Die Eltern wirkten alle leicht schockiert. Macguire fuhr fort: »Ich möchte ja nicht allzu anschaulich werden, aber meine Studienberaterin sagt uns immer, wir sollen *aufrichtige* Bewerbungen schreiben. Um also ganz ehrlich zu sein, nachdem ich ein paar Stunden wie bewußtlos geschlafen hatte, wurde ich wach und mußte kotzen. Es war ein unwiderstehlicher Drang, ausgelöst durch die ganze Zeit, die ich drüben im SAE als höflicher Gast verbracht hatte, und Sie sollten froh sein, daß ich nicht den ganzen schönen Indiana-Sandstein draußen vor meinem Fenster versaut habe, sondern Hals über Kopf ins Bad gestürzt bin.

Nachdem ich gekotzt hatte, ging es mir besser. Ich wollte sofort wieder schlafen gehen, um am nächsten Morgen rechtzeitig zu meinem Bewerbungsgespräch zu kommen und Ihnen zu erzählen, wie ich die Privatschule Elk Park mit meinen Drei-Punkte-Würfen in die Basketballendspiele zur Landesmeisterschaft gebracht habe, nicht um von Ihnen eine Menge Fragen über sowjetische Außenpolitik zu hören. Okay, ich habe Ihnen in meinem Brief gesagt, daß ich in der Unterstufe eine Arbeit darüber geschrieben habe, aber wen interessiert das jetzt noch? Ich meine, die Welt hat sich geändert.

Jedenfalls war ich um drei Uhr morgens im Badezimmer und wollte wieder ins Bett. Jetzt habe ich eine ehrliche Frage: *Warum legen Sie den Ausgang nach draußen direkt neben die Badezimmertür?* Da war ich nun also wieder draußen, und diesmal roch ich nicht sonderlich gut und klopfte wieder bei diesem Jungen ans Fenster, damit er mich hineinließ, und diesmal war er wirklich stinkig.

Wissen Sie, wenn ich jetzt daran zurückdenke, muß ich ehrlich sagen, daß er nicht so hätte an die Decke gehen müssen. Es war schließlich Freitag nacht! Er hatte am nächsten Morgen keinen Unterricht! Aber wie ich bereits gesagt habe, es tut mir leid wegen des Jungen...«

Macguire sah Miss Ferrell hoffnungsvoll an: »Sehen Sie, ich gehöre nicht zu denen, die einen schlechten Stil schreiben und sagen: wegen dem Jungen. Das müßte doch auch zählen.«

»Macguire! Lesen Sie!«

Macguire räusperte sich und suchte die Stelle, an der er aufgehört hatte. »Es tut mir leid«, las er. »Es tut mir leid wegen des Jungen in Unterwäsche, es tut mir leid, daß ich getrunken habe, obwohl ich noch nicht volljährig bin, es tut mir leid, daß ich auf Ihre Frage nach der sowjetischen Außenpolitik geantwortet habe: ›Die kümmert mich einen Scheiß‹, und es tut mir leid wegen meines Campus-Gastgebers, an dessen Namen ich mich nicht erinnere. Sie können ihm sagen, wenn er einmal nach Colorado kommen möchte, sorge ich dafür, daß er eine schöne Zeit hier hat. Versprochen.«

Die Schüler brachen sofort in ohrenbetäubenden Applaus aus. Wir Eltern saßen in verblüfftem Schweigen da. Macguire wurde rot vor Freude und lächelte breit in die Klasse. Auch ich fing an zu klatschen, bis ich Miss Ferrells Stirnrunzeln bemerkte. Meine Hände erstarrten in der Luft. Sie klopfte auf ihr Pult, bis Ruhe eintrat. »Darf ich wieder auf meinen Platz gehen?« bat Macguire.

»Das dürfen Sie *nicht*. Ich spreche später mit Ihnen über dieses... Schreiben. In der Zwischenzeit möchte ich, daß Sie und Greer Dawson sich hinsetzen und ein Bewerbungsgespräch durchspielen. Greer ist die Leiterin der Zulassungsstelle von... hmm... Vassar. Macguire, Sie sind der Bewerber.«

Macguire ließ sich unglücklich auf einen Stuhl plumpsen, während Greer Dawson geziert nach vorne stolzierte. Sie war heute gekleidet wie aus einer L. L. Bean-Werbung: makellos weißer Rollkragenpullover, blaue Strickjacke und Schottenrock. Es mißfiel ihr offensichtlich, das Rollenspiel mit Macguire Perkins machen zu müssen. Miss Ferrell wies sie an, sich ans Lehrerpult zu setzen und verschränkte die Arme. Macguire sah Greer trottelig an. Greer schloß die Augen und seufzte tief. Ich hatte den Eindruck, Macguire hätte sich besser bei Barnum und Bailey beworben als bei der Indiana University, aber ich war keine Studienberaterin.

Gott sei Dank.

»Mann«, sagte Macguire mit tiefer Stimme. Er legte den Kopf schief und sah Greer verliebt an. »Ich möchte wirklich gerne nach Vassar kommen, wo die Schule jetzt Koedukation hat. Ich möchte die Knicks in New York spielen sehen, und in Columbia komm ich nicht an.« Unter den Zuhörern brach Gelächter aus.

»Miss Ferrell!« protestierte Greer und schüttelte ihr perfekt geschnittenes, glattes, blondes Haar. »Er nimmt das einfach nicht ernst!«

»Tu' ich doch!« sagte Macguire. »Ich möchte wirklich ganz ehrlich in deine Schule gehen, Hammer, äh« – er starrte Greer mit aufgerissenen Augen an, und sie zischte abfällig –, »Miss Dawson.«

Miss Ferrell bedeutete Greer mit einer Handbewegung, sie solle weitermachen.

Greers Seufzen war einer Märtyrerin würdig. »Soweit ich sehe, interessieren Sie sich für Basketball, Macguire, und fürs Ausland. Wir haben hier ein einjähriges Austauschprogramm mit dem Ausland, wie Sie wissen. Sind Sie daran interessiert?«

»Nicht sonderlich«, antwortete Macguire gedehnt mit heruntergezogenen Mundwinkeln. »Eigentlich hasse ich Spanisch, und Deutsch ist zu schwer. Was mich interessiert, sind Ihre gemischten Wohnheime. Ich habe meine Oberstufenarbeit über sexuelle Befreiung geschrieben.«

»Macguire, bitte!« rief Miss Ferrell über das amüsierte Gepruste weg. »Ich habe Ihnen gesagt, Sie sollen nicht über Sex, Religion oder Politik sprechen!«

»Ach je, verdammt, es tut mir leid, Miss Ferrell ... also, Politik interessiert mich sowieso nicht.«

»*Macguire!*«

»Also, ich will ohnehin nicht nach Vassar«, griente er. »In Stanford oder Duke komme ich nicht an. Ich will einfach nur nach Indiana.«

»Ja, und wir haben alle gerade gesehen, wie wahrscheinlich das ist«, gab Miss Ferrell bissig zurück. »Wir wollen zwei andere nach vorne holen. Julian Teller«, sagte sie, »und Heather Coopersmith. Für welche Schule möchten Sie ein Bewerbungsgespräch durchspielen, Julian?«

Julian schob sich zwischen den Tischen durch. Er ließ sich auf den Stuhl fallen, auf dem Macguire vorher gesessen hatte, fuhr sich nervös mit den Fingern über sein kurzgeschorenes Haar und sagte: »Cornell, für Ernährungswissenschaften.«

»Gut«, erklärte Miss Ferrell. »Heather«, wandte sie sich an Audreys Tochter, ein dunkelhaariges Mädchen mit dem Gesicht ihrer Mutter, rosa getönten Brillengläsern und schmalen, blassen Lippen, »lassen Sie ihn die Fragen stellen.«

»Das ist unfair.« Greer Dawson war beleidigt. »Ich hatte gar keine Chance.«

»Das stimmt, hatte sie auch nicht«, legte ihr Vater los.

»Die bekommen Sie schon noch«, tat Miss Ferrell den Einwurf ab. »Das ist eine Lernerfahrung für jeden ...«

»Aber die Stunde ist fast vorbei!« kreischte Greer.

Miss Ferrell riß die Augen weit auf. Ihr sorbetfarbenes Kleid bebte. »*Setzen* Sie sich, Greer. Gut, Julian, was möchten Sie Heather über Cornell fragen?«

Aus der Klasse ertönte der Ruf: »Frag sie nach Hauswirtschaft! Kann ich hier lernen, ein guter Partylieferant zu werden?«

Julian wurde peinlich rot. Mein Herzschlag stockte.

Julian legte die Zunge an die Oberlippe. »Ich möchte das jetzt nicht machen.«

Entnervt gab Miss Ferrell auf. »Gut, gehen Sie bitte alle wieder auf Ihre Plätze.« Während des nachfolgenden Stühlerückens und Gedränges erklärte sie: Herrschaften, halten Sie das Ganze für einen Scherz?« Sie stemmte die Hände in ihre sorbetfarben betuchten Hüften. »Ich versuche, Ihnen zu helfen.« Sie ließ ihren Blick durchs Klassenzimmer schweifen. Sie wirkte wie ein Pariser Fotomodell, das man aufgefordert hatte, ärgerlich auszusehen. Und die Klasse nahm sie in etwa so ernst.

Zu meiner großen Erleichterung läutete es. Miss Ferrell rief: »Gut, die Entwürfe der Bewerbungsschreiben, bitte, bevor Sie gehen, Herrschaften!« Ich flüchtete mich in eine Ecke, um dem Gedränge der Teenager zu entgehen. Als alle verschwunden waren, knallte Miss Ferrell Papiere auf ihr Pult und sah zutiefst angewidert drein.

»*Quel dommage*«, sagte ich und ging zu ihr. Wie schade.

»Oh! Ich habe Sie gar nicht gesehen.« Sie blätterte Papiere durch, die auf ihrem Ordner lagen. »So ist es immer kurz vor Toresschluß. Was kann ich für Sie tun? Wollten Sie mich sprechen? Heute ist kein Französischclub.«

»Nein, ich bin gekommen, um mit dem Direktor zu sprechen. Entschuldigen Sie, ich wollte nur kurz hereinschauen, weil, also, Arch ist begeistert vom Französischclub. Aber er hat Probleme in der Schule ...«

Sie sah auf. »Haben Sie von der Sache heute morgen gehört?« Sie trat einen Schritt zurück, und ihr zierlicher, kleiner Körper war eingerahmt von einem Poster des Eiffelturms auf der einen und einem gerahmten Bild des Arc de Triomphe auf der anderen Seite. Auf mein Kopfschütteln ging sie mit klappernden kleinen Absätzen zur Tür und schloß sie. »Sie haben mit Alfred gesprochen?«

»Ja«, antwortete ich. »Mr. Perkins hat mit mir über Arch gesprochen. Über seine schulischen und ... sozialen Probleme.« Wenn ich darüber nachdachte, hatte er lediglich das schulische Desaster erwähnt.

»Hat er Ihnen von heute morgen erzählt?«

»Nein«, sagte ich vorsichtig, »nur, daß Arch in einem Fach durchfällt.« Nur.

»Das hier ist schlimmer.«

»Schlimmer?«

Miss Ferrell sah mich an. Sie schien sich ein Urteil bilden zu wollen, ob ich ertragen könne, was sie mir zu sagen hatte.

Ich fragte: »Was ist Arch heute morgen passiert?«

»Wir hatten heute morgen eine Versammlung. Die Schülerschaft mußte von Keith erfahren.« Ihr kurz angebundener Ton verriet keinerlei Gefühl. »Als sie vorbei war, es tut mir leid, das zu sagen, hatte Arch eine recht unerfreuliche Auseinandersetzung mit jemandem.«

Ich schloß die Augen. Für ein im Grunde recht freundliches und reifes Kind geriet Arch in letzter Zeit ziemlich oft in Auseinandersetzungen hinein. Ich fragte mich, was recht unerfreulich bedeutete. »Wer war es, wissen Sie das? Jemand hat uns gerade erst einen Stein durchs Fenster geworfen, und vielleicht...«

»Später kam Arch und erzählte mir, er habe Streit mit einem Schüler der siebten Klasse gehabt, einem Jungen, der oft Streit bekommt. Der andere Junge hatte anscheinend gesagt, Keith sei eine Petze gewesen. Erstaunlich... die meisten Schüler der siebten kennen die Schüler der Abschlußklasse nicht einmal.«

»Ist das alles?«

»Nein. Als Arch zu seinem Spind kam, fand er eine häßliche Überraschung vor. Ich ging hin, um es mir anzusehen... da war etwas...«

»Was?«

»Ich zeige es Ihnen besser. Ich habe mein Schloß angebracht, es müßte also noch da sein.« Sie warf einen Blick in den Flur. Da die Schüler sich zur nächsten Stunde in ihre Klassenzimmer begeben hatten, konnten wir ungesehen zur Spindreihe der siebten Klasse gelangen.

Miss Ferrell trippelte vor mir her. Ihr leuchtendrotes Tuch flatterte hinter ihr her wie eine Flagge. Sie hantierte geschickt an dem Schloß, das an Archs Spind hing. »Ich habe ihm gesagt, er soll alles so lassen, bis der Hausmeister es saubermacht. Aber ich weiß nicht, was wir mit der Farbe machen sollen,«

Als erstes fiel mir die Schrift auf Archs Spind ins Auge. In leuchtendroten Lettern stand dort: WER PETZEN WILL, TRIFFT NÄCHSTES MAL AUF EINE LEBENDIGE ...

Miss Ferrell öffnete den Spind. Aufgeknüpft am Haken hing eine tote Klapperschlange.

6   Mit äußerster Willenskraft gelang es mir, nicht
zu schreien. »Was ist passiert, als Arch das
gesehen hat?«

Als Miss Ferrell nicht gleich antwortete, schlug ich gegen den
Spind neben Archs. Der gut einen halben Meter lange Schlangen-
körper schaukelte hin und her, daß es einem übel werden konnte.
Er war unmittelbar unterhalb des Kopfes aufgeknüpft und hing an
dem Haken, an dem Archs Jacke hätte Platz finden sollen. Ich
konnte den Anblick nicht ertragen, den weißen Bauch der Schlange, ihr häßliches, faltiges Maul, die Rasseln am Schwanzende.

Miss Ferrell schloß die Augen. »Da meine Klasse in der Nähe
war, sagte er mir Bescheid.«

Mir war schwindelig. Ich lehnte mich gegen das kalte, graue
Metall des angrenzenden Spindes. Etwas ruhiger sagte ich:
»Wie ging es ihm? Hat er sich aufgeregt?«

Sie schüttelte den Kopf. Ich erkannte das berufsspezifische Mitgefühl der Lehrerin. »Natürlich war er etwas durcheinander. Ich
habe mit dem Direktor gesprochen.«

»Ja, gut.« Tränen brannten in meinen Augen. Ich war wütend
über die Unsicherheit meiner Stimme. Nimm dich zusammen,
nimm dich zusammen, ermahnte ich mich. »Was hat Perkins
gemacht? Warum hat er mir heute morgen nichts davon gesagt?
Was geschieht jetzt?«

Suzanne Ferrell machte einen leichten Schmollmund. Ihr Haarknoten mit dem leuchtenden Schal hüpfte vorwärts. »Alfred ... Mr. Perkins sagte, vermutlich sei es nur einer der üblichen Streiche der Siebtkläßler. Wir sollten einfach darüber weggehen.«

Da erlaube ich mir allerdings, anderer Meinung zu sein, sagte ich im stillen, während ich Miss Ferrell abrupt stehenließ und in das prächtige Büro des Direktors stürmte.

»Ist er noch da?« fragte ich die Sekretärin.

»Er telefoniert. Wenn Sie bitte einen Mo- «

Ich stolzierte an ihr vorbei.

»Entschuldigen Sie, *Sir*«, bellte ich militärisch beherzt. »Ich muß Sie sprechen.«

Perkins starrte auf das Ölgemälde von Big Ben und sagte gleichmütig in den Hörer: »Ja, Nell, wir sehen dich dann. Gut, ja, wie schön für alle. Wir werden wie die ... unterirdischen Bücherwürmer sein, die herausgekommen sind, um ein Festmahl ...«

In diesem Moment wurde er sich meiner Gegenwart bewußt. Für den Bruchteil einer Sekunde hob er bei meinem Anblick eine seiner buschigen weißen Augenbrauen, und ich wußte, daß Nell aufgelegt hatte. Kein Würmerfest für sie. Perkins beendete seinen Satz lahm: ... Festmahl in den Bänden zu halten. Tata.«

Er legte sorgfältig den Hörer auf und betrachtete mich eingehend. Um seine blassen Augen lag ein Schatten von Müdigkeit.

»Ja? Sie sind hier, um über den Abend bei Tattered Cover am Freitag zu sprechen? Oder über die Muffins und Was-weiß-ich für die Prüfungen? Oder geht es um etwas anderes?«

»Als Sie mir gesagt haben, wie mein Sohn sich in der Schule macht, haben Sie seltsamerweise vergessen zu erwähnen, daß jemand eine Drohung zusammen mit einer Klapperschlange in seinem Spind hinterlassen hat. Und Sie sagen, er hat sozial einige kleine Schwierigkeiten? Sie sind nicht nur ein Meister der bildhaften Sprache, Perkins, Sie sind der König der Beschönigungen.«

Seine Miene änderte sich nicht. Er knotete seine Hände auseinander und hielt sie mit den Handflächen nach oben, eine gekonnt hilflose Geste. »Wenn wir auch nur eine Idee hätten...«

»Haben Sie versucht, etwas herauszufinden? Oder halten Sie an der Idee von der Atmosphäre des Vertrauens fest?«

»Mrs. Korman, in der siebten Klasse...«

»Erstens heiße ich nicht Mrs. Korman. Zweitens hatten Sie gerade einen Mord hier, in Ihrer Schule, sogar in Ihrem Haus. Drittens hat jemand am Abend des Mordes einen Stein durch unser Fenster geworfen. Sie können diese Schlange nicht als *Schülerstreich* abtun! In dieser Schule ist es nicht mehr sicher!«

»Äh.« Er rückte seine Brille zurecht und schürzte die Lippen. Ein Bild der Nachdenklichkeit. »Goldy, so heißen Sie doch? Ich glaube wirklich, daß wir hier eine sichere Umgebung haben. Was immer dem armen Keith zugestoßen ist lag außerhalb des Normalen.«

Ich schluckte.

Direktor Perkins trommelte mit seinen Stummelfingern auf den antiken Mahagonischreibtisch. »Die Kinder«, überlegte er laut, »produzieren... ständig... solche alternativen Verhaltensweisen. Ich spreche natürlich von dem Reptil. Wenn wir autoritär werden, rebellieren sie durch... noch unsozialeres Benehmen oder durch Drogen. Sehen Sie sich um.« Seine zierlichen Hände deuteten auf das elegante Büro. »Sehen Sie hier irgendwelche Graffitis? Niemand rebelliert. Und das kommt, weil wir in unserer Schule eine Atmosphäre schaffen, in der niemand zu rebellieren braucht.«

»Danke, Mr. Freud. Drohungen sind schlimmer als Graffitis, meinen Sie nicht auch? Vielleicht rebellieren die Kinder auf eine Art und Weise, die Sie nicht kennen. Ein Mord, Herr Direktor. Klapperschlangen. Kommen wir also darauf zurück, daß es *Ihre* Aufgabe ist, zumindest den Versuch zu unternehmen, herauszufinden, wer...«

Der Direktor winkte ab. »Nein, nein, nein. Das ist einfach unmöglich, Mrs. K – Goldy. Wir haben keine Verhaltensmaßregeln, und wir bestrafen Missetäter nicht. Wir fördern Verantwortung. Diese... Reptilgeschichte sollte ihrem Sohn eine Herausforderung sein, eine soziale Herausforderung. Der kleine Arch hat die Verantwortung, zu lernen, wie er mit Feindseligkeiten umzugehen hat. Was ich sagen will, was ich so vielen Eltern sagen muß, ist, daß wir Moral einfach nicht verordnen können.« Perkins lächelte mich väterlich an. »Und ich heiße nicht Mr. Freud, so leid es mir tut, das zu sagen.«

Ach, süß. Eine soziale Herausforderung. Moral nicht verordnen können. Ich blieb fest. An der Tür drehte ich mich um.

»Sagen Sie mir das eine, Mr. Perkins. Wieso setzen Sie soviel Zeit daran, Geld für diese Schule zu sammeln? Und sich über ihren guten Ruf Gedanken zu machen?«

»Weil Geld...« – er zögerte einen Augenblick und streckte wieder seine Hände aus –, »Geld die... Hefe ist, die... die Fähigkeit der Schule aufgehen läßt, die bestmögliche Erziehung zu vermitteln. Unser Ruf ist wie eine Aura...«

»Stimmt das? Na gut. Sie mögen einen riesigen Teigklumpen an Verantwortung haben, Herr Direktor, aber ohne Moral wird er zusammenfallen. Eine Aura ist eine flüchtige Sache. Oder, anders ausgedrückt, selbst eine Schlange weiß, wann sie im Dreck kriecht. Ta-ta.«

Zu Hause zwang ich mich, nicht mehr an die Schule zu denken und befaßte mich statt dessen mit dem Bußmahl in vier Tagen, der Lesung in der Buchhandlung am selben Abend und dem Frühstücksbüfett für Samstagmorgen. Gott sei Dank war ich zum Abendessen bei Schulz eingeladen. Allerdings mußte ich vorher einige Menüs zusammenstellen, Lebensmittel bestellen und ein ernstes Gespräch mit Arch führen.

Für den Imbiß der Geistlichkeit wählte ich Dreiecke aus geröstetem Sauerbrot mit Pesto, gefolgt von florentinischer Seezunge und Obstsalat. Das Originalrezept für den Bußkuchen schrieb einen üppigen Teig vor, der eine Buße darstellen sollte, wie mein Kochbuch besagte. Der Sünder, ein französischer Bäcker im 13. Jahrhundert, hatte gebeichtet, das Brot zu teuer verkauft zu haben. Der Priester seiner Gemeinde hatte ihm als Buße auferlegt, den Dorfbewohnern am Karnevalsdienstag süßen Kuchen zu schenken. Die Strafe soll dem Vergehen entsprechen, sage ich immer.

Bei der Veranstaltung in der Buchhandlung sollte es gut gereifte Weichkäse – Gorgonzola, Brie und Camembert – für die wohletablierten Erwachsenen und Schokobiscottis für die Jugend geben. Allemal besser als das süße Zeug, das sie sich an Halloween erbettelten.

Dabei fiel mir etwas ein. Da ich am Morgen nach der Lesung in der Buchhandlung zeitig zu den Prüfungen in der Schule sein mußte, hatte ich das Vergnügen, am Samstag morgen um vier Uhr früh frische Mais-, Blaubeer- und Hafermuffins zu backen. Danach dürfte ich wohl ganz versessen darauf sein, mich um eine ganze Schar nervöser, hungriger Abschlußschüler zu kümmern.

Arch zockelte herein und stöhnte, kein gutes Zeichen. Im Laufe des Sommers war Arch Julians Bann verfallen. Auf dem Gebiet der Kleidung bedeutete das, Sweatshirts aller Art zu meiden und die Schulkleidung sorgfältig auszuwählen, Hosen gegen das Licht zu halten, um zu prüfen, ob sie farblich zu einem bestimmten Hemd paßten, und im Secondhandladen am Ort Lederjakken und ausgebeulte Hosen anzuprobieren, bis er Julian so ähnlich sah wie nur möglich. Doch die drei Hemden in Blau- und Grautönen, die Arch heute morgen sorgsam übereinander geschichtet hatte, hingen ihm nun in unordentlichen Zipfeln über die graue Baumwollhose. Sein Gesicht war unnatürlich blaß; seine Augen hinter der Brille waren gerötet.

Ich sagte: »Ich habe die Schlange gesehen.«

Er schleuderte seine schwere Schultasche über den Küchenboden. Die Schultasche, eine weitere Neuerwerbung, hatte seinen alten Ranzen ersetzt. Nicht, daß die neuen Bücher viel benutzt würden. Arch ließ sich schwer auf einen Küchenstuhl fallen. Er sah mich nicht an und kämpfte gegen das Zittern seiner Unterlippe an.

»Arch, hast du eine Ahnung, wer . . .«

»Mama, laß!«

»Aber ich mache mir solche Sorgen! Und diese geschriebene Warnung! Was petzen? Was weißt du, das du verpetzen könntest?«

»Mama! Hör auf, mich wie ein Baby zu behandeln!«

So kamen wir nicht weiter. Ich fragte: »Wo ist Julian?« Seit Arch nicht mehr mit dem Schulbus nach Hause kam, nahm Julian ihn gewöhnlich im Wagen mit.

»Hat mich abgesetzt und ist zum Büro der Zeitung gefahren.« Er rückte sich die Brille zurecht und seufzte wieder, als wolle er sagen: Du bist vielleicht neugierig. »Zum *Mountain Journal.* Okay? Kann ich jetzt gehen? Ich will nichts essen.«

Ich überhörte das. »Arch, ich muß mit dir noch über deine Noten sprechen . . .«

»Die siebte Klasse ist für alle schwer! Laß die Noten nur *meine* Sorge sein!«

»*Machst* du dir Sorgen über deine Noten? Kommen die anderen auch schlecht mit?« Ich schlug einen anderen Ton an. Versuche es auf die sanfte Art, befahl ich mir. »Meinst du, wir müssen wieder zusammen eine Therapie machen?«

»Toll! Das ist einfach *toll*!« Das Gesicht meines Sohnes sah blaß und wütend aus. »Ich komme nach einem schrecklichen Tag nach Hause, und du machst alles nur noch schlimmer!«

»Mach' ich nicht!« brüllte ich. »Ich will dir nur helfen!«

»Klar!« schrie er, bevor er türeknallend hinausstürmte. »Das merkt man!«

Soviel zur psychologischen Betreuung Heranwachsender. Ich sah auf die Uhr: Viertel vor fünf. Zu früh für einen Drink. Ich

Schokoladenbiscotti

250 g Zucker
100 g Butter, zerlassen und abgekühlt
2 Eßlöffel Anislikör
1 1/2 Eßlöffel Malt Whisky
2 Eßlöffel Anissamen
3 große Eier
100 g gehackte Mandeln
400 g Mehl, Typ 405
1 1/2 Teelöffel Backpulver
350 g Schokoladenraspel, halbbitter
2 Eßlöffel Pflanzenfett

Den Zucker und die zerlassene Butter in einer großen
Schüssel verrühren. Likör, Whisky und Anis zugeben. Die
Eier und anschließend die Mandeln unterrühren. Die trok-
kenen Zutaten sieben und mischen und vorsichtig unter die
Masse heben, bis alles gut vermengt ist. Mit Plastikfolie
abdecken und 3 Stunden kalt stellen.
Den Backofen auf 190 Grad vorheizen. Zwei Backbleche
einfetten. Den Teig zu 3 Laiben von 5 cm Breite und gut
1 cm Dicke formen und mit großzügig bemessenem Abstand
auf die Backbleche legen. Zwanzig Minuten backen lassen,
bis die Laibe aufgegangen und goldgelb sind.
Die Laibe auf Handwärme abkühlen lassen und in gut
1 Zentimeter dicke diagonale Scheiben schneiden. Die
Scheiben auf die Schnittflächen legen und bei 190 Grad weitere 15 Minuten backen, bis sie goldgelb sind. Abkühlen lassen.
Die Biscotti erst am Tag des Servierens mit Schokolade

überziehen. Die Schokoladenraspeln und das Pflanzenfett unter ständigem Rühren im Wasserbad schmelzen. Den Topf vom Feuer nehmen und die Masse rühren, bis sie eine Temperatur von 30 Grad hat. Die Kekse einzeln mit der Oberseite in die Schokoladenmasse tauchen. Sofort umdrehen, auf die Unterseite legen und auf Wachspapier trocknen lassen. Auf diese Weise alle Biscotti mit einem Schokoladenüberzug versehen. *Ergibt etwa 4 Dutzend.*

knallte Bratwurst auf einen Teller, kochte Spinat und hausgemachte Nudeln, die ich eingefroren hatte, schrieb den Jungen einen Zettel, wie sie sich alles zum Abendessen heiß machen sollten und dachte über die Selbstmordrate *der Eltern* von Teenagern nach. Die Selbsterhaltung verlangte von einer alleinerziehenden Mutter allerdings, nicht über solchen Gedanken zu brüten. Wenn es schlimmer wird, versprach ich mir, gehen wir wieder in Therapie. Arch hatte schließlich nicht selbst den Stein geworfen oder die Schlange aufgehängt.
Da ich wütend war, fand ich es ratsam, mich zu beschäftigen. Ich schnitt Butter in Mehl und rührte Buttermilch, Kümmel, Rosinen und Eier unter zu einem sämigen Teig für irisches Sodabrot. Ich gab ihn in eine Backform und ließ ihn backen, während ich mich davonstahl, um ein heißes Schaumbad zu nehmen. Ein köstliches Brot und eine köstlich duftende Köchin. Was konnte Tom Schulz sich mehr wünschen?
Besser dachte ich auch darüber nicht nach.

Zwanzig Minuten später hüllte ich mich in Daunenjacke, Fäustlinge und Ohrschützer. Nach einer Schonfrist von zwei Tagen hatten sich dichte, rauchgraue Wolken über die Berge gelegt. Im Laufe des Nachmittags war das Thermometer um sechs Grad gefallen. Die Warnung der Morgenröte bewahrheitete sich. Als ich vor die Haustür trat, schneite es. Der eisige

Wind ließ mich den warmen, duftenden Brotlaib an mich drücken. Dankbar sah ich Julian die Straße heraufkommen. Ohne ihm zu sagen, wohin ich wollte, bat ich ihn um seinen Range Rover mit Allradantrieb. Ich konnte mir schon vorstellen, plötzlich von einem Schneesturm überrascht zu werden und Schulz zu sagen: »Oh, ich fürchte, ich muß über Nacht bleiben.«

Den Rover zu wenden klang wie ein fortgeschrittenes Panzermanöver und fühlte sich auch so an. Als ich es schließlich geschafft hatte, fuhr ich durch den dichter werdenden Schnee Richtung Hauptstraße und begann, mir Gedanken über meine Beziehung zu dem Mordermittler zu machen.

Mit Schulz zusammen zu sein war wie . . . Ich lächelte, während ich den dritten Gang einlegte und durch eine langgezogene Matschpfütze am Straßenrand schlitterte. Wie was, Mr. Perkins? Wie ein Rätsel, Sir.

Im Laufe meiner Scheidung hatte ich verschiedene Gefühlsstadien durchlaufen, die von Betäubung über Haß bis zu Unwillen gereicht hatten. In dieser Zeit hatte ich weder Kraft noch Lust zu Beziehungen. Ich hatte der Ehe abgeschworen, für immer und ewig. Und da ich eine gute Sonntagsschullehrerin war, ließ mir der Verzicht auf die Ehe keine sonderlich große Wahl auf dem Gebiet befriedigender körperlicher Beziehungen. Das war mir durchaus recht so. Dachte ich.

Nachdem der Kokon der Animosität sich abgenutzt hatte und John Richard nur noch ein Ärgernis war, mit dem ich mich allwöchentlich herumschlagen mußte, geschah allerdings etwas Merkwürdiges. Gar nicht so merkwürdig, vertrat Marla beharrlich bei unseren häufigen Treffen, bei denen wir, seine beiden Ex-Frauen, die Sucht nach ungesunden Beziehungen diskutierten. Jedenfalls fing ich an, unerwartete Wellen seltsam sexueller Regungen zu verspüren. Ich kannte Schulz bereits, hielt mich aber auf Abstand. Ich verliebte mich kurzfristig und ohne Körperkontakt (aber dennoch mit katastrophalen Folgen) in einen

Psychologen aus dem Ort. Als Arch dann seine Schwimmstunden im Sportclub aufgab, stellte ich überrascht fest, wie sehr ich das ungezwungene Lächeln seines Schwimmlehrers vermissen würde. Und dann hatte es noch Archs Kunstlehrer in der Grundschule gegeben, dem ich gelegentlich geholfen hatte. Ich hatte mich selbst dabei ertappt, wie ich sein ansehnliches Hinterteil betrachtete, wenn er von einem Schüler zum anderen ging, um ihre Zeichnungen zu korrigieren.

Schäm dich! hatte Marla mich geneckt. Ihr waren solche Skrupel natürlich fremd. Marla vertrat die Devise, nach dem Kotzbrocken wolle sie nicht nur der Ehe auf ewig abschwören, sie wolle dabei auch einen Riesenspaß haben. Und den hatte sie, während ich mit schlechtem Gewissen an den Schwimmlehrer und den Kunstlehrer dachte.

Und dann traf ich Schulz. Schulz, der Autorität ausstrahlte und meergrüne Augen hatte.

Im dichten Schneegestöber schaltete ich in den vierten Gang und dachte an das eine Mal im Sommer, als ich allein zu Tom Schulz' Hütte vor der Stadt gefahren war. »Hütte« war ein viel zu verniedlichendes Wort für Schulz' phantastisches, zweigeschossiges Blockhaus, das perfekt gearbeitet war. Er hatte es bei einer Zwangsversteigerung erstanden, nachdem man den berühmten Bildhauer, der dort gelebt hatte, der Steuerhinterziehung überführt hatte. Während der Bildhauer jetzt Nummernschilder in einem Bundesgefängnis schnitzte, konnte Schulz die Probleme des Sheriffbüros hinter sich lassen und sich in seinen abgelegenen Hafen der Ruhe zurückziehen zu seinen Felsen, Espen, Kiefern und seinem Panoramablick auf die kontinentale Wasserscheide.

An jenem Abend vor vier Monaten hatte Schulz mir ein einfach umwerfendes Essen gekocht, das mir geholfen hatte, mich von der damaligen Krise abzulenken; unter anderem ging es dabei um eine leidige Klage wegen Verstoßes gegen den Schutz von Handelsnamen, angestrengt vom Partyservice Drei Bären in

Irisches Brot

375 g Mehl, Typ 405
125 g Zucker
1 Teelöffel Backpulver
$^3/_4$ Teelöffel Salz
$^1/_2$ Teelöffel Natron
100 g Butter
100 g Rosinen
1 Eßlöffel Kümmel
250 ml Buttermilch
50 ml saure Sahne
1 großes Ei

Den Backofen auf 175 Grad vorheizen. Eine 23-cm-Spring-
form einfetten. Die trockenen Zutaten sieben und mischen.
Mit einem Pürierstab oder Tortenmesser die Butter hinein-
schneiden, bis die Masse kleinen Erbsen ähnelt. Die Rosinen
und den Kümmel untermengen. Eier, Buttermilch und saure
Sahne verrühren. Die Eimischung mit dem Mehl zu einem
glatten Teig verarbeiten. Den Teig in die Form geben und 50
bis 55 Minuten backen, bis keine Teigreste mehr an einem
Zahnstocher kleben bleiben. *Ergibt 1 runden Brotlaib.*

Denver. Zu keiner Zeit fand ich es unangenehmer, den Namen
Goldy *Bear* zu tragen. An jenem Abend hatte unser Gespräch
eine ernste Wendung genommen, als Schulz von seiner einsti-
gen Verlobten sprach. Sie hatte vor zwanzig Jahren als Krankenschwester in Vietnam gedient und war im Artilleriefeuer
umgekommen. Nachdem Schulz mir von diesem Teil seiner
Vergangenheit erzählt hatte, war unerwartet Arch aufgetaucht,

und unser persönliches Gespräch hatte ein abruptes Ende gefunden, als aus dem Essen zu zweit ein Abend zu dritt wurde.

Kurze Zeit später hatte der Mordermittler mich gefragt, ob ich mich nicht eines ganzen Berges von Problemen entledigen wolle, indem ich meinen Nachnamen in Schulz ändere.

Ich hatte nein gesagt.

So gern ich mit Schulz auch zusammen war, die Erinnerung an das emotionale schwarze Loch in meiner Ehe mit John Richard blieb. Viele alleinstehende Freundinnen klagten über Einsamkeit, seit sie geschieden waren. Doch meine schlimmsten Erfahrungen mit Einsamkeit, Lieblosigkeit und völliger Verlassenheit stammten aus der Zeit meiner Ehe. Ich machte die Institution dafür verantwortlich und nicht den Mann. Verstandesmäßig wußte ich, daß ich Unrecht hatte. Gefühlsmäßig wollte ich aber nie wieder in eine Situation geraten, in der auch nur die entfernte Möglichkeit bestand, sich so erniedrigt zu fühlen.

Ich schaltete in den dritten Gang zurück und wühlte mich durch den tiefen Schneematsch auf der Schotterstraße. Ich dachte unwillkürlich zurück an John Richard und das Trommelfeuer seiner Schläge, an den Fausthieb auf mein Ohr, der mich quer durch die Küche geschleudert hatte, an meine Schreie und Fausthiebe gegen den Boden. Ich begann zu zittern.

Ich fuhr an den Straßenrand und kurbelte das Seitenfenster herunter. Nimm es nicht so schwer, Mädchen. Der Schnee machte im Fallen ein sanft huschendes Geräusch. Ihm zuzuhören, die schneidend kalte Luft und gelegentlich eine eisige Schneeflocke in meinem Gesicht zu spüren vertrieb die häßlichen Erinnerungen. Ich sah hinaus in die weiße Landschaft und holte tief Luft. Und dann blieb mein Blick an etwas hängen, das auf der Straße lag, halb von Schnee bedeckt.

Es war ein toter Hirsch. Ich wandte mich abrupt ab. Der Anblick war mir unerträglich, und doch war es etwas, das man hier ständig sah, Hirsche und Wapitis, überfahren von Autos, die zu schnell waren, um auszuweichen. Manchmal lagen die zerschmetterten, blutigen Kadaver tagelang am Straßenrand und ließen mit ihren riesigen, braunen Augen jeden schmerzlich zusammenzucken, der sich von ihrem blicklosen Starren gefangennehmen ließ.

O Gott, warum hatte ich Keith Andrews finden müssen? Hatte auch er die Erfahrung gemacht, zu glauben, daß man ihn liebte und bewunderte? Das schwarze Loch des Hasses war so plötzlich, so vorzeitig über ihn hereingebrochen, und jetzt waren seine Eltern auf der Rückreise aus Europa, um ihn zu begraben...

Unweigerlich fiel mir ein, wie ich mir nach John Richard mein Herz vorgestellt hatte: ein Organ, das in Stücke geborsten war, ein zerrissenes, gespaltenes, nutzloses Ding. Mein Herz würde niemals heilen, war ich überzeugt; es würde für immer wie ein Tier am Straßenrand liegen, zerschmettert und tot.

Ach, reiß dich zusammen! Ich brachte den Motor auf Touren und schoß vom Straßenrand auf die Fahrbahn. Ein Abend mit Schulz mußte wahrhaftig keinen derartigen Gefühlsausbruch auslösen. Du fährst nur zum Abendessen, Goldy. Damit wirst du fertig.

7   Als ich in die befestigte Einfahrt zu seinem
Haus einbog, kniete Schulz am Boden. Trotz
des spinnennetzartigen Überzugs aus frischem Schnee grub er
kraftvoll den Boden neben dem ungleichmäßigen Bruchstein-
weg um, der zu seiner Haustür führte.

»Hi.« Ich kletterte vorsichtig mit dem Brotlaib aus dem Range
Rover. Das Bild des überfahrenen Hirsches verfolgte mich
immer noch: Ich traute meiner Stimme nicht zu, mehr zu
sagen.

Er drehte sich um und richtete sich auf. Feuchte Erdklumpen
klebten ihm an Jeans und Jacke. »Was ist los?«

»Es tut mit leid, bitte, mach doch erst deine Arbeit fertig. Ich
habe nur . . .« Meine Stimme schwankte. Verdammt. Die Worte
sprudelten aus mir heraus; ich schüttelte den Kopf, entsetzt, wie
erschüttert ich war. »Ich habe gerade ein totes Tier am Straßenrand gesehen, und es hat mich erinnert, wie . . . nein, nein, bitte«,
sagte ich, als er auf mich zukam. »Bitte, mach erst deine Arbeit
fertig.«

Er betrachtete mich prüfend, ein Auge zugekniffen. Nach einem
Augenblick kauerte er sich wieder hin. »Das wirst du nie wieder
ganz los«, sagte er, ohne mich anzusehen. »Eine echte Leiche zu
sehen ist nicht wie im Film.« Mit seinen großen, geschickten
Händen griff er nach ein paar Blumenzwiebeln und drückte sie

sorgfältig in Abständen in den frisch umgegrabenen Boden. Die Löcher füllte er sanft mit Blumenerde aus einem Sack nach. Die Geste erinnerte mich daran, ein schlafendes Kind zuzudekken.

Ich sog die kalte Luft in tiefen Zügen ein. Ich drückte das duftende Brot an mich. Obwohl ich eine Daunenjacke trug, fühlte ich mich, als habe das Blut in meinen Adern aufgehört zu fließen.

»Kalt?« fragte Schulz. »Sollen wir hineingehen?« Ich schüttelte den Kopf. »Es tut mir leid, daß du ihn finden mußtest«, sagte er rauh. Er drückte den Boden an, stand behende auf und legte den Arm um meine Schultern. »Komm, ich habe dir Nachos gemacht. Und dann mußt du dir etwas ansehen.«

Wir gingen durch seine geschnitzte Haustür und kamen in den großen, offenen Raum, den er als Wohnzimmer nutzte. Ich blieb stehen, um den Natursteinkamin zu bewundern, der zwischen grob behauenen Holzpaneelen über zwei Stockwerke reichte. Auf dem Rost lagen sorgfältig aufgestapelte Scheite Espen- und Kiefernholz. Auf einem Tisch im Shakerstil stand ein Topf, den Arch gegen Ende der sechsten Klasse getöpfert hatte. An einer Wand hing ein Holzschnitt von Arch, der eine 45er zeigte, wie Schulz sie trug. In einem kleinen Geschirrschrank aus gebeizter Eiche standen Staffordshire-Teller und bayerische Gläser. Die spärliche Möblierung mit einem antiken Waschtisch und einem Schrank zwischen Sofa und Sesseln, die mit brauner Noppenwolle bezogen waren, ließ das Zimmer gemütlich wirken. Als ich Schulz bei meinem letzten Besuch Komplimente wegen seines guten Geschmacks gemacht hatte, hatte er ohne Zögern geantwortet: »Na klar. Was meinst du, wieso ich dir den Hof mache?«

Ich schob den Gedanken beiseite und kam in die Küche, als er gerade eine Auflaufform aus dem Backofen holte. Sie quoll über von brutzelnden Maischips, Chilibohnen und geschmolzenem Cheddarkäse. Ein raffinierter Duft mexikanischer Gewürze erfüllte die Luft.

»Höllenqualen«, sagte ich, als er die Schüssel vor mir abstellte und mir das irische Brot abnahm. Aber ich lächelte.

»Warte, warte.« Er kramte im Kühlschrank herum, nahm kleine Schälchen heraus und streute gehackte Frühlingszwiebeln, Tomaten und schwarze Oliven über den geschmolzenen Käse. Mit schwungvoller Gebärde schwang er – tatsächlich! – einen *Eislöffel* und schöpfte ganze Berge saurer Sahne und Guacamole auf die Schüssel mit Maischips.

»Nachos Schulz«, verkündete er mit stolzem Grinsen. »Dafür nehmen wir das gute Porzellan.« Er holte zwei wunderschöne Limoges-Teller mit einem Muster aus winzigen, stilisierten Rosen heraus.

»Die müssen dich einiges gekostet haben«, sagte ich voller Bewunderung. »Man erwartet keinen Sammler von altem Porzellan im Sheriffsbüro.«

»Wofür kann ich sonst schon Geld ausgeben? Außerdem ist die Polizei ein Arbeitgeber, der auf Chancengleichheit achtet. Du kannst jedes Hobby betreiben, das dir hilft, von deinem Beruf abzuschalten.«

»Bohnen, Käse, Tomaten und Avocados sind alles aphrodisische Nahrungsmittel.«

»Stimmt das? Also, Goldy, wir beide wissen, daß du dafür nicht empfänglich bist.« Wir lachten. Es tat gut, mit ihm zusammen zu sein; ich spürte meine Angst schwinden. Schulz grub den Löffel in den mexikanischen Berg. »Mund auf, Madam.«

Ich hielt mir den Teller unters Kinn und ließ mir von ihm den Nacho in den Mund stecken. Himmlisch. Ich schloß die Augen und gab genießerische Laute von mir.

»Wo wir gerade von Aphrodisiaka sprechen«, sagte er, als wir beim Essen waren, »ich muß dich etwas fragen wegen eines Buches. Es hat Keith Andrews gehört.«

»Ach, da fällt mir ein...« Ich reichte ihm den Stein, der durch unsere Fensterscheibe geflogen war, und die Kreditkarte für das Kaufhaus Neiman-Marcus. Den Stein hatte ich in eine Plastik-

Nachos Schulz

1 große Dose Chilibohnen in Chilisoße
9 Eßlöffel scharfe Soße
450 g Maistortillachips
4 Tassen geriebenen Cheddarkäse
1 Avocado
1 Eßlöffel frischer Zitronensaft
300 ml saure Sahne
1 Eßlöffel geriebene Zwiebeln
4 Frühlingszwiebeln, gehackt mit grünen und weißen Teilen
1 Tasse entsteinte schwarze Oliven, gehackt

Den Backofen auf 200 Grad vorheizen. Die Bohnen mit 8 Eßlöffeln scharfer Soße pürieren, bis alles gut vermischt ist. Zwei Auflaufformen von 23 x 33 Zentimeter Größe einfetten. Die Tortillachips auf die beiden Formen verteilen, und die Bohnenmischung mit dem Löffel darübergeben. Mit geriebenem Käse bestreuen. 10 Minuten backen oder bis der Käse geschmolzen ist und die Bohnen Blasen werfen.
In der Zwischenzeit für die Guacamole die Avocado schälen, entsteinen und zerdrücken, mit dem Zitronensaft, 100 ml saurer Sahne, der geriebenen Zwiebel und 1 Eßlöffel scharfer Soße verrühren. Die Nachos mit der Guacamole, den restlichen 200 ml saurer Sahne, Frühlingszwiebeln und Oliven garnieren.
Ergibt 6 bis 8 Portionen.

tüte gepackt; Schulz sah ihn sich an, drehte ihn in seinen großen Händen um und legte ihn sorgfältig beiseite. Zwischen zwei Bissen studierte er die Kreditkarte, ließ die Finger über die

Buchstaben und Zahlen gleiten und steckte sie in seine Tasche, ohne zu zeigen, was er dachte. Er steckte sich ein letztes Maischip in den Mund und glitt gleichzeitig von seinem Barhocker herunter. Als ich zögerte, forderte er mich mit einer Handbewegung auf, ihm zu folgen.

Wie viele der einfacheren Häuser in den Bergen, besaß auch Schulz' Haus keine Garage. Ich zog meine Jacke an und ging mit ihm zu seinem Wagen; er öffnete den Kofferraum und leerte vorsichtig eine Plastiktüte auf einer Folie aus.

»Sieh es dir an, aber faß nichts an«, warnte er mich.

Ohne zu wissen, worum es ging oder warum ich das tun sollte, spähte ich hinein und sah einen Haufen Papiere, Stifte und Bleistiftstummel; Broschüren und Infos von Stanford, Columbia und Princeton; ein paar Bücher – ein Wörterbuch Deutsch-Englisch, »Faust« mit dem Kommentar von Cliff; »Professor Romeo« und »Wie bestehe ich die Aufnahmeprüfung mit Bravour«; mehrere alte Ausgaben des *Mountain Journal* und ein paar ausgefranste Zeitungsausschnitte, die mit Büroklammern zusammengehalten waren.

»Was ist das alles?«

»Zeug aus dem Kofferraum von Keith Andrews' Wagen. Dir ist sein alter Scirocco vermutlich nicht aufgefallen, der in der Ecke des Schulparkplatzes stand. Ich habe das Zeug bis morgen in Verwahrung. In seinem Spind waren noch mehr Schulbücher und ein paar Papiere, aber in Anbetracht der Tatsache, daß er ein Computernarr gewesen sein soll, ist es schon seltsam, daß wir keine Disketten gefunden haben. Das Kommissariat überprüft den Inhalt des Spindes. Aber keine Kreditkarten oder Rechnungen, soviel wissen wir schon.«

»Warum zeigst du mir das?«

Er lehnte sich gegen den Kofferraumdeckel und sah hinauf in die dunklen Wolken. Nach einer Weile schüttelte er den Kopf. »Ich begreife diese Schule nicht. Ich rede und rede mit den Leuten, und es kommt nichts dabei heraus. Der Bursche war intelligent, aber nicht sonderlich beliebt. Er setzte sich sehr für außerschulische Dinge ein, aber niemand bewunderte ihn dafür. Er brachte für den gesamten Französischclub Postkarten aus Paris mit und, wie Arch sagt, dankte ihm keiner dafür. Seine Windschutzscheibe wurde eingeschlagen, aber von wem? Jemand haßte ihn genug, um ihn umzubringen, indem er ihm den Kopf einschlug. Das klingt ganz und gar nicht nach einer Schulgemeinschaft, in der einer dem anderen hilft, wie der Direktor mich glauben machen will.«

»Seine Windschutzscheibe wurde eingeschlagen? Wann? Was meinst du mit: ›Wie Arch sagt‹?«

»Ich habe heute morgen mit Arch gesprochen. Er rief mich an wegen einer Schlange in seinem Spind.«

Ich schüttelte den Kopf. Unglaublich. Warum erklärte ich mich nicht gleich für überflüssig?

»Jedenfalls«, meinte Schulz, »hat Arch mir erzählt, was ich bereits von einem Vater gehört hatte, diesem Dawson, daß Julian und Keith Andrews vor ein paar Wochen eine Art Streit hatten. Ich vermute, die Sache ist etwas außer Kontrolle geraten. Am Ende war Keiths Windschutzscheibe eingeschlagen, aber nicht zu der Zeit, als sie den Streit hatten.«

»Wann denn?« Warum erzählte Julian mir solche Sachen nie?

»Bevor so ein hohes Tier vom College an der Schule auftauchte, soweit ich gehört habe.« Er machte eine Pause. »Meinst du, Julian schämt sich, weil er kein Geld hat, seine Eltern unten in Utah leben und er in seinem Abschlußjahr bei dir wohnen und arbeiten muß, oder so? Irgend etwas, worüber Keith Andrews sich hätte lustig machen können?«

»Nicht daß ich wüßte«, erklärte ich bestimmt. Julians finanzielle Situation machte ihm Kummer, aber er hatte nie erwähnt, daß Schüler ihn deshalb aufgezogen hätten. »Ich glaube eher, sie hatten Streit wegen eines Mädchens. Erinnerst du dich, Julian hat uns davon erzählt.«

»Dieser Streit war anders. Es kam letzte Woche vor dem Büro

des *Mountain Journal* zur Auseinandersetzung. Arch war im Range Rover, konnte nicht alles hören, sagte, es hätte etwas mit der Schule zu tun gehabt. Wie es scheint, fürchtete Julian, Keith wolle etwas Negatives über die Elk-Park-Schule schreiben, wo doch alle wegen des Zulassungsverfahrens zum College schon nervös genug waren. In der Zeitung wissen sie nur, daß Keith an irgendeinem Exposé arbeitete. Sie wollten es lesen, ehe sie die Entscheidung träfen, es zu drucken oder nicht.«

»Ein Exposé, worüber?«

»Über die Elk-Park-Schule, denke ich.« Er deutete auf die Sachen im Kofferraum. »Über die Prüfungsergebnisse. Über die Benutzung des Cliff-Kommentars. Über einen Professor, der sich für einen Romeo hält. Über Steuern, du liebe Güte.« Ehe ich ihn fragen konnte, was er damit meinte, nahm er einen maschinegeschriebenen Brief, der auf perforiertem Computerpapier geschrieben war. Er sah nach einem Entwurf aus, einige Worte waren durchgestrichen und von Hand überschrieben: *Mr. Marensky, ich würde Ihnen Ihre zweihundert Dollar sehr gerne zurückzahlen, wenn Sie für mich den Leiter der Zulassungskommission von Columbia anrufen. Vielleicht ist es Ihnen aber lieber, wenn ich die SF anrufe?* SF war durchgestrichen und fein säuberlich durch *Steuerfahndung* ersetzt.

»Das begreife ich nicht.«

Schulz zuckte die Achseln. »Keith hat für Stan Marensky ein paar Gartenarbeiten erledigt. Marensky hat Keith einen Scheck über sechshundert Dollar gegeben für eine Arbeit, für die er nur vierhundert bekam; es war vereinbart, daß Keith ihm zweihundert in bar zurückgeben sollte, sobald er den Scheck eingelöst hatte. So konnte Marensky sechshundert Dollar als Ausgabe von der Steuer absetzen. Ein Bagatellvergehen, nicht sonderlich ungewöhnlich, und Marensky hat es sehr bald zugegeben.«

»Soviel zum heiligen Andrews. Das ist eine ganz schön finstere Seite. Vielleicht erklärt es, wieso er nicht allgemein beliebt war. Ich meine, ein Exposé? Erpressung eines einflußreichen Vaters?«

Schulz lehnte sich gegen den Kofferraumdeckel, der ein Quiet-schen von sich gab. »Also, Marensky hielt die Erpressung für einen Scherz, da er schon vor langen Jahren in Columbia war und dort keinerlei Einfluß besaß. Sagt er. Behauptet, er habe sei-ne zweihundert Dollar nie wiederbekommen. Ich habe den Direktor nach Marensky gefragt, und er sagte, er sei wie ein, wie hat er es ausgedrückt...«

Ich schlug Schulz leicht gegen die Schulter. »Nicht.« Ich betrachtete das Gewirr von Papieren im Kofferraum und fröstel-te. »Ich kann mir dieses Zeug nicht mehr ansehen. Laß uns ein paar von deinen Krabben-Enchiladas essen!«

»Du hast gelauert.«

»Heh! Du sprichst mit einer Partylieferantin! Jedes Essen, mit dem sich ein anderer abrackert, ist einen Spionageeinsatz wert.«

»Sag mir nur eines: Weißt du, ob zwischen Julian und Keith ernsthafte Feindseligkeiten bestanden haben? Ich möchte es wissen, bevor ich Julian noch einmal danach frage. Meinst du, er würde einem anderen die Windschutzscheibe einschlagen?«

»Er hatte schon etwas gegen ihn, aber ich glaube nicht, daß er das tun würde.«

»Weißt du, ob es im Lehrerkollegium Romeos gab?«

Ich spürte, daß ich lauter wurde. »Nein! Verdammt, was ist eigentlich mit dieser Schule los? Ich wünschte *wirklich,* ich könnte herausbekommen, was da vorgeht.«

»Du machst doch diese Essen für sie. Du hörst das ein oder andere. Ich will alles erfahren, das sich seltsam anhört, irgendwie fehl am Platz oder so.«

»Hör zu, dieser Mord ist bei einem Essen passiert, das ich ausge-richtet habe! Meine Fensterscheibe wurde eingeschlagen, und am Spind meines Sohnes waren Vandalen am Werk! Um es ganz klar zu sagen, Tom, dieser Andrews-Junge sah sogar aus wie Arch. Glaubst du, ich will meinen Jungen in einer Schule haben, in dem ein Mörder frei herumläuft? Ich habe ein Interesse daran, herauszufinden, was da vorgeht. Glaub mir, ich werde dich auf dem laufenden halten.«

Er legte den Kopf schief und betrachtete mich unter seinen zelt-artigen Augenbrauen hinweg. »Mach' nur keine krummen Sachen, Miss G.«

»Meine Güte, halt mal die Luft an. Wofür hältst du mich eigent-lich, für einen kleinen Ganoven?«

Schulz ging mir mit großen Schritten voraus ins Haus. »Wen, dich? Die Sonne meines Lebens? Die furchtlose Einbrecherin? Dich? Niemals!«

»Du bist einfach schrecklich.« Ich trippelte hinter ihm her und war mir unschlüssig, was ich davon halten sollte, von jemandem als Sonne seines Lebens bezeichnet zu werden.

Schulz plazierte mich an seinem Eßtisch aus Kirschholz und begann, das Essen aufzutragen. Er hatte sich selbst übertroffen. Dicke, saftige Shrimps, eingebettet in große Maistortillas, die mit einer Käsesahnesoße und grünem Pfeffer üppig bestrichen waren. Anschließend servierte er schwarze Bohnen mit Schin-ken, eine hervorragend aufgegangene mexikanische Maispastete und mein duftendes irisches Brot. Ein Korb mit rohem Gemüse und eine Schale scharfer Soße mit frischer Papaya zierte den Tisch zwischen den Kerzen. Ich ließ es mir schmecken. Wann hatte ich zum letztenmal ein ganzes Abendessen genossen, für das ich mich nicht selbst hatte abrackern müssen? Ich konnte mich nicht daran erinnern.

»Spar dir noch etwas Platz für den Nachtisch auf«, ermahnte mich Schulz, als es im Zimmer bis auf das Kerzenlicht, das einen flackernden Schein auf sein Gesicht warf, dunkel geworden war.

»Keine Sorge.«

Zwanzig Minuten später hatte ich es mir auf seiner Couch bequem gemacht. Schulz zündete den gewaltigen Holzstoß im Kamin an. Bald erfüllte das Knacken und Knistern der brennen-den Scheite die Luft. Schulz verschwand in der Küche und kam mit zwei Tassen Espresso und der Miniaturausgabe eines Schokoladenkuchens wieder.

Ich stöhnte. »Es ist gut, daß ich nicht zur Eifersucht neige. Ich würde sagen, du bist ein besserer Koch als ich.«

»Da besteht keine große Chance.« Er hatte das Außenlicht eingeschaltet und spähte hinaus in die Nacht. »Verdammt. Es hat aufgehört zu schneien.«

Wir hatten also beide den gleichen Gedanken gehabt. Wieder einmal machte ich einen großen Bogen um diese Gefühle, so wie man auf einen provisorischen Bürgersteig hopst, wenn ein Schild erklärt: ZUTRITT NUR MIT SCHUTZHELM!

Schulz schnitt wortlos den Kuchen an und reichte mir ein großzügig bemessenes Stück; eigentlich bestand er aus zwei dünnen Lagen Fondantkuchen, zwischen denen eine dicke Schicht Himbeersorbet lag. Im Gegensatz zu meinem Ex-Mann, der immer die unbestimmte Vorstellung hatte, ich hätte eine Vorliebe für Lakritz (die ich verabscheue), servierte Schulz mir immer Schokolade – für die ich eine Schwäche habe.

Natürlich war der Kuchen exzellent. Als nur noch Krümel übrig waren, leckte ich mir die Finger, seufzte und fragte: »Hat Keith Andrews' Familie eigentlich Geld?«

Er zuckte die Achseln und beugte sich vor, um das Licht zu löschen. »Ja und nein.« Er nahm meine Hand und ließ seine Finger sanft darüber gleiten. Mit der gleichen Geste hatte er auch die Kreditkarte befühlt, fiel mir ein. »Hast du nochmal über mein Angebot nachgedacht, deinen Namen zu ändern?«

»Ja und nein.«

Er lachte verzweifelt auf. »Falsche Antwort.«

Der Schein des Kaminfeuers flackerte über seinen kräftigen Körper, sein hoffnungsvoll einladendes Gesicht und seine dunklen Augen, aus denen eine Zuneigung sprach, der ich mich nicht recht stellen wollte.

»Goldy«, sagte er. Er lächelte. »Du bedeutest mir viel. Glaubst du das?«

»Ja. Sicher. Aber . . . bist du nicht . . . denkst du nicht . . . mehr an das, was passiert ist? Du weißt schon, die Krankenschwester?«

»Entschuldige, Miss G., aber *du* bist es, die in der Vergangenheit lebt.« Er nahm meine beiden Hände in seine, hob sie an seine Lippen und küßte sie.

»Ich lebe *nicht* in der Vergangenheit.« Mein Protest klang kläglich. »Und ich habe die Therapierechnungen als Beweis.«

Er beugte sich vor, um mich zu küssen. Er traf meinen Mund nur halb, und wir mußten lachen. Im Zimmer war nur noch das Knistern des Feuers und unser langsames Atmen zu hören. Unausgesprochene Worte hingen im Raum.

Ohne seine Augen von meinen zu wenden, schob Schulz eine Hand in mein Kreuz und beschrieb dort zarte Kreise. Wie sehr wünschte ich mir, geliebt zu werden.

Ich sagte: »Ach, ich weiß nicht . . .«

»Du magst mich doch, oder?«

»Ja.«

Und es stimmte tatsächlich. Das herrliche Abendessen hatte mir gefallen, ich mochte das knisternde Kaminfeuer, diesen liebevollen Mann, dessen Berührung mich nun erzittern ließ nach all den Jahren selbstauferlegter Enthaltsamkeit. Ich nahm Schulz' Hände. Es waren große, rauhe Hände, Hände, die tagtäglich auf eine Weise, die ich mir nur ausmalen konnte, Fragen nach Leben und Tod und der moralischen Grundlage des Handelns nachspürten. Ich lächelte, hob meine Hände an sein Gesicht und richtete seinen Kopf so aus, daß unsere Lippen sich trafen, als ich nun meinen Mund auf seinen legte.

Wir liebten uns auf seiner Couch, fast völlig angezogen und in großer, bebender Hast. Dann legte er zärtlich seine Hände um meine Hüften und meinte, wir sollten nach oben gehen. Als mir auf der Treppe meine geöffneten Kleider fast vom Leib fielen, faßte er mich mit einer Hand an der Hüfte und drückte mich gegen die Wand. Und als sein warmer Mund diesmal meinen fand, verpaßte er ihn nicht.

Sein holzgetäfeltes Schlafzimmer mit der hohen, schrägen Dekke roch einladend nach Rasierwasser und Kiefernholz. Schulz reichte mir einen dicken, weichen Frotteemantel. Er zündete eine Kerosinlampe neben dem grob gezimmerten Himmelbett an. Die Flamme warf ihr Licht auf uns und das Bett und ließ die übrigen Teile des Raumes in tiefer Dunkelheit. Unter meinen nackten Füßen fühlte sich der Holzboden sahnigkalt an. Ich schlüpfte zwischen die kühlen Baumwollaken und behielt den Bademantel an.

Er beugte sich zu mir. »Geht es dir gut?«

»Mir geht es sehr gut.«

Als Schulz unter die Decke kroch, sank die Matratze unter dem Gewicht seines Körpers ein, und ich rollte unwillkürlich gegen ihn. Es war ein seltsames Gefühl, nachdem ich fünf Jahre allein geschlafen hatte. Er zog die Daunendecke über meine Schultern und flüsterte: »Ich liebe dich, jetzt und für alle Zeit.«

Ich konnte nicht dagegen an. Tränen liefen mir über die Wangen. Mein Atem kratzte hinten in der Kehle. Er nahm mich fest in seine Arme, und ich raunte gegen seine warme Schulter: »Danke. Danke.«, während seine Finger sanft unter den Bademantel glitten.

Diesmal waren unsere Liebkosungen langsam und ohne Hast, und fast überraschend überwältigte uns der große, wogende Höhepunkt. Kurz bevor ich in Schlaf sank, sah ich vor meinem inneren Auge, wie Schulz den zerrissenen Kadaver meines Herzens nahm und ganz sanft anfing zu nähen.

Mit einem Satz wachte ich mitten in der Nacht auf. Ich dachte: *Ich muß nach Hause, mein Gott, das ist unglaublich.* Schulz und ich waren auseinandergerollt. Ich drehte mich um und betrachtete sein Gesicht und seinen Körper im Mondschein, der durch das vorhanglose Fenster fiel. Seine Wangen waren entspannt wie die eines Kindes; sein Mund war leicht geöffnet. Ich küßte ihn auf die Augenlider. Sie fühlten sich an wie die samtige Haut junger

Pfirsiche. Er schlug die Augen auf und stützte sich auf einen Ellbogen. »Geht es dir gut? Mußt du gehen? Brauchst du Hilfe?«
»Ja, ich muß gehen, aber nein, ich brauche keine Hilfe.« Und es ging mir gut. Zur Abwechslung.

Ich zog mich schnell an, umarmte Schulz lange und wortlos und flitzte im Range Rover nach Hause. Es war kurz nach Mitternacht. Es hatte aufgehört zu schneien, und die Wolkendecke war aufgerissen. Der Mond stand hoch und leuchtend am Himmel, ein klarer, weißer Halbmond. Die saubere, kalte Luft, die durch die Wagenfenster stob, war unglaublich mild. Ich fühlte mich herrlich, leicht im Kopf, leicht im Herzen, schwindelig vor Übermut. Ich lenkte den Rover mit einer Hand nach Hause und lachte. Eine schwere Last war von mir genommen; ich schwebte.

Leider sollte sich meine Hoffnung nicht erfüllen, mich heimlich ins Bett stehlen zu können. Als ich um die Ecke bog, strahlte mein Haus, und nur meines, wie ein Leuchtturm. In allen Fenstern war Licht.

»*Wo* warst du?« fragte Julian vorwurfsvoll, als ich durch die gesicherte Haustür kam.

Das Haus stank nach Zigarettenrauch. Julians Atem roch nach Bier. Er sah furchtbar aus. Sein Gesicht war aschfahl, seine Augen blutunterlaufen. Sein ungewaschenes Haar mit dem Mohawk-Schnitt stand wie kleine Wigwams vom Kopf.

»Erzähl mir nicht, ihr hattet wieder Schwierigkeiten mit jemandem, der Steine wirft...« setzte ich, abrupt aus meiner Idylle gerissen, an. Auf sein Kopfschütteln sagte ich: »Egal, wo ich war. Was ist hier los? Du rauchst nicht. Du bist Schwimmer, meine Güte! Und was ist mit der Bierfahne, Herr Minderjähriger?«

»Ich habe mir solche Sorgen gemacht!« brüllte Julian und stürmte mir voraus in die Küche.

Soviel zu meiner Hochstimmung. Was um Himmels willen ging hier vor? Wieso hatte Julian sich in diesen Zustand hineingesteigert? Ich kam ständig spät nach Hause, obwohl mir jetzt verspä-

tet einfiel, daß Julian und Arch gewöhnlich in meinem Terminkalender nachsahen, wo ich jeweils abends einen Auftrag hatte.
Vielleicht war Julian es einfach nicht gewohnt, nicht zu wissen,
wo ich war. Andererseits machte er sich vielleicht auch über
etwas anderes Sorgen. Bleib ruhig, sagte ich mir.
Ich folgte ihm in die Küche. »Wo ist Arch?« fragte ich mit leiser
Stimme.
»Im Bett«, warf Julian über die Schulter zurück und öffnete den
begehbaren Kühlschrank. Neben der Spüle standen drei Bierfla-
schen, leer, für den Glascontainer bereit. Drei Bier! Ich konnte
ins Gefängnis kommen, weil ich ihm erlaubte, in meinem Haus
zu trinken.
Shuriken lagen auf den Büchern über Studienbeihilfen verstreut,
die sich auf dem buntgemusterten Tischtuch stapelten. Shuriken
sind scharfkantige Metallsterne, die etwa die Größe des Handtel-
lers haben und sich in der Hand verstecken lassen, wie ich schon
vor einiger Zeit erfahren hatte. Ich hatte völlig unerwartet mit diesen Waffen Bekanntschaft gemacht, als ein Junge in Archs
Grundschule mit ihnen erwischt worden war. Der Rektor hatte
den Schülern ein vervielfältigtes Schreiben über die Waffen mit
nach Hause gegeben. Sie werden im Taekwondo eingesetzt und
waren in der Schule verboten, weil sie, wie es in dem Brief hieß,
großen Schaden anrichten können, wenn man sie wirft. Der Junge, der sie mit in die Furman-Grundschule gebracht hatte, war
vorübergehend vom Unterricht ausgeschlossen worden. Ich sah
Julian unverwandt an, schob alle Sterne zusammen und legte sie in
einem Stapel auf die Arbeitsplatte.
»Was geht hier vor?«
Julian tauchte aus dem Kühlschrank auf. Er hielt einen Teller
mit Keksen in der Hand. In Zeiten starker Belastungen muß
man Süßes essen.
Er sagte: »Ich werde den Burschen umbringen, der Arch
gedroht hat.« Bei diesen Worten schob er sich zwei Kekse in den
Mund und kaute vernehmlich.

»Also wirklich. Wenn du auf das Bier jetzt Kekse ißt, wirst du dich übergeben.«

Er knallte den Teller auf den Tisch. »Ist dir das alles egal? Ist dir eigentlich klar, daß er in dieser Schule nicht sicher ist?«

»Also, entschuldige mal, Mr. Mom. Doch, es ist mir klar. Mr. Perkins scheint es allerdings für einen Streich zu halten. Einen Siebtkläßlerstreich.« Ich nahm einen Keks. »Aber Arch hat Schulz angerufen und ihm von der Schlange erzählt.«

Julian ließ seinen kräftigen Körper auf einen Küchenstuhl fallen; er fuhr sich mit einer Hand durch seine spärlichen Haarstoppeln. »Meinst du, wir könnten einen Leibwächter für Arch anheuern? Wieviel würde das wohl kosten?«

Ich schluckte. »Julian. Du bist sehr fürsorglich und reizend. Aber, du übertreibst. Ein Leibwächter ist keine Lösung für Archs Probleme.«

»Du kennst diese Leute nicht! Das sind üble Burschen! Sie stehlen und betrügen! Sieh dir doch an, was sie mit Keith gemacht haben!«

»*Welche* Leute?«

Er kniff die Augen zu. »Du begreifst es einfach nicht. Du bist einfach ... gleichgültig. Die Leute von der Elk-Park-Schule, diese Leute. Perkins redet immer von Vertrauen und Verantwortung. Zwei Jacken, eine Kassette und vierzig Dollar sind mir im letzten Jahr aus meinem Spind gestohlen worden. Vertrauen? Alles Mist.«

»Also gut. Sieh mal, Julian, bitte. Es ist mir nicht egal. Ich bin völlig deiner Meinung, daß es da ein Problem gibt. Ich weiß nur einfach nicht, was ich tun soll. Aber eines kann ich dir sagen, ein Leibwächter kommt nicht in Frage.«

Er öffnete die Augen und schimpfte: »Ich war bei der Zeitung, weil ich weiß, daß es in Aspen Meadow eine Schlangenzüchterin gibt. Weißt du, sie geht in die Schulen und gibt Vorführungen mit lebendigen Schlangen. Vielleicht können wir uns mit ihr in Verbindung setzen, um herauszubekommen, wer sich die

Klapperschlange besorgt hat, ich weiß, daß sie sie verkauft...«

»Julian! Um Himmels willen!«

»Begreifst du denn nicht, was auf dem Spiel steht? Er ist nicht sicher! *Keiner* von uns ist sicher!« Er war wütend.

Einen zweiten Keks auf halbem Wege zum Mund, fuhr ich ihn an: »Könntest du dich bitte abregen? Es führt zu nichts, wenn du als Reaktion darauf rauchst, trinkst, deine Waffen hervorholst und der Schlangendame Daumenschrauben anlegst, okay?« Ich legte den Keks zurück auf den Teller und holte tief Luft. »Würdest du jetzt bitte hinaufgehen und ein bißchen schlafen? Du wirst deine Kraft morgen für die Zwischenprüfungen brauchen, zumal die Zulassungskommissionen vor der Tür stehen. Ich muß auch ins Bett«, fügte ich in einem Nachsatz hinzu.

»Versprichst du mir, daß du bei Schulz nachhakst?«

»Ich bin dir ein ganzes Stück voraus, Julian.«

Er dachte einen Augenblick darüber nach und warf mir dann einen vorwurfsvollen Blick zu. »Du hast mir überhaupt nicht gesagt, wo du warst.«

»Nicht, daß ich dir darauf eine Antwort geben müßte, aber ich war bei Schulz zum *Abendessen*. In Ordnung?«

Er sah auf die Keramikuhr, die über meiner Spüle hing. Ein Uhr. »Bißchen spät für ein Abendessen, findest du nicht?«

»Julian, geh zu Bett.«

8   Um sieben Uhr klingelte das Telefon. Ich taste-
te nach dem Hörer. »Goldilocks Partyservice.
Alles vom...« »Ah, Goldy, die Partylieferantin?« sagte Pastor
Olson.
»O Gott!« gurgelte ich in den Hörer. »Woher wissen Sie es?«
»Ehm...«
»Ich meine, wie haben Sie es erfahren. Es war erst gestern
abend!«
»Was?«
Ich drückte mein Gesicht ins Kissen und hütete mich, noch ein
Wort zu sagen. Es entstand ein unbehagliches Schweigen, wäh-
rend ich unwillkürlich rekapitulierte, was ich in der Sonntags-
schule über sexuelle Aktivitäten Unverheirateter gelernt hatte:
»...entweder alleinstehend und enthaltsam oder verheiratet und
treu.«
Na gut. Das Schweigen zog sich in die Länge. Pastor Olson
räusperte sich.
Ich setzte mich behutsam auf und fragte mich, ob Priester wohl
häufiger auf morgendliche Gewissensbisse stießen. Vielleicht
hatten sie gelernt, sie zu ignorieren. Nach einer Weile setzte
Pastor Olson in normalem Ton wieder an. »Es tut mir leid, daß
ich so früh anrufe, Goldy. Ähm... aber ich bin den ganzen Tag
auf einem Klerustreffen in Denver und wollte Ihnen die endgül-

tige Personenzahl für die Ausschußsitzung am Freitag durchgeben. Wir werden zu zwölft sein.«

Ich schluckte schwer. »Zwölf. Wie biblisch.«

»Können Sie mir die Speisefolge sagen? Wegen unserer theologischen Diskussion.«

»Fisch«, antwortete ich lakonisch.

Als ich keine weiteren Erklärungen gab, murmelte er etwas, das sich nicht nach einem Segenswunsch anhörte, und legte auf. Sofort klingelte das Telefon wieder. Ich ließ mich in die Kissen fallen. Warum immer ich?

»Besuchen Sie Aspen Meadow«, deklamierte Marla mit heiserer Stimme, »die Hauptstadt der Promiskuität im amerikanischen Westen.«

Ich drehte mich auf die Seite und blinzelte verschlafen in die Morgendämmerung. In der Ferne lagen Wolken wie eine Wolldecke über den Bergen.

»Ich weiß nicht, wieso George Orwell sich die Mühe gemacht hat, ›1984‹ zu schreiben. Offensichtlich hat er nie in einer Kleinstadt leben müssen, in der der Große Bruder zur alltäglichen Realität gehört.«

»Du streitest es also nicht ab?« fragte Marla.

»Ich sage überhaupt nichts. Sag du mir, warum du so früh anrufst.«

»Falls du dich fragen solltest, wie ich darauf gekommen bin, daß etwas im Busch ist, meine Liebe: Ich habe diesen jungen Burschen angerufen, den ich so mag, deinen jugendlichen Hausgenossen und Helfer...«

»Er heißt Julian.«

»Ja, also, ich habe gestern abend mehrmals bei dir angerufen und hatte Julian am Apparat, der, wie ich sagen muß, etwas gesprächiger ist als seine Chefin. Er sagte, in deinem Terminkalender sei kein Auftrag vermerkt.« Sie machte eine Pause, um vernehmlich in irgend etwas hineinzubeißen. »Als er um elf Uhr immer noch nicht mehr wußte, sich aber offensichtlich vor Sorge verzehrte, dachte ich: Das ist die beliebte Partylieferantin der Stadt, die immer früh zu Bett geht und zeitig bei der Arbeit ist?« Sie nahm sich Zeit, zu kauen und fügte dann hinzu: »Außerdem, wenn du einen Unfall gehabt hättest, hätte ich es längst erfahren.«

»Wie beruhigend. Marla, ich habe sehr viel zu tun heute, also ...«

»Ts, ts, nicht so schnell, erzähl mir, was dein Liebesleben macht. Ich möchte es nicht von anderen erfahren.«

Also, von mir wirst du auch nichts darüber hören. Ich lachte leichthin und antwortete: »Alles, was du vermutest, stimmt. Und noch mehr.«

»Und das von der verwundeten Kriegerin, der Keuschheit in Person? Das glaube ich nicht.«

»Hör zu. Ich habe mit Schulz zu Abend gegessen. Laß mich erst einmal ein bißchen nachdenken, ehe ich die Beziehung zu Tode analysieren muß, okay?«

Das stellte sie offenbar zufrieden. »Gut. Geh kochen. Aber wenn du eine Pause machst, habe ich echte Neuigkeiten über die Elk-Park-Leute. Es sei denn, du möchtest sie jetzt hören, natürlich.«

Das war typisch für sie. »Mach's kurz und schmerzlos«, sagte ich. »Ich habe noch kein Koffein gehabt.«

»Beklag' dich nicht bei mir, daß du noch im Bett liegst, während du herausfinden könntest, was da draußen an der vornehmsten Privatschule Colorados vorgeht. Na gut – dieser deutsche Pseudogelehrte da draußen? Der, der die Doktorarbeit über Faust geschrieben hat?«

»Egon Schlichtmaier. Was ist mit ihm?«

»Er hat dir an dem Abend beim Servieren geholfen, nicht?«

»Ja. Ich weiß nicht viel über ihn.«

»Also, ich schon, denn er ist ein *Single,* und daher haben die Frauen aus dem Aerobic-Kurs die üblichen Hintergrundermittlungen über ihn angestellt.«

Ich schüttelte den Kopf. Wie Frauen es schafften, im Sportclub von Aspen Meadow in schwindelerregender Geschwindigkeit vorwärts, rückwärts und seitwärts zu hüpfen und dabei bändeweise Neuigkeiten und Klatsch auszutauschen, war eines der Wunder der modernen Physiologie. Und doch taten sie genau das, regelmäßig und mit Begeisterung.

»Erzähl weiter«, befahl ich.

»Egon Schlichtmaier ist siebenundzwanzig«, spulte Marla ab, »er ist mit seiner Familie hier eingewandert, als es die Berliner Mauer noch gab, in den siebziger Jahren. Trotz seiner Schwierigkeiten, Englisch zu lernen, hat Herr Schlichtmaier eine gute Erziehung genossen und unter anderem den Doktor der Philosophie an der guten alten Colorado University in Boulder gemacht. Aber der arme Egon konnte keine Stelle als College-Dozent bekommen.«

»So, und was gibt es sonst noch Neues? Ich habe gehört, das Verhältnis von Doktoranden in den Geisteswissenschaften zu den offenen Stellen beträgt zehn zu eins.«

»Lass' mich zu Ende erzählen. Egon Schlichtmaier sieht außerdem ungeheuer gut aus. Er trainiert mit Gewichten und hat einen Körper, für den man sterben könnte.«

Vor meinem inneren Auge ließ ich ein Bild des Geschichtslehrers erstehen. Er war klein, das heißt, ich konnte ihm auf gleicher Höhe in sein dunkelhäutiges Kindergesicht mit den großen, braunen Augen sehen. Er hatte lockiges, schwarzes Haar und lange, schwarze Wimpern, und wann immer ich ihn sah, trug er khakifarbene Hosen, ein pastellfarbenes Baumwollhemd und ein modisches Jackett. Eine Mischung aus Ganymed und Ralph Lauren.

»Was noch?« Der Koffeinmangel machte sich allmählich bemerkbar. Außerdem – schon der Gedanke erstaunte mich – konnte es sein, daß Schulz mich zu erreichen versuchte.

»Gut, jetzt kommt der Knüller ... er war Assistent an der Colorado University und wurde erwischt, weil er Affären mit nicht weniger als *drei* Studentinnen hatte. *Gleichzeitig.* Was seine eigene Angelegenheit ist, schätze ich, nur sprach es sich auf der Tagung des Neusprachlerverbandes herum. Als die Universitäten Wind davon bekamen, hätten sie ihm nicht einmal mehr eine Stelle als Putzkraft angeboten. Offenbar waren sie der Ansicht, das letzte, was sie brauchten, sei ein Prof, der Unruhe unter die Studiengeld zahlenden Studentinnen brächte.«

Da ich auf dem Gebiet der Lust nicht länger unverdorben war, wie wir es nennen würden, enthielt ich mich eines Urteils. Aber drei gleichzeitig? Einzeln oder zusammen? Ich sagte: »Wußten alle Akademiker im ganzen Land darüber Bescheid?«

»Soweit ich gehört habe, wußte es nur die Schule, die ihn eingestellt hat.« Sie kaute wieder auf irgend etwas herum. »Der Direktor der Elk-Park-Schule war dem Leiter des Fachbereichs für vergleichende Literaturwissenschaft an der Colorado University noch einen Gefallen schuldig, weil er ihm geholfen hatte, irgendeinen Studenten an der Uni unterzubringen, daher hat Perkins Egon Schlichtmaier als eine Art Übergangslösung als Lehrer für amerikanische Geschichte eingestellt. Das war übrigens, nachdem er eine andere Geschichtslehrerin, eine Miss Pamela Samuelson, vergangenes Jahr wegen eines Skandals gefeuert hatte, über den weiter nichts bekannt ist. In diesem Jahr sollte Egon sich nach einer Dozentenstelle am College umsehen.«

»Miss Samuelson? Miss Pamela Samuelson? Wieso kommt mir der Name bekannt vor?«

»Pamela Samuelson war in deinem Aerobic-Kurs, bevor du aus dem Club ausgetreten bist. Dummchen.«

»Ach, ja«, sagte ich und konnte immer noch kein Gesicht mit dem Namen in Verbindung bringen. »Was ist mit Egon Schlichtmaiers Geschichte mit den Studentinnen? Wie konnte Perkins es rechtfertigen, einen solchen Burschen an die Schule zu holen?«

Marla seufzte vernehmlich. »Komm schon, Goldy. Wie wir beide wissen, bleibt der Ruf eines Mannes untadelig, solange niemand herumposaunt, wie schrecklich er ist.«

»Die Studentinnen haben also nichts herumerzählt. Jedenfalls nicht in der Öffentlichkeit.«

»Anscheinend nicht. Und ich denke, falls jemand dahinterkommen sollte, hatte Perkins vor, es als jugendlichen Überschwang hinzustellen, den die Leute bald vergessen würden, wenn man Gras über die Sache wachsen ließe. Es heißt, Perkins hat Egon eindringlich gewarnt, sich mit Schülerinnen einzulassen, sonst könne er den Langhornstieren auf dem Viehmarkt Französisch beibringen. Und nichts deutet darauf hin, daß Egon sich an Frauen herangemacht hätte, die nicht ungefähr in seinem Alter waren. Dazu später mehr. Und da liegt das Problem. Was meinst du, wie groß die Bereitschaft eines Colleges wäre, Schlichtmaier einzustellen, wenn ein ehrgeiziger Nachwuchsreporter, der seiner Bewerbung für die Journalistenschule der Columbia University etwas Würze verleihen will, seine Vergangenheit in einer Artikelserie im *Mountain Journal* breitträte?«

»Nein, nein, nicht Keith Andrews . . .«

»Genau der. Und rate mal, wer versucht hat, Keith zu bewegen, die Artikel *nicht* zu veröffentlichen? Dein lieber Julian!«

»Ach Gott. Bist du sicher?«

»Ich habe es so gehört. Und rate mal, wer mit Schlichtmaier geschlafen hat, bis sie vermutlich die ganze Geschichte über seine Vergangenheit erfahren hat, und zwar von niemand anderem als ihrem Lieblingsschüler Keith Andrews?«

»Ich habe keine Ahnung, aber ich weiß, daß du es mir sagen wirst.«

»Mademoiselle Suzanne Ferrell. Ich weiß nicht, ob sie sich unwiderruflich getrennt haben, aber ich werde es wahrscheinlich beim Aerobic-Kurs um neun Uhr erfahren.«

»Erzähl mir von diesem unbekannten Skandal mit Miss . . . wer war Schlichtmaiers Vorgängerin?«

»Pamela Samuelson, ich habe es dir doch gesagt.«

»Könntest du dem nachgehen? Ich würde mich gern mit ihr treffen.«

»Sie hat in einen anderen Aerobic-Kurs gewechselt, es dürfte also schwierig werden.«

»Gut, laß mich all das Schulz erzählen.«

Marla kicherte vielsagend. »Ehrlich, ich habe dir diese ganze Geschichte nur erzählt, damit du einen Vorwand hast, ihn heute morgen anzurufen.«

Sie legte mit dem Versprechen auf, die ganze Schnüffelei für mich zu erledigen, wenn ich sie mit Keksen bezahlte. Als ich ihr Schokobiscotti versprach, geriet sie in Verzückung.

Ich machte meine Yogaübungen und dachte beim Anziehen über das Kommunikationsnetz in Aspen Meadow nach. Als die Stadt sich von einer Feriensiedlung zu einem Ort entwickelt hatte, in dem das ganze Jahr Menschen lebten, war die erste soziale Einrichtung die Feuerwache. In einem so trockenen Klima, in dem ein Brand in weniger als einem Augenblick hektarweise Wald vernichten konnte, hatte die Notwendigkeit, sich gegenseitig zu schützen, selbst hartgesottene Einzelgänger zu sozialen Kontakten gezwungen. Da das Wetter und die Straßenverhältnisse im Winter äußerst wechselhaft waren, benutzten die Menschen heutzutage das Telefon, um sich alles über jeden zu erzählen. Das heißt, wenn man nicht gerade vom Aerobic-Kurs profitierte. Manchmal hörte ich über jemanden so viele Neuigkeiten, daß der Betreffende, wenn ich ihn das nächste Mal sah, mir vorkam, als sei er gealtert. Egon Schlichtmaier konnte ohne weiteres im Laufe der nächsten Woche graue Haare bekommen, ohne daß es mir auffiele.

Als ich nach unten kam, hatte der Himmel die Farbe von Holzkohle angenommen und spie Schneeflocken auf die Kiefern an meinem Haus. Das alles überziehende Grau brachte jedoch keine trübe Stimmung. Wie mir plötzlich auffiel, fühlte ich mich sogar fabelhaft. Das Wetter war wie eine Decke, die meine köst-

liche, innere Behaglichkeit einhüllte. Ich wollte nicht zugeben –
weder vor Marla, noch vor Schulz oder Arch, nicht einmal vor
mir selbst –, was das für ein neuer Zustand war, aber er fühlte
sich sehr an wie Sie-wissen-schon.

Als ich allerdings Arch und Julian in der Küche sah, versetzte es
mir einen alarmierenden Schlag. Julian war ebenso aschfahl wie
der Himmel draußen, und die Tränensäcke unter seinen Augen
waren dunkle Flecke. Als wir im Sommer beide im Hause von
Kunden gewohnt und gearbeitet hatten, ging er früh zu Bett,
stand um sechs auf, um seine Runden zu schwimmen, zu
duschen und sich sorgfältig anzuziehen, ehe er sich auf den Weg
in die Elk-Park-Schule machte. Ich konnte mich nicht erinnern,
wann er sich in der Woche, die seit dem Mord an Keith vergan-
gen war, Zeit genommen hätte, zu schwimmen. Heute morgen
sah er aus, als habe er überhaupt kein Auge zugetan, und er trug
dieselben verknitterten Kleider wie am Abend zuvor. Ich machte
mir allmählich Gedanken, ob es für ihn das Beste war, bei uns zu
wohnen. Da ich ihn nicht mit weiteren Fragen aufregen wollte,
bedachte ich lediglich Arch, der zu dunkelgrünen Jeans drei
Lagen Hemden in Grüntönen trug, mit einem aufmunternden
Lächeln. Arch erwiderte das Lächeln fröhlich.

»Julian macht seine speziellen Schokocroissants heiß!« verkündete er. »Er sagt, wir haben keine Zeit mehr für etwas anderes!«
Auf meinen mißbilligenden Blick fügte Arch hinzu: »Komm
schon, Mama. Iß auch eines zu deinem Espresso.«

Obwohl Schokocroissants wohl kaum Direktor Perkins' Vorstellungen von einem nahrhaften Frühstück entsprachen, gab ich
mich schnell geschlagen. Julian war nicht nur ein guter Koch, er
war ein Künstler. Er hatte ein Händchen für Lebensmittel und
eine Liebe zu kulinarischen Kreationen, wie sie wahrhaft selten
sind, und er hatte schon frühzeitig hervorragende Erfahrungen
als Konditorgeselle in der Bäckerei seines Vaters in Bluff, Utah,
gesammelt. In Anbetracht seiner Vorliebe für Gesundheitskost
stellten seine Experimente mit Blätterteiggebäck eine köstliche

Verirrung dar. Julian hatte als Helfer in meinem Geschäft gezeigt, daß er sein Gewicht in Belugakaviar wert war. Oder in Radicchio, den er bevorzugt hätte. Aber ich wußte, daß er nachmittags eine Mathematikprüfung hatte und wollte nicht, daß er sich zu allem anderen auch noch ums Frühstück kümmern mußte.

»Julian, laß mich das erledigen«, sagte ich freundlich.

»Laß mich das eben fertigmachen!« gab er brummig zurück. Er zog ein Backblech aus dem Ofen. Aus den goldbraunen Blätterteigrollen sickerte geschmolzene Schokolade.

Das Telefon ersparte es mir, mich mit Julianes ablehnender Haltung zu befassen.

»Goldilocks' Partyservice . . .«

»Fühlst du dich gut?«

»Ja, ja.«

»Wie wäre es mit: großartig«, sagte Tom Schulz. »Fühlst du dich *großartig?*« Ich konnte sein Grinsen förmlich hören. Leider spürte ich auch, daß ich rot wurde.

»Natürlich, was hast du erwartet?« Etwas in meiner Stimme veranlaßte Arch und Julian, mich fragend anzusehen. Ich wandte ihnen den Rücken zu und errötete bis über beide Ohren. »Wo bist du?«

»Im Büro und trinke vermutlich den schlechtesten Kaffee, den die menschliche Spezies kennt. Wann kann ich dich wiedersehen?«

Ich wollte ihn bald wiedersehen, und ich mußte ihm Marlas Neuigkeiten erzählen, aber das wollte ich nicht vor Julian sagen.

»Zum Mittagessen? Kannst du herkommen? Im Aspen Meadow Café?«

»Wenn du die Appetithäppchen, die sie servieren, ein *Mittagessen* nennst, sicher. Also um zwölf.« Und mit diesem summarischen Urteil über die *Nouvelle Cuisine* legte er auf.

»Arch«, sagte ich, während wir die köstlichen Croissants aßen, »du hast mir nicht erzählt, daß du Tom Schulz wegen der Schlange angerufen hast.«

Arch legte sein Croissant auf den Teller. »Mama«, sagte er mit ernster Stimme und ernstem Blick. »Glaubst du etwa wirklich, ich verlasse mich darauf, daß Mr. Perkins etwas für mich tut? Also komm!«

»Junge, das siehst du richtig«, brummte Julian.

»Trotzdem«, beharrte ich so freundlich wie möglich, »ich möchte, daß du heute vorsichtig bist. Versprochen?«

Er flötete: »Vielleicht sollte ich einfach aus der Schule bleiben.«

»Komm, Freundchen. Laß nur einfach alles in deiner Schultasche. Benutze deinen Spind gar nicht.«

Julian zog die Augenbrauen herunter und kniff störrisch die Lippen zusammen.

»Heh, *ich* habe ihm die Schlange nicht in den Spind getan«, meinte ich abwehrend. »Ich verabscheue Schlangen, Nagetiere und Spinnen. Ich *hasse* sie. Frag Arch.«

»Stimmt«, meinte Arch, ohne gefragt zu sein. »Ich darf weder Hamster noch Wüstenrennmäuse haben. Ich darf nicht einmal eine Ameisenzucht haben.« Er schluckte den letzten Bissen seines Croissants hinunter, wischte sich den Mund ab und stand vom Tisch auf. »Insekten gehören auch noch auf die Liste.«

Arch polterte die Treppe hinauf, um sich für die Schule fertigzumachen. Sobald er fort war, beugte Julian sich verschwörerisch zu mir. Sein abgehärmtes Gesicht versetzte mir einen Stich.

»Ich helfe ihm bei den Schularbeiten. Du weißt schon, ich mache ihm einen Plan, was er lernen soll, unterstütze ihn und so. Wir arbeiten jeden Abend zusammen im Eßzimmer, wenn es dir recht ist. Da ist mehr Platz.«

»Julian, du hast doch keine Zeit...«

Mein Telefon klingelte wieder. Es war wohl einer jener Tage.

»Laß mich abnehmen!« Julian sprang auf und nahm den Hörer, doch statt meiner üblichen Geschäftsformel sagte er: »Ja?«

Ich hoffte inständig, daß es keiner meiner Kunden aus dem

Aspen Meadow Country Club war. Julian flüsterte mir zu: »Greer Dawson«, und ich schüttelte den Kopf.

Julian sagte: »Was? Du machst Quatsch.« Stille. »Ach, na ja...«

Sie sprach mit hoher, steifer, förmlicher Stimme. »Ich habe eine neue Himbeerkonfitüre entwickelt und hätte gerne, daß Sie sie probieren, Goldy. Sie ist... exquisit. Wir möchten, daß Sie sie in einer Linzer Torte verwenden, die Sie für das Café machen könnten.«

»Ach, wirklich? Wer ist wir?«

Sie antwortete mit einem *Tsz.*

»Ich werde es mir überlegen, Greer.«

»Und wie lange wird das dauern? Ich muß es wissen, ehe die Schule heute zu Ende ist, damit ich es in meine Bewerbung schreiben kann, die ich wegschicken muß.«

»*Was* willst du in deine Bewerbung schreiben?«

»Daß ich ein kommerziell erfolgreiches Rezept für Himbeer-konfitüre entwickelt habe.«

Ich hasse es, wenn man mir ein Ultimatum stellt, vor allem, wenn es vor acht Uhr morgens geschieht. »Sag deiner Mutter, ich komme kurz vor Mittag in der Küche des Cafés vorbei, um die Konfitüre zu probieren und mit ihr darüber zu sprechen.« Ohne eine Antwort abzuwarten, legte ich auf. Mein Croissant war kalt. Ich wandte mich Julian zu. »Weshalb bist *du* sauer auf sie?«

»Wir sollten uns gegenseitig vor dem Eignungstest abfragen. Ich habe letztes Jahr nicht so gut abgeschnitten, wie ich wollte, zu nervös, schätze ich, daher lag mir wirklich viel daran, weißt du. Miss Ferrell« – er sprach den Namen mit dem profunden Abscheu der Jugend aus – »sagt, wir brauchten diese Büffelei nicht, aber sie hat uns trotzdem geraten, ein paar Sachen noch-mal durchzugehen. Ich habe Greer gestern abgefragt. Aber statt mich dann abzufragen, muß Greer nach Denver rasen zu ihrer letzten privaten Übungsstunde für die Tests.« Seine Schultern sackten nach unten. »Na ja. So habe ich mehr Zeit, mich mit Arch zu beschäftigen. Wir können die Schulbücherei benutzen.«

»Warum gehst du nicht mit Greer zu der Übungsstunde?« fragte ich arglos.

Er stieß seinen Stuhl zurück. »Woher soll ich tausend Mäuse nehmen?«

Es war eine rhetorische Frage, und wir beide wußten es. Doch ehe ich noch erklären konnte, daß ich ihn gerne abfragen würde, knallte Julian die Küchentür zu.

9   Als die Jungen fort waren, machte ich mir eine
──────   Tasse Espresso und nahm sie mit auf die Veranda vor der Küche. Am Himmel trieben nur noch ein paar weiße
Kissen entlang. Die schweren, dunklen Wolken hatten sich verzogen, nachdem sie nur ein paar Zentimeter Schnee hinterlassen
hatten. Ich fegte mit einem Handtuch Schnee und Eis von einer
Holzbank und setzte mich auf ein anderes Handtuch. Eigentlich
war es zu kalt, um draußen zu sitzen, aber die Luft war belebend.
Aus einem tiefblauen Himmel schien die Sonne. Die Schnee-
häufchen, die sich auf allen Ästen der Bäume türmten, glitzerten
wie Zuckerhüte.
Es war einer jener Augenblicke, in denen man sich wünschte, im
ganzen Weltall würden alle Uhren stehenbleiben. Ja, jemand
hatte Keith Andrews auf grausame Weise ermordet. Und
jemand bedrohte uns; Arch hatte Schwierigkeiten in der Schule;
auf mich wartete bergeweise Arbeit, Buchführung, Kochen und
Aufräumen. Ich mußte Anrufe erledigen. Lebensmittel bestellen, Pläne aufstellen. Doch all das konnte vorerst warten. Ich sog
die schneekalte Luft in tiefen Zügen ein. Der Espresso
schmeckte wunderbar stark und aromatisch. Eines hatte ich in
den letzten Jahren gelernt: Wenn die großen Momente kommen, sollte man innehalten und sie genießen, denn sie dauern
nicht ewig.

Und dann trafen nach und nach die Blumen ein. Zuerst kamen Töpfe mit Fresien. Mattweiße, gelbe und rote Blüten erfüllten Diele und Küche mit ihrem köstlich süßen Duft. Dann kamen Tausendschön mit Erika und ein riesiger Korb mit Gladiolen, Astern und Löwenmäulchen. Und schließlich händigte der Florist mir eine Schachtel mit langstieligen, scharlachroten Rosen aus.

Er kannte den Anlaß nicht und sah mich forschend nach Hinweisen an, ob er sich traurig oder fröhlich geben sollte. Da ich mir nichts anmerken ließ, machte der Bursche weiterhin eine undurchdringliche Miene. In der Floristenschule bringen sie ihnen offenbar Zurückhaltung bei. Ich arrangierte die Rosen in eine hohe Keramikvase, die Arch mir in der sechsten Klasse gemacht hatte, als er auch seinen Holzschnitt für Schulz hervorgebracht hatte. Meine Küche duftete wie das Kühlhaus eines Blumenladens.

Das Telefon klingelte. Offenbar konnte Schulz es nicht abwarten, zu erfahren, ob sein Gewächshaus eingetroffen war.

Ich zwitscherte: »Goldilocks' Blumenladen...«

»Huch? Goldy? Ist alles in Ordnung?«

Audrey Coopersmith.

»Nein«, antwortete ich ohne Zögern, »du mußt mir helfen kommen. Weißt du, nachdem ich mich mit all diesen Obstkuchen herumgeschlagen habe, bin ich völlig durchgedreht.«

Es entstand eine Pause. Vorsichtig setzte Audrey an: »Soll ich dich vielleicht später noch einmal anrufen?«

Deprimierte Menschen, vor allem solche, die eine Scheidung durchmachen, tun sich schwer mit Scherzen. Sie brauchen Humor, aber er ist wie ein Bankkonto, das plötzlich eingefroren wurde. Ich war allerdings die letzte, die ihr etwas erklären würde.

»Also, ähm«, haspelte Audrey weiter, »wir haben da ein kleines Problem. Direktor Perkins hat gerade angerufen. Er erkundigte sich, ob wir ihm gegen Mittag etwas Gebäck vorbeibringen könnten. Sie haben einen Vertreter von Stanford zu einem inoffiziellen Besuch da.«

»Es tut mir leid«, antwortete ich fröhlich, »ich habe heute mittag schon etwas vor.«

»Aber Goldy« – in ihrer Stimme lag etwas unverkennbar Jammerndes –, »ich kann dir helfen. Und ich glaube, es wäre eine großartige Erfahrung für Heather, den Vertreter von Stanford zu treffen. Du weißt doch, Carl kümmert sich überhaupt nicht darum, auf welche Schule sie geht, und so bleibt die ganze Verantwortung allein an mir hängen... kannst du mir nicht dieses eine Mal helfen? Ich mache wirklich gerade eine schlimme Zeit durch... für dich ist es doch wohl keine große Sache, aber...«

Heather? Was hatte Heather mit dem Gebäck zu tun? Ich sollte *backen*, um Heather Coopersmith den Weg zu einem Zulassungsgespräch zum College ihrer Träume zu ebnen – vielmehr der Träume ihrer Mutter.

»Hör zu, Audrey, ich habe gute Laune und bemühe mich, sie auch zu behalten. Warum hat Perkins mich nicht selbst angerufen? Ich könnte der Schule ein paar Anregungen zu einem Imbiß für den Stanford-Vertreter geben.«

»Er sagte, er habe versucht, dich anzurufen, aber deine Leitung war besetzt. Ich sage dir, Goldy, er ist bereit, für mindestens sechs Dutzend zu zahlen, und ich kann dir helfen, sie in die Schule zu bringen, mit Heather, natürlich, und der Vertreter...«

Sie zögerte. »Du verstehst das einfach nicht: Stanford schickt *nie* einen Vertreter in die Elk-Park-Schule. Sie glauben, sie haben das nicht nötig...«

»Dann gib dem Burschen gefrorenen Joghurt! Sag ihm, er soll so tun, als sei er in Nordkalifornien!«

Audrey seufzte matt und sagte nichts. Vermutlich verhielt ich mich nicht gerade wie eine Partylieferantin, die Geschäfte machen wollte. Ich stellte schnell ein paar Berechnungen an. Gut, da war der Rocky Mountain Stanford Club, der vielleicht irgendwann einmal ein großes Essen ausrichten lassen mußte.

Und Stanford spielte gegen die University of Colorado Football, vielleicht sprang ja für mich in diesem oder im nächsten Herbst in Boulder ein Picknick für die Footballfans heraus. Bei dem Stanford-Vertreter Eindruck zu schinden war vielleicht gar keine schlechte Idee.

»Gut«, sagte ich. »Wie wär's mit ein paar Granola-Keksen?« Audrey verharrte in mißbilligendem Schweigen. »War nur Spaß. Hör zu, ich zaubere etwas zusammen. Aber Perkins muß diesem Burschen ganz deutlich den Namen der Lieferantin nennen, die die Plätzchen gebacken hat. Und du kannst Perkins sagen, daß ihn das eine Stange kosten wird. Sechs Dutzend Stück Kleingebäck auf Platten angerichtet und angeliefert, dreißig Dollar.«

»Ich bin sicher, er wird keine Einwände erheben. Er hat mich sogar gefragt, ob wir rot-weißes Gebäck machen könnten. Du weißt schon, die Stanford-Farben. Er meinte −« sie räusperte sich −, »etwas in der Art wie ... Bahnschranken oder rot-weiß gestreifte Zuckerstangen aus Teig oder ...«

»Eines Tages wird dieser Mann noch ersticken, und dann machen sie Wiederbelebungsversuche mit seiner Zunge.«

Audrey fragte: »Soll das ein Witz sein?«

»Außerdem«, erklärte ich bestimmt, »kann ich das Gebäck nicht in die Schule bringen, weil ich zum Essen verabredet bin.«

»Aber das habe ich dir doch schon *gesagt*. Wo bist du heute? Ich kann es abholen. Die Logistik dürfte ohnehin etwas schwierig werden ...«

»Welche Logistik?«

Sie holte wieder tief Luft, und ich bereitete mich auf eine langatmige Erklärung vor. »Ach, na ja, die Marenskys haben von Perkins erfahren, daß der Stanford-Vertreter kommt, und sie waren schon bei ihm, um sich zu beschweren, daß Ferrell Stanford nicht in Brad Marenskys College-Liste aufgenommen hat, nicht, daß er *jemals* eine Chance hätte, da angenommen zu werden, er ist fünfter in seiner Klasse, weißt du ... laß mich überlegen ...« Sie schweifte ab.

»Logistik«, warf ich freundlich ein, um sie wieder aufs Thema zu bringen.

»Ach, ja, gut. Also Perkins hat mir gesagt, daß er die Marenskys angerufen hat – bestimmt, weil sie der Schule dicke Spenden zukommen lassen, obwohl Perkins *das* nicht erwähnt hat – und ihnen gesagt hat, Brad solle zusehen, daß er heute mit dem Stanford-Vertreter zusammenkäme, und Rhoda Marensky hat *verlangt,* daß sie eine Privataudienz mit dem Mann bekommen...«

Der Papst von Palo Alto. Ich konnte mir diesen jungen Mann vorstellen, der sich der angestrengten Machtspielchen keineswegs bewußt war, die sein unangekündigter Besuch auslöste, ebensowenig wie der ehrfurchtgebietenden Autorität, die man ihm hier zuschrieb.

»...die Marenskys holen also den Vertreter an der Ausfahrt des Highways ab und fahren mit ihm zur Schule, zumindest war das so, bis die Dawsons Wind von diesem Privatgespräch bekommen und darauf bestanden haben, daß Greer den Mann treffen sollte, ehe der eigentliche Empfang losgeht...«

Wenn es denn überhaupt dazu kommen sollte, fügte ich im stillen hinzu.

»Und dann meinte Miss Ferrell, es wäre besser, wenn sie als Vermittlerin dabei wäre und hat der Klasse für die vierte Stunde eine stille Beschäftigung aufgegeben, und weil da nämlich Heather Französisch hat, wollte ich natürlich, daß *sie* mit dem Vertreter zusammenkommt, da sie im Sommer doch zusätzlich die ganze technische Arbeit gemacht hat, und wenn sie an dieser Schule nicht einen so hohen Minderheitenanteil hätten, er liegt, glaube ich, bei siebenundvierzig Prozent, wäre sie eine Spitzenkandidatin...«

»*Komm zur Sache, Audrey!*«

»Worüber regst du dich so auf?« fragte sie verblüfft. »Wo bist du zum Essen verabredet? Ich hole das Gebäck ab und nehme Heather mit, damit sie den Stanford-Vertreter trifft, und Miss Ferrell kann dann ebenfalls da sein...«

»Ich bin um 11.45 im Aspen Meadow Café, um Marmelade zu probieren.«

»Um Marmelade zu probieren? Warum machst du das nicht zu Hause?«

»Eine berechtigte Frage, liebe Audrey, aber die Idee stammt von den Dawsons. Höchstwahrscheinlich bitten sie dich ebenfalls, sie zu probieren. Ich bin sicher, sie wollen auch, daß Julia Child, Paul Bocuse und der Stanford-Vertreter sie probieren.«

Sie schnaubte. »Also, das ergibt wirklich keinen Sinn, aber ich werde es ja sehen. Ach, noch etwas. Die Leute von Tattered Cover meinen, es wäre gut, wenn du am Halloweenabend etwas früher in die Buchhandlung kämest, vielleicht etwa eine Stunde vor der Autogrammstunde? Ich könnte dir zeigen, wo die Küche im zweiten Stock ist und wie sie normalerweise ein Büffet aufbauen oder so.«

Endlich waren wir vom Thema des Stanford-Vertreters abgekommen. Ja, erklärte ich, wir sollten uns die Örtlichkeiten in der Buchhandlung unbedingt rechtzeitig ansehen. Wir verabredeten, daß Audrey nach dem Bußimbiß am Freitag zu mir kommen sollte, damit wir zusammen nach Denver fahren konnten. Audrey fragte: »Warum hast du dich am Telefon als Blumenladen gemeldet? Willst du das Geschäft erweitern?«

»Entschuldige, ich dachte, du wärst jemand anderes.«

». . . Ich will dir ja nicht zu nahe treten, Goldy, aber vielleicht brauchst du Urlaub.«

Damit waren wir schon zwei. Ich lachte immer noch, als Tom Schulz anrief.

»Die Partylieferantin klingt aber beschwingt.«

»Ist sie, ist sie. Erstens hatte sie gestern einen reizenden Abend mit diesem Polizisten.« »Mmhmmm«, machte er. Ich fuhr fort. »Heute morgen ist sie allerdings als Ersatzmutter durchgefallen. Aber dann kam ihr eben dieser Polizist zu Hilfe, indem er ihr Haus schnell in den Botanischen Garten von Denver verwandelt hat. Den Rest des Tages muß sie Plätzchen backen, vor einem

Burschen aus Kalifornien Kniefälle machen, Marmelade probieren und mit dem Polizisten zu Mittag essen.«

»Hhm. Hört sich ganz normal an für mich. Schön, daß dir die Blumen gefallen.«

»Sie sind wunderschön. Du verwöhnst mich. Aber hör zu, ich muß dir etwas erzählen, das Marla herausgefunden hat.« Ich berichtete ihm von Egon Schlichtmaiers angeblich schmutziger Vergangenheit und seiner angeblich laufenden Affäre und erwähnte die Möglichkeit, daß der ehrgeizige Keith Andrews vorgehabt haben könnte, diese Dinge in der Zeitung zu veröffentlichen.

»Gut, hör zu«, sagte Schulz, als ich fertig war, »es kann sein, daß ich heute mittag etwas später komme. Ich fahre nach Lakewood, um mich über einen Mordfall zu informieren. Normalerweise hätte ich damit nichts zu tun. Aber der Name des Opfers ist Andrews.«

Ich war sofort wieder nüchtern. »Besteht eine Verbindung zu dem verstorbenen Abschlußredner?«

»Soweit uns bekannt ist nicht. Der Name des Opfers war Kathy. Sie haben ihre Leiche vor zwei Wochen in einem Feld gefunden. Man hatte ihr den Schädel eingeschlagen. Ihr Freund, der ihr ein paar tausend Dollar schuldete, steht unter Verdacht, aber die Polizei da unten konnte ihn bislang nicht finden. Jedenfalls, eine der Sachen, die sie überprüfen, ist die Tatsache, daß Kathy Andrews' Post gestohlen wurde. Und noch etwas: Sie hatte ein Konto bei Neiman-Marcus. ›K Andrews‹ stand auf ihrer Karte, sagen sie.«

»Ich begreife das nicht. War es ein Raubmord?«

»Das ist das Merkwürdige. Kathy Andrews war alleinstehend und hatte viel Geld, das sie gerne ausgab. Wie es aussieht, ist ihr eine Menge gestohlen worden, so wie sie sich beim Postamt beschwert hat. Vielleicht hat sie jemanden auf frischer Tat ertappt, wie er ihre Post stahl. Das versuchen die Jungs in Lakewood zu rekonstruieren.«

»Warum sollte jemand ihre Post stehlen?«

»Aus demselben Grund, weshalb sie deine Brieftasche stehlen, Miss G. Wegen Bargeld oder Schecks, nach unseren Erfahrungen. Oder aus Vandalismus. Sie sehen Kathy Andrews gesamte Unterlagen durch und versuchen, festzustellen, welche Sendungen sie möglicherweise erwartet hat. Aber wenn etwas, das abgeschickt worden ist – in diesem Fall eine Kreditkarte –, nicht auftaucht, macht man sich Gedanken. Nach den Unterlagen von Neiman-Marcus haben sie sie irgendwann im vergangenen Monat abgeschickt.«

Ich griff nach dem Telefonkabel, ließ es aber sofort wieder los. Ich bemühte mich, das Bild einer mir unbekannten Frau, das vor meinem inneren Auge auftauchte, wegzuwischen. Kathy Andrews. »Hast du mit den Marenskys über ihren Waschbärpelz gesprochen?«

»Sie behaupten, er sei bei einer Party gestohlen worden.«

»Also, ich bin ganz durcheinander.«

»Da bist du nicht die einzige, Miss G. Wir sehen uns gegen Mittag.«

Etwas in Rot und Weiß. Keine Bahnschranke, keine Zuckerstange, kein verlegenes Zebra. Etwas, das eines Besuchers von jener Schule würdig war, die Nobelpreisträger, Pulitzerpreisträger und Sportler wie Jim Plunkett und John Elway hervorgebracht hatte.

Da ich es allzu schwierig fand, in so kurzer Zeit ein footballförmiges Gebäck zu erfinden, entschied ich mich für ein mächtiges, weißes Plätzchen mit einem roten Tupfer in der Mitte. Während ich Butter und Quark verrührte, ließ ich meine Gedanken zu Julian schweifen. Es bedrückte mich, daß er heute morgen so brüsk davongestürmt war. Julian, der inzwischen im vierten Jahr die Privatschule Elk Park besuchte, war intelligent und sehr begabt. Er hatte mich mit seinem einfallsreichen Projekt zur DNS-Forschung verblüfft. Doch seine Klassenkameraden waren ebenfalls gescheit und findig und besaßen außerdem Geld, das ihr akademisches Fortkommen förderte. Ich gab Zucker in den Teig, rührte die Masse schaumig und fügte dunkle, exotisch duftende mexikanische Vanille zu, an der ich herzhaft schnupperte. Julian hing sehr an seiner Schule, nicht in der lautstarken Art von Cheerleadern, sondern mit einer so inständigen Loyalität, daß er bereit war, es auf einen Streit mit Keith Andrews ankommen zu lassen, um zu verhindern, daß ein Skandal in die Zeitung kam. Ich siebte Mehl in die Masse und vermengte alles zu einem geschmeidigen Teig. Julian hatte eine Leidenschaft für Menschen und fürs Kochen. Und dieser Charakterzug war, wie ich vor langer Zeit festgestellt hatte, nur eine andere Art, eine leidenschaftliche Beziehung zu Menschen zu pflegen. Für all das Geld, das ich auf Therapiestunden verwendet hatte, hatte ich mir schon ein paar Dinge klar gemacht.

Während ich mit dem Schaber den goldgelben Teig vom Rand der Schüssel löste, fiel mir der schüchterne, glückliche Blick ein, der sich im vergangenen Sommer auf Julians sonst eher abweisendes Gesicht geschlichen hatte, sobald Schulz, Arch oder ich ihn gebeten hatten, seine *Tortellini della panna*, seinen Spinatgratin oder sein Fondant mit sonnengetrockneten Kirschen zu machen. Julian mochte mich und Schulz, und er hing besonders an Arch. Die Ereignisse der vergangenen Woche hatten ihn sehr mitgenommen. Du armer, überarbeiteter Achtzehnjähriger, dachte ich, was kann ich tun, damit du dir weniger Sorgen um uns und mehr Gedanken über deine Zukunft machst?

Ich starrte auf die cremige Erfindung. Meine Lieferantin hatte mir kürzlich einige Kilo frischer Erdbeeren gebracht. Ich beschloß, sie kleinzuschneiden und als Krönung auf jedes Plätzchen zu setzen, um den Rot-Weiß-Effekt zu erzielen. Was man von einer Partylieferantin nicht alles verlangt. Ich rollte kleine Teigmengen von etwa einem halben Eßlöffel Grö-

Rot-Weiß-Gebäck

200 g Butter, sahnig gerührt
85 g Quark oder Frischkäse, sahnig gerührt
125 g Zucker
1 Teelöffel Vanilleextrakt
300 g Mehl, Typ 405
35 kleine, reife Erdbeeren, geputzt und halbiert

Den Backofen auf 175 Grad vorheizen. In einer Rührschüssel Butter mit Quark schlagen, bis beides gut vermischt ist. Den Zucker und die Vanille unterrühren und mit dem Mehl zu einem glatten Teig verarbeiten. Jeweils einen halben Eßlöffel Teig zu kleinen Bällchen formen und mit 5 Zentimetern Abstand auf ein ungefettetes Backblech legen. Mit dem Daumen in jedes Plätzchen eine Vertiefung eindrücken. In jede Vertiefung vorsichtig eine halbe Erdbeere mit der Schnittfläche nach unten legen. 12 bis 18 Minuten backen, bis die Plätzchen leicht gebräunt sind. Auf Rosten abkühlen lassen.
Ergibt 5 Dutzend.

ße zu Kügelchen, drückte jedes mit dem Daumen flach und setzte eine Erdbeerhälfte mit den Schnittkanten nach unten in die Vertiefung.

Ich schob die Backbleche in den Ofen, stellte die Ofenuhr ein und machte mir noch einen Espresso.

Eine Viertelstunde später knabberte ich an den köstlichen Resultaten herum. Sie waren wie winzige Käsekuchen, etwas, das man zu einem englischen Tee reichen würde. Ich beschloß, ihnen einen eingängigen Namen zu geben. Vielleicht Rot-Weiß-Gebäck. Und da ich gerade bei eingängigen Dingen war, beschloß ich auf der Stelle, Julian anzubieten, ihm bei seinen

Übungsfragen für die Eignungstests zu helfen, falls er noch Interesse daran hatte. Wie schwer konnte das schon sein? Ich kannte immerhin schon das Gegenteil von *tranquie*: nämlich das heutige Mittagessen.

Zwei Stunden später bog ich, insgesamt drei mit Tortendeckchen belegte Tabletts und ein Paket mit sechs Dutzend Rot-Weißen im Wagen, in den Parkplatz des Aspen Meadow Cafés ein. Die Dawsons hatten sich alle Mühe gegeben, ihrem Restaurant einen möglichst europäischen Anstrich zu geben. Es stand außer Zweifel, daß die elegante Glasfassade himmelweit entfernt war von den rustikaleren Vollwertkostimbissen und Western-Grillstuben, die Aspen Meadow übersäten und in denen Touristen, Bauarbeiter oder Masseure mittags einen Bissen essen konnten. Nein, die Kunden, die dieses Café frequentierten, gehörten größtenteils nicht zu den Menschen, die für ihren Lebensunterhalt arbeiten mußten, zumindest nicht den ganzen Tag. Oder sie gehörten zur wachsenden Gruppe der Akademiker und Freiberufler, die Cowboyhüte aufsetzen und sich zwei Stunden Mittagspause gönnen konnten.

Ich ließ meinen Lieferwagen zwischen einen Mercedes (Kennzeichen: JUR; ich schätze, ANWALT war schon vergeben) und einen Buick Riviera (DRAUA; also, wie sollte das Vertrauen zu einem praktischen Arzt einflößen?) gleiten. Das Café lag eingebettet in das Einkaufszentrum Aspen-Meadow-Nord mit seinen dunklen, türkis abgesetzten Holzverkleidungen. Dort gab es den Aspen-Meadow-Floristen, dessen Blumenbestand Schulz gerade dezimiert hatte, und den Aspen-Meadow-Innenausstatter mit seiner ausdauernd im Südwesternstil gehaltenen Schaufenstergestaltung. Geschmackvolle Halloweendekorationen zierten die Fenster teurer Boutiquen. Unmittelbar neben dem Café lag das undekorierte Fenster des Aspen-Meadow-Gewichtskontrollcenters. Welche Ironie!

Ich betrat das Café, ging an den Körben mit Hefezöpfen und Blätterteig-Brioches und an der Käsetheke mit verschiedenen Sorten Stilton, Camembert und Büffel-Mozzarella vorbei zu der Kühltheke mit den Nachspeisen. Köstlich aussehende Aprikosensahnetorten, vielschichtige Schokoladenmoussetorten und alle Arten von Trüffeln zogen die Blicke auf sich. Ich schloß die Augen und versuchte mir die Ausrufe des Entzückens vorzustellen, die meinen Happy-End-Pflaumenkuchen begrüßen würden, sobald er eine herausragende Stellung unter den ausgestellten Köstlichkeiten einnehmen würde.

Audrey war bereits mit Heather eingetroffen, die zusammengesunken mit Schmollmiene neben dem Stiltonkäse saß und keineswegs nach glücklicher Studentin aussah. Audrey, die völlig blind war für die Niedergeschlagenheit ihrer Tochter, schlängelte sich zu mir durch und warnte mich: »Ich habe den Fehler gemacht, die Dawsons zu fragen, ob Greer irgend etwas habe, um den Stanford-Vertreter zu beeindrucken. Sie haben sich schlagartig in Vorbereitungen gestürzt. Greer raste ins Badezimmer und zog sich etwas Rot-Weißes an. Jetzt erwarten sie dich alle in der Küche zum großen Geschmackstest. Oh.« Sie zog eine Augenbraue in ihrem breiten, humorlosen Gesicht hoch. »Die Marmelade ist *scheußlich*. Du sagst besser, daß du die Linzer Torte, die sie haben wollen, zu Hause machst.«

Das war zuviel. Ich sagte: »Irgendeine Spur von den Marenskys? Oder von Miss Ferrell?«

Sie kniff die Lippen zusammen. »Ferrell ist in der Küche. Über die Marenkys weiß ich nichts.«

Ich meinte hoffnungsvoll: »Ist die Marmelade nur sauer und würde sie besser schmecken, wenn man etwas Zucker hineingibt?«

Das Lächeln, mit dem sie mich bedachte, triefte von Selbstgefälligkeit. »Glaub mir, Goldy, und wenn du den gesamten Zucker aller Rübenbauern von Ostcolorado nimmst und in diese Marmelade rührst, schmeckt sie immer noch wie eingedickter Essig.«

»Danke, Audrey«, erklärte ich trocken. »Ich hoffe doch, du hast deine Meinung nicht durchblicken lassen.«

»Ich mußte sie ausspucken. Entweder das oder ich hätte mich übergeben.«

»Großartig«, sagte ich, als die Dawsons auf mich zukamen. Sie glichen einer menschlichen Phalanx.

»Hallo, Hank! Tolles Spiel am Sonntag.«

Sein Gesicht wurde bei meiner Begrüßung noch eine Spur grimmiger. »Sie haben Glück gehabt, das wissen Sie, Goldy. Washington wird hart. Fast genauso hart wie dieser Stanford-Bursche. Wir haben gerade darüber gesprochen, wie wir ihn angehen.«

»Ich weiß nicht, warum die Marenskys sich überhaupt die Mühe machen, Brad zu ihm zu bringen«, meinte Caroline affektiert. »Jeder weiß, daß Stanford ebenso anspruchsvoll ist wie die Eliteschulen. Sie nehmen *nie* jemanden, der nicht zu den oberen zehn Prozent gehört.«

Ich murmelte: »Aber in einer so kleinen Schule wie Elk Park...«

»Nie!« unterbrach sie mich, und ihre dunklen Augen funkelten. »Haben Sie nicht gehört?«

Das heitere Bimmeln der Glocke über der Cafétür ersparte es mir, ihr zu versichern, daß ich gut hören konnte. Stan Marensky kam in einer Pelzjacke herein, hinter ihm stolzierte Rhoda majestätisch in einem langen Pelzmantel, nicht dem Waschbärding, an den Brotkörben vorbei.

Ihr folgte ein schmächtiges Bürschchen, vermutlich der Vertreter von Stanford. Er trug Bluejeans, eine Fliege und keinen Mantel. Die Nachhut bildete Brad Marensky, ein breitschultriger Junge in kurzen Hosen und einem T-Shirt der Elk-Park-Tennismannschaft, ungeachtet der Tatsache, daß draußen nur eine Temperatur von drei Grad plus herrschte.

Der kleine Bursche sah sich verstohlen im Café um. In meinen Augen wirkte er nicht sonderlich einflußreich. Doch Audrey Coopersmith neben mir zitterte sichtlich.

»Audrey«, sagte ich in einem so beruhigenden Ton wie nur möglich, »bitte entspann dich. Das ist doch gar nicht so wichtig, wie
du meinst.«

Ihr Blick war frostig. »Du begreifst das einfach nicht, Goldy.«

Die Marenskys plauderten in lautem, besitzergreifenden Ton
mit dem Stanford-Vertreter. Sie wirkten äußerst selbstzufrieden
und verhielten sich, als hätten sie während der zehnminütigen
Fahrt von der Ausfahrt der Autobahn bis hierher einen ungemein wichtigen Geschäftsabschluß getätigt. Mir fiel auf, daß die
Marenskys, beide dünn wie Fotomodelle, mich ignorierten,
während die gedrungenen, rundlichen Dawsons auf jedes meiner Worte und jeden meiner Gedanken neugierig waren.

Hank Dawson beugte sich zu mir. »Sie sind wirklich aufgebla-
sen. Ich frage mich, was sie ihm über Brad erzählt haben können? Der Bursche ist doch nur fünfter in seiner Klasse, er schafft
es nie. Ich muß den Burschen von ihnen loseisen. Soll ich ihnen
den Ball aus der Hand schlagen oder mich auf ihn stürzen?«

»Stürzen Sie sich auf ihn«, erwiderte ich ohne Zögern.

»Herzlich willkommen in unserem kleinen Restaurant.« Caroline Dawson sprach das Wort Restaurant in ihrem singenden
Tonfall mit französischen Akzent aus. Ich krümmte mich
zusammen. Die Marenskys erstarrten zu zwei hageren Eisskulp-
turen, während sie zusahen, wie Caroline Dawson in einem kar-
mesinroten Schneiderkostüm watschelnd vortrat.

»Wir würden Sie gerne in die Küche bitten«, erklärte Caroline
Dawson. Sie nahm den jungen Mann fest am Arm. Als sie ihn
erst einmal ins Schlepptau genommen hatte, bedeutete sie mir
mit einer Kopfbewegung, daß ich ihr in die Küche folgen solle.
»Unsere Tochter, Greer, die Klassendritte ist, steht an der
Küchenmaschine«, erklärte sie in zuckersüßem Ton. »Ich bin ja
so froh, daß Sie zu einem frühen Skiausflug hergekommen
sind«, fügte sie hinzu, als seien sie und der arme Stanford-Vertreter alte Bekannte.

»Muß ich niederknien und seinen Ring küssen?« fragte ich Aud-

rey Coopersmith, die mir zaghaft gefolgt war und Heather am
Ärmel hinter sich herzog. Die Marenskys marschierten, sichtlich um eine kühl-gelassene Haltung bemüht, in die Küche, um
zu sehen, was die Dawsons mit dem Mann vorhatten.
Während wir uns alle in der Küche versammelten, verwickelte
Caroline den Stanford-Vertreter in ein lebhaftes, hohles
Geplauder. Miss Ferrell lehnte an einer Spüle, trank Kaffee und
sah peinlich berührt aus. Nun ja, das dürfte die Studienberaterin
lehren, nicht die Gastgeberin für unerwartete College-Vertreter
zu spielen. Sie stöckelte auf ihren dünnen Absätzen zu mir herüber.
»Ich bin in den nächsten Tagen auf einer Lehrertagung in Denver, Mrs. Bear«, flüsterte sie mir zu. »Aber ich würde gerne mit
Ihnen über Julian sprechen, sobald ich zurück bin. Können Sie
sich irgendwann frei machen? Er kam heute morgen zu mir und
ist natürlich sehr aufgebracht über das, was Arch passiert ist...
aber er hat auch einige Fragen, was Keith betrifft. Ach, es ist alles
so undurchsichtig geworden...« Sie zog sich mit einem abrup-
ten Satz zurück, als sie bemerkte, daß Audrey, Hank Dawson
und die Marenskys gespannt lauschten, was sie mir zu sagen hatte.
»Was für Fragen über Keith?« fragte ich.
»Er hatte ein paar Probleme«, setzte sie mit verhaltener Stimme
an. Sie sah sich um. Die Marenskys begannen, miteinander zu
tuscheln. Hank tastete nach einer Schranktür, während Audrey
vorgab, aufmerksam eine Speisekarte zu studieren, die sie auf der
Arbeitsplatte gefunden hatte. »Ein paar Probleme mit dieser
Collegesache«, raunte Miss Ferrell.
»Wie wäre es, wenn wir uns Samstag morgen vor den Prüfungen
darüber unterhielten?« gab ich flüsternd zurück. Ich warf einen
verstohlenen Seitenblick zu Audrey hinüber, aber sie hatte ihre
gewohnte, ausdruckslose Miene aufgesetzt, um die Speisekarte
zu lesen. Es war schwer zu sagen, ob sie zuhörte. »Ich richte dieses Frühstück in der Schule aus.«

Miss Ferrell nickte, drehte sich auf dem Absatz um und stöckelte zurück zu dem Stanford-Vertreter. Greer Dawson war durch eine Hintertür in die Küche gekommen. Wie Audrey vorausgesagt hatte, trug sie eine rot-weiß gestreifte Bluse zu einem farblich abgestimmten Rock. Ihr goldblondes Haar ringelte sich in engelsgleichen Locken um ihr herzförmiges Gesichtchen. Mit einer niedlichen Gebärde griff Greer nach einem Löffel und schaufelte dem Stanford-Vertreter eine Portion Himbeermarmelade in den widerstrebend geöffneten Mund. Offenbar wollte Greer nicht, daß ich ihm in seinem Urteil über die Kostprobe vorgriff. Mit verblüffender Plötzlichkeit bekam sein Gesicht das Aussehen einer zwei Wochen alten Kiwi.

Mit hoher, unsicherer Stimme sagte er in die gespannte Stille hinein: »Was? Ohne Süßstoff?«

Sofort setzte ein geschäftiges Treiben ein, bei dem alle versuchten, diesen Fauxpas wettzumachen. Alle bis auf Audrey, die sich zu mir herüberbeugte und mir hämisch ins Ohr lachte: »Tralli-tralli-tralla.«

»Na ja.« Hank Dawson drängte sich nach vorne. »Diese Marmelade ist noch in der Entwicklung, ich meine, es ist eine neue Sorte, und Greer ist als Köchin noch eine Anfängerin, außerdem können Sie kaum beurteilen...«

»Wir lassen Goldy entscheiden«, verkündete Caroline Dawson gebieterisch, »schließlich hat Greer bei ihr gelernt.«

Ja, gebt nur der Partylieferantin die Schuld! Aber, bitte schön, das einzige, was Greer bei mir gelernt hatte, war, ob man für Aufläufe Löffel oder Gabeln deckte. Bislang hatte das Mädchen nicht das geringste Interesse an der Zubereitung des Essens gezeigt. Natürlich wußte ich, worum es bei diesem ganzen Theater ging. Wenn ich vorgäbe, die Marmelade zu mögen, bekäme ich zusätzlich zu dem Pflaumenkuchen noch einen Auftrag für Linzer Torte, und ich würde Miss Ferrell und die arme Audrey bloßstellen. Von dem Stanford-Burschen gar nicht zu reden. Wenn ich mein Gesicht angewidert verzöge, könnte ich

das Stanford-Picknick vergessen und mit meinem Pflaumenkuchen anderswo hausieren gehen. Außerdem hatte ich die unbe-
hagliche Vorahnung, daß Schulz jeden Augenblick in dieses
lächerliche Szenario hineinplatzen würde. Was eine Partylieferantin für ihr Geschäft nicht alles tun muß!

Ich schindete Zeit. »Ein frischer Löffel?«

»Da drin.« Audrey deutete auf eine hölzerne Schublade.

Ich zog die Lade auf. Sie enthielt einen dieser viergeteilten Pla-
stikbesteckkörbe. Jedes Fach quoll über von Besteck. Ich griff in
die Löffelabteilung und bemühte mich verzweifelt, mir süße
Marmelade *vorzustellen.*

»Ich nehme einen großen«, erklärte ich laut und vernehmlich.

Doch an diesem Tag sollte ich die Marmelade nicht mehr probieren. Ich hätte mir das kleine Ding im Löffelfach genauer
ansehen sollen, diese glänzend schwarze, runde Gestalt mit dem
roten Uhrglas auf der Unterseite ihres dunklen Hinterleibes.
Doch ehe ich die Geistesgegenwart aufbrachte, meine Hand
zurückzuziehen, hatte die Schwarze Witwe mich bereits gebissen.

10   »O Gott!« kreischte ich. Die Dawsons, die
        Marenskys, Miss Ferrell, Audrey – alle dräng-
ten mit besorgten Fragen vor: Was ist passiert? Sind Sie in Ordnung? Eine Spinne? Sind Sie sicher? Wo?
Ich trat zurück, meine Linke umklammerte das rechte Handgelenk. Der brennende Schmerz kroch in meinen Finger hoch in
den Handteller. Wütend dachte ich: Warum mußte es ausgerechnet meine *Rechte* sein? Ich stolperte rückwärts in Stan
Marensky hinein. Als ich herumwirbelte, wirkte er verblüfft.
Unwillkürlich schossen mir Tränen in die Augen.
Hank Dawson lief ans Telefon, Caroline Dawson bemühte sich,
die weinende Greer zu trösten, die Marenskys fragten sich und
Brad, der mit offenem Mund dastand, was zum Teufel hier
eigentlich vorgehe, Miss Ferrell benetzte ein Papierküchentuch
mit kaltem Wasser. Audrey hielt auf Knien nach der Spinne
Ausschau, die ich ihrer Meinung nach auf den Boden geschüt-
telt hatte. Der arme Stanford-Bursche stand stocksteif mit offenem Mund da. Man sah förmlich, wie es in seinem Kopf arbeitete: Das ist ein wahnsinniger Ort.
»Uhuh«, sagte ich zu der vertrauten Gestalt, die mit schweren
Schritten schnell in die Küche trat: Tom Schulz.
»Was ist denn hier los?« fragte er. Er griff nach meinem Unterarm und untersuchte die Stelle an meinem rechten Zeigefinger,

die ich ihm zeigte. Sie schwoll an und wurde rot. Und sie brannte. Ich meine, meine ganze Hand brannte wie Feuer.

Vom Boden aus brüllte Audrey ihn an: »Tun Sie etwas, bringen Sie sie ins Krankenhaus, sie ist von einer giftigen Spinne gebissen worden, so tun Sie doch etwas . . .«

Tom Schulz packte mich an den Schultern. »Goldy«, sagte er und zwang mich, ihn anzusehen. »War sie klein und braun?«

Ich sagte: »Uh . . . uh . . .«

»Würdest du eine braune Einsiedlerspinne erkennen?«

»Es war keine . . . das war es nicht . . .«

Er schien erleichtert, hob dann aber die Augenbrauen und fragte: »Schwarze Witwe?« Ich nickte. Auf seine Fragen – »Bist du allergisch? Weißt du das?« – schüttelte ich den Kopf und machte eine hilflose Geste. Ich hatte nicht die geringste Ahnung, ob ich allergisch war. Wie oft wird man schon von Giftspinnen gebissen?

Hank Dawson kam eilig zurück in die Küche. Mit krächzender Stimme verkündete er: »Meine Güte, alle Krankenwagen in der ganzen Umgebung sind im Einsatz! Wird sie es überstehen? Sollte einer von uns sie ins Krankenhaus bringen? Muß sie sterben? Was?«

Scholz schob mich hastig hinaus. Mit Sirene, Blaulicht, quietschenden Reifen und Schulz' erfolglosen Bemühungen, sein Sprechfunkgerät in Gang zu bringen, rasten wir aus Aspen Meadow North hinaus auf den Highway. Während die dunkelbraunen Berge vorbeihuschten, drückte ich meine Hand wie eine Aderpresse auf mein Handgelenk. Ich versuchte mir das Spinnengift wie giftige schwarze Tinte vorzustellen, die ich mit Willenskraft in meiner Hand festhalten und nicht durch die Venen in den Blutkreislauf gelangen lassen wollte.

Als wir auf der Autobahn waren, funktionierte auch Schulz' Sprechanlage plötzlich wieder, und er gab der Einsatzzentrale durch, wohin er fuhr. Dann rief er das Zentrum für Vergiftungsfälle an. Unter knisternden Funkstörungen wiesen sie uns an, ins

Allgemeine Krankenhaus Denver zu fahren. Es war die nächstgelegene Klinik, die ein Gegengift vorrätig hielt, erklärten sie Schulz. Meine Hand brannte.

Ich verfluchte die fließenden Tränen und meine zittrige Stimme und fragte: »Geht das denn gar nicht weg? Das ist doch nicht wirklich giftig, oder?«

Er heftete den Blick auf die Straße, während wir an einem Laster vorbeirasten. »Das hängt davon ab. Eine braune Einsiedlerspinne wäre schlimmer gewesen.«

Ich räusperte mich. »Ich muß mich um Arch kümmern können...« Mir brach der Schweiß aus. Bei jedem Atemzug pochte der Finger mit der Bißwunde heftig. Es war wie bei den Wehen.

Schulz sagte: »Ist dir schlecht?« Ich verneinte. Nach einem Moment meinte er: »Du wirst nicht sterben. Ich weiß nicht, warum du überhaupt in dieses verfluchte Café gehst. Letzten Sommer hat dich ja jemand in eine verglaste Theke gestoßen. Ich sage dir, Goldy, dieses Lokal und du, ihr vertragt euch nicht.«

»Das ist kein Spaß.« Der Schweiß rann mir in Tropfen über den Schädel. Ich starrte auf meinen geschwollenen Finger, der mittlerweile von dumpfem Schmerz völlig taub war. Seltsam, ich spürte nun auch einen stärker werdenden Schmerz zwischen den Schultern. Ich holte Luft. Es war die reinste Qual. »Allmählich tut mir alles weh. Wie soll ich denn kochen? Warum mußte es auch ausgerechnet die rechte Hand sein?«

Er warf mir einen flüchtigen Blick zu. »Warum mußte es überhaupt dir passieren?«

Kopfschmerzen nahmen meine Schläfen gnadenlos in die Zwinge. Ich flüsterte: »Gut, daß du genau im richtigen Moment gekommen bist.«

»Diese Bande«, meinte er ungerührt.

In der Notaufnahme fragte eine blondierte Krankenschwester mich in knappen Worten nach Allergien und meiner Krankenversicherung. Ein dunkelhäutiger Arzt erkundigte sich, wie lange der Stich schon zurückläge und was ich angestellt habe, daß die Spinne mich gebissen habe. Leute gibt es. Während der Arzt die Bißwunde untersuchte, schloß ich die Augen und machte eine Lamaze-Atemübung. Aus der Erfahrung einer Entbindung läßt sich ebenso wie aus der Erfahrung einer Scheidung ein ganzer Vorrat an Verhaltensregeln ziehen, die für den Rest des Lebens die Krisenbewältigung erleichtern. Schließlich stellte der Arzt fest, daß keine schwere Vergiftung vorlag. Ich brauche nicht im Krankenhaus zu bleiben, erklärte er. Er maß Puls, Blutdruck und Temperatur und verordnete mir, heute nachmittag und abend ein heißes Bad zu nehmen, um die Muskelschmerzen im Rücken zu lindern. Als ich fragte, wie es mit meiner Arbeit bestellt sei, meinte er, ich könne morgen vielleicht schon wieder kochen, solle aber sehen, wie ich mich fühle. Ehe er hinausflitzte sagte er noch, heute müsse ich mich ausruhen.

»Verdammt«, rief ich aus, da mir plötzlich etwas einfiel, »das Rot-Weiß-Gebäck für die Schule! Ich weiß nicht, ob Audrey daran gedacht hat!«

»Goldy, bitte«, sagte Schulz, »laß doch jemand anderen . . .«

»Ich kann nicht, ich habe den ganzen Morgen an diesen Dingern gearbeitet«, erklärte ich verstockt und sprang von der Untersuchungsliege. Sobald meine Füße den Boden berührten, wurde mir schwindelig. Kopfschüttelnd führte Schulz mich am Arm den Korridor hinunter zu einer Telefonzelle. Er wählte die Nummer des Cafés und versuchte, Hank Dawsons Sperrfeuer besorgter Fragen zu durchbrechen. Schließlich reichte er mir seufzend den Hörer.

Auf Hanks Erkundigungen, ob es mir gut gehe, folgte gleich ein Schwall von Fragen, die darauf abzielten, herauszubekommen, ob ich ihn verklagen wolle. Nein, ich würde nicht gerichtlich gegen ihn vorgehen, versicherte ich ihm, wenn er die Platten mit Gebäck aus meinem Lieferwagen holen und in die Privatschule bringen würde. Audrey war in ihrem »üblichen überreizten

Zustand« gegangen und hatte sie vergessen, aber er wolle dafür
sorgen, daß sie abgeliefert wurden. Mit leichtem Bedauern fügte
er hinzu, daß der Stanford-Vertreter sich laut Gedanken über die
hygienischen Verhältnisse im Café gemacht habe. Und um die
Sache noch zu verschlimmern, war er nicht einmal zu einem
kostenlosen Mittagessen geblieben, wie Hank mir berichtete.
Greers Zukunft in Stanford sah nicht sonderlich rosig aus.

Nachdem wir endlos lange gewartet hatten – ich war mir nicht
schlüssig, ob der Arzt darauf wartete, daß ich starb, es mir besser
ging oder ich einfach verschwand –, erschien die blondierte
Schwester und erklärte, ich könne gehen. Schulz fuhr mich nach
Hause. Es war mir peinlich, ihn so lange aufgehalten zu haben,
und das sagte ich ihm auch.

Er lachte in sich hinein. »Machst du Witze? Es war das aufregendste Mittagessen der ganzen Woche.«

Audrey Coopersmiths weißer Lieferwagen stand vor meinem
Haus. Audrey stieg aus, die Schultern nach vorne gesenkt, und
marschierte mit ihrem langen Entenschritt auf meine vordere
Veranda zu: der erste offizielle Krankenbesuch. Wie lieb von ihr,
sie hatte einen in Zellophan verpackten Strauß Nelken gekauft.
Als Schulz und ich langsam den Weg hinaufkamen, blieb sie
breitbeinig stehen und hielt die Blumen hinter ihrem Rücken
versteckt. Ihr Gesicht war starr vor Sorge. Schulz stützte mich
immer noch sanft am Ellbogen, aber er hob das Kinn und kniff
bei Audreys Anblick abschätzend die Augen zusammen.

Er flüsterte mir zu: »Hast du mich diesem Musketier vorgestellt?«

»Laß das!«

Als wir zur Haustür kamen, reichte Audrey mir wortlos die Blumen. Sobald sie allerdings meine verbundene Hand sah, zog sie
den Strauß verlegen zurück und wurde über und über rot. Ich
murmelte einen Dank und bat sie widerstrebend, mit hineinzukommen. Ich brauchte ein Weilchen, ehe mir der Sicherheitscode wieder einfiel. Das war wohl dem Spinnengift zuzuschreiben,

das mir das Gehirn vernebelte. Nach einigem Gefummel standen wir alle in der Küche.

Audreys Augen weiteten sich beim Anblick der Vasen und Körbe voller Rosen, Tausendschön, Fresien und Astern. Die Küche duftete wie eine Blumenschau.

»Mensch, du hast gar keinen Witz gemacht. Ich schätze, die Nelken hattest du nicht mehr nötig.«

»Doch sicher, komm, ich stelle dir meinen Freund vor«, sagte ich und machte sie mit Schulz bekannt, der bereits in der Kühltruhe kramte, um Eiswürfel für meinen Finger auszugraben. Schulz wischte sich die Finger ab und wandte sich ihr höflich zu. Ich erklärte, daß Audrey mir neben ihrer Arbeit in der Buchhandlung Tattered Cover stundenweise im Geschäft half. Schulz legte den Kopf schief und meinte, er erinnere sich, daß Audrey mir an dem Abend geholfen habe, an dem Keith Andrews starb.

Sie kniff die Lippen zusammen. Ihre Nasenflügel bebten. »Also, Alfred Perkins hat beschlossen, die Studienberatungsabende zu verlegen.«

»Ja«, sagte Schulz mit seinem Weihnachtsmannlächeln, »in die Buchhandlung, nicht? Tolle Umgebung. Helfen Sie Goldy am Freitag auch?« Der Charme in Person.

Audrey entspannte sich sichtlich und bejahte beide Fragen. Vielleicht zogen sich sogar ihre Mundwinkel zu einem ihrer seltenen Lächeln nach oben. Es kann aber auch sein, daß ich mir das nur einbildete. Das Telefon ersparte uns weiteres neckisches Geplänkel. Schulz deutete in Richtung des Apparates und sah mich fragend an, als wolle er sagen: Soll ich abnehmen? Ich nickte.

Es war meine Mutter, die aus New Jersey anrief, weil sie gerade gehört hatte, daß es in Colorado einen schweren Schneesturm gegeben hatte. Ich versuche meinen Eltern immer wieder zu erklären, daß um diese Jahreszeit ständig irgendwo in den Rocky Mountains massenweise Schnee fällt. Weshalb diese Wetterlagen den bundesweiten Rundfunk- und Fernsehanstalten wichtig genug für eine Meldung waren, ging über mein Begriffsvermögen. Wir nehmen die Niederschläge gelassen hin; aber die schrecklichen Nachrichten versetzen die entfernt lebenden Verwandten der Bewohner von Colorado in Angst und Schrecken. Ich klemmte mir den Hörer unters Kinn, um die Eiswürfel auf meiner rechten Hand liegenlassen zu können.

»Goldy! War das der Polizist, mit dem du dich triffst? Wieso ist er mitten am Tag bei dir zu Hause?« Soviel zur Schneekatastrophe. Aber wenn ich meiner Mutter erzählen würde, was gerade passiert war, hätte das nur eine erneute Flut besorgter Fragen ausgelöst. Ich hatte ihr nicht einmal erzählt, daß Schulz bei der Mordkommission war. Wenn sie es erführe, wäre der Teufel los.

»Er hilft mir nur«, sagte ich ihr. »Mir war nicht gut.«
Panik trat in die hohe Stimme meiner Mutter. »Doch keine *morgendliche* Übelkeit...«
»Mutter. Bitte. Es ist hier Nachmittag, also längst kein Morgen mehr. Und nicht nur das, wir hatten nur ein winziges bißchen Schnee, und Arch muß jeden Augenblick nach Hause kommen...«
»Sag mir nochmal«, drängte sie, »kennst du Tom Schulz von der Colorado University?« Mit dieser Frage wollte sie sich versichern, ob Schulz einen College-Abschluß hatte. Wenn sie schon keinen Doktor zum Schwiegersohn haben konnte, lag meiner Mutter doch zumindest an einem guten Schulabschluß.
Ich sagte: »Nein, nicht von der Universität.« Ich hätte gerne gesagt: *Gestern abend hat dieser Mann mein Gefühlsleben verändert... heute hat er mich in einer lebensbedrohenden Situation ins Krankenhaus und wieder nach Hause gefahren, ob du es glaubst oder nicht, Mutter, ich habe endlich jemanden gefunden, der sich wirklich etwas aus mir macht...* Der Hörer glitt mir aus der linken Hand und prallte auf den Fußboden.
Ihre etwas entfernt klingende Stimme beharrte: »Aber er ist nicht einfach irgend jemand, den du getroffen hast, oder? Das

wird doch nicht einer sein, den du nur... bei einem Polizisten-
picknick aufgegabelt hast, oder...?«

Ich hob den Hörer auf. »Mutter. Nein. Es ist jemand« – ich sah
Schulz an und lächelte – »ganz Besonderes, ein sehr patenter
Mann. Er ist einmalig. Er weiß alles über Porzellan und Anti-
quitäten und konnte trotzdem eine Stelle bei einem Arbeitgeber
finden, der für Chancengleichheit ist.«

»Mein Gott, er ist ein *Farbiger*...«

»Mutter!« Ich versprach, sie am Wochenende anzurufen und
verabschiedete mich schnell.

Schulz sah mich schief von der Seite an. »Ich entsprach wohl
nicht ganz ihren Vorstellungen, was?«

»Ich habe sie gehört«, sagte Audrey und ahmte die Stimme meiner Muter nach, »Jemand, den du aufgegabelt hast? Entschuldige, Goldy. Warum machen Frauen aus der Generation unserer
Mütter sich so viele Gedanken darüber, mit welcher Art von
Männern wir ausgehen oder wen wir heiraten? Warum fragen
sie sich nicht, wie es *uns* geht? Das sage ich auch Heather immer:
›Ich mache mir Sorgen um *dich*, Liebes, nicht über irgendeinen
Jungen, mit dem du ausgehen könntest, und über seine Herkunft.‹« Audrey ging zur Spüle und goß sich ein Glas Wasser
ein. »Du hättest ihr sagen sollen, daß Schulz in Harvard war.«

»Ach herrje, erinnert mich nicht daran«, stöhnte Schulz. Er wandte sich zu mir um und bedachte mich mit einem schiefen Grinsen.
»Ich war in der Elk-Park-Schule, um ein paar Dinge zu klären,
und der Direktor fragte mich, wo ich zur Schule gegangen sei.« Er
zuckte die Achseln. »Ich wußte nicht, was er meinte, daher sagte
ich: ›Also zuerst war ich in der Grundschule North Peak-‹, und
der alte Perkins winkte ab und sagte: ›Hören Sie auf‹.«

Ich war schockiert. Es tat mir mehr weh als der Spinnenbiß.
Wie konnte Perkins es wagen, Schulz zu beleidigen, der ihm in
jeder Hinsicht überlegen war! Es kränkte mich ebenso sehr, als
hätte Perkins Arch kritisiert. »Dieser Schwachkopf!« platzte ich
heraus.

Schulz sah mich mit seinen ruhigen, meergrünen Augen an. Ich spürte, wie ich rot wurde und etwas in meinem Bauch einen Purzelbaum schlug. »Mach dir keine Gedanken, Miss G. Ich kenne den Unterschied zwischen einem Menschen, der gebildet genug ist, es mit den Herausforderungen des Lebens aufzunehmen, und einem, der immer nur angeben muß.«

Audreys Unterkiefer klappte auf. Sie erklärte: »Sagen wir: den Unterschied zwischen einer *Frau,* die es mit den Herausforderungen des Lebens aufnehmen kann, und einem *Mann,* der immer nur angeben muß.«

Ich wußte nicht, wohin das führen sollte, und es war mir auch egal. Aber Schulz war interessiert. Er sagte zu Audrey: »Ehm, erklären Sie mir, was Sie damit meinen.«

Audrey antwortete in trotzigem Ton. »Das versuche ich Heather immer beizubringen. Ich sage: Sieh zu, daß du jetzt vorankommst, Liebes, solange du noch jung bist, du willst doch nicht dabei hängenbleiben, irgendeinem Mann die Socken und das Selbstbewußtsein zu flicken.« Sie holte schaudernd Luft. »Weißt du, wenn du es nicht zu etwas bringst, solange du jung bist, wenn du alles einfach laufen läßt, wenn du dich auf andere verläßt...«

Eine Wolke der Bitterkeit verdunkelte ihre Züge. »Ach, ist ja egal. Ich will nur, daß Heather das bekommt, was ich nie hatte. Sie ist unwahrscheinlich begabt«, sagte sie nun wieder lebhaft. »Sie hat diesen Sommer den Virtual-Reality-Simulator zur Marserforschung bedient.« Sie warf uns einen stolzgeschwellten Blick zu. »Heather wird ein *Erfolg.*«

Schulz lehnte sich in seinem Stuhl zurück und grinste Audrey und mich wohlwollend fragend an. »Erfolg, hmm?«

Als wir darauf keine Antwort gaben, stand er auf, legte den Kopf schief und sah uns an. »Geht es dir gut, Goldy?« Als ich antwortete, ich glaubte schon, meinte er: »Ich mache uns Tee.«

Wir saßen schweigend da, während Schulz mit Tassen, Untertellern und einem Kessel hantierte und Wasser einlaufen ließ.

Schließlich meinte Audrey bedrückt: »Erfolg ist das, was ich nicht habe.« Sie zählte an ihren Fingern ab: »Keine sinnvolle Arbeit oder Karriere, keine Beziehung, kein Geld...«

Nun ja, ich unterbrach meine Teilzeithilfe nicht, um ihr zu erklären, daß der Partyservice für einige von uns, wenn schon nicht für sie, durchaus eine sinnvolle Arbeit war. Der Partyservice sorgte für meinen Lebensunterhalt. Das war meine Definition von sinnvoll.

Schulz sagte: »Ich bin in Ostcolorado aufgewachsen und habe mein Studium selbst bezahlt, bis ich eingezogen wurde. Ich habe erst einen Abschluß gemacht, nachdem ich aus der Armee entlassen war. Kriminalistik, University of Colorado in Denver.« Er runzelte die Stirn. »Ich habe Menschen getötet und es für falsch gehalten, ich habe Menschen getötet und es richtig gefunden. Manche Verbrecher fasse ich, andere nicht. Ich verdiene gut, bin unverheiratet, habe keine Kinder.« Er rieb sich das Kinn und sah Audrey an. »Aber ich halte mich für erfolgreich. Eigentlich –« er zwinkerte mir zu – »werde ich ständig erfolgreicher.«

»Hhmm«, meinte Audrey.

Der Kessel pfiff. Geschickt hantierte Schulz in der Küche, löffelte schwarzen, chinesischen Tee in die Kanne und ließ einen dampfenden Wasserstrahl hineinfließen. Er tauchte in den Kühlschrank und kam mit einem Teller des restlichen Rot-Weiß-Gebäcks wieder zum Vorschein. Ich sah auf die Uhr: drei. Arch und Julian würden in der nächsten Stunde nach Hause kommen, und wir hatten nichts zu essen. Vielleicht wollte Julian kochen. Diesmal würde ich mich nicht mit ihm deswegen anlegen.

Mit zitternder Hand hob Audrey ihre Teetasse samt Untertasse an. Die Tasse klapperte leise, während Schulz sie langsam füllte. Audrey sah mich nicht an, als sie weitersprach: »...Ich habe keine Schule besucht, auf der ich etwas aus mir hätte machen können. Wenn ich nur Mathe studiert hätte, statt...«

Die Schmerzen in meiner Hand wurden stärker. Ich hatte

Mühe, mich auf Audreys Worte zu konzentrieren, *jammer, jammer*, Caltech, *jammer-jammer*, Mount Holycoke, Heather war ja immer so *begabt*. Plötzlich überkam mich eine Welle der Erschöpfung. Mir graute davor, Arch und Julian von dem Spinnenbiß zu erzählen. Ich sehnte mich nach dem ersten, ärztlich verschriebenen heißen Bad. Aber inzwischen führte Audrey weinerlich aus, daß es das Beste für Heather wäre, an eine große, naturwissenschaftlich orientierte Hochschule in Kalifornien oder im Nordosten zu gehen, da sie den besten Ruf hätten und ihr nach dem Abschluß eine hervorragende Anstellung sichern würden. Vielleicht war es die Bißwunde, vielleicht war es meine angeschlagene Laune, vielleicht hatte ich aber auch nur einfach genug.

»Meine Güte! Eine renommierte Schule *macht* einen Menschen nicht. Bei dir hört es sich an, als wäre es Sex oder sowas!«

Schulz zog seine Mundwinkel nach unten, um nicht zu lachen. Er räusperte sich mit einem tiefen Grummeln und sagte: »Ach ja? Wie Sex? Das klingt interessant. Goldy? Du hast deinen Tee noch gar nicht angerührt.«

Ich ließ mich wieder nach vorne sinken und nippte gehorsam an meinem Tee. »Ich will dir eines sagen, meine Studienberaterin hat mir die Sterne vom Himmel versprochen, und ich habe ihr geglaubt.«

Audrey sagte: »Wirklich? Wo warst du denn?« Ich sagte es ihr; sie war beeindruckt: »Mensch! In jedem Spind ein Kamelhaarmantel!«

»Verschone mich!« Ich erinnerte mich an die durchfrorenen Nächte, in denen sich Eisregen und Schnee mischten. Ich konnte mich nicht erinnern, auch nur einen einzigen Kamelhaarmantel gesehen zu haben. Ich seufzte: »Woher kommt eigentlich dieser Ruf? Die Leute denken, wenn du auf dieses oder jenes College gehst, bist du ›in‹. Geh auf diese oder jene Schule, und du wirst hübsch, intelligent, bekommst eine tolle Stelle und wirst eine erfolgreiche Frau. Was für ein Quatsch.«

»Sie wird auf ihre alten Tage zynisch«, meinte Schulz aus dem Mundwinkel heraus zu Audrey. Und zu mir gewandt sagte er heiter: »Reichst du mir bitte den Zucker?«

»Ich meine, sieh dir nur die Broschüren an.« Ich reichte Schulz mit meiner gesunden Hand die Zuckerdose. »Sieh dir die Großaufnahmen von gotischen Türmchen an... die nehmen sie so auf, damit man den Smog nicht sieht. Sieh dir die gutaussehenden, gut gekleideten Mädchen aus protestantischen Familien angelsächsischer Herkunft an, die gemeinsam über den üppig grünen Campus schlendern. Sie und ihre Freundinnen machten sich übers Wochenende auf und davon, während die weniger attraktiven Mädchen allein in den Wohnheimen blieben und die gelichteten Reihen bei den Mahlzeiten ihnen anklagend ihre eigene Unbeliebtheit vor Augen führten.«

Ich setzte meine Teetasse ab und hielt meine Hände, als blättere ich eine imaginäre Broschüre durch. »Wow! Sieh dir das Bild mit diesem energiegeladenen Dozenten und diesen Studenten an, die eifrig Notizen machen – das muß ein faszinierendes Seminar sein!« Ich bedachte sie mit einem aufmerksam-faszinierten Blick. »Dieses Seminar brauchst du für dein Hauptfach, aber du hast dreieinhalb Jahre gebraucht, hineinzukommen! Beklage dich bei deinen Eltern, wie ich es gemacht habe, und sie sagen: ›Dafür bezahlen wir Tausende im Jahr?‹ Ich nippte an meinem Tee und grinste sie breit an. »Mann, ich fand es einfach *toll*, an einer berühmten Schule zu sein.«

Schulz erklärte Audrey geduldig: »Goldy ist leicht erregbar.«

»Nee«, sagte ich, überrascht über die Leidenschaftlichkeit meiner kleinen Schmährede. »Also wirklich, ich gebe der Schule sogar Geld.«

Das Telefon klingelte. Schulz sah mich wieder fragend an, und ich nickte. Diesmal war es Julian. Er hatte von der Spinnengeschichte gehört, als Hank Dawson sein Versprechen eingelöst und die Plätzchen abgeliefert hatte. Julian war außer sich. Schulz versuchte, es von der leichten Seite zu nehmen und sagte: »Ich habe sie gewarnt, sie soll nicht versuchen, mit Spinnen zu kochen«, aber Julian wollte davon nichts hören. Ich hörte ihn brüllen.

Ich machte Schulz ein Zeichen: »Laß mich mit ihm reden.« Als er mir resigniert den Hörer reichte, sagte ich: »Julian, es geht mir gut, ich möchte, daß du aufhörst, dir Sorgen um mich zu machen...«

»Wer hat die Spinne in die Schublade gesetzt?« brüllte er. »Miss Ferrell? Um von ihren anderen Problemen abzulenken?«

»Also, Julian. Natürlich hat Miss Ferrell sie nicht in die Schublade gesetzt. Komm schon. Jeder weiß, daß es in ganz Colorado Schwarze Witwen gibt. Ich glaube kaum, daß Miss Ferrell oder überhaupt jemand absichtlich etwas so Häßliches tun würde.«

»Wollen wir wetten? Sie hat mir gerade gesagt, daß sie rein *gar nichts* über Ernährungswissenschaften weiß! Ich wette, sie hält es nicht der Mühe wert. Sie wird mir keine gute Empfehlung geben, das weiß ich. Sie ist eine Hexe erster Klasse.«

»Ich werde mit ihr sprechen«, bot ich an.

»Das wird viel nützen«, erwiderte er verbittert. Und dann seufzte er. Es war ein tiefer, resignierter, schmerzlicher Seufzer.

»Was gibt es sonst noch?« fragte ich besorgt. »Du hörst dich schrecklich an.«

»Wir bleiben alle nach der Schule noch etwas hier. In Ferrells Klasse gibt es eine Vokabelübung. Arch ist in der Bibliothek, mach dir keine Sorgen.«

»Wie war der Stanford-Vertreter? Hast du Plätzchen bekommen?«

»Ach, es war proppevoll. Ich bin nicht hingegangen.« Er machte eine Pause. »Sheila Morgenstern hat mir erzählt, daß sie ihre Bewerbung nach Cornell abgeschickt hat. Sie ist sechste in unserer Klasse, aber sie hat letztes Jahr ihre Eignungstests mit 1 550 Punkten abgeschlossen. Es freut mich für sie, glaube ich, aber für mich ist es schlecht. Cornell nimmt niemals zwei Schüler derselben Schule an. Zumal, wenn einer davon keine gute Empfehlung vom Studienberater bekommt.«

»Ach, komm, das machen sie bestimmt, Julian. Du steigerst dich in eine elende Stimmung hinein. Sei etwas zuversichtlicher!«

Am anderen Ende der Leitung blieb es still. »Goldy«, sagte Julian beherrscht, »ich weiß, daß du es gut meinst. Wirklich, das weiß ich. Aber ehrlich, du hast keine Ahnung.«

»Ach«, murmelte ich und starrte auf meinen geschwollenen Finger. Vielleicht hatte er ja recht. Mein Leben sah im Augenblick wirklich nach einem ziemlichen Schlamassel aus. »Ich wollte nicht...«

»Ach, vergiß es. Um alles noch schlimmer zu machen, bin ich heute morgen bei einem Französischtest durchgefallen. Und bei einem Geschichtstest ebenfalls. Ist wohl nicht mein Tag...«

»Durchgefallen...?«

»Ich war müde, und dann stellte Ferrell fünf Fragen zum Konjunktiv. Schlichtmaier fragte nach Lafayette, und ich muß wohl gefehlt haben, als er den durchgenommen hat.« Er ahmte Schlichtmaiers Akzent nach: »Also, Genaues wissen wir nicht...«

»Laß das«, sagte ich.

»Ja, ja, ich weiß, man soll keine Vorurteile haben. Ach, hab' ich ganz vergessen, zu sagen, die halbe Klasse ist durchgefallen. Hier lernt kein Mensch etwas.« Es entstand eine Pause. »Und, heh, nicht *ich* mache mich über Schlichtmaier lustig. Ich stelle mich auf seine Seite, wo ich kann.«

»Da bin ich sicher.«

Aber Julian fuhr schon wieder wütend auf: »Wenn du die Wahrheit wissen willst, der Bursche, der sich immer über ihn lustig gemacht hat, ist tot.«

11 »Na, das ist doch mal eine gute Nachricht.« Ich legte den Hörer auf und schaffte es, mir nicht den verletzten Finger zu stoßen. »Julian meint, ich sei eine völlige Ignorantin. Und was noch schlimmer ist, er glaubt, Miss Ferrell wird ihm keine gute Empfehlung für Cornell schreiben.«

»Damit ist er geliefert«, verkündete Audrey. »Jetzt nehmen sie ihn nicht einmal mehr, wenn er ein solargetriebenes Auto entwickelt.«

»Ach, hör auf damit.«

»Na komm«, warf Schulz ein, »das ist genau die Art von Auto, die wir unten beim Sheriffbüro brauchen.«

Audrey lächelte schüchtern. An meinem Zeigefinger klopfte die Bißwunde. Ich lugte unter den Verband und sah, daß die rote Stelle sich in eine riesige, häßliche Beule verwandelt hatte. Ich dachte trübsinnig darüber nach. Schulz schenkte mir Tee nach. Er hatte nichts vor, und ich wußte nicht, ob sein plötzlicher Mangel an Zielstrebigkeit der Sorge um mich entsprang oder seinem Interesse für Audrey. Ich vermutete das letztere.

Audrey stand auf. Sie ließ den Strauß Nelken auf dem Tisch neben ihrer leeren Teetasse liegen. »Also, ich glaube, ich sollte jetzt gehen. Ich schätze, du wirst Freitag wieder soweit in Ordnung sein, daß du kochen kannst? Es sind noch ein paar Tage bis dahin.«

Ich streckte in eine Hände zu einer Geste der Hilflosigkeit aus, die besagte: Habe ich denn eine andere Wahl? Ich sagte ihr, sie solle gegen sechs vorbeikommen. »Und danke für die Blumen. Sie sind eine großartige Bereicherung für diesen Laden hier.«

»Ich bringe Sie zur Tür«, erbot sich Schulz mit unnötiger Beflissenheit. Ich sah ihn verblüfft an. Er ignorierte mich.

Draußen unterhielt er sich noch ein paar Minuten mit Audrey und brachte sie dann zu ihrem Lieferwagen. Nach einem Weilchen kam er zurück, ließ sich gemächlich auf einem meiner Küchenstühle nieder, hob sanft meine rechte Hand und sah sie prüfend an. »Ich muß dir eine Frage stellen, die sich aufdrängt. Glaubst du, daß diese Spinne für dich bestimmt war? Oder für jemand anderen?«

»Ich glaube nicht, daß sie für mich oder für jemand anderen bestimmt war«, antwortete ich bestimmt. »Es herrschte ein ziemliches Durcheinander in der Küche, es waren viele Leute da, es gab viel Hin und Her ums Probieren der Marmelade.« Ich sah meine Hand wie in Zeitlupe in die Besteckschublade greifen. »Es ist einfach passiert.«

Er dachte darüber nach. Zum erstenmal fiel mir auf, wie sorgfältig er sich für unser gemeinsames Mittagessen gekleidet hatte: Nadelstreifenhemd, Ripskrawatte, Strickweste und Kordhose. Während ich ihn von oben bis unten musterte, zwinkerte er mit den Augen und sagte: »Audrey hat nichts davon erwähnt, daß sie selbst ein College besucht hätte.«

»Hat sie aber, zumindest eine Zeitlang. Aber es hat soviel geregnet, daß sie mit ihrem Fahrrad auf dem Weg zum Unterricht Fische überfahren hat, wie sie sagte. Und ich glaube, die Seminare waren furchtbar. Verabredungen hatte sie überhaupt nicht. Und alle an der High School hatten ihr erzählt, daß es eine *wundervolle* Erfahrung würde. Sie hat in der Schulklinik eine Therapie gemacht. Auch die fand sie entsetzlich. Endlich kam sie zu dem Schluß, daß die Schule selbst sie unglücklich machte. Sie ging ab und heiratete. Und jetzt geht die Ehe in die Brüche.«

Schulz sah mich mit undurchdringlicher Miene an. »Wie lange hat sie diesen Lieferwagen schon, weißt du das?«

Die Frage kam so unerwartet, daß ich lachen mußte. »Herrje, Kommissar, das weiß ich nicht. Solange ich sie kenne. Meine Theorie ist, sie fährt ihn, weil er zu ihrem Image gehört.«

Schulz sah mich schräg von der Seite an. »Hältst du sie für fähig, einen Menschen zu töten?«

Mich überlief ein kalter Schauer. Ich wählte jedes Wort mit Bedacht und sagte: »Ich weiß es nicht. Was hast du für einen Verdacht?«

»Erinnerst du dich an K. Andrews in Lakewood?« Auf mein Kopfnicken fuhr er fort: »Ich bin hingefahren und habe alle Nachbarn befragt, obwohl die Jungs aus Lakewood das schon getan hatten. Da ist kaum jemand über Tag zu Hause, und niemand hat etwas ungewöhnlich Verdächtiges gesehen. Ein blauer Mercedes, eine silberfarbene Limousine, ein alter, weißer Lieferwagen, vielleicht ein neuer Eiswagen. Nichts, das eine Identifizierung möglich machen würde. Eine junge Mutter sah eines Tages aus dem Fenster und beobachtete, wie jemand an Kathy Andrews Briefkasten anhielt. Sie hatte es bereits gemeldet. ›Etwas Ungewöhnliches‹, sagte sie, ›etwas, das da nicht hingehörte. Das ist alles, woran ich mich erinnere.‹«

»Etwas, das da nicht hingehörte?« fragte ich verwirrt. »Ein Möbelwagen? Eine fliegende Untertasse? Ist das alles, was du aus ihr herausbekommen konntest?«

»He! Glaub’ nicht, ich hätte es nicht versucht. Ich frage sie: ›Kein Wagen aus der Nachbarschaft? Nicht UPS oder ein anderer Paketdienst?‹ Sie schüttelt den Kopf. Ich weiter: ›Nicht der übliche Briefträger?‹ ›Nein, nein, nein‹, sagt sie, ›es war etwas, für das es zu spät war, es war nur einen Moment da, und dann war es verschwunden.‹ Das ist alles, was ihr im Gedächtnis geblieben ist. Ich sage: ›Zu spät wofür? Für die Post?‹ Und sie sagt: ›Ich weiß es einfach nicht.‹«

»Du hast also alle Leute mit Lieferwagen und Limousinen überprüft, und keiner war zu spät für irgend etwas.«

»Genau. *Nada.* Das gleiche haben die Lakewood-Jungs auch festgestellt.« Er nippte an seinem kalten Tee. »Und dann sehe ich Audrey Coopersmiths Lieferwagen vor deinem Haus und denke, ›ein alter, weißer Lieferwagen‹, wie eine der anderen Nachbarinnen gesagt hat. Kathy Andrews' ehemaliger Freund fuhr einen Lieferwagen. Findest du, daß Audreys Wagen alt aussieht?«

»Alt? Ich schätze, er ist nicht gerade neu und chromblitzend... aber warum sollte Audrey einer Frau aus Lakewood die Kreditkarte stehlen und sie dann totschlagen?«

»Weiß ich nicht. Die meisten Fälle von Kreditkartenbetrug, mit denen wir es zu tun haben, sind Frauen – entschuldige, Miss G. –, die ihren Freundinnen die Karten klauen und ihre Einkäufe mit deren Namen unterschreiben. Audrey arbeitet in der Buchhandlung in Denver, und vielleicht geht sie in ihrer Pause über die Straße zu Neiman-Marcus, sieht ein Mädchen beim Einkaufen und hört, wie die Verkäuferin sagt: ›Vielen Dank, Miss Andrews‹, und Miss Andrews antwortet: ›Sagen Sie doch Kathy.‹ Vielleicht denkt Audrey mit all ihren Geldsorgen, Keith Andrews ist eine gute Möglichkeit, die Karte wegzuschaffen, wenn etwas schiefläuft. Andererseits haben ihn vielleicht seine Recherchen für die Zeitung auf ihre Spur gebracht.«

»Ziemlich weit hergeholt, würde ich sagen. Ich meine, du siehst doch selbst, daß wir hier nicht unbedingt von einer Designergarderobe sprechen.«

Er lächelte grimmig. »Aber sie war bei dem Studienberatungsessen, sie hat unverarbeitete Gefühle über ihre eigene Vergangenheit und Gegenwart, und vielleicht hat sich all das an Kathy und später an Keith Andrews entladen.« Wieder runzelte er die Stirn. »Und sie war heute mit dir, den Dawsons und Miss Ferrell im Café. Vielleicht hat sie die Spinne in die Schublade gesetzt, und sie war für jemand anderen bestimmt, für die Studienberaterin zum Beispiel. War sie an dem Tag in der Schule, als Arch die Klapperschlange in seinem Spind gefunden hat?«

Mit aufsteigender Übelkeit fiel mir ein, daß ich Audrey auf dem Korridor getroffen und sie mir gesagt hatte, der Direktor wolle mich sprechen. In meinem Finger meldete sich ein dumpfer Schmerz. »Ja«, sagte ich, »sie war da.«

Schulz bat, mein Telefon benutzen zu dürfen. Nachdem er jemanden beauftragt hatte, Audrey Coopersmiths Wagen und Hintergrund zu überprüfen, wandte er sich wieder mir zu.

»Ich kenne ein Heilmittel gegen den Biß der Schwarzen Witwe.«

»Sag bloß!«

»Zuerst mußt du aufstehen.«

»Tom...«

»Soll es dir besser gehen oder nicht?«

Sobald ich aufgestanden war, beugte er sich zu mir herunter, nahm mich auf die Arme und hob mich mit einem Ruck hoch.

»Was *machst* du?« rief ich aus, als er die Diele zur Hälfte durchquert hatte.

Er ging die Treppe hinauf. »Rate mal. Ich habe den Nachmittag frei, falls du es noch nicht bemerkt haben solltest.«

In meinem Schlafzimmer setzte er mich aufs Bett und küßte meinen Finger rund um die Bißwunde.

»Schon besser?« fragte er mit schelmischem Lächeln.

»Also, ich glaube, ich merke, daß es schon etwas besser wird, Herr Kommissar.«

Er küßte mein Handgelenk, meinen Unterarm, meinen Ellbogen. In meiner Kehle setzte kitzelnde Lust ein. Es gelang mir gerade noch, ein Lachen zu unterdrücken, während wir uns auszogen, vor allem, als ich mit meiner verbundenen rechten Hand fummeln mußte. Ich streckte meine Hand nach Schulz' breitem Rücken aus. Erst am Abend zuvor hatte ich angefangen, dort verborgene Kurven und Nischen zu entdecken. Schulz' warmer

Körper schmiegte sich an mich. Seine Hände glitten langsam über meine Haut. Tom Schulz war das Gegenteil von John Richard mit seinen knorrigen Kanten und seiner wütenden, drängenden Kraft. Als es vorüber war, wünschte ich, er würde immer bei mir im Bett bleiben und nie wieder gehen.

»Das ist so herrlich«, murmelte ich gegen seine Schulter.

»Du fühlst dich also tatsächlich besser?«

»Es ist ein Wunder. Der Spinnenbiß tut gar nicht mehr weh. Sehen Sie, Herr Kommissar, *ich* habe die Schwarze Witwe in die Schublade gesetzt . . .«

Wir prusteten vor Lachen. Dann wurden wir still. Schulz zog das Laken und die Decke fest um meinen Hals und meine Schultern, bis kein Quadratzentimeter kalter, fremder Luft mehr in das warme Nest eindringen konnte. Da ich wußte, daß die Jungen erst spät nach Hause kamen, gönnte ich mir ein Nickerchen. Meine Mutter hatte vermutlich recht mit ihrem Verdacht. Es war schön, ja, es war sogar *himmlisch*, mit diesem Mann am hellichten Tag so erfolgreich etwas im Schilde zu führen.

Die Sonne hatte bereits ihren flammenden Rückzug hinter den Bergen angetreten, als ich wach wurde und Schulz neben dem Bett stehen sah. Mein Wecker zeigte halb sechs.

Leise sagte ich: »Sind die Jungen schon da?«

»Nein. Bleib liegen. Ich mache Abendessen.«

Ich stand trotzdem auf und nahm das ärztlich verordnete Bad. Als ich mir saubere Kleider anzog und mich vergeblich bemühte, meine rechte Hand nicht zu benutzen, klingelte das Telefon. Ich stürzte zum Apparat für den Fall, daß es meine Mutter war. Das letzte, was sie jetzt brauchen konnte, war, schon wieder Marlas Stimme zu hören.

»Goldy, du *verkommst* völlig.«

»Wieso denn?«

»Ach, sag mir bloß, der Wagen dieses Polizisten steht seit drei Stunden vor deinem Haus, weil er dir etwas über Sicherheitsvorkehrungen beibringt.«

»Laß mich doch erst einmal etwas sagen, Marla. Mich hat eine Schwarze Witwe gebissen.«

»Kalter Kaffee. Und es tut mir leid. Deshalb bin ich bei dir vorbeigefahren, viermal. Ich habe mir Sorgen um dich gemacht. Natürlich wollte ich nicht bei etwas Aufregendem stören...«

»Okay, okay. Du könntest ruhig etwas Mitgefühl mit mir haben. Du glaubst ja nicht, was für eine Bißwunde ich habe.«

»Ich hoffe, das Mitgefühl hast du von Tom Schulz bekommen und noch eine ganze Menge mehr, Süße. Ich helfe dir morgen bei den Partyaufträgen, die anstehen.«

»Aber du kochst doch gar nicht!«

Marla schnaubte: »Nach dem morgigen Tag wirst du auch wissen, warum.«

In der Küche hatte Schulz das Radio auf Country-Musik eingestellt und dämpfte Gemüse im Wok. Er hatte einen Nudelteig gemacht, den er abgedeckt auf einer meiner Arbeitsplatten ruhen ließ, zwei Sorten Käse gerieben und maß gerade Sahne und Weißwein ab.

»Fettuccine Schulz«, informierte er mich, während er den Dämpfeinsatz des Wok schüttelte. »Wie schwierig ist es, in dieser Maschine Nudeln zu machen? Der Teig ist fertig.«

Ich schob einen Nudeleinsatz auf meine große Küchenmaschine, und Schulz rollte den Teig zu walnußgroßen Stücken. Als die Maschine gerade anfing, goldgelbe Fettuccine-Bänder auszuspeien, hörten wir die Jungen die Verandastufen heraufkommen.

Plötzlich überkam mich Nervosität. »Was erzählen wir ihnen?«

»Erzählen worüber?« Er legte händeweise Nudeln zum Trocknen aus. »Dich hat eine Spinne gebissen, und ich helfe dir. Sie werden nicht sagen: Na, habt ihr beiden den ganzen Nachmittag Liebe gemacht? Und wenn doch, sage ich« – er legte seine großen Hände um meine Taille und schwang mich herum – »ja, ja, ja, ich versuche, diese Frau in eine Ehe mit mir zu zwingen, indem ich sie mindestens einmal täglich wild und leidenschaftlich liebe.«

Die Haustür ging auf, und ich kreischte ihn in panischem Schrecken an. Er setzte mich gelassen und ohne jedes schlechte Gewissen ab. Ich sah mich hastig nach einer Beschäftigung um. Julian und Arch kamen ins Zimmer gestürmt, blieben stehen und starrten in stiller Bewunderung auf das Blumenmeer.

»Mann«, murmelte Julian, »schlechte Nachrichten sprechen sich in dieser Stadt wirklich schnell herum. Und das alles für einen Spinnenbiß?«

Ich gab keine Antwort. Arch drückte mich mit einem Arm an sich und hielt mit der anderen Hand meinen verbundenen Finger hoch, um ihn zu untersuchen. Er trat einen Schritt zurück und musterte mich durch seine Hornbrille. »Bist du okay?«

»Natürlich.«

Er schloß anerkennend ein Auge. »Aber irgendwas ist doch hier los. Ich meine, all die Blumen. Bist du krank?«

»Arch! Ich bitte dich, es geht mir gut. Geh dir die Hände waschen, und mach dich fertig fürs Essen.«

Gerettet durch den Alltagstrott. Zu meiner Überraschung sprinteten beide hinaus und riefen sich laut etwas zu über die Arbeit, die sie heute abend gemeinsam angehen wollten. Julian hatte sich angeboten, Arch beim Bau eines Modells des Schiffes *Morgenröte zu* helfen. Anschließend wollten sie Archs Hausarbeiten für den Sozialkundeunterricht gemeinsam durchgehen. Und nach Monduntergang wollten sie nach der Milchstraße Ausschau halten. Toll.

Als sie wieder nach unten kamen, stürzten wir uns alle auf die Nudeln. Die samtigen Fettuccine waren in eine üppige Käsesoße mit Möhren, Zwiebeln, Brokkoli und köstlichen, sonnengetrockneten Tomaten getunkt. Erst als wir den Nachtisch aßen, den letzten Rest des Rot-Weiß-Gebäcks, ließ Arch die Bombe platzen.

»Ach«, erklärte er ohne Überleitung. »Mir ist endlich etwas ein-

gefallen, das ich nicht verpetzen sollte.« Wir hörten alle auf zu
sprechen, und unsere Plätzchen blieben auf halbem Wege zum
Mund in der Luft stehen. Arch sah uns nacheinander mit reu-
mütigem Lächeln an. Er besaß ein Talent für dramatische
Effekte.

»Also, ihr wißt doch, daß Mr. Schlichtmaier ziemlich klein und
stämmig ist? Er trainiert. Ich meine, Bodybuilding. Ich habe ihn
drüben im Freizeitzentrum gesehen.«

»Ja«, sagte ich ungeduldig. »Und?«

»Also, eines Tages habe ich ihn gefragt, ob er Steroide nimmt,
um seine Muskeln aufzupumpen.«

»Arch!« Ich war schockiert. »Warum um alles in der Welt hast
du so etwas getan?«

Schulz und Julian konnten sich nicht halten; sie ließen ihre
Plätzchen fallen und brachen in Gelächter aus.

»Na ja, ich hatte daran gedacht, selbst mit dem Training anzufangen!« protestierte Arch. »Und du weißt doch, daß sie im
Fernsehen immer von Jungs berichten, die sterben, weil sie solche Hormone nehmen. Und jetzt müssen sie immer vor den
Rennen oder den Spielen Tests machen . . .«

»Arch«, sagte ich. Nicht zum erstenmal verspürte ich den drin-
genden Wunsch, einen Ziegelstein in den Fernseher zu werfen.
»Was hast du vom Petzen gesagt?«

»Also, Schlichtmaier sagt: ›Steroide? Ach! Schwörst du mir, daß
du es keinem sagst?« Arch verzog den Mund. »Er hat allerdings
gelacht. Ich dachte, komisch, Mann. Jedenfalls war das vor ein
paar Tagen. Am nächsten Tag sagte er dann: ›Du wirst mich
doch nicht verpetzen?‹ Ich: ›Kein Problem, Mr. Schlichtmaier,
wenn Sie an Krebs sterben wollen, ist das Ihre Sache.‹ Er sagt:
›Versprochen?‹ Nervend, der Mann. Ich sage: ›Ja, ja, ja.‹ Und
dann passierte die Sache mit der Schlange, und ich habe es völlig
vergessen.«

Großartig. Ich sah Schulz an, der die Achseln zuckte. Wir ließen
die Sache wohl besser erst einmal auf sich beruhen, zumal nach

allem, was wir heute durchgemacht hatten. Arch stand auf, um den Tisch abzuräumen. Julian bot an, das Geschirr zu spülen. Ich ging mit Schulz hinaus in die kühle Oktobernacht.

»Klingt nach einem Scherz, Miss G.«, meinte er, als ob er wieder einmal meine Gedanken gelesen hätte. »Ein Mittel, einen Zwölfjährigen aufzulockern, eine Beziehung zu ihm herzustellen. Einen Scherz über künstliche Hormone machen.«

»Aber du bist bereit, Audrey Coopersmith wegen ihres alten Lieferwagens des Mordes zu verdächtigen.«

Er sagte: »Du weißt, wir überprüfen Schlichtmaier schon wegen der anderen Gerüchte, die du uns erzählt hast. Wenn sich etwas ergibt, lasse ich es dich wissen.«

Als wir zu seinem Polizeiwagen kamen, wagten wir weder, uns zu küssen noch uns zu umarmen. Wir benahmen uns, als wären wir nichts weiter als ein Polizist und eine solide Bürgerin. Man weiß nie, wer gerade zusieht. Ich war glücklich und traurig zugleich; ich spürte, wie mich der Sog der wachsenden Vertrautheit so unausweichlich mit sich zog wie die Ebbe, die den unvorsichtigen Schwimmer in unerwartete Tiefen reißt. Ich sah ihm in die Augen und dankte ihm laut für seine Hilfe. Er grüßte mit einem Handzeichen und bog langsam um die Kurve.

Ich lief zurück ins Haus, nahm mit Daumen und kleinem Finger der rechten Hand den Telefonhörer und wählte mit der linken eine Nummer. Aus dem Eßzimmer hörte ich die fröhlichen Stimmen der Jungen, die ihr Schiff bauten.

»Freizeitzentrum Aspen Meadow« antwortete nach sechs Klingelzeichen eine Stimme am anderen Ende der Leitung.

»Um welche Zeit öffnet morgens ihr Bodybuildingraum?« flüsterte ich.

»Um sechs. Waren Sie schon einmal bei uns?«

»Ja, aber noch nicht zum Bodybuilding.«

»Beim erstenmal brauchen Sie einen Trainer«, sagte die Stimme, die plötzlich gelangweilt klang.

»Gut, gut, merken Sie mich für einen Trainer vor«, erklärte ich

schnell und gab meinen Namen an. Dann kam mir eine Idee.
»Gibt, ähm, Egon Schlichtmaier zufällig auch Trainerstunden?
Ich weiß, daß er irgendwo Fremdsprachen unterrichtet...«
»Der Deutsche? Nee, Egon gibt keinen Unterricht. Manchmal
kommt er morgens her, bringt einen Teenager mit. Ich habe ihn
gefragt, ob er Arnold Schwarzenegger kennt, und er sagt: ›Ich
bin Österreicher‹, als wenn ich so blöd wäre.« Es entstand eine
Pause. Ich hörte Papier rascheln. »Ich merke Sie für Chuck Bla-
ster vor. Zwölf Mäuse. Ziehen Sie einen Trainingsanzug an.«
Die Leitung klickte.

O Gott. Was hatte ich getan? Chuck *Blaster*. Das konnte doch
wohl nicht sein Künstlername sein, oder? Ich legte den Hörer
auf und kroch hinauf ins Bett.

Wer petzen will...
Ich war nicht überzeugt, daß es ein Scherz war.

12   Der pochende Schmerz in meinem Finger
      weckte mich am Mittwochmorgen, als die
Sonne gerade den Horizont zu erhellen begann. Ich lag da und
tat mir selbst sehr leid, als der Radiowecker mich mit dem Lärm
eines Ghettoblasters zehn Zentimeter von der Matratze schleuderte. Ghettoblaster, ja. Ganz ähnlich wie Blaster, der nun ein
Bestandteil meiner List war, eine Konfrontation mit Egon
Schlichtmaier zu suchen. Doch eine frühmorgendliche Body-
buildingstunde mit einer praktisch unbrauchbaren Hand entsprach nicht unbedingt meiner Vorstellung von Vergnügen. Die
Matratze schien meine Rückkehr zu erbetteln. Ich ignorierte
ihren Sirenengesang, schlüpfte vorsichtig in einen grauen Jogginganzug, streckte mich durch die Yogaübung zur Begrüßung
der Sonne und durch fünf weitere Asanas und versuchte, nicht
daran zu denken, irgend etwas anzuheben.
In der Küche schrieb ich den Jungen einen Zettel. *Bin im Freizeitzentrum zum Bodybuilding.* Das würde sicher überraschte
Blicke auslösen. Mein doppelter Espresso schoß fröhlich in
einen neuen Privatschule-Elk-Park-Mitnehm-Becher, einen
schweren Plastikbecher, den die Eltern der Siebtkläßler zu
Beginn des Schuljahres zu kaufen gehalten (sprich: genötigt)
waren, um einen Ausflug der Kinder zu einem Selbsterfahrungs-
Workshop in Denver zu finanzieren. Hinterher hatte Arch mir

erklärt, er würde nur dann positiv denken, wenn er dazu *gezwun-gen* wäre. Und niemand kann mich dazu bringen, hatte er hinzu-gefügt. Das hätte ich ihnen sagen sollen, als es darum ging, den Becher zu kaufen.

Das Gras unter meinen Füßen war rutschig vom Frost, und mein Atem verdichtete sich in der kalten Oktoberluft zu feuch-ten Wolken. Mit entschlossenem Dröhnen sprang der Motor des Lieferwagens an. Ich befahl mir, mich stark und muskulös einzustimmen. Vielleicht hätte ich den Workshop in positivem Denken gebraucht.

Gehorsam tuckerte der Wagen über die Straßen, die eine dünne Eisschicht mit einem weißlichen Schimmer überzogen hatte. Der Aspen Meadow Lake tauchte hinter einer Kurve auf – ein glänzender, völlig unbewegter Spiegel des morgendlichen Lichts. Zwischen den immergrünen Pflanzen, die das Ufer säumten, spiegelten sich umgekehrte Kiefern, die wie in Glas gefangene, nach unten gerichtete Pfeile wirkten. Die frühen Schneefälle hatten die nahegelegenen Espen- und Pappelwälder entlaubt. Die nackten Äste gaben den Blick auf Vogelnester des letzten Sommers frei, die nun verlassen waren. Ohne den Schutz des Laubes wirkten diese tiefen, dicken Nester aus Zweigen überraschend verletzbar.

Wie Keith Andrews.

Und auch unser Heim wirkte inzwischen verletzlich, angesichts der Unfälle und Streiche, die immer ernster wurden. Julian schien völlig aus dem Gleichgewicht geworfen zu sein. Und ich war bei dem Versuch verletzt worden, mich um den einzigen Besuch des Stanford-Vertreters in der Erlk-Park-Schule zu kümmern. Als das Koffein auch die letzten Windungen meines Gehirns in Schwung gebracht hatte, versuchte ich, zu rekapitu-lieren. Warum nahm jemand Arch aufs Korn? Wenn die Spinne tatsächlich für jemanden bestimmt war, war sie für mich gedacht?

Ohne es zu wollen, riß ich das Steuer nach links und zuckte

zusammen, als der Schmerz durch meinen Finger schoß. Beim Gewichtheben mußte ich auf die Bißwunde achten.

Vor meinem geistigen Auge erschien das Bild des gefürchteten, in Gleichnissen sprechenden Direktors. Perkins hatte sich wahrhaftig nicht übereifrig gezeigt, den Schlangenhenker ausfindig zu machen, der Arch schikanierte. Doch in den Augen der meisten, und um die ging es Perkins schließlich, konnte er wohl als erfolgreich gelten. In den zehn Jahren, seit er an der Schule war, hatte Perkins Hunderttausende Dollar an Spenden eingetrieben für eine weithin publizierte Erweiterung und Renovierung der Klassenräume. Er hatte als führender Kopf an einem Bauprogramm mitgewirkt, das sich auf den Bau eines Swimmingpools und einer Turnhalle erstreckte. Bei einem Orientierungsabend für Eltern hatten einige freundlicher gesonnene Elternpaare – von denen es durchaus manche gab, wie ich zugeben mußte – mich in Kenntnis gesetzt, daß Perkins die erwarteten Krisen administrativer Säuberungen, Lehrer, die kündigten oder entlassen wurden, und Schüler, die der Schule verwiesen wurden, hervorragend überstanden hatte. Trotzdem hatte ich den Eindruck, daß Alfred Perkins sich hinter seiner dicken Mauer aus Gleichnissen versteckte, ohne allzu viele Leute wissen zu lassen, was in seinem Schädel hinter dem silberweißen Haar tatsächlich vorging. Vielleicht lag darin das Geheimnis, wie er und die Privatschule Elk Park gemeinsam zehn Jahre unbeschadet, wenn auch nicht, ohne Federn zu lassen, hatten überstehen können.

Und doch mußte Perkins sehen, daß die letzten Monate von Schwierigkeiten nur so strotzten. Zuerst war in der *Denver Post* dieser sensationelle Artikel über die sprunghaft schlechter werdenden Prüfungsergebnisse der Schüler bei den Hochschuleignungstests erschienen. Danach hatte, wenn man Marlas Version des Kleinstadttratsches Glauben schenken durfte, die Enthüllung eines Sexskandals – durch den ehrgeizigen, gewieften Keith Andrews – in der örtlichen Tageszeitung gedroht. Oder eines anderen Skandals. Nach der ausführlichen Berichterstattung, die die *Denver Post* den Prüfungsergebnissen gewidmet hatte, war kaum auszudenken, was sie aus einem Knüller wie »Lehrer schläft mit Schülerinnen« machen würden. Und dann die jüngste Krise, die eine ganze Stufe ernster war; der Abschlußredner der Schülerschaft getötet, *ermordet* auf dem Schulgelände. Ob Direktor Alfred Perkins diese tödliche Bedrohung für die ins Wanken geratene Stabilität und den nicht mehr unbelasteten Ruf seiner Schule überstehen konnte, blieb abzuwarten. Wie tief er in diese Rückschläge verstrickt war oder wie sehr er sich darüber auch nur Sorgen machte, war ebenfalls eine Frage.

Julian meinte, Perkins' großer Mittelstürmer-Sohn Macguire habe trotz seines kläglichen Ranges im unteren Drittel der Abschlußklasse gute Chancen, an einem Basketball-College angenommen zu werden, also am North Carolina State, Indiana oder der University of Nevada, Las Vegas. Die schleppende Stimme und die schweren Lider des pickelgesichtigen Perkins waren selbst angesichts des Chaos um den gewaltsamen Tod seines Klassenkameraden seltsam ungerührt geblieben. Macguire mußte für seinen gesellschaftlich ehrgeizigen Vater eine ziemliche Enttäuschung sein, wenn schon nicht für sich selbst. Andererseits mochte Macguire, wie so viele Komiker, die den Narren spielten, seine eigenen Abwehrmechanismen gegen dieses Gefühl entwickelt haben.

Ich bemerkte eine Schlammpfütze zu spät, um ihr noch auszuweichen, und bog in die abschüssige Einfahrt zum Parkplatz des Freizeitzentrums ein. Es war ein langgestreckter, flacher Ziegelbau aus den siebziger Jahren, der an einem Hang hinter der städtischen High-School lag. Die »Freizeit«, wie es im Ort liebevoll hieß, war älter als der Sportclub und bediente eine andere Klientel des Ortes, die größtenteils aus der arbeitenden Bevölkerung stammte. Alle, die für ihren Lebensunterhalt arbeiten mußten, konnten nicht einmal im Traum daran denken, frühmorgens in dem unendlich viel vornehmeren Sportclub Aspen Meadow zu trainieren, der seine Pforten nicht vor zehn Uhr öffnete.

Ich bog zwischen den verblaßten gelben Markierungen in eine Parklücke. Zu meiner Verwunderung hatte schon eine recht beträchtliche Anzahl Hartgesottener vor dem Freizeitzentrum geparkt. Ich hatte mir irgendwie vorgestellt, ich würde diese Bodybuildingübung einsam und allein absolvieren. Ich hoffte inständig, daß diese Fitneßfanatiker ihre Runden im Schwimmbad drehten. Der Gedanke, daß Bekannte mich im Jogginganzug sehen könnten, war mehr, als ich ertragen konnte.

Meine Schuhe knirschten über den Kies, der mit Salz bestreut war, um den Schnee auf den Stufen zum Freizeitzentrum zu schmelzen. Die Sportanlage, die von Steuereinnahmen unterhalten wurde, die die Einwohner der Umgebung sich selbst auferlegt hatten (Aspen Meadow war ungemein stolz, nicht eingemeindet zu sein), war in ihrer Ausstattung nüchtern und sachlich und beherbergte ein Schwimmbad (das die städtische High School mitbenutzte), eine Turnhalle, einen Raum für Senioren und drei Squashplätze. Hier gab es keine Dampfbäder, keine Sauna, keine Massagen, keine Solarien, keinen mit Teppichboden ausgelegten Aerobic-Raum, kein Freibad. Ich wußte nicht einmal, wo der Bodybuildingraum war, bis die Frau am Empfang, die mit vierzig beschlossen hatte, daß sie eine Zahnspange brauchte, es mir sagte. Sie nahm meine zwölf Dollar und erklärte aus einem kreuz und quer von gefährlich wirkendem Metall durchzogenen Mund, daß sie vor kurzem einen der Squashplätze umgebaut hatten.

»Die Leute wollen einfach Gewichte heben«, sagte sie mit einem für meinen Geschmack zu langen Seitenblick auf die Wölbungen meines Unterleibes.

Ich fühlte, wie mir bei jedem Schritt in Richtung auf den Raum, in dem tatsächlich Leute schwere Gewichte hoben, weil sie meinten, das sei gut für sie, das Herz tiefer sank. Ich meine, diese Leute *wollten* in die Breite gehen, sie wollten, daß sich alles an ihnen wölbte, und das wollten sie nicht erreichen, indem sie Fettuccine Alfredo und Käsekuchen aßen! Sie schluckten Nährstoffzusätze in Pulverform! Was waren das für Menschen, Verrückte? Beklommen stieß ich die Tür auf.

Im Raum roch es nicht nur schlecht, es stank erbärmlich. Es war, als hätte man die Wände mit Permanentschweiß gestrichen, der garantiert feucht blieb. Eine Art ungewaschenes Regenwald-in-der-Turnhalle-Konzept.

Als ich kurz davor war, von dem Gestank in Ohnmacht zu fallen, schlenderte ein großer Bursche – ich meine, ein wirklich großer Kerl – mit Unmengen Knoten und Beulen und vortretenden Muskeln an Armen, Brust und stämmigen Beinen auf mich zu. Er knurrte: »Goldy?«

Ich schluckte und sagte: »Äh...«

Seine Augen, winzige Saphire, die in einem breiten, fleischigen Gesicht saßen, glitten verächtlich über meinen Körper. »Trainieren wohl nicht viel, oder?«

Kein guter Start. Ich sah mich nach den diversen Folterinstrumenten um, Dingen zum Hochdrücken, Dingen zum Herunterdrücken, Dingen, denen man zusah, wie sie einem die Schultern ausrenkten, und das alles vor – tatsächlich! – Spiegelwänden. Männer aller Altersstufen und eine Frau, die ich anfangs auch für einen Mann hielt, ächzten und stöhnten und hechelten. Es sah nicht besonders lustig aus.

»Wirklich«, improvisierte ich verzweifelt, »ich suche nur jemanden...«

»Sie suchen mich«, erklärte der starke Kerl. »Kommen Sie hier herüber. Ich bin Blaster.«

Da ich nicht zu den Leuten gehörte, die sich mit einem so kräftigen Menschen anlegten, trottete ich gehorsam hinter ihm her. Ein schrecklicher Gedanke stieg in mir auf: Was wäre, wenn mein Exmann mich hier sähe? John Richard Korman würde sich schieflachen. Ich sah mich schnell um. Kein Kotzbrocken. Er zog den schickeren Sportclub vor. Gott sei gedankt für die kleinen Vergünstigungen.

»Zuerst machen wir Dehnübungen«, verkündete Blaster.

Nun denn, von Dehnübungen verstand ich etwas. Ich sagte hoffnungsvoll: »Ich mache Yoga.«

Blaster zog ein verächtliches Gesicht und warf mir eine lange Metallstange zu. Er sagte: »Machen Sie das gleiche wie ich« und wand seine gewaltigen Arme um eine ähnliche Metallstange. Während er seinen wie aus Stein gehauenen Torso von einer Seite zur anderen bog, mühte ich mich ab, es ihm nachzutun. Da ich im Spiegel allerdings viel zu sehr nach einem Fleischbrocken aussah, den man auf einen Spieß gesteckt hatte, hörte ich auf. Leider ließ ich auch die Stange los, die Blaster mir gegeben hatte. Sie fiel mit unglückseligem Scheppern zu Boden.

»He!« bellte er.

»Ach, gehen Sie nicht zu hart mit ihr um«, meldete sich Hank Dawson. »Sie hatte gestern einen sehr schweren Tag. Und außerdem ist sie ein Bronco-Fan.« Im Gegensatz zu den jugendlichen Sportlern in ihren tief ausgeschnittenen, ärmellosen Hemdchen und engen schwarzen Hosen trug Hank einen orangefarbenen Trainingsanzug mit der Aufschrift: DENVER BRONCOS – AFC-CHAMPIONS! »Finger in Ordnung?« erkundigte er sich, während er sich aus dem Ding wand, in dem er seine Ellbogen zusammenpreßte, und kam langsam zu meinem Peiniger und mir herüber. An der Art, wie die Männer sich im Trainingsraum bewegten, war mir eines aufgefallen: Sie stolzierten o-beinig einher, als müßten sie es jeden Augenblick mit Gary Cooper aufnehmen. Stampf, stampf, stampf, *geh nicht zu hart mit ihr um,* stampf, stampf, *ein schwerer Tag,* stampf, stampf, *leg drei auf, Kleiner.*

»Ja, wirklich«, sagte ich mit schmerzerfüllten Augen an Blaster gewandt, »ich habe mir gestern einen scheußlichen Spinnenbiß zugezogen...«

Doch Blaster war bereits zu einem Gerät hinübermarschiert, das aussah wie eine hochkant stehende Streckbank. Hank Dawson sah mich mitleidig an. »Sind Sie sicher, daß es Ihnen dafür gut genug geht, Goldy? Haben Sie gehört, daß Elway sich gestern beim Training die Schulter ausgerenkt hat? Ich bin überrascht, Sie hier zu sehen.«

»Ich auch«, meinte ich schwach.

Er grinste. »Sie wissen doch, daß sie hier Leute aus der Nahrungsmittelbranche *hassen.*«

»Ich glaube allmählich, die ganze Idee war ein Fehler.« Davon war ich wirklich überzeugt.

Blaster brüllte: »He, Sie, Goldy! Steigen Sie mit dem Kopf nach *unten* auf dieses Ding!« Mehrere Männer drehten sich um, weil sie sehen wollten, ob ich dem Befehl nachkäme. Ich huschte zu Blaster hinüber.

»Sie haben mich offenbar nicht verstanden, ich habe es mir anders überlegt...«

Er deutete auf die Streckbank. Es war eine langfingrige, gebieterische Geste, nicht unähnlich jener, mit der Gott an der Decke der Sixtinischen Kapelle einen schlaffen Adam zum Leben erweckt. »Geneigter Strecksitz«, donnerte er.

»Sehen Sie«, brachte ich zittrig vor, »da war diese Schwarze Witwe...«

Der erbarmungslose Finger wankte nicht. »Genau richtig dafür. Steigen Sie auf.«

Kein Mann der vielen Worte.

Also fing ich an. Zuerst mehrmals Aufsetzen, während der Kopf tiefer auf der Streckbank lag als die Füße, was mir unfair erschien. Warum konnten sie nicht wenigstens auf einer Höhe sein? Anschließend in der anderen Richtung geneigt die Beine heben und beugen (Aufsetzen auf ebener Unterlage – warum, wo ich mich doch gerade in der anderen Richtung über die Schwerkraft hinweggesetzt hatte?), dann weitere Rumpfbeugen mit dem Fleischspieß, Beinpressen, Beindehnungen, Beinwindungen, Folterübungen an Druck- und Streckbänken.

Ich sterbe, dachte ich. Nein, warte: Ich bin schon gestorben und in der Hölle. Im Spiegel hatte mein Gesicht eine ungesundbraunrote Farbe. In meinem Finger pochte der Schmerz. Kleine

Schweißbäche liefen mir über die Stirn und verwandelten sich in meinem Sweatshirt in eine wahre Sturzflut. Blaster verkündete, nun seien wir fast durch und beim nächstenmal ginge es dann schon besser. He, Blaster! *Es wird kein nächstes Mal geben.*

Endlich, *endlich,* kam Egon Schlichtmaier herein, und zwar mit keinem anderen als Macguire Perkins. Warum ich nicht einfach in der Schule einen Termin mit Schlichtmaier vereinbart hatte, war mir unbegreiflich. Ich würde eine Woche lang ein Heizkissen brauchen. Nein, kein Heizkissen – einen elektrisch beheizten Schlafsack und monatelange Krankengymnastik.

»Ich muß mit Ihnen reden«, japste ich, als die beiden in John-Wayne-Manier zu der Stelle hinüberschlenderten, an der ich total erschöpft und völlig außer Atem auf den Boden geplumpst war. Ehe sie mich jedoch begrüßen konnten, tauchte über mir plötzlich Blaster auf. Ich sah direkt auf seine Waden. Sie sahen aus wie braungebratene Truthähne.

Blasters kleine, glänzendblaue Augen hatten jenen markerschütternden Blick, mit dem Gott Sodom und Gomorrha bedacht haben muß. »Sie sind noch nicht durch.« Die schweißtriefenden Wände warfen seine Stimme zurück.

»O doch, bin ich«, sagte ich und rappelte mich auf, allerdings nicht ohne heftige, bislang ungeahnte Schmerzen. »Pieksen Sie mich mit einem Zahnstocher, ich bin so durch wie nur etwas.« Doch er winkte mich unbeeindruckt zum Laufband hinüber.

Egon Schlichtmaier sagte mit seinem deutschen Akzent: »Beim erstenmal ist es nicht so einfach.« Er sah mich mit seinen großen Kuhaugen an. »Wie beim Sex, wissen Sie.« Seine Muskeln auf Rücken und Armen rollten und dehnten sich, als er mich zum Aerobic-Bereich begleitete.

Ich haßte ihn. Ich haßte Egon Schlichtmaier seiner Muskeln wegen, ich haßte ihn, weil er mit Studentinnen geschlafen hatte, und ich haßte ihn, weil er das, was wir in dieser Folterkammer trieben, mit körperlicher Liebe verglich, die ich gerade erst zu genießen begonnen hatte, vielen Dank.

Blaster tippte mit seinem fleischigen Finger, den ich zu fürchten gelernt hatte, Zahlen in die digitale Anzeigetafel des Laufbandes. Er sah mich ungerührt an. »Steigen Sie auf. Zehn Minuten. Dann sind Sie durch.« Und Freude über Freude, er marschierte davon. Ich sah Egon Schlichtmaier an und schimpfte.

»Tun Sie besser, was Blaster sagt«, ertönte die unnatürlich tiefe Stimme von Macguire Perkins. »Der Bursche hat auch hinten im Kopf Augen. Wir kommen mit auf die Tretmühle und leisten Ihnen Gesellschaft.«

Überströmend vor Mitgefühl stiegen die beiden auf die Laufbänder und begannen, mühelos zu gehen. Ich wünschte, Macguire würde weggehen, denn was ich Schlichtmaier zu sagen hatte, betraf nur ihn, Arch und mich. Vielleicht spürte Macguire meine Ablehnung. Er zog im Gehen einen Walkman heraus, setzte sich Kopfhörer auf und gab sich netterweise seinem Glück hin.

Ich stieg vom Laufband. Sollte Blaster doch herkommen und mit mir schimpfen. Ich würde ihm schon die Stirn bieten. Ich baute mich mit verschränkten Armen vor Egon Schlichtmaiers Laufband auf, während Macguire Perkins zu seiner Kassette kreischte: »Roxanne!«

Ich sagte zu Egon Schlichtmaier: »Wie ich gehört habe, hatten Sie Schwierigkeiten mit meinem Sohn.«

In seinen Augen flackerte Überraschung auf. »Ich unterrichte Ihren Sohn nicht.«

»Ro*xanne!*« heulte Macguire.

»Aber gab es da nicht etwas von Ihnen, das er nicht verpetzen sollte?« erwiderte ich bestimmt. »Er sagte, Sie hätten sich über etwas lustig gemacht, das er gesagt hatte. Er erzählte, Sie hätten ihn Tag für Tag mit etwas aufgezogen, und es ging darum, nicht zu verpetzen, daß Sie Steroide nehmen. Ich dulde einfach nicht, daß mein Sohn schikaniert wird, weder von Ihnen noch von sonst jemandem.« Ich sah ihn mit zusammengekniffenen Augen an.

Und dann kam mir ein entsetzlicher Gedanke: Vielleicht war Arch nicht der einzige, den Schlichtmaier nicht über sich tratschen lassen wollte. Eiskalte Angst lief mir über den Rücken.

Verdammt. Ich hätte die ganze Sache Schulz überlassen sollen, wie er es mir immer sagte. Egon Schlichtmaier stellte schweigend sein Laufgerät ab und stieg herunter. Er spannte seinen massiven Muskelberg an, und mir blieb das Herz stehen. Hier stand ich inmitten einer Horde von Bodybuildern einem mutmaßlichen mehrfachen Mörder gegenüber.

»Roxanne!« johlte Macguire. Sein langer Körper hob und senkte sich mit dem Laufband. Seine muskulöse Brust tanzte im Takt. »Rox-anne!«

In seinem schwerfälligen deutschen Akzent sagte Egon Schlichtmaier: »Ja, ich habe Ihren Sohn aufgezogen. Aber das war auch alles. Ihr Sohn hatte es schwer, sich in das schulische Leben einzufügen, wie Sie vielleicht wissen.« Er verschränkte die Arme: eine abwehrende Haltung. »Als er mich beschuldigte, Steroide zu nehmen, was keine leichte Anschuldigung ist, wie Sie wohl wissen ...«

Besonders in Anbetracht all der anderen Beschuldigungen, denen Sie sich gegenübersehen, dachte ich, sagte es aber nicht.

»... habe ich versucht, es mit einem Scherz abzutun. Ich meine, ich mache Bodybuilding, aber ich bin kein Schwarzenegger, auch wenn ich mich so anhöre, nicht? Ich glaube, Ihr Sohn hat zuviel ferngesehen.«

Ich hasse es, wenn Leute Arch kritisieren. Egon Schlichtmaier legte die Hände auf die Hüften. Er war muskulös, das stimmte, und hervorragend gebaut. Nur weil ich ihn nicht leiden konnte, hieß das noch nicht, daß er keinen athletischen Körper haben durfte. Doch ich hatte aus einem der zahlreichen Erziehungsbücher, die ich gelesen hatte, einiges über Steroide gelernt. Sie führten zu Stimmungsschwankungen. Vielleicht litt Egon Schlichtmaier ja darunter, wer wußte das schon? Sein berüchtigtes Sexualleben wies eindeutig auf einen Überschuß an Testosteron hin. Aber er hatte keine Akne, keine Spur jener weiblichen Brust, die eine chronische Steroideinnahme häufig hervorruft.

Drogen. Was hatte Hank Dawson an dem Tag nach dem Mord an Keith in der Kirche zu mir gesagt? *Wie ich gehört habe, hat dieser Bursche ganz schön Erfahrung mit Drogen.* Dieser Bursche war der Sohn des Direktors. Damals hatte ich es einfach ignoriert; niemand hatte es anscheinend für wert gehalten, dem Gerücht nachzugehen. Und wenn die Polizei den Verdacht hätte, daß an der Schule Marihuana oder Kokain gehandelt würde, hätte Schulz es zumindest erwähnt.

»Roxanne!« grölte Macguire Perkins fröhlich, während er auf dem Laufband dahintrottete. Mein Blick wanderte zu ihm hinüber. Nicht nur sein Gesicht, sein ganzer Körper war von Akne überzogen. Und er sah aus, als hätte er mindestens einen BH Größe 90C brauchen können.

13   »Warum haben Sie Macguire hergefahren?«
fragte ich.

»Er hat seinen Führerschein für ein Jahr verloren. Trunkenheit am Steuer.« Egon Schlichtmaier schnitt eine väterlich ungläubige Grimasse. »Ich bemühe mich, diesen Jungs zu helfen. Ich drohe ihnen nicht.«

»Sie bemühen sich nur, ihnen zu helfen, was?« Ich sagte nichts von dem Geschäker an der Colorado University. Manchmal kennen Lehrer ihre eigene Macht nicht. Eines wußte ich allerdings über Steroide, daß nämlich ein großer Prozentsatz der Schüler und Studenten, die sie nahmen, sie von ihren Trainern und Lehrern bekamen. »Hat Macguire Probleme mit anderen Drogen? Ich meine, soweit Sie wissen.«

»Wie bitte?« fragte Egon, als hätte er mich nicht verstanden.

»Zum Beispiel mit Steroiden?«

Seine Schultermuskeln wogten, als er die Achseln zuckte. »Keine Ahnung.«

Ich sah Egon Schlichtmaier fest in sein dunkles, gutaussehendes Gesicht. Er war ein aalglatter Bursche, schlagfertig, schwer zu durchschauen. Ich sagte: »Ich mache mir wegen Keiths Tod große Sorgen über das, was an dieser Schule vorgeht. Da war diese Schlange, diese ... für Arch bestimmte Drohung. Kennen Sie jemanden, der meinem Sohn etwas antun möchte?«

»Nein.« Und dann fügte er nachdrücklich hinzu: »Mich einge-
schlossen.«

»Gut.« Ich spielte auf Zeit. Vielleicht war es ja eine Überreaktion
von mir. »Ich schätze, ich habe dieses Geplänkel wegen des Fet-
zens zwischen Ihnen beiden mißverstanden.« Egon Schlichtmaier
zuckte wieder die Achseln. Er schloß die Augen und seufzte, als
wolle er sagen: Ich lasse es diesmal durchgehen. Ich bemühte mich
um einen heiteren Ton. »Sie bleiben wohl an der Elk-Park-Schule? Ich meine, wenn das Schuljahr vorbei ist?«

Er dachte über die Frage nach. »Wie kommen Sie darauf, daß ich
es nicht tun könnte?« Ich hob die Augenbrauen als Zeichen meiner Unwissenheit. Das akzeptierte er anscheinend und zuckte
wieder die Achseln. »Ich habe mich noch nicht entschieden.«

In diesem Augenblick durchschnitt ein entsetzlicher Schrei und
ein schallendes metallisches Krachen die Luft. Auf der anderen
Seite des Raumes lief eine Gruppe zusammen, um zu sehen, was
passiert war. Ein kleiner, stämmiger Bursche hatte eine der
größten Hanteln fallen lassen. Ich fragte mich, um wie viele
Pfunde es hier ging und ob sie ihm auf die Zehen gefallen
waren.

Blaster fing an, den armen Kerl anzubrüllen, der das Gewicht
hatte fallen lassen. Selbst Macguire zog sich den Kopfhörer von
den Ohren. Die erdbebengleiche Vibration hatte sich über das
Laufband übertragen. Mit dem Ausdruck aufgebrachter Niedergeschlagenheit sauste Egon Schlichtmaier auf das Gedränge
zu. Ich hatte allerdings den Eindruck, daß der Lehrer nur allzu
froh war, mich einfach stehenlassen zu können; wir hatten uns
nicht gerade freundschaftlich unterhalten. Macguire trottete
hinter Egon her. Ich stellte mit Genugtuung fest, daß Blaster
beschäftigt war und mir den Rücken zuwandte.

Zeit, sich aus dem Staub zu machen.

Ich duschte schnell und fuhr nach Hause. Als ich den Lieferwagen hinter dem Range Rover abstellte, war es fast acht. Der Ran-

ge Rover? Julian und Arch fuhren gewöhnlich gegen halb acht in die Schule. Mich überkam Panik. War mit ihnen alles in Ordnung? Hatten sie verschlafen? Ich stürmte ins Haus und die Treppe hinauf, um nachzusehen, und bereute meine Hast auf der Stelle. Meine Schenkel schrien vor Schmerz vom Training.

»Julian«, flüsterte ich, nachdem ich an ihrer Tür geklopft hatte, »Arch!«

Ich hörte Stöhnen und das Rascheln der Laken. Die Luft im Zimmer war verbraucht und roch nach Jungen. Als Einzelkind fand Arch es äußerst abenteuerlich, das Zimmer mit Julian zu teilen. Angefangen hatte es mit einem Etagenbett. Natürlich hatte ich mir ein neues nicht leisten können, und wenn Julian aufs College ging, brauchten wir es ohnehin nicht mehr. Aber durch eine Kleinanzeige im *Mountain Journal* hatte ich ein zweistöckiges Etagenbett gebraucht für fünfzig Dollar erstehen können. Leider hatte es weitere fünfzig Dollar gekostet, das obere Bett vom Schreiner für Archs Gewicht zu verstärken.

»Jungs!« sagte ich etwas lauter.

Ich sah mich etwas genauer im Zimmer um. Die Schulkleider lagen auf einen Stuhl gehäuft. Neben Archs Hausschuhen lag ein Eisbeutel auf dem Boden. »Habt ihr schulfrei, und ich weiß nichts davon?«

Julian hob den Kopf, ohne die geschwollenen Augen richtig zu öffnen. Sein unrasiertes, erschöpftes Gesicht war fleckig grau. Er gab einige unverständliche Laute von sich, die nach »Grr? Hnh?« klangen und sagte dann: »Ach, du bist es« und ließ sich wieder in die Kissen fallen.

»Hallo?« versuchte ich es noch einmal. »Arch?«

Doch Arch zog sich lediglich die Decke über den Kopf, ein typisches Manöver. Ich beugte mich nieder, um seine Hausschuhe aufzuheben. Sie waren naß.

»Julian«, sagte ich entmutigt, »könntest du bitte soweit wach werden, daß du mir erklären kannst, was hier vorgeht?«

Mit großer Mühe stützte Julian sich auf einen Ellbogen. Er erklärte schwerfällig: »Arch und ich haben deinen Zettel gesehen. Arch ist hinausgegangen, um die Zeitung zu holen, und ist auf der Verandatreppe ausgerutscht. Er ist auf den Knöchel gefallen und hat sich wirklich weh getan.« Er gähnte. »Ich habe es mir angesehen, und da es schon angefangen hatte, anzuschwellen, habe ich Eisbeutel daraufgelegt und ihm gesagt, er soll wieder ins Bett gehen, bis du kommst und entscheidest, was zu tun ist.« Wieder ein langes Gähnen. »Mir war auch nicht so gut. Ich bin wirklich müde.« Er gab ein tiefes, kehliges Stöhnen von sich, als sei es schon eine Anstrengung, sich auch nur auf diese wenigen Worte zu konzentrieren.

»Ehm, Doktor Teller?« sagte ich. »Nachdem du den Knöchel untersucht und behandelt hattest und den Patienten wieder ins Bett geschickt hattest, was war da?«

Er öffnete ein Auge. »Na ja«, sagte er, und die Andeutung eines Lächelns brach durch seine jugendlichen, braunen Bartstoppeln, »ich wußte, daß du Arch hier nicht gerne allein zu Hause gehabt hättest, darum habe ich beschlossen, bei ihm zu bleiben. Ich kann es mir leisten, einen Tag zu fehlen.« Er ließ sich wieder ins Bett plumpsen. »In der Schule mußt du allerdings anrufen.«

Ach, was solls? »Gut, in Ordnung«, sagte ich. Die kindliche Einschätzung einer Situation zu respektieren, ist eine fein abgestimmte elterliche Kunst. Eine Kunst, von der ich mir nicht sicher war, ob ich sie bereits beherrschte, aber dennoch. »Arch? Kann ich mir bitte deinen Knöchel ansehen?«

Er grunzte zustimmend und streckte den betreffenden Fuß unter der Bettdecke vor. Julians provisorische Eispackung begann sich bereits aufzulösen, aber zwei gefrorene Eisbeutel lagen noch in einem leicht verknoteten Frotteehandtuch. Der Knöchel war tatsächlich geschwollen. Die Haut um den Knöchel war blaßblau.

»Von der Treppe?« Ich war verwirrt. »Das ist ja schrecklich.«

Arch war gewöhnlich nicht tolpatschig. Seine mangelnde Sportlichkeit stand sogar in krassem Gegensatz zu seiner, wie ich fand, körperlichen Anmut, die eindeutig zu erkennen war, wenn er Ski fuhr. Zugegeben, als seine Mutter war ich etwas voreingenommen. »Kannst du auftreten?«

»Ich *kann* auftreten, und er ist *nicht* gebrochen«, sagte Arch schwerfällig.

»Und noch etwas«, brummelte Julian mit geschlossenen Augen, den Kopf auf dem Kissen. »Ich weiß nicht, ob ich langsam Verfolgungswahn bekomme oder sowas. Hast du vorne Wasser ausgegossen?« Als ich verneinte, meinte er: »Na ja, es sah so aus, als hätte jemand Wasser über die Stufen gegossen. So daß jeder, der zur Haustür hinausginge, fallen und sich das Genick brechen *müßte.*«

Hmm. Jedenfalls war es nicht nötig, zum Arzt zu gehen, vorerst zumindest nicht. Ich ging aus dem Zimmer, hörte aber noch, wie Arch mit erstickter, entrüsteter Stimme sagte: »Ich habe mir *nicht* das Genick gebrochen!«

Ich ging hinunter in die Küche. Wenn bei anderen Menschen das Leben sich chaotisch gestaltet, rauchen sie, trinken sie, treiben sie Sport oder gehen einkaufen. Ich koche. Im Augenblick sah es so aus, als könnten wir alle zum Trost ein hausgemachtes Brot vertragen. Ich setzte Hefe an und rief Marla an. »Du hast gesagt, du wolltest heute herkommen, um mir zu helfen, erinnerst du dich? Bitte komm jetzt gleich«, bat ich sie, nachdem sie sich mit rauher Stimme gemeldet hatte.

»Goldy, es ist mitten in der Nacht, um es laut herauszuschreien. Oder mitten im Winter. Ich war gestern abend lange aus und halte Winterschlaf. Ruf mich an, wenn der Frühling kommt.«

»Es ist nach acht«, gab ich unerbittlich zurück, »und Winter wird es erst in sieben Wochen. Komm her, und ich koche etwas Besonderes. Julian und Arch sind beide zu Hause. Arch ist gefallen und Julian ist... müde. Außerdem möchte ich, daß du mir mehr über diese verlorengegangene Lehrerin, Pamela Samuelson, und diesen Schlichtmaier-Knaben erzählst.«

»Die eine war schwer ausfindig zu machen, und der andere ist zu jung für dich. Wie geht es Arch?«

»Er muß nur im Bett bleiben.«

Sie seufzte. »Wie schön für ihn. Ich bin so froh, daß du mich anrufst, wenn die Kinder krank sind und du nichts Besseres zu tun hast. Aber wenn du etwas Besonderes machst...«

»Doughnuts«, versprach ich. Marla ist ganz wild nach diesen Gebäckkringeln. Sie gab ein Gurren von sich und legte auf.

Kurz darauf merkte ich, daß ich nicht genug Öl im Haus hatte, um die Friteuse auch nur zu einem Viertel zu füllen. Nun denn, Zwangslagen waren die Mutter aller neuen Rezepte. Und nicht nur das, ich mußte ohnehin für das Prüfungsfrühstück etwas Süßes, aber Gesundes erfinden, das nach Direktor Perkins' Weisung Vollkornmehl in allen erdenklichen Formen enthalten sollte. Warum keine Doughnuts mit Haferkleie? Ich bin sicher, Kinder und Jugendliche zogen sie allemal einem Muffin mit Haferkleie vor, zumal, da solche Muffins meist schmeckten, als kämen sie direkt aus dem Betonmischer.

Ich räumte die Bücher über Studienbeihilfe fort, die Julian auf der Arbeitsplatte verstreut hatte liegen lassen, siebte scheinheilig Sojamehl mit ausgemahlenem Weizenmehl durch und schüttete ganz tugendhaft ein vernünftiges Maß Haferkleie und Weizenkeime darüber. Als die angesetzte Hefe warm war und Blasen warf, verquirlte ich sie mit Zucker, Eiern, Vanille und der Mehlmischung. Ich knetete das ganze zu einem üppigen, geschmeidigen Teigklumpen, der sich sanft in eine eingefettete Schüssel schmiegte. Nachdem ich den Teig in den Backofen gestellt hatte, um ihn gehen zu lassen, rief ich Schulz' Anrufbeantworter an. Ich sprach auf Band, daß ich mit ihm über Egon Schlichtmaier sprechen wollte. Und wie er mit der Lieferwagensache und Audreys Hintergrund weiterkäme? Als ich auflegte, schlurfte Julian herein. Er trug ein T-Shirt mit dem verblaßten Logo eines lange zurückliegenden Rockkonzerts, Jeans und leichte Slipper mit heruntergetretenen Fersen.

»Entschuldige, ich war so müde«, murmelte er. Er sah sich erwartungsvoll in der Küche um. »Was brutzelst du zusammen? Machst du Kaffee?«

»In anderthalb Stunden sind die Doughnuts fertig«, gab ich zurück, während ich Medaglia d'Oro mit einem Maß einfüllte und halb und halb Milch und Wasser in einen Krug gab. »Cappuccino gibt es gleich.«

Er stand vor meinem Terminkalender und las, welche Aufträge bevorstanden: »Mittagessen für den Klerus ... Dessertbüfett für Tattered Cover ... Prüfungsfrühstück ... Bronco-Brunch. Wie kalkulierst du, was du für diese Essen berechnen mußt?«

Selbst wenn Julian nicht auf dem Damm war, konnte er sich für den Partyservice begeistern. Er wollte alles wissen. Es lieferte uns den Rahmen für unsere Beziehung, denn sein Ziel war es, als Hotelkoch zu arbeiten oder einen eigenen Partyservice oder ein Restaurant zu eröffnen. Vegetarisch, natürlich. Während ich das Wasser-Milch-Gemisch für seinen Cappuccino erhitzte, erklärte ich ihm, im Partyservice gelte die Grundregel, daß man die Kosten für die Zutaten mit drei multipliziere, um Kochen, Servieren und Gewinn abzudecken. Wenn Kunden Wein oder sonstige alkoholische Getränke wünschten, rechnete man das in die Kosten des Essens pro Person mit ein. Ich hatte Listen, die ich den Kunden gab und die Menüs von sechs bis fünfzig Dollar pro Person enthielten.

»Und was ist, wenn Kunden, die eine Party geben, sich nicht einig sind, was sie haben wollen und wieviel es kosten darf?«

Ich lachte. »Laß mich so früh am Morgen nur nicht anfangen, über Hochzeiten zu sprechen.«

»Dann sag mir, was du planst«, bat er und nippte an seinem Cappuccino. Wir gingen die Speisenfolge und die Kosten für die vier bevorstehenden Aufträge durch. Dann erkundigte ich mich, mit welchen Gefühlen er den Fortgang der Collegebewerbungen entgegensah.

Milchstraßendoughnuts

40 g Hefe
65 ml warmes Wasser
500 g und $^1/_2$ Teelöffel Zucker
70 g zerlassenes Pflanzenfett
300 ml abgekochte, lauwarme Milch
2 Teelöffel Salz
2 Teelöffel Vanilleextrakt
2 große Eier
40 g Weizenkeime
40 g Sojamehl
40 g Haferkleie
675 g Mehl, Typ 405
2 Teelöffel gemahlenen Zimt
200 g Butter, zerlassen

In einer großen Rührschüssel die Hefe im lauwarmen Wasser zerkleinern. Die Hefe 5 Minuten gehen lassen und mit dem $^1/_2$ Teelöffel Zucker und dem Wasser verrühren. Weitere 10 Minuten gehen lassen, bis sie schaumig ist. Das zerlassene Fett in die warme Milch rühren und die Flüssigkeit mit 75 g des restlichen Zuckers, Salz, Vanille, Eiern, Weizenkeimen, Sojamehl, Haferkleie und 250 g Mehl zu der Hefemischung geben. Kräftig kneten, bis alles gut vermengt ist. Das restliche Mehl zugeben und kneten, bis der Teig geschmeidig ist. Mit Plastikfolie abdecken und an einen warmen, zugfreien Ort stellen, bis der Teig die doppelte Größe erreicht hat, etwa nach einer Stunde. Den Teig auf ein gut mit Mehl bestreutes Brett legen und zu einer Platte von 1 Zentimeter Dicke ausziehen. Mit einem Sternförmchen Doughnuts ausstechen und in 5 Zentimetern Abstand auf ein gefettetes

Backblech legen. Die Doughnuts unbedeckt noch einmal 20 bis 30 Minuten gehen lassen oder bis sie die doppelte Größe erreicht haben. Den Ofen auf 200 Grad vorheizen. Die restlichen 425 g Zucker mit dem Zimt mischen. Die Doughnuts 10 bis 15 Minuten backen oder bis sie goldgelb sind. Dann schnell in die zerlassene Butter tauchen und im Zimtzucker wälzen. *Ergibt etwa 3 Dutzend.*

»Ganz gut.« Er stand auf, um sich noch eine Tasse etwas schwächeren Cappuccinos zu holen. »Schätze ich.« Da er offensichtlich nicht über die Bewerbungen sprechen wollte, ließ ich das Thema fallen. Er griff nach der Zuckerdose und ließ sich wieder am Küchentisch nieder. Ich schaffte es, nicht aufzuheulen, als er sich vier Teelöffel Zucker in die Tasse schaufelte. Nun ja, vielleicht sollte ich froh sein, daß es keine Drogen waren. Wo wir gerade beim Thema waren.

»Erzähl mir etwas über den Sohn des Direktors«, sagte ich beiläufig.

»Was gibt es da zu erzählen?« fragte er zwischen kleinen Schlukken.

»Nimmt er Steroide?«

Er verschluckte sich an seinem Kaffee. Keuchend und prustend wischte er sich das Kinn. »Mensch, Goldy, du nimmst kein Blatt vor den Mund.«

»Also?«

Julian knabberte innen an seiner Wange herum. »Das läßt sich nie so sagen«, meinte er leise.

»Als wenn das nicht offensichtlich wäre.«

Julian wand sich. »Macguire steht ziemlich unter Druck.«

»Wessen?«

»Herrje, Goldy, was meinst du wohl, wessen? Muß ich es dir ausbuchstabieren, wie, wie, ähm ...« – er verdrehte die Augen gen Himmel wie der Direktor –, »wie ...?«

»Aber Perkins, der Sohn, meine ich, ist kein intellektueller Typ. Man kann von ihm kaum erwarten, daß er in die Fußstapfen seines Vaters tritt.«

Julian stand auf und deckte seinen Cappuccino sorgfältig mit Wachspapier ab, ehe er die Tasse in die Mikrowelle schob. Als der Zeitschalter piepste, nahm er sie heraus. Er schüttelte den Kopf. »Du begreifst das nicht.«

»Schon gut, schon gut. Macguire ist ein guter Sportler. Aber das heißt doch noch nicht, daß er gefährliche Medikamente nehmen muß, oder? Was passiert, wenn er erwischt wird?«

»Er wird nicht erwischt. Außerdem verkauft er das Zeug nicht, was soll es also für eine Strafe geben? Er tut allen leid.« Er trank vorsichtig seinen aufgewärmten Cappuccino. Dann fügte er finster hinzu: »Fast allen.«

Moment mal. »War es das, was Keith Andrews im *Mountain Journal* enthüllen wollte?«

Julian fuhr mich wütend an: »Wann wirst du endlich glauben, daß keiner von uns *gewußt* hat, was Keith für die Zeitung schrieb?« Er fuhr sich mit den Fingern einer Hand durch den blonden Bürstenhaarschnitt. »Das war doch das Problem. Ich habe versucht, Keith zu bewegen, daß er mir sagt, woran er arbeitet, und er meinte nur, es würde alles herauskommen. Er machte einen Riesenzirkus um seine Geheimhaltung, tippte im Computerlabor herum, wenn keiner da war. Die CIA, Mann.«

Es klingelte an der Haustür. Ich sagte Julian, daß es vermutlich Marla sei und fluchte, weil ich vergessen hatte, Sand auf die Verandatreppe zu streuen.

Er sagte: »Ach, da fällt mir ein, ich hatte es ganz vergessen, da war ein Anruf für dich . . .«

»Vergiß nicht, was du sagen willst.«

Marla hatte die Stufen sicher überquert und stand nun in ihren wie gewohnt auf die Jahreszeit abgestimmten Farben vor unserer Haustür. Heute morgen, drei Tage vor Halloween, bestand ihre

Aufmachung aus einem übergroßen, orange-schwarzen Patchworkrock aus Wildleder und einem passenden Jackett. Sie hielt eine braune Einkaufstüte in der Hand.

»Du brauchtest doch nichts mitzubringen«, sagte ich.

»Keine falschen Schlüsse«, erklärte sie überheblich und fegte mit ihrer plumpen Gestalt an mir vorbei. »Es sind eine Heißklebepistole, ein Styroporkegel und eine Tüte kleiner Musketier-Schokoriegel für Arch. Selbst Kranke können mit Süßigkeiten basteln. Besonders Kranke. Übrigens, deine Verandatreppe ist völlig vereist. Äußerst tückisch. Du streust besser etwas Salz.« Mit diesen Worten stellte sie die Tasche am Fuß der Treppe ab und jodelte Julian einen Gruß zu, als sie auf ihrem Weg in die Küche an ihm vorbeiging.

»Also, dieser Anruf...«, startete Julian einen weiteren Versuch.

»Eine Sekunde.« Ich drehte mich um und wollte die Haustür vor der Kälte zumachen. Doch ehe ich sie schließen konnte, hielt ein Kleinwagen ausländischen Fabrikats unmittelbar vor meinem Haus. Eine junge Frau, die ich vage als Journalistin vom *Mountain Journal* erkannte, stieg grazil aus und sah zu mir hinauf.

Julian trat neben mich. »Das ist es, tut mir leid, ich habe vergessen, es dir zu sagen. Diese Frau von der Zeitung hat gegen viertel vor sieben angerufen. Sie hat gefragt, ob es in Ordnung geht, wenn sie heute morgen vorbeikommt und dich interviewt. Ich dachte, du hättest es vielleicht gerne als kostenlose Werbung. Fürs Geschäft. Erst als ich schon auflegen wollte, sagte sie, daß es um den Abend im Haus des Direktors geht.« Unbeholfen fügte er hinzu: »Es tut mir wirklich leid.«

»Kümmere dich bitte um Marla, ja?« raunte ich ihm zu. »Und sieh nach dem Doughnut-Teig.« Dann rief ich dem Eindringling fröhlich zu: »Kommen Sie doch herein!« als sei ich es gewohnt, jeden Morgen um neun ein offenes Haus zu haben. »Passen Sie nur auf das Eis auf den Stufen auf.« Nach dem Bodybuilding war das letzte, was ich brauchen konnte, einen

Sack Streusalz aus dem Keller heraufzuhieven, um meine Stufen für die Welt des Journalismus begehbar zu machen.

Die Reporterin stieg vorsichtig auf Zehenspitzen am Rand der Stufen herauf. Frances Markasian war Anfang zwanzig, trug kein Make-up und hatte strähniges, schwarzes Haar, das ihr schlaff auf die Schultern ihrer Jeansjacke fiel. Eine bedenklich große, schwarze Tasche baumelte an ihrem rechten Arm und schlug gegen die Knie ihrer engen Jeans.

»Sie haben da doch wohl keine Kamera drin?« fragte ich, als sie sicher im Haus gelandet war. Ich konnte den Gedanken nicht ertragen, fotografiert zu werden.

»Wenn Sie nicht wollen, benutze ich sie nicht.« Ihr Tonfall war reinster Chicago-Dialekt.

»Also, es wäre mir wirklich lieber, Sie täten es nicht«, erklärte ich zuckersüß und führte sie in die Küche. Ich stellte Frances Markasian allen vor und fragte sie, ob es ihr recht sei, wenn meine Freunde während unseres Gesprächs dablieben. Sie zuckte die Achseln, was ich als Zustimmung auffaßte. Ich bot ihr Kaffee an.

»Nein, danke.« Sie tauchte in ihre Tasche und brachte eine Diätcola zum Vorschein, öffnete die Dose und ließ zwei Vivarin durch die Öffnung fallen.

Marla sah ihr mit offenem Mund zu. Als Frances Markasian einen langen Zug aus der Dose nahm, meinte Marla: »Einsatzleitung, wir starten. Bleiben Sie auf Empfang.«

Frances ignorierte sie und zog einen Block und einen Stift aus ihrer voluminösen Tasche. »Wie ich gehört habe, haben Sie am Abend des Andrews-Mordes für das Essen gesorgt?«

»Ähm, äh, ja.« Ich hatte den entmutigenden Eindruck, daß sie mich nicht nach der Speisenfolge fragen würde.

Julian muß den Blick der Reporterin gespürt haben, denn er stand auf, knetete den aufgegangenen Teig durch und rollte ihn aus, um mit einer Sternform Doughnuts auszustechen.

»Würden Sie mir bitte erzählen, was passiert ist?« sagte sie.

»Also...«, setzte ich an und gab ihr eine möglichst kurze Zusammenfassung der Ereignisse dieses Abends. Ihr Stift kratzte beim Schreiben übers Papier.

»Es hat drüben in der Schule noch einige andere Probleme gegeben«, sagte sie, als ich meine Schilderung beendet hatte und nach den Doughnuts sah, die fast fertig aufgegangen waren.

»Tatsächlich?« fragte ich harmlos. »Was zum Beispiel?« Von mir sollte sie nichts erfahren. Meine bisherigen Erfahrungen mit dem *Mountain Journal* waren durchweg negativ. Sie hatten eine Kritikerin engagiert, die mich bösartig abgekanzelt hatte. Sie hatte in der Zeitung einen privaten Rachefeldzug gegen mich geführt. Als ich den ganzen Schlamassel aufgedeckt hatte, war das *Mountain Journal* ohne ein Wort des Bedauerns dazu übergegangen, über Wapitiherden zu berichten, die durch die Berge der Umgebung streiften.

»Zum Beispiel Schlangen in Spinden«, sagte Frances.

Ich machte eine wegwerfende Handbewegung. »Siebte Klasse.«

»Zum Beispiel ein Direktor, der Schwierigkeiten bekommen könnte, Spenden einzutreiben, wenn Nachteiliges über die Schule herauskäme«, fuhr Frances nüchtern fort. »Nehmen Sie nur die schlechter werdenden Prüfungsergebnisse...«

»Ach, Miss Markasian, meine Liebe«, unterbrach Marla sie, »die Geschichte ist so alt, daß sie schon Moos angesetzt hat. Außerdem, wenn sie um den Ruf ihrer Schule besorgt wären, würden sie wohl kaum ihren besten Schüler *umbringen,* oder?« Marla sah mich mit verdrehten Augen an. »Sind diese Leckereien fertig?«

Ich wandte mich Julian zu, der die aufgegangenen Doughnuts schweigend in den Ofen schob. »Fünfzehn Minuten«, erklärte er.

»Wissen Sie etwas über den Direktor?« beharrte Frances. Sie pochte mit dem Stift auf den Block.

»Ich weiß genauso viel wie Sie«, antwortete ich. »Warum erzäh-

len Sie uns nicht, an was für einer Story Keith Andrews für Ihre
Zeitung gearbeitet hat?«

»*Wir* wissen auch nicht, was es war«, wehrte sie ab, »obwohl er
schon geraume Zeit daran gearbeitet und etwas Großes versprochen hat.« Sie drehte die Pepsidose fast auf den Kopf, um auch
noch die letzten Tropfen herauszuholen. »Wir wollten es erst
lesen, wenn er fertig war und dann entscheiden, ob wir es druk-
ken oder nicht. Wenn es eine zeitgemäße Story wäre. Sie wissen
schon, wahrheitsgemäß.«

»Sie haben einen so guten Ruf, was die Überprüfung der Fakten
angeht«, sagte ich mit verlogenem Lächeln.

Ohne eine Spur von Befangenheit warf sie die Dose quer durch
die Küche in einen von zwei Müllsäcken, die an der Hintertür
lehnten. Arch hätte sie eigentlich hinausbringen sollen, aber er
war krank.

»Drei Punkte«, sagte ich. »Nur, daß wir recyceln.« Ich fischte die
Dose heraus und warf sie in den Aluminiumbehälter in der Spei-
sekammer. Ich hoffte, sie würde den Wink verstehen und
begreifen, daß es Zeit war, zum Schluß zu kommen. Aber
nein.

»Und was ist mit dem Sohn des Direktors? Macguire Perkins?
Er hat im Sommer den Wagen seines Vaters gegen eine Leit-
planke auf dem Highway 203 gefahren. Mit 2,0 Promille Alkohol im Blut.«

Ich zuckte die Achseln. »Da wissen Sie ebenso viel wie ich.«

Frances Markasian sah sich mit einem gleichmütigen Blick ihrer
seichten, schwarzen Augen in der Küche um. Die Doughnuts
im Backofen verströmten einen Duft, der mir Folterqualen
bereitete. Ich hatte gar nicht bemerkt, wie hungrig ich war. »Wie
ich gehört habe, sind einige Schüler und Eltern der Elk-Park-
Schule äußerst ehrgeizig. Würden alles tun, um ins richtige College zu kommen.«

Ich verschränkte die Arme. »Ja? Was zum Beispiel?«

Sie klopfte sich mit dem Stift auf die Lippen, gab aber keine

Antwort. »Keith Andrews sollte die Abschiedsrede der Schüler halten. Wer ist der nächste in der Rangfolge?«

Ehe ich antworten konnte, kam Arch in die Küche gehumpelt. Ich war dankbar für diese Ablenkung. Julian schlug Arch vor, mit ihm ins Wohnzimmer zu kommen und eine Skulptur aus den Musketier-Schokoriegeln zu bauen.

»Wow«, meinte Arch. »Um viertel nach neun morgens?«

»Wir machen uns auch ein Feuer im Kamin. Ist das in Ordnung? Es ist ziemlich kalt.« Auf meine Erlaubnis meinte er: »Kannst du die Doughnuts aus dem Backofen nehmen?«

»Sie ist ein alter Profi, was das Herausnehmen von Backblechen mit Plätzchen angeht«, erklärte Marla. »Außerdem glaube ich, daß Miss Markasian fast fertig ist, nicht wahr?«

Frances Markasian schloß die Augen und sagte: »Hmh.« Sie machte einen runden Rücken und streckte die Arme vor sich aus. Journalistische Meditation. Der Summer ertönte, und ich holte die Doughnuts aus dem Ofen. Julian hatte eine Pfanne mit zerlassener Butter und einen Berg Zimtzucker vorbereitet, und ich tauchte die Doughnuts nun rasch einen nach dem anderen hinein und wälzte sie in Zucker. Die erste Platte mit warmen, rundlichen Doughnuts brachte ich an den Tisch und stellte sie in die Sonne, die den Zimtzucker auf dem Schleier zerlassener Butter funkeln ließ. Marla legte eines mit graziler Hand auf ihren Teller und nahm einen gewaltigen Bissen.

»Bitte, nehmen Sie doch einen«, forderte ich die Reporterin auf.

Sie schüttelte den Kopf. Frances Markasian schien sich nicht entschließen zu können, ob sie mir etwas erzählen sollte. Nach einem Weilchen steckte sie Block und Stift in ihre Riesentasche. »Ich sage Ihnen, *was* Eltern zu tun bereit sind. Vergangene Woche erhielten wir in der Redaktion einen Anruf, wir sollten einen Artikel darüber schreiben, daß Stan und Rhoda Marensky dem Leiter der Zulassungskommission in Williams einen langen Nerzmantel geschickt haben.«

Ich konnte nicht anders, mir blieb der Mund offen stehen.

»Hören Sie zu«, erklärte Marla in einem Tonfall, der besagte, daß sie den anderen um eine Nasenlänge voraus war. Sie nahm sich einen zweiten Doughnut. »Ich würde keinen Winter in Massachusetts bleiben, auch wenn ich ein ganzes *Nerzhaus* hätte.«

In diesem Augenblick drangen erregte Schreie aus dem Wohnzimmer. Julian stürmte durch die Küchentür. Hinter ihm quoll eine Rauchwolke herein.

»Irgend etwas stimmt nicht!« rief er. »Der Rauchfang ist offen, aber der Rauch zieht nicht ab! Ich helfe Arch zur Haustür hinaus. Ihr müßt alle hier raus!« Sein Gesicht war bleich vor Angst.

»Vorne raus, schnell!« brüllte ich Marla und Frances an. Wir stürzten los.

Julian und Arch waren bereits auf halbem Weg den Aufgang hinunter, als wir drei Erwachsenen durch die Haustür hasteten. Julian hatte einen Arm um Archs Schulter gelegt, und die beiden hüpften fast auf die Straße zu. Frances Markasian erreichte den Bürgersteig als erste. Mit beängstigender Gemütsruhe drehte sie sich um und fischte ihre Kamera aus der großen, schwarzen Tasche. Sie hob sie vors Gesicht und machte ein Foto von Marla, die mitten in der Luft hing und nach einem frisch gebackenen Haferdoughnut schnappte, als sie auf den vereisten Stufen rutschte und sich ein Bein brach.

14   Mit Sirenengeheul und Blinklicht trafen innerhalb von Minuten die neongrünen Feuerwehr-
wagen ein und stellten wieder einmal den Wahrheitsgehalt des
hiesigen Sprichworts unter Beweis, daß das Schnellste in unserer Stadt die Feuerwache ist. Eine meiner Nachbarinnen hatte
die Rauchschwaden gesehen, die durch das von Julian hastig
geöffnete Fenster quollen, und die Feuerwehr angerufen. Über
das unaufhörliche Heulen des Rauchmelders hinweg rief ich
Julian zu, er solle mit Arch auf der Straße bleiben. Ein Pelzknäuel streifte meine Waden und war sofort verschwunden – Scout,
unser Kater, ergriff wie der Blitz die Flucht. Mein Haus stand in
Flammen. Aber ich weigerte mich, Marla, die am Fuß der
Verandatreppe lag, allein zu lassen. Feuerwehrleute trampelten
an uns vorbei ins Haus. Marla umklammerte meine Hand und
schluchzte ausgiebig. Meine Erste-Hilfe-Ausbildung sagte mir,
daß es sich um einen Bruch des rechten Schienbeins handelte.
Ich schrie, jemand solle einen Krankenwagen rufen.
Die Feuerwehrleute hatten sich schnell einen Eindruck von der
Lage verschafft und legten eine Leiter ans Dach an. Minuten
später stieg der erste Feuerwehrmann in schulbusgelber Schutz-
kleidung die Leiter herunter und hielt kopfschüttelnd ein ver-
rußtes Stück Sperrholz in der Hand. Mit heulender Sirene traf
der Krankenwagen ein und verfrachtete Marla in ein Kranken-

haus nach Denver. Ich umarmte sie vorsichtig und versprach, sie zu besuchen, sobald der Rauch abgezogen sei. Sie bat mich, ihre Freundinnen und Freunde anzurufen, damit alle erführen, was passiert war. Für Marla war es die Hölle, Schmerzen allein ertragen zu müssen.

»Was war das für ein Brett?« fragte ich einen Mann von der freiwilligen Feuerwehr, den ich erkannte.

»Sie hatten etwas oben auf Ihrem Kamin.«

»Ja, aber... wie ist es dahin gekommen?«

»Haben Sie etwas am Dach oder an der Regenrinne machen lassen? Haben Sie den Kamin heute zum erstenmal in diesem Herbst benutzt?«

»Nein, ich habe ihn nicht zum erstenmal in diesem Herbst benutzt, und die einzige Arbeit, die ich in letzter Zeit am Haus habe machen lassen, war der Einbau einer Alarmanlage im Sommer.« Das verrußte Brett stand gegen einen Reifen des Feuerwehrwagens gelehnt. Zwei Feuerwehrleute standen, ins Gespräch vertieft, davor.

»Sehen Sie, Goldy, es hätte viel schlimmer kommen können. Das gleiche ist uns drüben in einem Ferienhaus am See passiert. Überall Rauch. Meistens heißt das, sie haben zuviel Papier auf den Holzstoß gelegt, der Kamin muß gefegt werden oder Vögel haben ein Nest im Kamin gebaut. Jedenfalls stiegen unsere Jungs aufs Dach. Der erste holte auch wirklich ein Nest aus dem Kamin. Dann sah er hinein und wurde ohnmächtig. Der zweite sah hinein und wurde ebenfalls ohnmächtig. Da stand ich also mit dem Rauch, den Flammen und zwei bewußtlosen Männern auf dem Dach. Mußte einen Krankenwagen für die Feuerwehrleute rufen. Wie sich herausgestellt hat, hatte der Einbrecher versucht, durch den Kamin ins Haus zu kommen, war steckengeblieben und erstickt. Im Frühling bauten die Vögel dann ein Nest. Die Eigentümer kamen zurück und zündeten ein Feuer an. Als unsere Männer das Nest herauszogen, sahen sie ein völlig erhaltenes Skelett vor sich.«

Ich hielt mir mit beiden Händen den Kopf. »Soll diese Geschichte mich beruhigen?«

Er zuckte die Achseln und ging zu seinen Männern, um ihnen beim Einladen ihres Geräts zu helfen. Soweit es sie betraf, war der Einsatz beendet. Mehrere Nachbarinnen hatten sich auf dem Bürgersteig versammelt, um zu sehen, was hier vorging. Ich fragte alle, ob sie vor kurzem jemanden auf meinem Dach beobachtet hätten. Alle verneinten. Dann ging ich zu einer jungen Mutter hinüber, die in einem Haus auf der gegenüberliegenden Straßenseite wohnte und als einzige in unserer Straße einen guten Blick auf mein Haus hatte. Sie runzelte die Stirn, während sie einem Kind die Schuhe zuband und einem anderen Antibiotika verabreichte. Sie hatte vier Kinder unter sechs Jahren, und immer, wenn jemand ihr die dumme Frage stellte, ob sie arbeite, warf sie dem Betreffenden eine schmutzige Windel an den Kopf. Sie erzählte mir, daß sie vollauf beschäftigt gewesen sei, mit ihren Kindern zum Kinderarzt zu fahren – dreimal in der letzten Woche – und niemanden gesehen habe.

Julian verkündete, Arch und er hätten beschlossen, sie könnten ebensogut in die Schule gehen, ob ich alleine klarkäme? Ich sagte ihnen, sie sollten ruhig gehen. Frances Markasian stand auf dem Bürgersteig und schoß Fotos, als sei das Feuer das größte Ereignis, das Aspen Meadow in diesem Jahrhundert erlebt hatte. Der Absturz der *Hindenburg* ist längst nicht so ausführlich fotografiert worden. Sie machte eine Aufnahme von mir, als ich auf sie zuging.

»Ich dachte. Sie hätten versprochen, das nicht zu tun.« Mein Leben geriet allmählich außer Kontrolle.

»Vorher waren Sie keine Meldung wert«, erklärte sie ungerührt. »Jetzt sind Sie eine Meldung. Haben Sie eine Ahnung, wie das passieren konnte?«

»Nicht die geringste«, murmelte ich. »Haben Sie das Sperrholzbrett gesehen, das sie vom Kamin heruntergeholt haben?« Sie nickte. »Vielleicht haben Handwerker es im Sommer liegengelassen. Ich wünschte, Sie würden diese Bilder nicht veröffentlichen. Die Leute werden denken, ich hätte etwas in meiner Küche anbrennen lassen.«

»Wenn vor Montag noch etwas Aufregenderes passiert, ist das kein Problem.« Sie packte die Kamera in ihre Tasche und zog eine Zigarette heraus. Kein Frühstück, Diätcola mit Koffeintabletten und jetzt auch noch rauchen. Ich gab dieser Frau noch vielleicht zehn Jahre. Sie sog den Rauch gierig ein. »Hören Sie zu, Sie haben sich eben ziemlich zurückhaltend über den Konkurrenzdruck an der Elk-Park-Schule geäußert. Ich ebenfalls. Aber Sie haben unrecht.«

»Ach?« sagte ich harmlos. »Wieso?«

»Na ja.« Fran blies einige vollendete Rauchringe in die Luft. »Manche Eltern meinen anscheinend, wir hätten endlos viel Platz in unserer Zeitung, Artikel über ihre Kinder zu veröffentlichen. Als erstes haben wir im September einen Artikel über Keith Andrews gedruckt, auf seine Bitte.« Sie klopfte auf ihre Zigarette und verstreute Asche auf ihrer Jeansjacke. »Vielleicht haben Sie ihn gelesen: ›Klassenerster Andrews verbindet Bildung mit Engagement.‹ Ich meine, Keith hat uns im Sommer sehr geholfen bei der Berichterstattung über das Bergfest und das Kunstfestival, daher dachten wir, wir seien ihm diesen Artikel schuldig, als er uns darum bat. Egal. Wir haben es gedruckt, und dann rief uns Stan Marensky an und brüllte sich die Lungen aus dem Leib. Meinte, Keith Andrews sei nie vor seinem Laden aufmarschiert, wie er es behauptet hatte. Sagte, der Bursche könne einen Nerz nicht von einem Otter unterscheiden und die Anti-Pelzbewegung sei ihm piepegal. Wir haben also Keith danach gefragt, und er hat zugegeben, daß er ein winziges bißchen übertrieben hat, aber der Artikel sollte ihm bei seiner Bewerbung in Stanford helfen.« Sie blies wieder eine Reihe weißer Os in die Luft.

»Wenn sie nur alle die Fakten überprüfen würden, ehe Sie sie drucken«, brummte ich.

Sie schnippte die Asche fort. »Heh, was glauben Sie, was wir sind, die *New York Times*? Das sollte ein Feuilletonbeitrag sein. Dann taucht Hank Dawson bei uns auf und schwenkt eine Ausgabe unserer Zeitung. Er meint, wir sollten ein ganzseitiges Porträt *seiner* Tochter in unserer Who-is-Who-Kolumne drucken. Als wir ihm sagen, daß seine Tochter niemand besonderes ist, brüllt Dawson, er würde seine ganzen Anzeigen für das Café zurückziehen. Wir sagen, gut, er kann sich eine ganzseitige Anzeige für seine Tochter kaufen, und darauf stürmt er raus. Und kündigt sowohl seine Anzeigen als auch sein Abonnement.«

In der Who-is-Who-Kolumne erschienen meist Geschichten über Tierärzte, die Wapitikälbchen gerettet hatten und über Prominente des Landes, die zur Feier des 4. Juli in der Stadt erschienen waren. Wenn wir nicht gerade von der *Times* sprachen, so sprachen wir auch nicht unbedingt von *Berühmtheiten*.

»Vielleicht hätten Sie das Porträt drucken sollen...«, murmelte ich.

»Offensichtlich lesen Sie das *Mountain Journal* nicht« – sie zerdrückte den Zigarettenstummel wütend mit der Fußspitze –, »denn genau das haben wir gemacht. In ›Kunst- und Kunsthandwerk in den Bergen‹ erschien ein Artikel über die kleine Greer Dawson und den Bronco-Schmuck, den sie macht und im Café ihrer Eltern verkauft. Ohrringe, an denen ein orangefarbener Miniatur-Football baumelt. Halskettchen aus niedlichen kleinen Football-Helmen.« Frances grub in ihrer bauchigen Tasche und brachte ein Paket Maiskonfekt zum Vorschein. Nachtisch. Sie bot mir davon an; ich lehnte ab. »Also, was glauben Sie, wieviele Frauen solchen Schmuck tatsächlich kaufen? Der Artikel hat jedes dumme Vorurteil bestätigt, das die Leute über Provinzjournalismus haben. Wir haben wieder die Anzeigen des Cafés, aber es war trotzdem ein Fehler, denn wer kommt eine Woche später? Audrey Coopersmith jammert, wir sollten

einen Artikel über Heather schreiben, weil sie mit ihren natur-
wissenschaftlichen Kenntnissen die Eiscremeparty beim Bergfest gerettet habe...«

»Wie rettet man eine Eiscremeparty?«

Sie aß ihren Maiskonfekt auf und wischte sich die Hände an
ihrer Jeans ab. »Ach. Sie wissen doch, in der Hütte neben dem
Park, in dem das Bergfest stattfindet, ist die Stromversorgung
sehr schwach.« Das wußte ich nicht, aber ich nickte trotzdem.
»Die Kühltruhe, in der das Eis stand, hat die Sicherungen
durchbrennen lassen, und Heather Coopersmith hat die Veranstaltung gerettet, indem sie das Ganze neu verkabelt hat ... das
ist wirklich alles *furchtbar* öde. Wir haben keinen Artikel für
Audrey Coopersmith gedruckt, und sie hat ihr Abonnement
gekündigt. So ist das. Ich muß gehen. Tut mir leid, die Sache mit
Ihrem Kamin.« Damit stieg sie in ihren Wagen und warf die
Maiskonfekttüte aus dem Fenster. Sie zündete sich noch eine
Zigarette an, ließ den Motor an und tuckerte davon.

Ich hob die Tüte von der Straße auf und ging ins Haus. Der
Rauchmelder hatte sein ohrenbetäubendes Heulen eingestellt. Ich
öffnete alle Fenster. Nach dem Tumult wirkte das Haus jetzt
widersinnig still; es roch wie auf einem Campingplatz. Die Tele-
fonklingel schreckte mich auf – Tom Schulz. Ich erzählte ihm, was
passiert war und schloß meinen Bericht mit der armen Marla.

»Wie ist das Brett auf deinen Kamin gekommen?« wollte er wissen.

»Das habe ich auch gefragt. Meinst du, ich sollte verlangen, daß
die Leute, die die Alarmanlage eingebaut haben, noch einmal
kommen?«

»Ich finde, du solltest für ein Weilchen aus deinem Haus ausziehen. Vielleicht zu Marla?« Er sprach bedächtig und ernst.

»Kann ich nicht machen, tut mir leid. Ihre Schränke würden
beim Gesundheitsamt niemals durchgehen. Wer immer das
auch macht, er weiß offenbar, daß ich eine Alarmanlage habe,
also bin ich bis auf solche Streiche sicher.«

Er fragte, wo die Jungen seien, und ich sagte es ihm.

»Hör zu, Goldy, deine Alarmanlage ist mir egal. Ich will nicht, daß du in diesem Haus allein bist, vor allem nicht nachts.«

Das überhörte ich einfach. »Danke, daß du dir Sorgen machst. Jetzt habe ich eine Frage an dich. Was war mit den Sicherungen im Haus des Direktors? Ich meine, als an dem Abend die Sicherungen durchbrannten, das war doch genau der Zeitpunkt, an dem Keith Andrews' Mörder zugeschlagen hat, oder?«

»An ein paar Kabeln, die blank gelegt und verdrillt waren, war eine Schaltuhr angeschlossen. Es war geplant, ja, aber das hast du doch gewußt, oder?«

Ich erzählte ihm vom Bergfest und von Heather Coopersmiths Kenntnissen in elektrischen Verkabelungen.

»Das ist ziemlich weit hergeholt«, meinte er, »aber ich frage sie noch einmal. Was hältst du denn eigentlich von diesem Mädchen und ihrer Mutter?«

»Ach, ich weiß nicht.« Ich hatte Kopfschmerzen, mein Finger pochte, und ich wollte mich nicht auf ein ausführliches Gespräch über Audreys offenbar tiefsitzende Verbitterung einlassen. »Audrey ist unglücklich, das hast du ja gesehen. Hat sich im Haus des Direktors sonst noch etwas ergeben? Ich habe deine Männer gesehen, wie sie das Gelände abgesucht haben, nachdem der Schnee geschmolzen war.«

»Ja, es hat sich wirklich etwas ergeben. Das macht deine Entdeckung der Kreditkarte in Rhoda Marenskys Mantel noch eine Spur interessanter. Bei dem Schlitten lag ein goldener Kugelschreiber mit dem Aufdruck *Pelze Marensky.*«

»Ach herrje.«

»Das Problem ist, Stan Marensky sagt, der Kugelschreiber könnte von überall stammen, und Rhoda Marensky schwört, daß sie ihren Mantel nicht im Haus des Direktors hat hängenlassen.«

»Lügnerin, Lügnerin. Mr. Perkins hat mir ausdrücklich gesagt, sie sei so froh, ihn wiederzubekommen.«

»Direktor Perkins sagte, der Mantel sei am Tag des Essens einfach in seinem Schrank aufgetaucht und er habe Rhoda angerufen, die aber vergessen habe, ihn mitzunehmen, nachdem das Licht ausfiel. Aber sie hätte ihn schon einige Wochen vermißt. Sagt sie.«

»Wenn das wahr ist, dann ist der, der das alles macht, ein phänomenal geschickter Planer.« Ich dachte einen Augenblick nach und erinnerte mich nur, flüchtig Stan Marensky im Pelzmantel gesehen zu haben, wie er Rhoda beim Direktor zur Haustür hinausschob, nachdem die Lichter wieder angegangen waren und wieder Ordnung eingekehrt war. »Also, ich weiß nicht, was mit den Marenskys los ist, mit ihrem Laden oder den Kugelschreibern aus ihrem Laden. Was ich nicht begreife ist: *Wieso ich?* Wieso ein Stein in *meinem* Fenster, wieso Eis auf *meiner* Treppe, warum ein Brett auf *meinem* Kamin? Ich weiß überhaupt nichts. Ich bin Keith Andrews nie begegnet.«

»Ich schwöre dir, ich wünschte, du kämest für eine Weile zu mir, Miss G. Oder für länger als ein Weilchen, wenn du noch bei Verstand bist...«

»Danke, aber ich bleibe hier.«

»Du bist in Gefahr. Ich spreche mit meinen Leuten, daß sie Wachen aufstellen...«

Ich seufzte tief auf.

Er sagte: »Ich melde mich wieder bei dir.«

Wie gewöhnlich schuf Kochen einen klaren Kopf und beruhigte meine Nerven. Ich hatte beides nötig. Zuerst fror ich die Doughnuts ein, die wie durch ein Wunder nicht verräuchert waren. Dann plante ich die Vorbereitungszeiten für das Kirchenessen am Freitag, für die Veranstaltung bei Tattered Cover am Halloweenabend und für das Prüfungsfrühstück am Samstagmorgen. Ich rief meine Lieferantin an und bestellte die frischesten Seezungen, die sie auftreiben konnte, und frisches Obst. Der Rest des Tages und der nächste Tag verliefen recht friedlich.

Ich holte Marla am Donnerstagmorgen im Krankenhaus ab und brachte sie zu sich nach Hause. Sie wollte nicht, daß ich sie bemutterte. Mit all ihrem Geld konnte Marla eine Kraft ihrer Wahl einstellen, die sich um sie kümmerte; sie hatte sich für eine private Krankenschwester entschieden, die sie noch im Krankenhaus engagiert hatte. Archs Knöchel heilte recht gut und lieferte ihm eine äußerst willkommene Entschuldigung, sich vom Sportunterricht befreien zu lassen. Er verkündete fröhlich, er werde sich ausruhen, um für das kommende Skiwochenende wieder völlig auf den Beinen zu sein. Julian streute Salz auf die vereisten Treppenstufen, bevor die Lieferantin mit ihren Kisten eintraf. Ich versuchte mir einzureden, daß die Person, die das Brett auf den Kamin gelegt hatte, nicht für die Eisfalle verantwortlich war. Aber das war sicherlich Wunschdenken.

Am Donnerstagnachmittag rief Miss Ferrell an und sagte, sie wolle Julians Collegeliste mit mir am Samstag nach den Prüfungen durchgehen und nicht, wie geplant, vorher. Sie habe vor den Prüfungen zuviel Organisatorisches zu erledigen und wolle sich in aller Ruhe mit mir unterhalten. Ich sei zwar nicht seine Mutter, aber sie hätte gerne, daß ein verantwortungsbewußter Erwachsener an der Entscheidung beteiligt sei. »Julian kann mitkommen, wenn Sie möchten«, fügte sie hinzu. Aber ich sagte, mir wäre es lieber, wenn wir uns ein Weilchen allein unterhalten könnten. Schließlich war ich in diesen Dingen eine blutige Anfängerin.

Der Freitagmorgen brachte dunkle, Schnee speiende Wolken. Da sein Vater ihn um drei abholen wollte, um direkt nach Keystone zu fahren, packte Arch schon vor der Schule seine Skiausrüstung zusammen. Ich wusch knackige Spinatblätter und pochierte Seezungenfilets in Weißwein und Brühe. Anschließend hackte ich bergeweise Preiselbeeren und Pekannüsse für den Bußkuchen. Als ich die Kuchenformen in den Backofen schob, sagte Julian, ein Freund habe ihn eingeladen, über Nacht bei ihm zu bleiben; sie führen gemeinsam zu der Veranstaltung in der Buchhandlung und zur Prüfung. Aber er machte sich Sorgen – konnte er mich beruhigt allein lassen? Ich konnte gerade noch ein Lachen unterdrücken. Ich erklärte ihm, nachdem ich all diese Jahre mit John Richard Korman überlebt habe, könne ich alles überstehen. Außerdem wußte ich schon, welchen Gast ich einladen wollte, wenn die Jungen aus dem Haus waren.

Ich gab den Jungen zum Frühstück Kürbismuffins und half Arch, seine Skier, Skistiefel und Skistöcke in den Range Rover zu laden. Sich von ihm zu verabschieden, wenn er mit seinem Vater wegfuhr, war immer etwas heikel; und vor einem Feiertag war es die Hölle, selbst vor Halloween.

In letzter Minute stürmte Arch die Treppe hinauf, um seinen Nachtfeldstecher zu holen. »Fast vergessen! Vielleicht kann ich den Andromeda-Nebel sehen, wenn sie die Beleuchtung auf den Skipisten ausgeschaltet haben. Im Winter kann man Andromeda sehen, im Sommer nie!« rief er über die Schulter. Als die Jungen schließlich fertig waren, schickte ich sie unter ihren halbherzigen Protesten mit hausgemachtem Popcorn und Tüten voller Maiskonfekt los, die sie sich mit ihren Freunden teilen sollten. Sie zogen gutgelaunt ab. An Halloween gibt es zwar nicht schulfrei, aber der Schnee, der Butterduft des Popcorns und Archs Kegelskulptur aus Musketier-Riegeln versetzten die beiden Jungen nach einer für uns alle aufreibenden Woche in ausgelassene Stimmung.

Obwohl Julian aufgedreht wirkte, als er abfuhr, zeugten sein angespanntes Gesicht und seine zerkauten Fingernägel von einer anderen Geschichte. In den letzten beiden Wochen hatte er Stunden am Küchentisch verbracht, Unterlagen über Studienhilfen gewälzt und Zahlenlisten erstellt. Wenn er nicht gerade Schulaufgaben machte, brütete er über Büchern mit Testaufgaben und Übungen für die Eignungsprüfung. Wie alle seine Mitschüler hatte Julian im zweiten High-School-Jahr die Vorprüfung abgelegt und im letzten Jahr den ersten Hochschuleignungstest. Doch diese dritte Prüfung war die entscheidende, wie er mir erklärte, die große, bei der es um Bestehen oder Abbrechen, um Leben oder Sterben ging. Nach diesen Prüfungsergebnissen trafen die Colleges ihre Entscheidungen.

Ich hatte am Donnerstagabend versucht, ihn anhand der Übungsbögen ein bißchen abzufragen, aber es war keine angenehme Aufgabe gewesen. Ich meine, wer stellte eigentlich diese Fragebögen zusammen? Zum Beispiel wurde eine Analogie gefragt: *Hübsch* verhält sich zu *korpulent* wie *schön* zu ... *dick, häßlich, attraktiv* oder *tot?* Also, hing das denn nicht davon ab, ob man Korpulenz für attraktiv hielt? Meiner Ansicht nach war es das, und das vertrat ich auch. Und wann, wollte ich wissen, benutzte man in alltäglichen Gesprächen schon das Wort *epigrammatische?* Ich bin wirklich sehr für Lesen und die Erweiterung des Wortschatzes, aber, wie unsere Generation zu sagen pflegte, kommen wir doch zum Wesentlichen. Ich sagte Julian, diese Frage brauche er nicht zu wissen. Er stöhnte. Was mich allerdings geschafft hat war: *»Mein Freund ist ein Philanthrop, deshalb ... geht er mit seiner Familie in die Kirche, verschenkt er seine ganze Habe, bezahlt er seine Kreditkartenrechnungen oder spielt er das Glockenspiel.«*

Ohne Zögern erklärte ich Julian, daß er seine Kreditkartenrechnungen bezahlt und vielleicht abends für die Nachbarn auf dem Glockenspiel spielt. Julian schlug vor, ich sollte es lieber aufgeben, ihn abzufragen, denn die richtige Antwort lautete: *»verschenkt er seine ganze Habe«.* Ich argumentierte, wenn jemand hohe Zinsen für seine Kreditkarte bezahlen müßte, schädige er damit seine Familie und das sei schließlich der Bereich, auf den sich Philanthropie in erster Linie beziehen müsse. Julian schloß schweigend das dicke Buch. Ich entschuldigte mich umgehend. Das Lächeln, mit dem er mich bedachte, war verkniffen und ironisch. Doch die Abfragestunde war vorbei. Als Julian sich in sein Zimmer zurückgezogen hatte, schenkte ich mir verdrossen einen Cointreau ein und machte die Maiskörner für das Popcorn fertig. Soviel zum Thema: Philanthropie beginnt zu Hause.

Dieser fromme Gedanke ging mir immer noch durch den Kopf, als ich am Morgen des Halloweentages den Bußkuchen mit Glasur überzog und mich auf den Weg zur Kirche machte. Ein kurzer Flockenwirbel kündigte das Ende des Schneeschauers an. Von den nahen Bergen trieben Wolkenfetzen herauf. Auf dem Parkplatz vor der Kirche standen nur zwei Autos: der blaßblaue Honda der Sekretärin und ein funkelnagelneuer Jeep Wagoneer, der meiner Vermutung nach den Marenskys gehörte – wer sonst hätte wohl ein Nummernschild mit dem Kennzeichen NERZ gefahren? Pastor Olsons Mercedes 300 E war nicht zu sehen; er behauptete, er brauche diesen Allradantrieb, um Gemeindemitglieder zu besuchen, die abgelegen wohnten. Nun ja, unser Pfarrer war vermutlich zu einer seiner Lieblingsbeschäftigungen unterwegs, einer Bergtour.

Als ich mit den ersten Schüsseln Obst durch die Kirchentür kam, rannte Brad Marensky mich fast um.

»Oh, Entschuldigung«, japste er und nahm mir eine schwankende Schüssel mit Orangenschnitten aus der Hand.

Während er sich um die Schüssel kümmerte, sah ich ihn mir genauer an. Der mittelgroße Brad war eine jüngere, besser aussehende Ausgabe seines Vaters Stan. Er hatte das gleiche lockige Haar wie dieser, nur war es bei ihm kohlrabenschwarz und nicht graumeliert, er hatte die gleichen hohen Wangenknochen und das gleiche gut geschnittene Gesicht mit dem dunklen Teint, allerdings ohne die tiefen Sorgenfalten. Er hatte auch die dunklen Augen seines Vaters. Ich konnte mir vorstellen, daß diese Augen bei mehr als einem Mädchen an der Elk-Park-Schule romantisches Interesse geweckt hatten. Als Brad sich und die Schüssel fing und mir dann aus dem Weg trat, bewegte er sich wie ein Sportler. Selbst ohne Unterstützung durch die Sportredaktion des *Mountain Journal* waren Brads überragende Allround-Talente und der unablässige Drill seines Vaters stadtbekannt. Die Mütter im Sportclub machten sich häufig über Stan Marensky berühmten Schrei lustig: »Vorwärts, Brad! Vorwärts,

Brad!« Manchmal mußten die Trainer Stan zum Schweigen bringen; sie konnten sich wegen seiner Schreie nicht mehr verständlich machen.

»Mann, das tut mir leid, ich wollte Sie nicht umrennen. Sind Sie nicht ... wohnt Julian nicht bei Ihnen?«

»Ja«, antwortete ich schlicht. »Julian Teller wohnt mit mir und meinem Sohn zusammen. Und ich kenne Ihre Eltern.«

Er wurde rot. »Na ja, tut mir leid wegen des« – er sah hinunter auf die Schüssel, die er gerettet hatte –, »des Obstes.« Er schien wenig gesprächig. Er hielt die Schüssel linkisch in Händen, als wisse er nicht, was er damit machen solle. Dabei fiel mir ein, was machte er eigentlich am Halloweenmorgen in der Kirche? Konnten die Schüler der Abschlußklasse einfach dem Unterricht fernbleiben, wann immer sie Lust hatten?

»Was ist mit Ihnen? Ist mit Ihnen alles in Ordnung?« fragte ich.

Sein Gesicht lief noch eine Spur dunkler an. Er wich meinem Blick aus, machte auf dem Absatz kehrt und setzte die Schüssel auf den Fliesen neben dem Taufbecken ab. Er wandte mir den Rücken zu, kniff die Lippen zusammen und hob das Kinn. Mit Brad Marensky war keineswegs alles in Ordnung, soviel war klar.

»Ich muß gehen«, sagte er. »Der, den ich sprechen wollte, ist nicht da.« Seine Selbstbeherrschung kam ins Wanken, und er fügte hinzu: »Ähm, Sie wissen nicht, wann Pastor Olson zurückkommt?«

»Zum Mittagessen. Ich bin für das Essen zuständig.«

»Ja richtig, die Partylieferantin. Eine Sitzung, die Sekretärin hat es mir gesagt.« Er sah sich in der kalten, höhlenartigen Kirche um. Am Altar brannten keine Kerzen. Das Messingkruzifix vorne in der Kirche warf schimmernd den Schein des ewigen Lichtes zurück. Im fahlen Licht wirkte das Gesicht des Jungen wie ein gelbsüchtiges Gespenst.

»Brad, sind Sie sicher, daß es Ihnen gut geht? Möchten Sie, daß wir uns einen Moment hinsetzen?«

Bußkuchen

Für den Kuchen:
300 g Mehl, Typ 405
³/₄ Teelöffel Natron
¹/₂ Teelöffel Salz
100 g Pflanzenfett
100 g Butter
325 g Zucker
6 große Eier, getrennt
200 ml Buttermilch
1 Eßlöffel frisch geriebene Orangenschale
400 ml Weizen-Frühstücksflocken, in kleine Stückchen gebrochen
200 ml Preiselbeeren, grob gehackt
100 g gehackte Pekannüsse
¹/₄ Teelöffel Weinstein

Für die Glasur:
125 g Quark, sahnig geschlagen
50 g Butter, sahnig geschlagen
250 g Puderzucker
ca. 1 Eßlöffel frisch gepreßten Orangensaft
1 Teelöffel frisch geriebene Orangenschale

Den Backofen auf 175 Grad vorheizen. Für den Kuchen Mehl, Natron und Salz sieben und mischen. Pflanzenfett und Butter verquirlen, bis beides gut vermengt ist. Den Zucker zugeben und schaumig schlagen. Die Eidotter nacheinander unterrühren und gut vermengen. Abwechselnd Mehl und Buttermilch zufügen, dabei mit dem Mehl beginnen und aufhören. Orangenschale, Weizenflocken, Preiselbeeren und Pekannüsse unterziehen. Das Weinstein mit dem

Eiweiß schlagen, bis die Masse steif wird. Vorsichtig unter den Kuchenteig heben. Den Teig auf drei gefettete Spring-formen, Durchmesser 20–23 cm, verteilen. 30 bis 40 Minu-ten backen lassen, bis kein Teig mehr an einem Zahnstocher hängenbleibt, wenn man ihn hineinsteckt. Auf einem Rost abkühlen lassen.

Für die Glasur den Quark mit der Butter verquirlen, bis beides gut vermischt ist. Nach und nach den Puderzucker und den Orangensaft zugeben und alles glatt und sahnig rühren. Die Orangenschale unterheben. Die Kuchendecke und die Seiten mit Glasur überziehen. *Ergibt 14 bis 16 Por-tionen.*

Er hob eine Augenbraue und dachte nach. »Ich habe Sie bei der Studienberatung gesehen.«

»Ja, also, ich mußte Miss Ferrell sprechen wegen meines Sohnes, Arch. Er hat... ein paar Schwierigkeiten in der Schule.« Als er nicht antwortete, sprach ich hastig weiter: »Vielleicht möchten Sie mir in der Küche helfen, bis Pastor Olson zurückkommt. Wenn ich auf etwas warte, hilft es mir immer, mich abzulen-ken...«

»Julian sagt, man kann gut mit Ihnen reden.«

»Ach, wirklich?«

Er sah mich wieder mit dem Ausdruck eines verirrten Rehs an und schien dann einen Entschluß zu fassen.

»Ich bin hier wegen etwas, das in der Kirchenzeitung stand.«

»Etwas...«

Er biß sich auf die Unterlippe. »Eine Diskussion, die sie heute veranstalten.«

»Ach, der Ausschuß! Ja, sie sprechen über Buße und Glauben, denke ich. Ich bin... nicht sicher, ob die Sitzung öffentlich ist.« Ich bemühe mich, taktvoll zu sein. Manchmal gelingt es mir, manchmal nicht.

»Warten Sie.« Seine Augen weiteten sich. »Sie haben doch Keith gefunden, nicht?«

»Also, ja, aber...«

»Ach Gott«, sagte er mit einer tiefen Niedergeschlagenheit, die mir das Herz zerriß. Seine Schultern sackten nach vorne. »Es ist alles so ein Schlamassel...«

»Hören Sie, Brad, kommen Sie ein Weilchen mit in die Küche, während...«

»Sie verstehen nicht, weshalb ich hier bin.« In seinem Protest schwangen Tränen mit. Und dann sagte er: »Ich muß beichten.«

15　　　　»Setzen wir uns in eine Bank«, flüsterte ich. Ich
　　　　　dachte flüchtig daran, Schulz anzurufen oder
diesem gepeinigten Jungen zu sagen, er solle auf Pastor Olson
warten. Doch Brads Not hatte etwas Dringendes, und ich wollte
ihm helfen. Was für ein Problem er auch haben mochte, eine
Absolution konnte ich ihm nicht erteilen. Ich würde mich auch
nicht wohl dabei fühlen, ihn anzuzeigen. Das mußte er schon
selber tun.
Wir glitten in die letzte der harten, hölzernen Kirchenbänke
und setzten uns verlegen hin. Denk' nach, befahl ich mir. Wenn
Julian – zu meiner Überraschung – sagte, man könne gut mit mir
reden, dann brauchte ich vielleicht nichts anderes zu tun als
zuzuhören.
»Ich . . . ich habe gestohlen«, sagte Brad. Ich sagte nichts. Er sah
mich an, und ich nickte. Sein gutaussehendes Gesicht war
schmerzlich verzogen. Er erwartete offenbar eine Reaktion.
»Sprechen Sie weiter«, sagte ich. Er schwieg. Mit leiser Stimme
forderte ich ihn auf: »Sie wollten über das Stehlen sprechen.«
»Ich habe es lange gemacht. Jahrelang.« Er kauerte sich zusammen, als sei er klein und sehr verloren. Dann straffte er den Rük-
ken und atmete stoßweise aus. »Zuerst fühlte ich mich gut dabei.
Sachen wegzunehmen war ein tolles Gefühl. Ich fühlte mich
stark.« Mit plötzlicher Wildheit sagte er: »Ich fand es herrlich.«

Ich machte: »Mm-hmm.«

»Wenn Perkins auf den Schulversammlungen immer sagte, wir brauchten keine Schlösser auf den Spinden in der Elk-Park-Schule, lachte ich innerlich. Ich meine, ich brüllte einfach vor Lachen.« Brad Marensky lachte jetzt nicht mehr. Er lächelte nicht einmal. Sein Mund war grimmig und schmerzlich zusammengepreßt, als er nun schweigend das Rosettenfenster über dem Altar betrachtete. Ich fragte mich, ob er weitersprechen würde.

»Es ging mir nicht um das Zeug«, sagte er schließlich. »Ich hatte genug davon. Meine Eltern haben Geld. Ich hätte jeden Mantel aus dem Laden haben können, den ich wollte. Das Aufregendste war, irgend jemandem eine Jeansjacke aus dem Spind zu klauen.« Ein ersticktes Schluchzen schüttelte seinen schlanken Körper. Er schien weinen zu wollen, nahm sich aber zusammen. Vielleicht hatte er Angst, es könne jemand hereinkommen. Entfernt drang aus dem Kirchensekretariat das gedämpfte Rattern einer uralten Vervielfältigungsmaschine herüber. Der Steinboden und die nackten Mauern strahlten eine kühle, besänftigende Ruhe aus. Brad Marenskys Beichte war ein Murmeln in diesem geheiligten Raum.

»Ich wollte damit aufhören. Das hatte ich mir geschworen. Ich hatte sogar beschlossen, etwas zurückzugeben . . . Ich weiß nicht einmal, warum ich einem Schüler das Ding aus dem Spind genommen habe.«

Er schien sich wieder in seinen Gedanken verlieren zu wollen. Ich dachte an den Tisch und das Essen, das ich vorzubereiten hatte, und an die zwölf Ausschußmitglieder, die in einer Stunde eintreffen sollten. »Dem Spind eines anderen Schülers«, drängte ich sanft.

»Ja. An diesem Tag vor ein paar Wochen beschloß ich, das Ding zurückzugeben. Nach der Schule. Als ich es gerade zurücklegte und den Spind schloß, ging dieser blöde Französischclub zu Ende, und alle Schüler drängten auf den Flur. Ich war einfach wie versteinert. Ich stellte mir vor, daß Miss Ferrell, Keith Andrews, die anderen Schüler, auch ihr Sohn – tut mir leid, ich weiß seinen Namen nicht –, mich gesehen hätten und dächten, ich hätte etwas geklaut, statt es zurückzugeben.« Er seufzte. »Es war die neue Kassette von Cure. Ich mag Cure nicht einmal.«

»Warte eine Sekunde. Eine Kassette? Nicht Geld oder eine Kreditkarte?« platzte ich heraus, ohne nachzudenken.

»He?« Er sagte das, als hätte ihm jemand einen Schlag versetzt und sah mich verständnislos an. »Nein. Ich habe zwar Geld genommen, aber keine Kreditkarten. Damit kann man richtig Schwierigkeiten bekommen.« Er sah nervös zur Eingangstür. Doch bevor er aufhörte, mußte ich noch eines wissen.

»Wenn Sie dachten, Arch, mein Sohn, könnte Sie gesehen haben und Sie verpetzen, haben Sie versucht, ihn daran zu hindern? Mit einer Klapperschlange in seinem Spind? Und einer geschriebenen Drohung?«

»Nein, nein, nein. So etwas würde ich nicht machen.«

»Gut. Erzählen Sie weiter, ich habe Sie unterbrochen.«

Doch er konnte nicht. Er fing an zu weinen. Er barg den Kopf in den Armen und schluchzte, und ich nahm ihn impulsiv in die Arme und murmelte: »Nicht... nicht weinen, bitte... es wird alles wieder gut, bestimmt. Seien Sie nicht so hart mit sich, jeder macht mal Dummheiten. Sie haben versucht, es wieder in Ordnung zu bringen...«

»Das war ja das Verrückte«, raunte er an meiner Schulter. »Sobald ich beschlossen hatte aufzuhören, lief alles schief. Zuerst warf jemand Keiths Windschutzscheibe ein...«

»Wann war das genau?«

Brad setzte sich auf und wischte sich die Tränen fort. »An dem Tag, als der Vertreter aus Princeton kam. Ich erinnere mich, weil Keith sich über den Wagen anscheinend gar nicht aufgeregt hat, er hat einfach genauso ruhig weitergemacht wie immer. Er war früh bei dem Vertreter und hatte Unmengen Fragen über die

Mensa und ob sie seine Zeugnisse von der Sommerschule der Colorado University anerkennen würden und solche Sachen.«

»Unmengen...«

»Ja. Aber später habe ich erfahren, daß er diesen Zeitungsartikel schrieb, und das hat mir Angst eingejagt. Darum habe ich doch noch etwas gestohlen. Nur noch dieses eine Mal, habe ich mir gesagt. Ach Gott« – die Worte sprudelten aus ihm heraus –, »und dann wurde er umgebracht.« Seine braunen Augen waren eingefallen und ängstlich. »Ich war es nicht. Ich habe ihn nicht umgebracht. So etwas würde ich nie machen. Und dann hat jemand Ihrem Sohn die Schlange in den Spind gehängt.« Ungläubig schüttelte er den Kopf. »Es ist, als wenn alles drunter und drüber ginge, seit ich beschlossen habe, ehrlich zu werden.«

»Aber nachdem Sie diese letzte Sache gestohlen hatten, haben Sie versucht, sie loszuwerden. Sie haben die Kreditkarte in die Manteltasche Ihrer Mutter gesteckt.«

Sein jungenhaftes Gesicht kräuselte sich. »Was ist das für eine Geschichte mit der Kreditkarte? Ich habe keine Kreditkarte genommen, und ich weiß nicht, was mit dem Mantel meiner Mutter war, weil ich den auch nicht geklaut habe. Nachdem Keith gesehen hatte, wie ich die Cure-Kassette zurücklegte, war ich sicher, der Artikel, den er für die Zeitung schrieb, handele vom Stehlen. Von *mir*. Deshalb habe ich die Tür zu Keiths Computerfach aufgebrochen und seine Disketten genommen. Ich dachte, ich würde den Artikel für die Zeitung finden und löschen.« Er griff unter sein Sweatshirt und zog zwei Disketten heraus. »Da ist ein Artikel drauf, aber nichts über Diebstähle. Können Sie sie nehmen? Ich kann es nicht mehr ertragen, sie bei mir zu haben. Ich habe Angst, daß jemand sie finden könnte und ich große Schwierigkeiten bekomme. Vielleicht könnten Sie sie den Bullen geben... Ich möchte keine Vorstrafe haben.« Er sagte es nicht, aber in seinen Augen stand deutlich die Frage: *Werden Sie mich anzeigen?*

Ich hielt die Disketten in der Hand, sah sie aber nicht an. Dieser Junge war in Not. Ich war kein Gesetzeshüter. Aber da gab es noch etwas.

»Sehen Sie mich an, Brad.«

Er tat es.

»Hat Keith gewußt, daß Sie stehlen?«

»Ich bin mir inzwischen fast sicher, daß er es nicht gewußt hat«, sagte er ohne Zögern. »Denn wenn Keith etwas gegen jemanden in der Hand hatte oder wenn er einen nicht mochte, konnte er es nicht für sich behalten. Einmal hat er versucht, meinen Vater wegen einer Steuersache zu erpressen. Und wenn Schlichtmaier ihn ansprach, antwortete er mit *Heil Hitler.* « Er fuhr sich mit den Händen durch sein dunkles Haar und schauderte. »Seit dem Tag, als damals der Französischclub herauskam, hat er nie ein Wort zu mir gesagt. Ich dachte, ich sei noch einmal davongekommen. Aber dann hat ihn jemand umgebracht. Glauben Sie mir? Ich kann es nicht mehr ertragen, daß das über mir schwebt.«

Sanft antwortete ich: »Ja, ich glaube Ihnen.« Brad hatte mich ausgewählt, ihm zu helfen. Ich war verpflichtet, zumindest das zu tun. Ich sah ihm ruhig und ernst in die Augen. »Haben Sie beschlossen, mit dem Stehlen aufzuhören?«

»Ja, ja«, sagte er, und wieder stiegen ihm Tränen in die Augen. »Nie wieder, das verspreche ich.«

»Können Sie zurückgeben, was Sie genommen haben?«

»Das Geld ist weg. Aber... Ich kann die *Sachen* aufs Fundbüro bringen. Das mache ich, versprochen.«

»Gut.« Wieder quoll mein Herz über vor Zuneigung. Die Welt glaubte, dieser verletzliche Junge habe alles. Ich legte meine Hände auf seine Schultern und sagte leise: »Denken Sie daran, was ich Ihnen eben gesagt habe. Es wird alles wieder gut. Glauben Sie mir?« Tränen rollten ihm über die bleichen Wangen. Er nickte kaum wahrnehmbar. »Ich lasse Sie jetzt allein, Brad. Beten Sie oder so.«

Er rührte sich nicht und sagte kein Wort. Nach einem Weilchen glitt ich aus der Kirchenbank. Als ich im Gang stand und überlegte, wo ich die Schüssel mit den Orangenschnitzen gelassen hatte, drehte Brad sich um und packte fest meine Hand.

»Sie erzählen es doch niemandem, oder? Bitte sagen Sie, daß Sie es nicht tun.«

»Nein, ich tu' es nicht. Aber das heißt nicht, daß es nicht Leute gibt, die es wissen. Miss Ferrell zum Beispiel. Oder wer auch immer.«

»Am meisten Sorgen mache ich mir wegen meiner Eltern . . .«

»Brad. Ich werde es niemandem erzählen. Das verspreche ich. Sie haben es richtig gemacht, sich das von der Seele zu reden. Das Schlimmste ist überstanden.«

»Ich weiß nicht, was meine Eltern machen würden, wenn sie es herausbekämen«, murmelte er und wandte den Kopf wieder dem Altar zu.

Ich wußte es auch nicht.

Ich brachte die Pfannen mit Florentinischer Seezunge in die Küche der Kirche und heizte den Backofen vor. Gegen zwanzig vor zwölf trafen nach und nach die Mitglieder des theologischen Prüfungsausschusses ein. Pastor Olson huschte als erster durch den Gemeindesaal. Er war in heller Aufregung, lamentierte über die einzige Laienvertreterin im Ausschuß, die einen Schlaganfall erlitten hatte, und überlegte laut, was sie jetzt tun sollten. Nach den kanonischen Regeln mußte der Ausschuß zwölf Mitglieder haben, um im Dezember die Vorgespräche mit den Kandidaten für das Priesteramt zu führen. Derselbe Ausschuß leitete auch die mündlichen Ordinationsprüfungen im April. Pastor Olson zupfte an seinem Bart, ein Moses in Not. Wenn er nicht bald einen kompetenten Ersatz fände, würden die Feministinnen den Bischof unter Druck setzen und dann würde die Lage für ihn brenzlig. Ich hätte ihn gerne gefragt, warum Männer, wenn sie nach einer Frau suchten, die irgend etwas tun sollte, immer meinten, es gäbe Kompetenzprobleme. Vielleicht stand dahinter in Wahrheit die Angst, sie könnten auf eine Frau stoßen, die kompetenter war als sie.

»Ach je«, jammerte Pastor Olson, »warum mußte das ausgerechnet passieren, während ich den Ausschußvorsitz habe?« Er ließ sich trübsinnig auf einen der Stühle fallen, die ich gerade hingestellt hatte. »Ich weiß wirklich nicht, was ich machen soll. Ich weiß nicht einmal, wo ich anfangen soll.«

Obwohl ich fand, ein Gebet für das Opfer des Schlaganfalls wäre vielleicht angebracht, murmelte ich nur: »Fangen Sie damit an, den Tisch neu zu decken«, stieß aber auf taube Ohren. Er zog unglücklich ab ins Sekretariat, während ich das zwölfte Gedeck abräumte. Die beiden männlichen Laienvertreter des Ausschusses kamen herein und nahmen nebeneinander Platz. Beide strahlten einen ruhigen Ernst aus, als warteten sie auf Anweisungen. Das erste Grüppchen Priester drängte durch die schweren Türen wie ein Schwarm Schwarzdrosseln, sie lachten, drängelten und erzählten sich klerikale Halloween-Witze. *Was kommt heraus, wenn man eine Fledermaus mit einem Evangelischen kreuzt?* Kopfschütteln. *Ein Kirchenlied, das sich einem im Oberstübchen festsetzt.* Die beiden Laienvertreter sahen sich an. Das entsprach nicht ihrer Vorstellung von Witzen. Ich servierte das Tablett mit dem dreieckig geschnittenen Sauerteigtoast, der mit glänzendem Pesto bestrichen war. Pastor Olson kam mit finsterer Miene herein.

»Olson!« kreischte eine der Schwarzdrosseln. »Sie als Priester feiern Halloween!«

Pastor Olson lachte väterlich und sprach das Gebet. Während die Sitzung begann, hetzte ich mit der Seezunge von einem zum anderen. Das Essen entlockte den Ausschußmitgliedern zahlreiche Komplimente. Als die Nachricht vom Schlaganfall eines Mitglieds zur Sprache kam, schlug der Priester, der den Fledermauswitz erzählt hatte, scherzhaft sogar vor, man solle mich ersatzweise in den Ausschuß aufnehmen.

»Dann könnten Sie zu jeder Sitzung das Essen mitbringen!«
sagte er in erstauntem Ton, als habe er so großartige Ideen nicht
allzu häufig.

Es ist ein Kompliment, ermahnte ich mich, während ich schnell
in die Küche huschte, um den Bußkuchen zu holen. Als ich wieder hereinkam, betrachtete Pastor Olson mich grübelnd. Vielleicht überdachte er seine Kompetenzmaßstäbe noch einmal
unter dem Aspekt kulinarischen Könnens.

»Sie haben ja einige Erfahrung als Lehrerin in der Sonntags-
schule«, brummelte er, als befänden wir uns mitten in einem
Bewerbungsgespräch.

Ich nickte und verteilte große Stücke Kuchen.

»Uns liegt wirklich sehr an einer umfassenden Ausbildung der
Seminaristen, ehe sie anfangen, anderen als Seelsorger zu die-
nen. Welche Schulabschlüsse haben Sie, Goldy?«

»Ich schicke Ihnen einen Lebenslauf.«

»Sagen Sie«, fuhr er unbeirrt fort, »wie würden Sie Glauben
definieren?«

»Was soll das sein, ein Test?« Vorsicht, Vorsicht, warnte ich
mich. Schließlich hatte Brad Marensky genügend Vertrauen zu
mir gehabt, um mich zu seinem Beichtvater zu machen. Und
falls diese Gruppe jemals zahlen sollte, konnte ich weitere Aufträge immer brauchen. »Naja«, sagte ich mit einem strahlenden
Lächeln, während alle mir aufmerksam zuhörten. »Ich glaube
daran, daß ein Schokoladenkuchen aufgeht, wenn ich ihn in den
Backofen schiebe.« Hier und da wurde Gekicher laut. Ermutigt
setzte ich mein Tablett ab und stemmte die Hände in die Hüften. »Ich glaube daran, daß eine Gruppe, die ich mit Essen belie-
fere, mich bezahlt, auch wenn es eine *kirchliche* Versammlung
ist.« Die beiden Laienvertreter brachen in schallendes Gelächter
aus. »Glauben ist wie . . .« Und dann tauchte vor meinem geistigen Auge Schulz auf. »Glauben ist wie sich verlieben. Wenn es
passiert, verändert man sich. Man verhält sich anders, wenn man
glaubt. Man ist zuversichtlich, eben *con fidem*«, schloß ich mit

einem, wie ich hoffte, gelehrten Stirnrunzeln. Mein Lateinleh-
rer im Himmel versah mich mit einem Lorbeerkranz. Ich nahm
das Tablett wieder auf.

»Ah, Lonergan«, sagte einer der Priester.

Pastor Olson sah aus, als würde er gleich einen Orgasmus
bekommen. Er rief: »Sie haben gerade einen berühmten Jesuiten
paraphrasiert. Ach, Goldy, wir hätten Sie *liebend* gerne in unserem Ausschuß! Ich hatte ja keine Ahnung, daß Sie so . . . gebildet
sind.«

Ich badete sie alle in einem wohlwollenden Lächeln. »Sie wären
überrascht, was eine Partylieferantin alles ausknobeln kann.«

Sobald das Geschirr gespült war, raste ich nach Hause, um mich
an die Vorbereitungen für den nächsten Auftrag dieses Tages zu
machen. Pastor Olson war in Hochstimmung, weil alle Priester
es ihm als Verdienst angerechnet hatten, mir eine so hervorragende theologische Ausbildung gegeben zu haben. Ich hatte mir
von ihm versprechen lassen, daß man mir die üblichen Tarife
zahlen würde, falls ich tatsächlich die Bewirtung der hohen
Geistlichkeit übernehmen sollte. Pastor Olson hatte eine vage
Handbewegung gemacht, etwas vom Diözesanamt gebrummelt
und gemeint, das Geld würde schon kommen. Gut, hatte ich
erklärt, mein Vertrag ebenfalls. Bildung ist ja nett, aber prakti-
scher Verstand ist lebenswichtig.

Arch hatte mir als Überraschung einen Zettel im Briefkasten
dagelassen: *Mama, ich wünsche dir ein tolles Halloween. Sei vorsichtig. Ich bin es auch. Habe vergessen, dir zu sagen, ich habe im
Sozialkundetest ein »Gut«. Alles Liebe, Arch.*

Als ich ins Haus kam, klingelte das Telefon: Audrey Coopersmith. Ob es in Ordnung sei, wenn Heather mit uns zu Tattered
Cover fahre? Sie wolle mit einer Freundin nach Hause fahren,
und Audrey könne nachts nicht gut sehen. Natürlich, sagte ich.
Sie kündigte an, in einer Viertelstunde bei mir zu sein.

Die Computerdisketten! Wegen des Trubels im Ausschuß hatte

ich sie völlig vergessen. Ich zog die gestohlenen Disketten, die Brad mir gegeben hatte, aus der Schürzentasche. Auf jeder war ein handgeschriebenes Etikett mit dem Namen *Andrews*. Sollte ich Schulz anrufen oder versuchen, ob ich... zum Teufel. Ich versuchte, eine nach der anderen auf meinem Küchencomputer zu laden. Kein Glück. Ich stellte die Servierplatten mit dem Essen für die Lesung in der Buchhandlung heraus und rief Schulz an. Sein Anrufbeantworter meldete sich. Ich hinterließ ihm eine dreifache Nachricht: Eine vertrauliche Quelle hätte mir gerade Keith Andrews' Computerdisketten übergeben; ich würde heute abend in der Buchhandlung die Leute von der Privatschule bewirten und ob er vielleicht anschließend zu einer kleinen Halloweenfeier mit zu mir kommen wolle?

Es klingelte an der Haustür: die Coopersmiths. Wie gewöhnlich stapfte Audrey als erste herein, während ihre Tochter sich im Hintergrund hielt und sich skeptisch umsah. Auf Audreys Wangen leuchteten zwei rote Flecke. Da ich wußte, daß ihr Mann mit seiner Langzeitgeliebten auf einer mehrwöchigen Reise war, konnte ich mir nicht denken, welche neue Krise sie so in Wut versetzt haben mochte.

»Bist du in Ordnung?« fragte ich unklugerweise.

»Ich bin mit dieser Hexe Ferrell aneinandergeraten«, spuckte Audrey aus.

»Na und?« Aus den Augenwinkeln sah ich, wie Heather zu den Essensplatten ging, die neben dem Computer auf der Arbeitsplatte standen.

»Weißt du, welches College sie Heather empfohlen hat? Bennington! *Bennington! Was* glaubt die eigentlich, wer wir sind, Hippies?«

»Es ist nicht in Fachbereiche aufgegliedert«, murmelte Heather über die Schulter.

»Sie kriegt Schmiergelder«, kochte Audrey. »Ich weiß es einfach. Ferrell empfiehlt den besten Schülern der Schule ein College, und das College gibt ihr...«

»Was ist denn das?« rief Heather aus.

Verdammt. Eine von Andrews Disketten steckte noch im Computer, die andere lag auf der Arbeitsplatte. Ich würde es nie zur Republikanerin bringen, ich konnte einfach nichts verheimlichen.

»Wie sind Sie dazu gekommen?« fragte Heather. Hinter den rosa getönten Brillengläsern verengten sich ihre blassen Augen.

»Ich ... weiß nicht«, sagte ich stammelnd. »Ich kann es nicht sagen.«

»Sie haben sie gestohlen«, beschuldigte sie mich. »Niemand kann in dieser Schule irgend etwas aus der Hand legen, ohne daß es jemand anpackt.«

Jetzt nicht mehr, hätte ich gerne gesagt. »Bitte machen Sie mir jetzt nicht das Leben schwer«, wies ich das Mädchen milde zurecht. »Jemand hat mir Keiths Disketten gegeben, weil ich ihn an dem Abend gefunden habe und weil Arch bedroht worden ist. Sie meinten, die Disketten könnten mir vielleicht weiterhelfen. Ich komme aber nicht damit zurecht und werde sie einfach der Polizei übergeben.«

»Mhm«, brummte Heather. In ihrer Stimme schwang deutlich Unglauben mit.

»Was ist das?« Audrey war vorübergehend von ihrer Tirade gegen Miss Ferrell abgelenkt. Ich nahm die Diskette aus dem Laufwerk und steckte sie in die Hülle. Audrey nahm die andere von der Arbeitsplatte. »Mein Gott«, sagte sie und sog scharf die Luft ein, »woher hast du die?«

»Kümmer dich nicht drum.« Ich griff nach dem Steckkontakt des Computers und zog ihn schnell aus der Dose. Der Monitor flackerte und wurde dunkel. »Die Polizei wird sehen, was sie damit anfangen kann.« Ich steckte die Disketten in meine Handtasche.

»Sie werden gar nichts damit anfangen, wenn sie nicht mit Word Perfect arbeiten«, verkündete Heather blasiert.

»Siehst du, wie gescheit sie ist?« Audrey platzte vor Stolz.

»Wir müssen uns auf den Weg machen«, antwortete ich. Und damit machten wir uns an die Arbeit und luden die Platten mit Köstlichkeiten in den Lieferwagen. Wenn ich allerdings gedacht hatte, Audrey würde das Thema der überlegenen, aber verkannten Intelligenz ihrer Tochter fallenlassen, dann hatte ich mich leider geirrt. Als wir auf der Autobahn Richtung Denver rasten, befahl Audrey ihrer Tochter, sie solle mir von ihrem Sommerpraktikum bei Amalgamated Aerospace erzählen, einer Entwicklungsfirma in Boulder. Es ging um eine komplizierte Angelegenheit, die mit einem Simulator zu tun hatte. Für mich war virtuelle Realität etwas, mit dem man in Berührung kam, wenn man seine Buchführung machte. Für Heather war es etwas völlig anderes.

»Ich machte den Mars«, begann Heather in leisem, überlegenen Ton.

»Deshalb sollte sie auch ans Massachusetts Institute of Technology gehen und nicht nach Bennington«, warf Audrey ein. Sollte das heißen, MIT-Studenten sind wie Marsmenschen? Besser, ich fragte nicht.

»Es war eine Trainingsaufgabe für Astronauten«, plapperte Heather weiter, »und ich arbeitete als Assistentin eines Programmierers in der Software-Abteilung.«

»Ist das nicht toll?« rief ihre Mutter aus. »Ich habe ihr gesagt, das soll sie in ihre Bewerbung schreiben. Sie *müssen* sie einfach nehmen. Zweitbeste in ihrer Klasse. Jetzt... du weißt schon.« Es entstand ein peinliches Schweigen.

Heather sagte barsch: »Erzählst du die Geschichte, Mutter, oder ich? Ich würde dich nämlich nicht unterbrechen.«

»Erzähl weiter, Liebes, ich weiß, daß Goldy sich *brennend* dafür interessiert.«

Goldy interessierte sich *nicht* brennend dafür, aber trotzdem. Heather stöhnte auf wie ein Vulkan. Wir stellten ihre überlegene Intelligenz ganz offenkundig auf eine harte Probe.

Heather spulte die Worte ab wie eine Schallplatte, die auf achtundsiebzig eingestellt ist. »Wir benutzten Fotos, die die Marssonden Viking I und Viking II gemacht hatten. Wir entwickelten 800 Gigabytes Videobilddaten, so daß eine simulierte Echtzeitsicht der Marsoberfläche möglich war, wenn das Sichtgerät des Simulators angeschlossen war.«

»Das Sichtgerät des Simulators?« fragte ich.

»Wir benutzten einen modifizierten F-16-Helm«, erklärte sie bissig. »Jedenfalls, wenn man den Helm aufzog, sah man den Mars. Wenn man nach links schaute, waren links rote Felsen der Marslandschaft. Wenn man nach rechts sah, waren rechts rote Felsen der Marslandschaft.« Sie seufzte wieder.

»Wow!« sagte ich beeindruckt. »Und dann?«

»Der Programmierer wurde entlassen, während er noch damit beschäftigt war, die Oberfläche des Mars zu sichten. Der Präsident hatte das Projekt auf das Jahr 2022 verschoben, dann bin ich 48, der Programmierer ist 68, und der Präsident ist tot.« Seufzer. »Ich glaube, ich sollte wirklich nach Bennington gehen.«

Wir dachten alle schweigend über diese grausamen Aussichten nach. Dann meinte Audrey kläglich: »Ich kann mir Bennington nicht leisten.«

Heather warf mißbilligend ein: »Du kannst dir das MIT nicht leisten.«

Audrey schnellte herum und starrte ihre Tochter wütend an. »Mußt du immer widersprechen? Ich finde, ich habe ein Wörtchen mitzureden, auf welche Schule meine Tochter geht. Das habe ich doch wohl verdient, oder?«

»Ach, *Mutter.*«

16   Als wir an der Kreuzung First Avenue/Mil-
        waukee Street ankamen, warf ich einen flüchti-
gen Blick über die Straße auf das Kaufhaus Neiman-Marcus.
»Hast du gewußt, daß im Gebäude der Buchhandlung früher ein
Kaufhaus war?« fragte Audrey heiter, als ich die Betonrampe zu
dem Eingang hinauffuhr, den ich auch am Abend des Angestell-
tenessens benutzt hatte.
Heather schmollte. Sie hatte seit der Szene wegen des Studien-
geldes kein Wort mehr gesagt.
»Ja«, überlege ich, »ich erinnere mich an die Zeit, als hier ein
Kaufhaus war . . .« Und ob ich mich erinnerte. Ich hatte oft darüber nachgedacht, daß meine Bekanntschaft mit den verschie-
densten Kaufhäusern von meiner jeweiligen Finanzlage in
bestimmten Stadien meines Lebens abhing. Das Neusteter's war
ein teures Kaufhaus aus meiner Amtszeit als Doktorengattin
gewesen. Ich hatte der Schmuck-, Kosmetik-, Schuh- und
Damenoberbekleidungsabteilung häufig Besuche abgestattet.
Allerdings, das muß ich hinzufügen, waren diese Besuche nicht
von überschwenglichem Glück geprägt, obwohl ich damals
dachte, ich würde mich besser fühlen, wenn ich mir für eine
astronomische Summe die Haare machen ließ. Doch das war nie
der Fall. Bei meinem letzten Besuch dort hatte ich jedesmal auf-
geschrien, wenn die Friseuse meinen Hinterkopf berührte, weil

248

John Richard mich am Abend mit dieser Stelle gegen die Wand geschleudert hatte. Heute bevorzugte ich einen schlichten Haarschnitt bei Mark, dem Friseur von Aspen Meadow. Die Freiheit kostet acht Dollar.

Ich verbannte diese Erinnerungen entschlossen aus meinem Kopf, als wir die ersten Platten ausluden, die in konzentrischen Kreisen mit Schokobiscotti und Erdbeeren belegt waren. Audrey sagte, die Türen seien bereits aufgeschlossen und ging voraus in die winzige Küche. Sie war insgesamt nicht größer als anderthalb Meter im Quadrat, aber sie würde genügen. Sie war sogar so klein, daß wir den Kaffee ohne Verlängerungskabel aufbrühen konnten. Gott sei Dank.

»Was mache ich, wenn das Licht ausfällt?« fragte ich Audrey, während ich die große Kaffeemaschine mit Wasser und irischem Kaffeepulver füllte.

»Das Licht?« Sie sah mich verständnislos an.

»Als wir beide das letztemal diese Gruppe bewirtet haben . . . Sag mir nur, ob es eine Notbeleuchtung gibt.«

»Komm mit.« Audrey sprach in dem resignierten Ton, den Menschen anschlagen, wenn sie es mit überängstlichen Chefs zu tun haben. Sie führte mich durch ein Labyrinth von Bücherregalen zu einem unbesetzten Schreibtisch. Dort stand eine dieser komplizierten Telefonanlagen mit blinkenden Tasten und kleingedruckten Anweisungen, wie man Lautsprecherdurchsagen macht und Gespräche durchstellt. Audrey griff geschickt unter die Schreibplatte und brachte eine Taschenlampe zum Vorschein. »Unter jedem Schreibtisch im ganzen Laden ist eine Taschenlampe, falls durch ein Gewitter oder einen Stromausfall das Licht ausfällt. Zufrieden?«

»Ja«, sagte ich und kam mir ziemlich blöd vor. »Danke.« Ehe wir uns wieder der Essensvorbereitung zuwenden konnten, kam eine Buchhändlerin, eine plumpe Frau mit mattweißer Haut und lockigem, schwarzen Haar, zu uns und stellte sich vor: Miss Nell Kaplan. Während Audrey die Taschenlampe wieder an ihren Platz legte, lud ich Miss Kaplan ein, mit in die Küche zu kommen und ein Biscotto zu probieren. Um ihr Gesellschaft zu leisten, aß ich auch eines. Durch die Kruste aus Mandeln und Gebäck sickerte Schokolade. Herrlich, meinten Miss Kaplan und ich übereinstimmend.

»Die Stühle sind alle aufgestellt«, teilte Miss Kaplan uns mit. »Jetzt müssen wir nur noch die Bücher holen, die der Autor signieren wird. Sie können sich sicher nicht vorstellen, daß das vorkommt, aber es passiert tatsächlich. Würden Sie mir vielleicht das Rezept für die Biscotti verraten?«

»Mit Vergnügen.«

»Sie sollten ein Kochbuch schreiben.«

»Demnächst.«

Miss Ferrell stöckelte in einem schwarzen Zeltkleid in die winzige Küche. Ein passendes schwarzes Tuch war um ihren Haarknoten geschlungen. Ich machte mir sofort Gedanken, wie ich sie vom Zorn Audreys fernhalten konnte, die immer noch aufgebracht war über Bennington, doch Miss Kaplan enthob mich dieser Aufgabe. Sie habe die Bücher geholt, verkündete sie, und müsse jetzt nur noch warten, bis Audrey zurückkäme, damit sie ihr helfen könne, die gekühlten Flaschen Wein zu öffnen.

Strahlend vor Vorfreude sagte Miss Ferrell: »Ich bin ja so froh, daß wir endlich mit unseren Studienberatungsabenden weitermachen.« Auf meine vage zustimmende Geste fügte sie leiser hinzu: »Hat Julian Ihnen schon die gute Nachricht erzählt?«

»Welche Nachricht?«

Sie runzelte die Stirn und kräuselte die Nase. »Vielleicht sollte Julian es Ihnen besser selbst erzählen. Wir haben es erst heute nachmittag erfahren.« Sie kicherte. »Was für eine Halloween-Überraschung!«

Hinter meinen Augen machte sich nagende Furcht breit. Ich dachte an Julians abgehärmtes Gesicht und die Stapel von Übungsbüchern. »Sie . . . wollten morgen früh mit mir über seine Collegeauswahl sprechen. Wenn sich etwas geändert hat, möchte ich es ..., glaube ich, lieber gleich erfahren. Wenn es Ihnen recht ist.«

Sie legte geheimnisvoll einen Finger auf die Lippen und führte mich in den Raum hinaus, in dem die Lesung stattfinden sollte. In ordentlichen Reihen standen Stühle mit Blick auf einen Tisch und ein Rednerpult ausgerichtet. Eine Angestellte der Buchhandlung arrangierte leuchtende, duftende Blumen auf dem Tisch, an dem der Redner dieses Abends, der Autor des Buches »Der Aufstieg in die Eliteschulen«, seine Bücher signieren sollte. Abgesehen von ihr waren wir allein.

Miss Ferrell beugte sich zu mir. »Er hat ein Vollstipendium bekommen.«

Ich fuhr vor Erstaunen zurück. »Wer? Julian? Für welche Schule?«

»Für irgendeine Schule. Jetzt kann er hingehen, wohin er möchte. Wo immer er angenommen wird. Perkins hat gerade heute nachmittag die Benachrichtigung von der College-Bank in Princeton bekommen. Achtzigtausend Dollar, überwiesen auf ein Konto für Julian Teller.« Sie verdrehte die Augen. »Von einem *anonymen* Spender.«

»Weiß Julian, wer der Spender ist?« fragte ich verwirrt. General Farquhar, der Julian den Range Rover geschenkt hatte, war im Gefängnis und konnte nicht über sein Geld verfügen, das Anwalts- und Gerichtskosten ohnehin weitgehend aufgezehrt haben dürften. Ein anderer möglicher Gönner fiel mir nicht ein, es sei denn, es käme von einem wohlhabenden Spender an der Schule. Aber wieso ein *Stipendium* für Julian? Ich war völlig verblüfft. Es sei denn, jemand wollte etwas von ihm ... In meinem Kopf wirbelten die Gedanken wild durcheinander. Sollte Julian bestochen werden, irgend etwas zu tun? Über etwas Stillschweigen zu bewahren? Ich schloß die Augen, um den Stimmen in meinem Kopf Einhalt zu gebieten. In Anbetracht der jüngsten Ereignisse in der Schule lauerte der Verfolgungswahn hinter jeder Ecke.

»Ist Julian hier?« fragte ich hoffnungsvoll.

Miss Ferrells Lächeln verblaßte. Vielleicht entsprach meine Reaktion nicht ganz ihren Erwartungen. »Das weiß ich wirklich nicht. Was ist? Sind Sie nicht begeistert?«

»Doch, doch«, erklärte ich wenig überzeugend. In wahrhaft paranoider Art hatte ich das Gefühl, niemandem trauen zu können. »Es ist nur ... ich muß mit ihm sprechen. Und jetzt muß ich mich um das Essen kümmern. Fröhliches Halloween.« In meinem Kopf schwirrte es immer noch, als ich wieder in die Küche schlüpfte.

Heather kam zu mir, während ich das Obst anrichtete. Sie rückte ihre dicke, rosa getönte Brille zurecht und flüsterte: »Sie haben Miss Ferrell doch nicht erzählt, wie wütend Mama war, oder?«

»Nein, nein, nein ...« Wieso glaubten diese Teenager eigentlich, ich sei die Klatschtante der Stadt, zuerst Brad und jetzt Heather. Vielleicht war Verfolgungswahn ja ansteckend. »Miss Ferrell hatte mir etwas anderes zu sagen«, erklärte ich ihr.

»Ich habe von Julians Stipendium gehört. Es soll alles ganz geheim sein.« Heather bedachte mich mit einem spöttischen Blick. »Einer der Jungs meinte, es käme vielleicht von Ihnen, aber der Sohn des Direktors sagte nein, Sie sind arm.«

Audrey enthob mich einer Antwort auf diese ungünstige Einschätzung meiner Finanzlage, indem sie verkündete, es gebe da ein Riesenproblem, wo wir das Büfett aufbauen sollten. Es blieb mir jedoch erspart, sie zu fragen, wo das Problem liege, als ich das allzu vertraute Stimmengewirr der Eltern hörte, die in einen hitzigen Disput verwickelt waren.

»Ach, kommen Sie, Hank. *Kein Mensch* hat je etwas von Occidental gehört.« Stan Marensky. »Das muß ein Witz sein!«

Audrey flüsterte mir zu: »Ich wette, Hank Dawson hat selbst gerade erst von Occidental gehört. Wahrscheinlich hält er es für ein Chinarestaurant. Vielleicht auch für eine Versicherungsgesellschaft.«

Ich rieb mir die Stirn und versuchte mich darauf zu konzentrieren, was zu tun war. Die Dawsons, die Marenskys und Macguire Perkins standen in der Nähe des Autorentisches beieinander. Die Mütter – die kleine, rot gekleidete Caroline und die hagere, elegante Rhoda im Pelzmantel – beäugten einander wie zwei wilde Tiere in einer Konfrontation auf Leben und Tod. Die Väter – der schlaksige Stan und der vierschrötige, bullige Hank – standen sich steif und drohend gegenüber. Alle sprühten vor Zorn, und die Luft um sie her knisterte vor Feindseligkeit. Macguire hatte die Augen wie üblich halb geschlossen und beobachtete, wie die verbalen Steinbrocken hin- und herflogen, als sei das Gespräch eine Art sportlichen Wettkampfs.

»Sie wissen einfach nicht, wovon Sie reden«, spie Hank Dawson aus. Er ballte die Fäuste; ich befürchtete schon, daß er sie jeden Moment hochnehmen würde. »Es steht im *U.S. News and World Report* auf der Liste der fünfundzwanzig besten Colleges für Geisteswissenschaften. Greer ist ungemein begabt, bei den oberen zehn Prozent ihrer Klasse. Das ist mehr, als Sie von Ihrem Brad sagen können. Was macht er denn überhaupt? Außer Fußballspielen, meine ich.«

Zu meinem Entsetzen drehte sich Hank zu mir um und zwinkerte mir zu, als sei ich ganz seiner Meinung. Ich schreckte zurück und schaute mich nach Brad Marensky um, den ich seit unserer Begegnung in der Kirche nicht mehr gesehen hatte. Doch als unsere Blicke sich trafen, sah er fort.

»Wissen Sie, Stan«, fuhr Hank fort, wippte auf den Fersen auf und ab und sah mit einem selbstgefälligen Lächeln in Stans hageres Gesicht, »Sie können dem Leiter der Zulassungskommission in Stanford jederzeit einen Nerzmantel schenken, aber ich fürchte, da drüben ist es zu heiß.«

»Ich bin das allmählich so *leid* von Ihnen! Wir waren immer gute Freunde! Und Sie verstehen wirklich rein *gar nichts* von Colleges.« Stan war bleich vor Wut. »*Marmelade* für den Vertreter von Stanford! Daß ich nicht lache!«

»Ach ja?« schrie Hank. Sein Gesicht lief rot an wie eine Kirschtomate. »Greers Lehrerin in der sechsten Klasse hat gesagt, sie hätte den höchsten Intelligenzquotienten, den sie je festgestellt hätte.«

»Brad war in Förderprogrammen für Hochbegabte, seit er acht ist. Und er ist ein guter Sportler, ist für die Bundesspiele im Fußball und Basketball benannt. Nicht nur für *Mädchen*volleyball«, krächzte Stan mit bebenden Nasenflügeln. »Meinen Sie, Sie könnten Greers Chancen mit Ihren blödsinnigen Kampagnen verbessern? Wissen die Leute, daß Hank Dawson von der University of Michigan geflogen ist? Ihr Name hat keinen guten Ruf.«

»Ach, Scheiße«, brummte Macguire Perkins. »Oh, Mann«, sagte er und sah sich nach Brad um, der ganz in der Nähe auf einen Stuhl gesunken war, um nicht Zeuge dieses immer erbitterteren Streits zu werden.

»Liebster, hör auf«, protestierte Caroline Dawson. Doch keiner der beiden Männer lenkte ein. Jeden Moment konnte einer eins auf die Nase bekommen. Ich bot dem Grüppchen versuchsweise eine Platte mit Biscotti an. Alle ignorierten mich.

Stan Marensky lächelte breit. Sein hoch aufgeschossener Körper hing drohend über Hank Dawson. »Sie sind nur neidisch, weil Sie wissen, daß Brad bessere Noten hat als Greer . . .«

»Mann, wen interessiert das denn schon?« warf Macguire Perkins ein.

»Halt die Klappe!« schrien beide Väter den Sohn des Direktors wie aus einem Munde an.

Macguire hob abwehrend die Hände. »Wow! Ich halt' mich da raus.« Er schlich davon. Brad Marensky sank elend in sich zusammen und legte den Kopf in die Hände.

Hank blinzelte zu Stan Marensky hinauf. Er atmete schwer. Statt auf die Bemerkung über den Neid zu antworten, wandte er sich im gleichen spöttischen Ton an Stan. »Sechs Generationen von Dawsons haben die University of Michigan besucht. Das ist mehr als Sie von den königlich-russischen Marenskys sagen können, da bin ich mir sicher.«

Stan Marensky grunzte angewidert. Er ballte die Fäuste.

Ich hatte beschlossen, mich nicht einzumischen, natürlich nicht, aber vielleicht konnte ich uns ja aus dieser Misere herausholen.

»Bitte, Leute«, sagte ich liebenswürdig und schwenkte die Biscotti unter ihren Nasen – ich glaube stark an die Frieden stiftende Wirkung guten Essens. »Die jungen Leute bekommen doch einen völlig falschen Eindruck von der Bedeutung des Colleges, wenn Sie nicht aufhören zu streiten. Sie gehören beide zu den Gewinnern. Ich meine, denken Sie doch nur an die Zeit, als die Broncos ...«

»Wer hat Sie denn gefragt?« bellte Hank Dawson, als hätte ich ihn unerwartet betrogen. Er war eindeutig nicht in Stimmung für Bronco-Gespräche. Na also! Ich spielte hier nur den Schiedsrichter. Ich eilte davon, um die Platte abzusetzen. Audrey und ich mußten das Büfett richten. Streit hin, Streit her.

Bei meinen Bewirtungserfahrungen auf Hochzeiten hatte ich gelernt, daß man absolut keine Zeit hat, sich allzu sehr auf Auseinandersetzungen zwischen den Kunden einzulassen und gleichzeitig zu servieren. Zu meiner großen Erleichterung ließen die Marenskys und die Dawsons sich ganz nach dem Brauch bei Hochzeitsempfängen nun an entgegengesetzten Enden des Saales nieder. Mehr und mehr Schüler und Eltern gesellten sich zu uns. Audrey und ich sorgten für ständig gefüllte Platten und kümmerten uns um die Getränke. Miss Ferrell, die den erbitterten Wortwechsel zwischen den beiden Elternpaaren beobachtet hatte, machte mich mit einem Handzeichen auf Julian aufmerksam, als dieser die Treppe zur zweiten Etage heraufkam. Ich reichte mein Tablett Audrey und ging schnell zu ihm hinüber.

»Herzlichen Glückwunsch«, sprudelte ich hervor. »Ich habe es gehört. Es ist so ...«

Doch der harte Blick in seinen Augen ließ mich sofort verstummen. Seine Miene war abweisend und trotzig.

»Was ist?« stammelte ich. »Ich dachte, du wärst hellauf begeistert.«

Er hob eine Augenbraue. »Selbst im Partyservice weißt du doch wohl, daß es kein Essen umsonst gibt.«

»Ich freue mich trotzdem für dich«, erklärte ich lahm. In meinem Hinterkopf lauerten die Bedenken, die ich anfangs schon wegen des Stipendiums gehabt hatte.

Julian nickte grimmig und ging zu den plaudernden Schülern und Eltern hinüber. Als Direktor Perkins aufgeregt an den Tisch trat, an dem sich der Redner des Abends, ein junger Bursche mit Nickelbrille und pomadeglattem Haar, gerade neben einem Riesenstapel von Büchern niedergelassen hatte, nahmen mehrere Leute Platz.

»Ich denke, wir sollten eine Schweigeminute einlegen für unseren« – spuckte Direktor Perkins ins Mikrophon –, »unseren Mitschüler und Freund Keith Andrews.«

Es gab scharrende Füße und Stühlerücken. Zusammen mit den Geräuschen der Kunden auf den anderen Etagen herrschte nicht unbedingt Stille.

Miss Ferrell stand auf, um den Autor vorzustellen. Ich hätte wirklich gedacht, ein Redner am Halloweenabend hätte zumindest ein paar lockere Bemerkungen darüber machen können, wie gruselig das Zulassungsverfahren für das College ist oder etwas in dieser Richtung. Doch als der blonde Bursche uns nicht mit Witzen ergötzte, sondern mit einer flatternden Handbewegung und dem Satz begann: »Als ich in Harvard war...«, wußte ich, daß es ernst wurde.

Bis der Mann seine Platte heruntergeleiert hatte und die Fragestunde beendet war, brauchten wir nichts mehr zu servieren, daher schlüpfte ich hinten durch den Saal zu Audrey hinüber.

»Gibt es eine Möglichkeit, hier herauszukommen, ohne einen Riesenwirbel zu veranstalten?«

»Über die Haupttreppe kannst du nicht, da würden dich alle sehen. Wohin möchtest du denn?«

»Kochbücher?« Irgendeinen ruhigen Hafen im Sturm.

Sie führte mich in den hinteren Teil der zweiten Etage und durchquerte den Raum durch ein weiteres Gewirr von Bücherregalen. Schließlich gelangten wir auf die andere Seite, die der mit Teppichboden belegten Haupttreppe neben dem Redner gegenüber lag. Audrey blieb vor einer Tür stehen, auf der ein Foto von Anthony Hopkins als Hannibal Lecter hing.

Ich sagte: »Kein Kochbuch von *diesem* Burschen.«

»Wir sind in der Krimiabteilung, Dummchen«, flüsterte Audrey, um den verblödend langweiligen Redner nicht zu stören, der gerade deklamierte: »Das College ist eine Investition wie Immobilien. Die Lage ist alles, die Lage, die Lage!«

Audrey wisperte mir zu: »Geh zwei Treppen hinunter, dann kommst du zu den Kochbüchern.«

»Was ist auf *der* Tür, ein Poster von Julia Child?«

»Sie dekorieren sie einfach als Kühlschranktür.« Sie schielte zu dem Redner hinüber. »Ich kümmere mich um alles. Du bleibst aber besser nicht länger als eine halbe Stunde fort.«

Ich dankte ihr, daß sie eine so hervorragende Assistentin war, und ging durch die »Schweigen-der-Lämmer«-Tür. Mit einem dumpfen, entschiedenen Schlag fiel sie hinter mir ins Schloß. Eine schuldbewußte Freude, mich meinen Pflichten zu entziehen, ließ mich schnell die Betontreppe hinunterlaufen. In der Kochbuchabteilung fühlte ich mich gleich wie zu Hause. Ich suchte ein Rezept für Piroggen heraus und blätterte ein wunderschön illustriertes Buch über die Küche italienischer Bergstädte durch. »Schulen Sie Ihren Gaumen« hieß ein Kapitel des Buches. Ich setzte mich in einen Sessel, der neben einem Schaufenster stand.

Die Scheibe warf mein Spiegelbild im Arbeitskittel zurück, das Kochbuch in der Hand. Schulen Sie Ihren Gaumen, hmh? Ich hatte nie eine Ausbildung als Köchin erhalten. Ich hatte mir das

Kochen selbst nach Kochbüchern beigebracht. Aber ich lebte davon. Natürlich hatten mir meine Lektionen zu Chaucer, Milton und Shakespeare dabei nicht geholfen, auch wenn sie Spaß gemacht hatten, bis auf Milton. Und daß mein psychologisches Geschick, das ich im Geschäft brauchte, nichts mit meinen Aufsätzen über die frühen Ideen von Freud zu tun hatte, bedarf keiner Erwähnung.

Doch was soll's. Ich besaß Bildung, und zwar selbsterklärtermaßen. Basta. Mit dieser herrlichen Einsicht ging ich zu den Kassen im Erdgeschoß, um das italienische Kochbuch zu kaufen, als mir einfiel, daß ich mein Portemonnaie oben gelassen hatte. Ich griff in meine Schürzentasche, in der immer ein Zwanzigdollarschein steckte für den Fall, daß jemand noch schnell Zutaten einkaufen mußte, und hatte die Genugtuung, das Buch mit Geld zu bezahlen, das ich im Partyservice verdient hatte.

Als ich wieder an Hannibal Lecter vorbeiging, stand Tom Schulz wartend neben der Tür. Der Redner sagte: »Eine letzte Frage noch«, und kurze Zeit später liefen die Eltern aggressiv durcheinander und stellten sich an, um sich von diesem Experten eine Widmung in ihr Buch schreiben zu lassen. Audrey und einige andere Angestellte begannen die Stühle zusammenzuklappen.

»Ich bin froh, dich zu sehen«, sagte ich zu Schulz. Ich sah mich in dem in Auflösung begriffenen Saal um. »Ich müßte ihnen eigentlich helfen.«

Schulz schüttelte den Kopf. »Das Essen ist fort, die Leute gehen, und du mußt mir ein paar Disketten geben, damit ich sie heute abend noch im Büro des Sheriffs abliefern kann.«

»Ach du meine Güte«, platzte ich heraus. Wie dumm, dumm, dumm. Warum *hatte* ich sie nicht mit ins Erdgeschoß genommen? Ich flog in die Küche. Keine Handtasche. Ich raste zurück zu Audrey.

»Hast du meine Handtasche gesehen?« fragte ich.

»Ja, ja«, antwortete sie gouvernantenhaft und ließ einen Metall-

stuhl zuschnappen. »Aber laß sie nicht wieder so offen herum-
liegen, Goldy. Die Jugendlichen an dieser Schule sind berüchtigt
für ihr Stehlen. Ich nehme immer nur eine Handtasche mit,
wenn ich meine Brieftasche mit all meinen Karten brauche.
Ansonsten *trage* ich meine Schlüssel.« Sie ging an einen Wandschrank und kam mit meiner Handtasche zurück. Ich riß sie ihr
förmlich aus der Hand. Die Computerdisketten waren noch
da.

Ich reichte Schulz die Disketten. Er hatte nichts davon gesagt,
ob er anschließend zu mir kommen wollte. Vielleicht wollte er ja
nicht. Ich wurde sofort verlegen, als hätte ich eine unsichtbare,
aber entscheidende Grenze übertreten.

Wieder einmal las er meine Gedanken. Er beugte sich zu mir
und flüsterte: »Kann ich in anderthalb Stunden zu dir nach Hause kommen?«

»Sicher. Kannst du ein Weilchen bleiben?«

Er sah mich so zärtlich und ungläubig an, als wolle er sagen: *Was
glaubst du denn?*, daß ich mich abwendete. Als ich mich wieder
umdrehte, warf er mir einen Gruß zu und schlenderte durch den
Ausgang des zweiten Stocks. Julian war schon fort, vermutlich
zu seinem Freund Neil; die Marenskys und die Dawsons waren
ebenfalls verschwunden. Es war Greer wieder einmal anzukrei-
den, daß sie nicht beim Aufräumen geholfen hatte. Vielleicht
war das für eine Zulassung am Occidental nicht nötig.

Audrey und ich räumten den Abfall fort und spülten das Geschirr.
Ich fühlte mit ihr, als sie mir die neuesten Grausamkeiten aufzähl-
te, die Carl Coopersmiths hinterhältige Anwälte ihr angetan hatten. Schließlich erklärte ich ihr, nicht ohne Gewissensbisse, daß
ich jeden Augenblick einen Gast zu Hause erwartete. Widerstrebend half Heather uns, die Kisten und Kästen im Lieferwagen zu
verstauen. Betont beiläufig fragte Audrey: »Was wollte denn der
Polizist heute abend im Laden?«

»Ich habe dir doch gesagt, daß ich ihm diese Disketten geben
wollte.«

»Es ist, als würde er uns nicht trauen«, meinte sie finster.

»Also, kannst du ihm das übelnehmen?« ertönte Heathers scharfe Stimme vom Rücksitz.

»Wenn ich deine Meinung hören will, frage ich dich danach«, fuhr Audrey sie an.

»Ach, *Mama.*«

Auf der ganzen Fahrt zurück nach Aspen Meadow herrschte betretenes Schweigen.

Rauchwölkchen wehten aus dem Auspuff von Schulz' Wagen, als ich in die Parkbucht vor meinem Haus einbog.

»Alle können dich sehen, wenn du hier parkst«, sagte ich, als er sein Seitenfenster heruntergekurbelt hatte.

»Ach ja? Ich war mir nicht bewußt, daß ich etwas Illegales tue.« Er hob eine Plastiktüte heraus. Sie trug den Aufdruck BRUNSWICK BOWLING BALLS.

»Was war auf den Disketten?«

»Darüber unterhalten wir uns drinnen.«

Ich drückte auf die Tasten der Alarmanlage und öffnete die Tür. Aus der Bowlingkugeltüte kam eine Flasche VSOP-Cognac zum Vorschein. In einem Schrank fand ich ein paar Cognacschwenker, die John Richard nicht in einem Tobsuchtsanfall zertrümmert hatte. Als wir in der Küche saßen und Cognac tranken, sagte Schulz, er wolle zuerst hören, wie mein Abend verlaufen sei. Ich berichtete ihm von der Kabbelei in der Buchhandlung, in die Macguire Perkins mitten hineingeraten war. Ich erzählte ihm auch von meinem Verdacht, daß Macguire Steroide nahm.

»Handelte Keiths Zeitungsartikel davon?« fragte ich.

»Nein«, meinte er nachdenklich, »davon nicht.«

Ich spielte mit meinem Glas. Entspann dich, befahl ich mir. Doch Archs Schulprobleme und Julians beunruhigende Besorgnis schienen in der Luft zu liegen, obwohl die Jungen beide nicht zu Hause waren. Und trotz des Zwischenspiels mit Schulz am

Tag des Spinnenbisses war ich es nicht gewohnt, mit ihm allein in meinem Haus zu sein. Nachts.

Schulz schenkte mir nach. »Was ist mit Julian? War er auch in den Streit in der Buchhandlung verwickelt?«

»Ach nein.« Meine Stimmung besserte sich. »In der Hinsicht gibt es sogar gute Neuigkeiten.« Ich erzählte ihm von Julians Stipendium.

»Im Ernst?« Schulz wirkte gleichermaßen erfreut und gespannt. »Das ist interessant. Wer hat ihm das Geld gegeben?«

»Das weiß niemand. Ich frage mich, ob da Bestechung hinter steckt.«

Er nippte an seinem Cognac. »Bestechung. Weswegen? Hast du ihn gefragt?« Ich sagte ihm, daß ich das nicht getan hatte. Er dachte ein Weilchen nach und sagte dann: »Jetzt erzähle mir, wie du an diese Disketten gekommen bist.«

»Kann ich nicht, tut mir leid, man hat sie mir vertraulich übergeben. Enthalten sie Beweismaterial? Ich meine, steht etwas drauf, das du brauchen kannst?«

»Ich wüßte nicht, wie.« Doch er griff in die Brunswick-Tüte und reichte mir einige zusammengefaltete Blätter Papier. »Ich habe einen Ausdruck von Keiths Artikel. Der Rest waren Notizen für einen Aufsatz über Dostojewski. Auf der anderen Diskette war eine Liste mit den Ausgaben für seine Besuche an zehn Colleges. Der Artikel ist eine Zusammenfassung dieser Reisen.« Auf meinen verständnislosen Gesichtsausdruck erklärte Schulz: »Das wollte Keith veröffentlichen, Goldy. Seine persönliche Meinung zum Collegestudium, wie er es bis dahin erlebt hatte. Ich möchte, daß du es dir ansiehst, aber es sind allem Anschein nach nur seine persönlichen Eindrücke.«

Wenn das alles war, sagte ich ihm, würde ich es am nächsten Morgen lesen. Ich war zu müde, heute abend noch das Wort *Halbjahreszeugnisse* zu lesen. »Wenn es nur Keiths Ansichten über die Hochschulbildung im allgemeinen sind, warum dann all die Aufregung?«

»Ich weiß es nicht. Aber soweit ich feststellen kann, hat niemand auch nur die leiseste Ahnung, was er für seinen Artikel recherchiert hat. Manchmal haben die Leute mehr Angst vor Dingen, von denen sie *glauben,* daß man sie enthüllen würde, als sie jemals hätten, wenn sie genau wüßten, was man enthüllen wird. Man hat Angst vor Dingen, die man nicht weiß.«

»Ach ja?« sagte ich und trank den letzten Schluck Cognac in meinem Glas. Das Zeug stieg einem zu Kopf.

»Wie bei dem Ding mit dem Rauch. Jemand will dich *glauben* machen, daß dir etwas zustoßen wird.«

»Marla hat sich das Bein gebrochen«, erinnerte ich ihn.

»Da ist sie vielleicht noch ganz glimpflich davongekommen.« Er setzte sein Glas ab. Sein Gesicht war grimmig. »Ich weiß, ich habe es schon ein paarmal gesagt, Miss G., aber ich hätte ein wesentlich besseres Gefühl, wenn ihr alle ausziehen würdet, in aller Stille, bis wir diesen Mord aufgeklärt haben.«

Ich zwinkerte ihm zu. Wie oft war ich schon aus Angst davongelaufen? Viel zu oft. Der Teil meines Lebens, in dem ich davonlief, war vorüber, ich würde nicht von der Stelle weichen.

17   Schulz rutschte unruhig auf seinem Stuhl hin
———   und her. Ich schenkte uns noch etwas Cognac
nach und hatte den unbehaglichen Gedanken, wenn wir uns tatsächlich betränken, würden wir nicht einmal merken, wenn
jemand wieder einen Stein durchs Fenster warf oder jeden
Kamin in der Nachbarschaft verstopfte.
Ich trank und sah auf die Uhr. Zehn. Das seltsame Gefühl, mit
Schulz allein im Haus zu sein, machte mich hellwach, obwohl
ich gewöhnlich nach einem Auftrag am Abend völlig erschöpft
war. Meine Gedanken gingen zurück zu den Marenskys und den
Dawsons, zu Brad Marensky, der mürrisch und schweigsam
gewesen war, und zu Macguire Perkins' Verlegenheit, als man
ihm gesagt hatte, er solle den Mund halten. Als unsere kleinen
Gläser wieder leer waren, stand Schulz auf und ging ins Wohnzimmer. Ich ging ihm nach. Das Zimmer roch noch entfernt
nach Rauch, und die blaßgelben Wände hatten die Farbe gerö-
steter Marshmallows. Ich mußte das bald renovieren lassen.
Schulz begann den Kamin zu inspizieren.
»Irgendeine Ahnung? Hast du irgend etwas auf dem Dach
gehört?«
»Keine Ahnung, keine seltsamen Geräusche. Meine Theorie ist,
daß es derselbe war, der das mit dem Stein und mit der Schlange
gemacht hat. Ich wünschte, ich wüßte, wer so stinksauer auf

mich ist. Ein Schlichtungsverfahren wäre billiger als die Glaser-
arbeiten und die Renovierung.«

»Jemand, der stark ist, ein Sportler«, überlegte Schulz. »Die einzige Gemeinsamkeit, die zwischen all diesen Dingen besteht, ist
die Tatsache, daß sie eine Drohung an Arch darstellen. Ihm
Angst einjagen, während er allein zu Hause ist, etwas in seinen
Spind tun, das Haus verräuchern, während er mit dir und Julian
hier ist ... aber das war eigentlich nicht geplant, oder?«

»Daß sie zu Hause waren? Nein, er ist auf der vereisten Treppe
gefallen, Vorspiel zu Marlas Beinbruch. Vielleicht war das für
mich bestimmt«, meinte ich trocken und dachte an den Vorfall
mit der Spinne.

»Wer ist wütend auf dich? Oder auf Arch?« Er sah mich prüfend
an, nahm sanft meine Hand und drehte mich zu sich wie ein Jit-
terbug-Tänzer in Zeitlupe.

»Ich weiß es nicht«, flüsterte ich an seiner Brust. Er war warm;
der saubere Geruch nach Rasierwasser lag auf seiner Haut. Ich
machte mich los. Um seine dunklen Pupillen lag nur ein schma-
ler, hellgrüner Ring.

»All das Gerede über Feuer und Flammen ...«, sagte ich mit
unsicherem Lächeln.

Auf Zehenspitzen gingen wir hinauf in den ersten Stock. Der
Cognac, die Lust und das behagliche Gefühl, Schulz bei mir zu
haben, durchflossen mich wie eine jener unerwartet warmen
Strömungen, die man im Meer gelegentlich findet. In meinem
Zimmer stand er im Dunkeln neben mir, während wir uns die
leuchtenden Kürbislaternen in der Nachbarschaft ansahen. Er
streichelte mir über den Rücken und küßte mein Ohr. Ich stellte
meinen Wecker auf vier Uhr und schlüpfte aus den Kleidern.
Wir lachten beide, als wir ins Bett hüpften. Es war gut, daß
Schulz immer Kondome benutzte. Seit wir miteinander schliefen, hatte ich ganz vergessen, was das Wort *Vorsicht* bedeutete.
Als er mich zwischen den kühlen Laken an sich zog, brachten
seine großen, rauhen Hände meine Nerven innerlich und äußer-

lich zur Ruhe. Bei seinen Küssen löste sich ein Knoten in meinem Kopf. Nicht lange, und ich hatte nicht nur jede Vorsicht aufgegeben, sondern auch alle sonstigen Sorgen vergessen, die in meinem Kopf herumschwirrten.

Nachdem wir uns geliebt hatten, ging Schulz hinunter. Als er zurückkam, sagte er: »Zwanzig Minuten« und zog sich an.

»Und dann?«

»Und dann taucht die erste Schicht deiner Wachen auf.«

»Um Himmels willen, warum? Ich meine, warum *jetzt*?«

Er zählte es an seinen Fingern ab: »Zwei Morde, eine zerbrochene Fensterscheibe, anonyme Anrufe, eine Giftschlange, gefolgt vom Biß einer Giftspinne, ein Anschlag auf die Treppenstufen und ein absichtlich verstopfter Kamin, den ich mir erst *jetzt* ansehen konnte. Und eine Frau mit zwei Jungen, die entgegen dem guten Rat ihres Ortspolizisten nicht ausziehen will.«

»Arch wird seine Freunde anrufen«, sträubte ich mich schwach, »den Streifenwagen mit seinem Nachtfernglas unter die Lupe nehmen und so tun, als befänden wir uns mitten in einem Coup. Deine Polizisten werden glauben, wir sind verrückt geworden.«

»Du würdest dich wundern, mit wievielen Verrückten wir es zu tun haben.«

»Und warum übernimmst *du* nicht einfach die Wache?« schlug ich vor.

»Das täte ich gerne.«

Ich zog einen Bademantel über und ging ans Schlafzimmerfenster. Die Kürbislaternen erleuchteten die seidige Nachtluft. Schulz ging hinaus an seinen Wagen. Fünf Minuten später tauchte eine Zivilstreife auf. Ich sah Schulz wegfahren und schaute zu, wie die Kürbislaternen flackerten und allmählich verlöschten. Schließlich schlüpfte ich wieder in mein leeres Bett, das nach Tom Schulz roch. Ich schlief tief und traumlos, bis der Wecker mich aufschreckte.

Stöhnend glitt ich aus dem Bett und machte mich im Dunkeln an meine Yogaübungen. Mein Yogalehrer hatte mir einmal gesagt, wenn man nur automatisch die Bewegungen durchführe, sei das kein Yoga. Also leerte ich meinen Geist und meine Lungen und fing von vorne an, grüßte nach Osten, wo bislang noch keine Sonne zu sehen war, atmete durch und ließ meinen Körper fließend die restlichen Übungen vollziehen, bis ich belebt und bereit war, dem Tag entgegenzutreten, auch wenn er erst viereinhalb Stunden alt war.

Zu schade, daß sie an der Elk-Park-Schule keinen Yogalehrer hatten, überlegte ich auf dem Weg nach unten. Wie ließe sich wohl der Konkurrenzdruck in der Klasse mit Yoga vereinbaren? Yoga war durch und durch wettbewerbsfremd, das ganze Streben richtete sich auf den eigenen Körper und orientierte sich nicht fanatisch an den Leistungen anderer. Und so sollte Erziehung eigentlich aussehen, beschloß ich, während ein nachtschwarzer Strom Espresso in eine meiner weißen Porzellantassen sprudelte. Sich dehnen und weiten. Aber mich fragte ja niemand. Mein Blick fiel auf die zusammengefalteten Seiten, die immer noch auf dem Küchentisch lagen – der Ausdruck von Keiths Computerdiskette. Berichtigung: Schulz hatte mich gefragt. Ich setzte mich mit meinem Kaffee hin und fing an zu lesen.

Was bedeutet ein Name?

Anatomie eines Schwindels

Als Schüler der Abschlußklasse an der Privatschule Elk Park habe ich in diesem Herbst zehn der besten Colleges und Universitäten unseres Landes besucht. Die Einstufung als »beste« wird gemeinhin von den Medien getroffen und natürlich von den Colleges selbst. Ich habe diese Schulen besucht, weil ich bald diesen Weg der höheren Bildung einschlagen werde. Es ist ein Weg, auf den ich mich gefreut habe. Warum? Wegen der Dinge, die ich dort zu finden hoffte: 1) begeisterte Lehrer, 2) eine ansteckende Freude am Lernen, 3) Studienkollegen, mit denen ich Diskussionen führen könnte, die mein Denken verändern, 4) die Herausforderung, Prüfungen abzulegen und Arbeiten zu schreiben, die mich 5) in neue Lernbereiche einführen würden und mir 6) die Möglichkeit böten, meine Fähigkeiten weiterzuentwickeln.

Ich erwartete, all das zu finden, doch was war? Es gab sie nicht. Meine Eltern hätten gut und gerne achtzigtausend Dollar und mehr für einen Schwindel ausgeben können!

In der ersten Hochschule, die ich besuchte, nahm ich zwei Tage lang am Unterricht teil. Ich sah die ganze Zeit über nicht einen Professor, obwohl in der Collegebroschüre mehrere Nobelpreisträger in Großaufmachung abgebildet waren. Ich besuchte fünf Seminare. Ich wünschte, ich könnte sagen, womit sie sich beschäftigten, aber sie wurden alle von Studenten der höheren Semester abgehalten, die mit einem so starken ausländischen Akzent sprachen, daß ich nicht verstand, worüber sie sprachen ...

Als nächstes fuhr ich zu einem reinen Jungencollege. Dort unterrichteten nicht einmal mehr Menschen, es gab nur noch Vorlesungen auf Videoband. Am Wochenende suchte ich intellektuelle Gespräche. Doch alle Jungen waren zum Campus eines nahegelegenen Mädchencolleges unterwegs. An der nächsten Hochschule unterrichteten lebendige Menschen. Ich nahm also an einer Arbeitsgruppe zur Einführung in die Kunstgeschichte teil. Wie sich herausstellte, befaßte sich dieses Seminar hauptsächlich mit niederländischen Stundenbüchern des dreizehnten Jahrhunderts. Als der Dozent jemanden als Vorläufer von Rembrandt einstufte, fragte einer der Jugendlichen: »Wer ist Rembrandt?« Nach der Stunde erkundigte ich mich, warum der Dozent ein so abgelegenes Thema behandele, und einer der Studenten erklärte, das sei das Thema der Doktorarbeit dieses Dozenten und er versuche eben, seine Forschungsarbeit fortzusetzen, während er das Seminar halte ...

An der nächsten Hochschule, die ich besuchte, begegnete ich einer ehemaligen Schülerin der Elk-Park-Schule. Sie hatte vor fünf Jahren den Abschluß an unserer Schule gemacht und studierte bereits

in einem höheren Semester. Sie mußte mit ihrem Studienberater über ihre Dissertation sprechen, doch er hielt sich zu Forschungszwecken in Tokio auf und war seit zwei Jahren nicht mehr an der Hochschule gewesen . . . Schließlich besuchte ich eine Hochschule mit einem phantastischen Lehrer! Ich ging in sein Seminar über moderne europäische Dramen. Es war unglaublich voll. Es fand eine lebhafte Diskussion über Ibsens »Hedda Gabler« statt, und niemand benutzte Cliffs Kommentar. Der Dozent stürmte hin und her und fragte, warum Hedda Gabler am Ende umgekippt sei. Nach all den Enttäuschungen an den anderen Hochschulen kam ich heraus und fühlte mich großartig! Die anderen Studenten waren nach dem Seminar jedoch sehr bedrückt. Als ich sie nach dem Grund fragte, erklärten sie, daß man diesem fabelhaften Dozenten, der gerade den Preis für hervorragende Lehrtätigkeit bekommen hatte, eine Professur verweigert hatte! Er hatte nicht genug *publiziert* . . .
Wer unterstützt diesen Schwindel im Hochschulwesen? Ich sicherlich nicht. Wollen amerikanische Studenten diesen Etikettenschwindel tatsächlich? Wollen wir gute Lehrveranstaltungen oder eine hohle Reputation? Wollen wir einen Bildungsprozeß oder einen unpersönlichen Anerkennungsstempel? Studenten aller Schulen, vereinigt euch . . .

Nun ja. Er klang schon sehr nach einem Ehrenredner der Abschlußklasse, das mußte ich zugeben. In mancherlei Hinsicht ähnelte der Artikel der Rede, die Keith am Abend seines Todes gehalten hatte. Doch dieser Aufsatz enthielt keine Enthüllungen. Es stand wahrhaftig nichts darin, für dessen Geheimhaltung jemand töten würde. Das wußte allerdings sonst niemand.
Keith Andrews mußte für irgend jemanden eine Bedrohung dargestellt haben. Julian hatte ihn nicht gemocht und einige andere Schüler ebenfalls nicht. In den letzten beiden Wochen hatte jemand, vielleicht auch mehrere, versucht, Arch und mir etwas anzutun. Warum? Welcher Zusammenhang bestand zwi-

schen dem Mord und den Anschlägen auf uns? Gehörte der Mord an Kathy Andrews in Lakewood zum Plan des Mörders? Welche Rolle spielte die Kreditkarte von Neiman-Marcus in diesen Vorgängen? Es reimte sich nicht zusammen.

Draußen war die kalte Halloweennacht einem schneereichen Allerheiligenmorgen gewichen. Da der erste Samstag im November für seine starken Schneefälle berüchtigt war, hatte die Hochschulbehörde beschlossen, in den Bergen die Hochschuleignungstests auf Ortsebene abzuhalten, statt alle Schüler aus Aspen Meadow die Fahrt nach Denver machen zu lassen, das knapp siebzig Kilometer entfernt lag. Ganz im Sinne des Grundsatzes »Adel verpflichtet«, hatte Direktor Perkins mich angewiesen, für das Frühstück die vierfache Menge vorzubereiten, damit wir – wie er es ausdrückte – »die Massen« speisen konnten. Zeit, loszulegen.

Ich nahm Erdbeeren, Melone, Apfelsinen und Bananen heraus und begann, sie in Stücke zu schneiden. Bald glitzerte bergeweise Obst wie Juwelen auf meinen Schneidbrettern. Wieder stieg die Sorge um Julian in mir auf. War er im Haus seines Freundes Neil in Sicherheit? Soweit ich wußte, hatte er in der ganzen letzten Woche kaum mehr als zwanzig Stunden Schlaf bekommen. Julian, der Junge mit dem Collegestipendium. Warum hatte jemand das für ihn getan?

Als ich mit dem Obst fertig war, machte ich mich an die Teigmischungen für die Muffins. Ich nahm die Doughnuts, die ich während der Rauchepisode gebacken hatte, und die überschüssigen Brötchen für die Kirchensitzung aus der Kühltruhe. Als ich beides zum Auftauen in den Ofen gestellt hatte, verrührte ich Erdnußbutter mit Mehl und Eiern für den letzten Muffinteig, stellte ihn zum Gehen in den zweiten Backofen und fing an, etwas zusammenzumixen, das ich mir ausgedacht, aber noch nicht ausprobiert hatte, etwas mit Vollkornmehl, aber süß wie Granolakekse. Meine Küchenmaschine verrührte ungesalzene Butter mit braunem und weißem Zucker. Ich unterdrückte ein

Schaudern. In Anbetracht des Rufes der Schule müßte ich diese Plätzchen eigentlich Mordmüslikekse nennen.

Ich löffelte den zähflüssigen Teig mit einem Eisschöpfer portionsweise auf Backpapier, nahm alle Muffins aus dem Ofen und schlüpfte mit zwei heißen Küchlein, die ich in eine Stoffserviette gewickelt hatte, nach draußen. Der Polizist, der Wache hielt, nahm sie dankbar an. Er würde mir nicht zur Schule folgen. Er hatte Anweisungen, das Haus zu beobachten, nicht mich. Wieder im Haus, erfüllte der verlockende Backduft der Plätzchen die Küche. Als sie fertig waren, packte ich einige Liter gekühlten Vanillejoghurt und die anderen Köstlichkeiten ein und machte mich auf den Weg zur Elk-Park-Schule; im Wegfahren winkte ich dem Polizisten in seinem Streifenwagen. Er winkte mit einem Muffin und einem Grinsen zurück.

Die dunklen Wolken, die dicke Schneeflocken versprühten, erinnerten mich an Waschpulver, das in eine Waschmaschine rieselt. Jemand hatte die Umsicht besessen, die Straßenmeisterei zu benachrichtigen und die Straße zur Elk-Park-Schule vom Schnee räumen zu lassen. Nachdem ich mich vorsichtig durch die frisch geräumten Kurven gearbeitet hatte, traf ich um sieben Uhr an der Zufahrt zur Schule ein, auf der ein Räumfahrzeug mit dem Kennzeichen CAT eine Bahn durch die dicke, zerfurchte Schneedecke zog.

Ich zog an dem Fahrzeug vorbei, legte den ersten Gang ein und fuhr langsam den schneebedeckten Asphaltweg hinauf, auf dem bereits viele Wagen gefahren waren, die Schüler zur Prüfung brachten. Die Schüler der unteren Klassen hatten wie zu einer Halloweenfeier reihenweise Kürbisse ausgehöhlt, die die lange Zufahrt zur Schule säumten. Der plötzliche Kälteeinbruch hatte die orangefarbenen Kürbisköpfe allerdings aufgeweicht und zermatscht, und nun schielten ihre verwesenden, hohläugigen Gesichter mit den klaffenden Mäulern voller Zahnzacken unter weißen Schneemasken hämisch nach oben. Ein Laternenfriedhof. Nicht gerade das, was ich am Tag der großen Prüfung gerne sehen würde.

Mordmüslikekse

250 g Haferflocken
340 g knusprige Müslimischung mit Mandeln
250 g Mehl, Typ 405
1 Teelöffel Natron
1 Teelöffel Backpulver
½ Teelöffel Salz
200 g Butter
250 g brauner Zucker
175 g weißer Zucker
2 große Eier
1 Teelöffel Vanilleextrakt

Den Backofen auf 190 Grad vorheizen. In einer kleinen Schüssel die Haferflocken und das Müsli mischen. Mehl, Natron, Backpulver und Salz zusammen sieben. In einer Küchenmaschine die beiden Zuckersorten rühren, bis sie gut vermengt sind, und nach und nach die Butter zugeben. Die Masse quirlen, bis sie glatt und geschmeidig ist. Die Eier und den Vanilleextrakt zugeben und gut verrühren. Die Mehlmischung zugeben und unterrühren, bis alles gerade vermengt ist. Die Masse auf die Haferflockenmischung geben und gut verrühren. Mit zwei Teelöffeln den Teig in kleinen Portionen mit mindestens 5 Zentimeter Abstand auf ein ungefettetes Backblech messen. 12 bis 15 Minuten backen, bis die Plätzchen goldgelb sind. Auf Gittern abkühlen lassen. *Ergibt 4 bis 5 Dutzend.*

Der Parkplatz war bereits drei Viertel voll. Mit Erleichterung bemerkte ich den VW-Käfer voller Aufkleber, der Julians Freund Neil Mansfield gehörte. Als ich durch den Haupteingang kam, an dem immer noch der welke Trauerflor aus Kreppapier hing, sah Julian mich durch das Gedränge der Schüler und kam schnell herüber, um mir zu helfen.

»Nein, nein, ist schon gut«, protestierte ich, als er eine Kiste nahm. »Bitte geh wieder zu deinen Freunden zurück.«

»Ich kann nicht«, sagte er brüsk. Er hob die Kiste auf ein Knie und warf mir einen flehentlichen Blick zu. »Sie machen mich wahnsinnig mit ihrem gegenseitigen Vokabelabfragen. Nach dem Vortrag in der Buchhandlung gestern abend haben Neil und ich bis Mitternacht Poker gespielt. Es war toll! Die einzige Frage, die wir uns gestellt haben, war: Wieviele Karten willst du?«

Neil kam ebenfalls herüber, um zu helfen. Zu meiner Überraschung kamen auch Brad Marensky und Heather Coopersmith. Meine plötzliche und unerwartete Beliebtheit war anscheinend ihrem Wunsch zuzuschreiben, sich nicht in letzter Minute gegenseitig Analogiebildungen abzufragen. Ich wies die vier Jugendlichen an, zwei lange Tische aufzustellen und Tischdecken und Einweggeschirr und -besteck aufzulegen, die ich mitgebracht hatte. Julian hatte zu meiner Erleichterung bereits angefangen, in der großen Kaffeemaschine der Schule Kaffee zu kochen, aber er hatte sie in der Küche aufgestellt, und ich wußte nicht, wie ich das riesige Gerät ins Foyer schaffen sollte.

»Ich wollte den Kaffee hier draußen machen«, erklärte Julian, als könne er meine Gedanken lesen, »aber ich konnte die Verlängerungsschnur nicht finden, die normalerweise an dem Ding ist.«

Oh, erspar mir das. Zum hundertstenmal, seit ich die Leiche von Keith Andrews im Schnee gefunden hatte, schob ich den Gedanken an das dunkle Kabel von mir, das um seinen Körper geschlungen war. »Julian, sag nie wieder das Wort *Verlängerungskabel* in meiner Gegenwart. Bitte?«

Er sah mich verständnislos an und begriff dann plötzlich. Er und Neil brachten die Kaffeetassen auf Tabletts hinaus. Als die Schüsseln und Platten aufgedeckt wurden, kamen nach und nach Schüler zu mir und fragten, ob sie jetzt essen dürften, wohin sie gehen sollten und ob die Klassenräume gekennzeichnet seien.

Verzweifelt wandte ich mich an Julian. »Ich muß mich um das Essen kümmern. Würdest du bitte einen Lehrer oder sonst jemanden auftreiben, der sich um diese Horde kümmert?«

Er seufzte. »Irgend jemand hat gesagt, Miss Ferrell ist Stifte holen gegangen.« Ehe wir uns darüber weitere Gedanken machen konnten, tauchten zum Glück ein paar Lehrer auf, die die Aufsicht führten. Die Schüler könnten noch zwanzig Minuten frühstücken, verkündeten sie. Anschließend sollten sie nach alphabetischer Reihenfolge auf verschiedene Klassenräume verteilt werden. Die Jugendlichen drängten sich um die Büfettische und riefen einander Ermutigungen und Vokabeln zu, während sie mit Muffins, Doughnuts, Plätzchen, Schälchen mit Obst und Joghurt und Kaffeetassen jonglierten. Ich war so mit dem Nachfüllen der Platten beschäftigt, daß ich keine Gelegenheit hatte, noch einmal mit Julian zu sprechen, bis er schon fast in dem für die Buchstaben P-Z reservierten Klassenraum verschwand.

»Wie fühlst du dich?«

»Okay.« Doch sein Lächeln war halbherzig. Er klemmte die Hände unter die Achselhöhlen. »Weißt du, es ist komisch mit dem Stipendium. Jemand – jemand außer dir – macht sich etwas aus mir. Vielleicht ein ehemaliger Schüler, vielleicht die Eltern eines anderen Schülers. Nicht zu wissen, wer es getan hat, ist irgendwie Klasse. Ich habe ständig darauf gewartet, daß Ferrell oder Perkins sagen: Also, du mußt dies tun, du mußt das tun. Aber nichts ist passiert. Deshalb denke ich jetzt, daß es nicht mehr so wichtig ist, wie gut ich bei den Prüfungen abschneide. Sie sind nicht mehr so entscheidend. Und das macht mir ein gutes Gefühl. Es geht mir gut.«

Ich sagte: »Großartig« und meinte es auch so.

Egon Schlichtmaier kam mit modisch zerzaustem Haar und den

Händen in den Taschen seines Schaffellmantels herbei und scheuchte Julian in die Klasse. Ich ging zurück, um aufzuräumen. Das Foyer war leer bis auf einen einsamen Schüler. Macguire Perkins starrte finster auf die Überreste der Mordsmüslikekse.

»Macguire! Sie müssen zu Ihrer Prüfung. Sie fängt in fünf Minuten an.«

»Ich habe Hunger.« Er sah mich nicht an. »Ich bin normalerweise nicht so früh auf. Aber ich kann mich nicht entscheiden, was ich nehmen soll.«

»Hier«, sagte ich und griff schnell nach ein paar Keksen, »nehmen Sie sie mit in die Klasse. Gehen Sie Schlichtmaier nach den Gang hinunter.«

Ohne mich anzusehen, stopfte Macguire die Plätzchen in den Beutel seines sackigen Sweatshirts. »Danke«, murmelte er. »Vielleicht machen sie mich schlau. Letztes Jahr hatte ich keine und bekam insgesamt nur 820 Punkte.«

»Ach, Macguire«, sagte ich ernst, »machen Sie sich keine Sorgen…« Sein elendes, pickeliges Gesicht verfiel sichtlich. »Sehen Sie, Macguire, es wird alles gutgehen. Kommen Sie.« Ich schoß hinter dem langen Tisch hervor. »Ich bringe Sie in Ihre Klasse.«

Er zuckte vor meinem Versuch zurück, seinen Arm zu nehmen, schlich aber ohne Protest neben mir her zu dem Klassenraum, dessen Tür Egon Schlichtmaier gerade geschlossen hatte. Ich warf einen verstohlenen Blick auf Macguire. Der Junge zitterte.

»Kommen Sie!« mahnte ich. »Stellen Sie sich vor, es wäre ein Basketballtraining. Machen Sie es ein paar Stunden, und hoffen Sie das Beste.«

Er sah auf mich herunter, endlich. Seine Pupillen waren vor Angst geweitet. Schwerfällig sagte er: »Ich fühl' mich beschissen.« Und ohne auf eine Antwort zu warten, öffnete er die Tür zum Klassenzimmer und schlüpfte hinein.

Den ganzen Weg zurück zum Foyer schimpfte ich mit mir selbst; ich hob fallengelassene Servietten und Pappbecher auf, räumte Schälchen und Plastiklöffel fort und deckte die restlichen Muffins, die Brötchen und das Obst ab. Überall waren Krümel. Basketballtraining? Vielleicht hatte ich damit genau das Falsche gesagt.

Die Prüfung war auf drei Stunden angesetzt. Es gab nur zwei Pausen von je fünf Minuten. Der Direktor und Miss Ferrell hatten beschlossen, daß es am besten sei, nur einmal Essen anzubieten. Und da ich gerade bei der Studienberaterin war – ich mußte herausfinden, wo wir uns nach der Prüfung treffen wollten. Ich schenkte mir eine Tasse Kaffee ein und ging in Miss Ferrells Klasse. Im Gegensatz zu den anderen freien Klassenräumen war ihre Klasse nicht verschlossen, aber dunkel. Ich schaltete das Licht an und wartete. Auf dem Pult lagen Papiere in einem unordentlichen Haufen, vielleicht ein Zeichen, daß sie hier gewesen war, um etwas zu arbeiten, und bald wiederkommen würde. Ich trank meinen Kaffee und wartete über eine Stunde auf sie, beide Fünf-Minuten-Pausen hindurch, aber offenbar war sie mit Schülern beschäftigt.

Ich ging wieder ins Foyer und beschloß, das Essen zusammenzupacken und mein eigenes Geschirr zu spülen, statt es schmutzig mit nach Hause zu schleppen. Ich fand Spülmittel, füllte das Porzellanbecken der ehemaligen Hotelküche mit heißem Spülwasser und machte mich summend an die Arbeit. Ohne Spülmaschine brauchte ich länger, als ich gedacht hatte. Nun ja, zumindest saß ich nicht in einer dieser Klassen und mußte versuchen, die Bedeutung von Worten wie *ekliptisch* herauszufinden.

Als das Geschirr zum Trocknen auf der Ablage stand, ging ich wieder hinaus ins Foyer. Immer noch lagen Krümel und Obststückchen auf dem Boden verstreut. Mir blieb nur noch eine Viertelstunde, bis die Schüler mit ihrer Prüfung fertig waren. Auf dem Weg nach draußen würden sie mit ihren Schuhen auch das letzte Krümelchen in den weichen, grauen Teppichboden treten.

Was eine Partylieferantin nicht alles tun muß, bemitleidete ich mich selbst. Ich wischte die Krümel von den Tischen. Ich hatte nicht die geringste Ahnung, wie groß meine Chancen waren, in der Überfülle von Küchenschränken einen Staubsauger zu finden.

Nun denn, das ließ sich im Ausschlußverfahren klären, wie Julian es mir für die Multiple-Choice-Tests der Eignungsprüfungen gesagt hatte. Im ersten Schrank lagen Telefonbücher und Schachteln. Im nächsten Schrank, den ich öffnete, waren alte Jahrbücher der Elk-Park-Schule verstaut. Ob der dritte Schrank einen Staubsauger barg, fand ich nie heraus. Als ich die Tür öffnete, sah ich mich der Leiche von Miss Suzanne Ferrell gegenüber.

18 Ihr zierlicher Körper bewegte sich in dem Luftzug, den ich beim Öffnen der Tür verursacht hatte. Ich berührte die blau angelaufene Haut ihres Armes. Keine Reaktion. Ich wich stolpernd zurück. Ich schrie unzusammenhängend nach Hilfe, nach jemandem, nach irgendjemandem. Ich sah mich hektisch in der Küche um: Ich brauchte etwas – einen Schemel, eine Leiter –, um hinaufzusteigen und sie abzuschneiden. Vielleicht war ihr noch zu helfen? Auf keinen Fall. Ich hatte die letzte Stunde hier aufgeräumt und hätte sie gehört. Wenn sie noch gelebt hätte, wenn noch eine Chance bestanden hätte...

Julian und ein grauhaariger, buckliger Lehrer, den ich im Laufe des Morgens schon einmal gesehen hatte, stürzten in die Küche. Ihre Stimmen überschlugen sich.

»Was ist? Was ist los? Was gibt es für Probleme? Die Prüfung ist noch...«

»Schnell«, keuchte ich mit hilfloser Gebärde, »schneid' Sie los...« Ich mußte würgen.

Der ältere Mann humpelte vor und starrte in den offenen Schrank. »Gott steh' uns bei«, hörte ich ihn sagen.

An der Küchentür wurden Stimmen laut. Was ist los? Alles in Ordnung?

»Nein, nein, kommen Sie nicht herein«, brüllte ich zwei ver-

blüffte Schüler an, die in die Küche gestürzt kamen. Mit aufgerissenen Augen und Mündern blieben sie reglos stehen und
starrten in den Schrank.

»Sorg dafür, daß alle draußen bleiben«, wies ich Julian kurz und
bündig an.

Er nickte, ging schnurstracks zur Küchentür und drängte die
Schüler mit einer Handbewegung hinaus. Dann baute er sich an
der Tür auf und sprach leise mit den Leuten, die sich dort versammelt hatten.

Mit gebrochener Stimme bat mich der ältere Mann, ihm ein
Messer zu holen. Ich zog eines aus der Schublade und reichte es
ihm. Von der Tür aus beobachtete Julian jede meiner Bewegungen. Ich glaube, mein Gesichtsausdruck machte ihm Sorgen.

Als der grauhaarige Mann oben auf einer Trittleiter stand, die er
aus dem ersten Schrank geholt hatte, sagte er brüsk: »Schicken
Sie den Jungen zurück in die Klasse. Ich brauche Ihre Hilfe.«

Julian nickte und ging. Gemeinsam packten der Mann und ich
Miss Ferrells zierlichen Körper und legten ihn auf den Boden.
Ich konnte ihre grotesk erstarrte Grimasse nicht noch einmal
ansehen.

Der Lehrer bat mich, die Polizei zu rufen. Er würgte leicht und
hustete, dann bat er mich, eine Lehrkraft zu holen, die in seiner
Klasse die Fragebögen einsammeln konnte. In jener Klasse, aus
der er und Julian herbeigestürzt waren, als sie meine Schreie
gehört hatten. Er würde bei der Leiche warten. Ich brauchte
nicht erst Orden zu sehen, um zu erkennen, daß er ein Kriegsve-
teran war. Sein ausdrucksloser Ton und der Schmerz in seinen
Augen zeigten nur allzu deutlich, daß er dem Tod schon begegnet war.

In der Küche gab es kein Telefon. In meinem Kopf hämmerte
das Blut. Als der Luftzug der zufallenden Küchentür mich
streifte, brach mir der kalte Schweiß aus. Aus dem Korridor
drang entferntes Stühlerücken und Füßescharren aus einigen
Klassen zu mir. Die Uhr auf dem Flur stand auf fünf vor elf; die

Prüfung war fast zu Ende. Mir wurde schwindelig. Sollte ich irgendeine Erklärung abgeben? Sollte ich die Schüler auffordern, zu bleiben? Ihnen sagen, daß die Polizei bald hier sei und alle befragen werde? Ich ging schnell zum Telefon in der Halle.

Ich tippte die 911. In nannte meinen Namen, sagte, wo ich war und etwas in der Art wie: »Ich habe gerade eine Leiche gefunden. Ich glaube, es ist Miss Suzanne Ferrell, eine Lehrerin der Schule.« In meinen Ohren brauste es, als befände ich mich in einem Windkanal.

»Sind Sie noch dran?« Die Stimme des Telefonisten klang unendlich weit entfernt.

»Ja, ja«, sagte ich.

»Sorgen Sie dafür, daß niemand die Schule verläßt. Niemand. Ich benachrichtige die Polizei, daß sie umgehend ein paar Leute hinaufschicken.«

Ich suchte verzweifelt in meinem benebelten Kopf nach Worten, während ich auflegte und in die Klasse stolperte, die für die Buchstaben P–Z reserviert war. Ich wies Julian knapp an, er solle seiner und den anderen Klassen sagen, daß sie nach dem Einsammeln ihrer Fragebögen noch warten müßten.

»Wenn sie Fragen stellen, du weißt schon, weil sie mein Schreien gehört haben, sage ihnen . . . nichts weiter«, sagte ich unschlüssig.

Julian wandte sich mit angespannter Miene an seine Klasse. Ich war inzwischen am ganzen Körper schweißgebadet. Das Hämmern in meinem Kopf wurde zur Qual. Im Zeitlupentempo ging ich zurück zur Küchentür.

»Die Polizei ist unterwegs«, sagte ich dem grauhaarigen Mann. Er hatte sich auf einem Knie neben der Leiche postiert. Eine weiße Serviette verhüllte Miss Ferrells Gesicht. Der Lehrer nahm meine Erklärung mit einem grimmigen Kopfnicken entgegen, sagte aber nichts.

Es war bedrückend in der Küche. Ich konnte nicht neben Suzanne Ferrells Leiche bleiben. Wie betäubt ging ich wieder ins Foyer. In der Tasche mit meinen Utensilien fand ich Papier und Stift, um Schilder für die Türen zu schreiben. Ich hatte Schwierigkeiten, den Stift zu halten. Mit zittriger Hand schrieb ich: *Verlassen Sie das Schulgebäude nicht, bis die Polizei es erlaubt.* Der Raum wirkte wie die verlassene Kulisse für einen surrealistischen ausländischen Film: Was war mit all dem Abfall, woher kamen diese Obststückchen, warum standen meine Kästen auf den Tischen? Ich suchte Halt an einer Tischkante.

Die Erinnerung stieg wieder in mir auf, entsetzlich, furchtbar. Ich sah meine Hand die Schranktür öffnen, sah eine stark schaukelnde Leiche in einem leuchtend orange- und pinkfarbenen Kleid, sah ein grotesk rot angelaufenes Gesicht, das keinerlei Ähnlichkeit mit der munteren Französischlehrerin hatte. Unter der Berührung meiner Finger hatte sich die dunkel angelaufene Haut weißlich verfärbt. Ihre Leiche war aufgeknüpft wie die Schlange in Archs Spind. Ich kniff die Augen zu.

Die Polizei traf mit heulenden Sirenen ein. Ich schaute auf meine Uhr: Viertel vor zwölf. Durch die Fenster des Foyers sah ich, daß es Millionen Schneeflocken vom Himmel rieselte. Ein äußerst schmallippiger Tom Schulz kam mit großen Schritten herein. Er war überaus sachlich, während seine Kollegen von der Mordkommission geschäftig um ihn herumliefen, Anweisungen entgegennahmen und sich an die aufreibende Routinearbeit machten, die ein plötzlicher Todesfall mit sich bringt. Sie nahmen sich die Jugendlichen in den Klassenräumen nacheinander vor. Ich kannte das Vorgehen. Name. Adresse. Wann sind Sie angekommen, was haben Sie gesehen, kennen Sie jemanden, der etwas gegen Miss Ferrell hatte?

Und die Frage, die mich belastete und das Pochen in meinen Schläfen verursachte, betraf natürlich die unausweichliche Schlußfolgerung: Wer haßte sowohl Keith Andrews *und* Miss Ferrell?

Ich setzte mich auf eine der Bänke und beantwortete stumpf Schulz' Fragen. Wann war ich angekommen? Wer war zu dieser

Zeit noch in der Schule? Wer hatte heute morgen Zutritt zur Küche? In meinem Hinterkopf pochte nach wie vor ein dumpfer Schmerz, aber ich fühlte mich auch erleichtert. Dieser Horror lag nun in den Händen der Polizei. Sie waren jetzt wohl gerade dabei, in der Küche alles sorgfältig unter die Lupe zu nehmen: Fotos zu schießen, Notizen zu machen, überall schwarzes Graphitpulver zu verstäuben, um Fingerabdrücke zu nehmen. Julian kam durch eine Tür, ging durch den Raum und ließ sich neben mir auf die Bank fallen. »Achtundneunzig Prozent der Leute, die hier waren, lassen sich ausklammern«, hörte ich Tom Schulz zu einem Kollegen sagen. Julian und ich saßen schweigend da, während die anderen Schüler der Abschlußklasse, die endlich gehen durften, einer nach dem anderen finster an uns vorbeigingen. Ich spürte die Blicke der Schüler auf mir. Ich sah nicht auf, Ich hörte lediglich mein Herz schlagen.

Als die Eingangshalle wieder leer war, setzte Schulz sich auf die Bank neben Julian und mich. Er sagte, daß Julian und sein Freund Neil heute morgen als erste nach dem grauhaarigen Lehrer gekommen seien, der George Henley hieß. Henley hatte offenbar bei seinem Eintreffen kurz vor acht die Außentüren unverschlossen vorgefunden. Er hatte einen Satz Schlüssel von Direktor Perkins bekommen, allerdings angenommen, daß Miss Ferrell, die ihm an diesem Morgen bei den Prüfungsvorbereitungen helfen sollte, »irgendwo« sei, da ihre Klassentür offen, aber das Licht ausgeschaltet war. Nein, er hatte sich über die unverschlossenen Türen nicht gewundert, da der Direktor, wie er immer lautstark verkündete, viel von einer »Umgebung des Vertrauens« hielt.

»Wonach wir suchen«, erklärte Schulz müde, »ist ein möglicher Zusammenhang mit dem Andrews-Mord. Wißt ihr, ob jemand Probleme mit dieser Frau hatte? Jemand, der vielleicht auch Keith nicht mochte?«

Ich wiederholte, was ich ihm bereits über Egon Schlichtmaier und seine angebliche Liebesbeziehung mit Suzanne Ferrell erzählt hatte. Er fragte, ob wir irgendein Gespräch zwischen ihnen beobachtet hätten – das hatten wir nicht. Oder zwischen ihr und jemand anderem.

»Es ist in der Schule passiert. Und wegen der Dinge, die hier bereits vorgefallen sind, müssen wir zuerst in der Schule suchen«, beharrte Schulz. »Gibt es sonst noch etwas?«

Es gab eine ganze Reihe Leute, sagte ich ihm matt, die etwas gegen Miss Ferrell gehabt haben könnten. Wieso, wollte Schulz wissen. Weil sie den Zeugnissen, den Empfehlungen und der Collegefrage eine so hohe emotionale Bedeutung beimaßen. Sie war schließlich die Studienberaterin. Und vielleicht wußte sie manches. Nach allem, das ich in den letzten Wochen über die Schule erfahren hatte, schien das hier eine wahre Fundgrube für Geheimnisse zu sein.

»Herrje«, schimpfte Schulz. »Wann hat hier eigentlich jemand Zeit zu lernen? Was ist mit dem Direktor? Gab es Animositäten?«

»Nicht, daß ich wüßte«, sagte ich und wandte mich an Julian, der seine Hände geöffnet nach oben streckte und benommen den Kopf schüttelte.

»Wir werden mit ihm reden.« Schulz sah mich an. Ich las ihm die Belastung durch diesen zweiten Mordfall innerhalb einer Woche an den geröteten Augen und dem abgespannten Gesicht ab. »Sie ist seit etwa sechs Stunden tot. Unsere Wache kann bestätigen, wann du das Haus verlassen hast, du stehst also nicht unter Verdacht.«

»Diesmal nicht«, meinte ich trocken. Ich verspürte allerdings keine Erleichterung.

»Sieht einer von euch sich in der Lage, zu fahren?« fragte Schulz. Neil Mansfield mit seinem Käfer voller Aufkleber war längst fort. Julian sagte: »Laß mich Goldy in ihrem Lieferwagen nach Hause bringen.« Sein Gesicht war kreidebleich. »Rufst du uns später an?« fragte er Schulz.

Schulz berührte Julian sanft am Kopf. »Heute abend.«

282

Schneeflocken lagen wie Puderzucker auf den glatten Bahnen, die der CAT-Schneeräumer gezogen hatte. Es schneite immer noch. Die Kürbisse, die die Zufahrt säumten, waren mittlerweile weiße Hügel, deren lauernde Gesichter seit langem verdeckt waren. Julian lenkte den Lieferwagen die kurvenreiche Straße entlang. Ich überlegte, wie ich Arch sagen sollte, daß Miss Ferrell ermordet worden war. Nach langem Schweigen fragte ich Julian, wie die Prüfung verlaufen sei; er zuckte unverbindlich die Achseln.

»Weißt du, wozu ich Lust hätte?« fragte er unvermittelt. »Wozu?«

»Ich muß schwimmen. Ich habe seit zwei Wochen kein Schwimmbecken mehr gesehen. Es klingt wahrscheinlich verrückt, ich weiß.«

Er verfiel wieder in Schweigen und konzentrierte sich auf die zunehmend tückische Straße. Dann sagte er: »Diese Sache in der Schule nimmt mich mit. Ich kann nicht nach Hause fahren und da herumsitzen. Macht es dir etwas aus?« Er warf mir einen flüchtigen Seitenblick zu. »Vermutlich ist dir nicht nach Kochen.«

»Das siehst du ganz richtig. Schwimmen klingt gut.«

Wir parkten vor dem Haus. Durch den starken Schneefall war schwer zu erkennen, ob jemand in einem der Wagen saß, die den Straßenrand säumten. Schulz' Wachposten mußte da sein, sagte ich mir. Er mußte einfach.

Im Haus zog ich erleichtert meine Arbeitskleidung aus und schlüpfte in Jeans und Rollkragenpullover. Wir packten Badeanzüge und Handtücher zusammen. Auf dem Anrufbeantworter war eine Nachricht von Marla: ob wir zu einem frühen Abendessen zu ihr kommen könnten. Sie habe endlich Pamela Samuelson ausfindig gemacht. Pamela Samuelson? Marlas Stimme auf dem Tonband half mir auf die Sprünge: »Du weißt schon, die Lehrerin von der Elk-Park-Schule, die einen Streit mit dem Direktor hatte. Sie möchte dich wirklich gerne treffen.« Geheimnisvoll hatte Marla hinzugefügt: »Es ist dringend.«

Ich wählte Marlas Nummer. Die Privatschwester erklärte, ihr Schützling mache gerade ein Nickerchen. Wecken Sie sie nicht, sagte ich ihr. Sagen Sie ihr nur, wenn sie wach wird, daß wir gegen siebzehn Uhr kommen.

Wegen der Straßenverhältnisse nahmen wir den Range Rover. Auf der Fahrt zum Freizeitzentrum fühlte sich mein Herz an wie ein Klumpen Granit. Vielleicht war es auch nicht mein Herz, sondern ein unausgesprochenes Gefühl, das sich in meinem Brustkorb verdichtet hatte. Angst? Wut? Trauer? Alles zusammen.

Ich hätte gerne geweint, konnte es aber nicht. Noch nicht. Ich hätte gerne gewußt, ob es Arch gut ging, doch ich versicherte mir, daß natürlich mit ihm alles in Ordnung sei. Schließlich war er mit seinem Vater in Keystone, meilenweit entfernt von diesen gräßlichen Ereignissen. *Mach einfach weiter,* sagte eine innere Summe mir. Natürlich, das hatte ich immer getan. Doch der Stein in meiner Brust blieb.

Im Schwimmbad sprang Julian sofort mit einem lauten Platschen ins Becken, daß das Wasser in alle Richtungen spritzte. Wie ein Besessener pflügte Julian sich durch seine Bahn. Ich ließ mich unendlich vorsichtig ins Wasser und schwamm wie betäubt zu der Bahn links von Julians hinüber. Mit geschlossenen Augen ließ ich meine Arme in ein langsames Kraulen übergehen. Warmes Wasser strömte über mich. Zweimal begann ich, über die Ereignisse dieses Vormittags nachzudenken und schluckte versehentlich Wasser. Ich spuckte und wechselte in Rückenlage, während Julian mich in der Nebenbahn mehrmals überrundete. Nachdem ich mit Unterbrechungen zwanzig ungleichmäßige Runden zurückgelegt hatte, hielt ich Julian auf, der gerade zu einer Wende an der Betonwand ansetzte. Ich sagte ihm, ich wolle duschen gehen. Er antwortete, er sei auch fast fertig.

Ich wusch mir viermal die Haare. Das Duschgel mit dem Fich-
tennadelgeruch würde es völlig austrocknen, aber das kümmerte
mich nicht. Der scharfe, waldige Duft ließ Erinnerungen an das
Internat mit seiner behaglichen Alltagsroutine aufsteigen:
Geschichtsunterricht, Rasenhockey, Perlenketten zum Abendessen und Handschuhe in der Kirche. Schade, daß die Elk-Park-
Schule nicht annähernd so sicher und geborgen war.

In der Eingangshalle des Freizeitzentrums stellte ich mich ans
Fenster und beobachtete den Schnee, während ich auf Julian
wartete. Die Flocken trudelten herunter wie der Ascheregen
eines entfernten Feuers. Plötzlich merkte ich, daß ich ausgehungert war. Julian kam heraus, schüttelte sich Tropfen aus dem
Haar, und schweigend fuhren wir zu Marlas Haus auf dem
Gelände des Country Clubs.

Marla begrüßte uns mit einem glücklichen Kreischen. Ihr Bein
steckte in einem dicken Gipsverband, auf dem bereits zahlreiche
bunte Aufschriften prangten.

»Ich dachte mir schon, daß du mitkommen würdest«, sagte sie
zu Julian, »ich habe dir zu unseren Cheeseburgern ein überbak-
kenes Gruyère-Sandwich bestellt. Es gibt außerdem noch mit
Jalapeño geröstete Zwiebeln und Rotkohlsalat«, fügte sie hoffnungsvoll hinzu. Verlegen, so verwöhnt zu werden, zumal von
jemandem mit Gipsbein, wurde Julian rot und murmelte einen
Dank.

»Na, dann kommt.« Marla hopste vor. »Goldy hat mich seit
einer Woche genervt, diese Frau zu finden«, erklärte sie Julian
über die Schulter hinweg. »Du kennst sie vielleicht schon.«

Pamela Samuelson, eine ehemalige Lehrerin an der Elk-Park-
Schule, saß auf der Kante einer matt blaugrün gestreiften Couch
in Marlas Wohnzimmer. Ein großzügiges Feuer loderte in
einem mit leuchtend grünen und weißen italienischen Kacheln
eingefaßten Kamin.

»Ach, Miss Samuelson«, sagte Julian überrascht. »Amerikanische Geschichte, elfte Klasse.«

»Hallo, Julian.« Pamelas Haar hatte Aussehen und Form eines viel benutzten Topfkratzers, und in ihren dicken Brillengläsern spiegelte sich das Feuer. Sie war um die Fünfzig und ein wenig teigig, obwohl Marla sie als eine der »Stammkundinnen« des Sportclubs vorstellte. »Ja«, sagte sie mit leicht ironischem Unterton, »amerikanische Geschichte, elfte Klasse.«

»Pam verkauft jetzt Immobilien«, warf Marla mit aufrichtigem Mitgefühl ein. Marla war nicht gerade ein Freund von Immobilienmaklern. »Man hat sie da draußen an dieser Schule ganz schön in die Pfanne gehauen.«

»In die Pfanne gehauen?« fragte ich.

Pamela Samuelson verknotete ihre plumpen Finger und löste sie wieder. Sie sagte: »Man wäscht ja nicht gerne in der Öffentlichkeit schmutzige Wäsche. Aber als ich das von Suzanne hörte und Marla mich anrief...«

»Sie haben es schon erfahren?« rief ich aus. Wieso überraschte mich das? Meine Jahre in Aspen Meadow hatten mich doch die schreckliche Leistungsfähigkeit der örtlichen Gerüchteküche fürchten gelehrt.

»Ach ja«, sagte Pamela. Sie strich sich über ihr drahtiges, Haar. »Die Herbstprüfungen. Am ersten Samstag im November.«

Ich warf einen verstohlenen Blick zu Julian hinüber. Er zuckte die Achseln. Ich sagte: »Bitte, können Sie mir mehr über die Schule erzählen? Ich sage es nur ungern, aber... die schmutzige Wäsche könnte uns helfen, ein paar Dinge zu klären.«

»Nun ja. Das habe ich Marla auch schon gesagt. Ich weiß nicht, ob es wichtig ist.« Sie schwieg und sah auf ihre Hände.

»Bitte«, sagte ich wieder.

Sie schwieg weiter. Julian stand auf und legte ein Scheit aufs Feuer. Marla betrachtete eingehend ihr Gipsbein, das sie auf eine grünweiße Ottomane gebettet hatte. Ich hörte meinen Magen knurren.

»Ehe ich entlassen wurde«, sagte Pamela schließlich, »ließ ich eine Arbeit in amerikanischer Geschichte schreiben. Die Aufgabe hieß: Erörtern Sie die amerikanische Außenpolitik vom Bürgerkrieg bis heute.« Hinter den dicken Brillengläsern verengten sich ihre Augen. »Es war eine Frage, die ich selbst in der Schule in Geschichte hatte bearbeiten müssen. Doch mehrere Schüler der Elk-Park-Schule beschwerten sich. Nicht bei mir, wohlgemerkt«, sagte sie verbittert, »bei Direktor Perkins. Perkins machte mir die Hölle heiß, meinte, eine so anspruchsvolle Frage hätte er erst in Arbeiten an der Hochschule beantworten müssen.«

Ich grunzte: »Ach, nein.«

»Ich sagte: ›Auf welcher Hochschule waren Sie denn, auf der Universität der südlichen Sandwich-Inseln?‹ Und das war noch nicht das Schlimmste«, fuhr sie säuerlich fort. »Es war Fußballsaison, wissen Sie. Am Wochenende vor den Prüfungen schlug Brad Marensky sich hervorragend als Torwart unten in Colorado Springs. Aber er hatte nicht für seine Geschichtsprüfung gelernt und ließ in seiner Arbeit zu dieser Frage leider beide Weltkriege aus.«

Julian sagte: »Schade.«

Pamela Samuelson fuhr mit plötzlich wutverzerrter Miene zu Julian herum. »Schade? Schade?« schrie sie. Als Julian erschrocken zurückwich, zwang sie sich offensichtlich zur Ruhe. »Also. Ich ließ ihn durchfallen. Glatt ungenügend.«

Niemand sagte *Schade*.

»Als am Ende des Schuljahres die Ehrenliste herauskam«, fuhr Pamela fort, »stand Brad Marensky darauf. Er konnte nicht mit einem Ungenügend auf die Liste kommen, das versichere ich Ihnen.« Sie breitete ihre Hände in einer Geste der Verständnislosigkeit aus. »Unmöglich. Ich verlangte ein Gespräch mit Perkins. Seine *Sekretärin* sagte mir, die Marenskys hätten gegen Brads Note protestiert. Vor dem Gespräch sah ich in der Zeugnisliste nach, die in einem Ordner zusammen mit alten Zeugnislisten in Perkins Büro aufbewahrt wird. Das Ungenügend in Geschichte war in ein Gut geändert. Als ich Perkins darauf ansprach, verteidigte er sich nicht einmal. Aalglatt erklärte er, er habe Brad Marensky wegen des Fußballspiels Punkte gutge-schrieben. Ich sagte: ›Sie haben eine seltsame Vorstellung von akademischer Integrität‹«.

Um von amerikanischer Außenpolitik gar nicht zu reden.

»Perkins sagte mir, ich könne mir gerne eine andere Stelle suchen, er habe sogar schon einen hervorragenden Ersatz für mich im Kopf. Ich weiß, das war der junge Deutsche, den er auf Drängen eines Freundes von der Colorado University einstellen sollte. Auch das hatte ich von der Sekretärin gehört.« Pamela zischte angewidert. »Nach dem Artikel in der *Post* über die nied-rigeren Prüfungsergebnisse an der Elk-Park-Schule fühlte ich mich ein Weilchen etwas besser, aber es hat mich auch nicht glücklich gemacht. Ich versuche nach wie vor, während der schlimmsten Flaute am Immobilienmarkt seit zehn Jahren Häu-ser mit vierhundertsechzig Quadratmetern zu verkaufen.«

Ich murmelte etwas Mitfühlendes. Marla sah mich mit verdreh-ten Augen an.

»Suzanne Ferrell war meine Freundin«, sagte Pamela mit einem tiefen, unglücklichen Stoßseufzer. »Mein erster Gedanke war, sie wollte sich ihnen nicht beugen.«

»Wem nicht beugen?« fragte Marla.

»Denen, die glauben, Bildung wäre nur eine Frage der Noten, der Rangfolge in der Klasse und des Studienortes.« Pamela Samuelsons Stimme war spröde vor Zorn. »Es ist so *destruk-tiv!*«

Das grelle Schrillen der Türglocke durchschnitt ihren Wutaus-bruch. Marla wollte schon ihren Gips von der Ottomane heben, doch Julian hielt sie zurück.

»Ich gehe schon«, sagte er. Als er zurückkam, teilte Marla lächelnd die Leckereien aus, die sie bestellt hatte. Pamela Samu-elson erklärte zögernd, sie könne nicht bleiben und ging, immer noch kochend vor Wut. Offensichtlich hatte die verärgerte Leh-rerin alles gesagt, was sie zum Direktor, zu Egon Schlichtmaier und zu den geänderten Noten zu sagen bereit war. Marla bat Julian, einen winzigen Sara-Lee-Schokoladenkuchen aus einer ihrer geräumigen Kühltruhen zu holen. Ich schnitt ihn auf, und wir schwelgten in großen, kalten Stücken.

»Ich will euch sagen, was meiner Ansicht nach das ganze Problem ist«, sagte Marla nüchtern, während sie grazil Schokoladenkrümel von ihren Fingern leckte. »Es ist wie in einer Familie.«

»Wieso?« fragte ich.

Sie rückte ihren Gips auf der Ottomane zurecht, um sich eine bequemere Lage zu verschaffen, und beäugte das letzte Stück Kuchen. »Welche Menschen haßt man am meisten? Die Menschen, die einem am nächsten stehen. Meine Schwester bekam von meinen Eltern zu ihrem Collegeabschluß einen MG geschenkt. Ich dachte, wenn ich nicht einen gleichwertigen oder besseren Wagen geschenkt bekomme, werde ich meine Schwester und meine Eltern Zeit meines Lebens hassen. Haßte ich all die anderen Mädchen in meinem Alter, die draußen in Oshkosh oder Seattle oder Miami einen neuen Wagen bekamen? Nein. Ich haßte die Menschen, die mir nahestanden. Sie besaßen die Macht, mir den Wagen zu schenken oder ihn mir vorzuenthalten, dachte ich, ob es nun vernünftig war oder nicht.« Sie griff nach dem Stück Kuchen und biß mit einem zufriedenen Brummen hinein.

Ich nickte und übertrug das Bild auf die Elk-Park-Schule. »Da draußen könnten siebentausend Leute sein, die sich für die tausend Plätze für Studienanfänger in Yale bewerben. Wenn du töten würdest, um nach Yale zu kommen, hättest du es auf alle siebentausend abgesehen? Nein. Der Mörder macht sich keine Gedanken über all die Leute da draußen, die vielleicht besser sind als er. Er denkt, ich muß die Leute beseitigen, die mir hier im Weg stehen. Dann habe ich die Gewähr, das zu bekommen, was ich will. Eine irrige Schlußfolgerung, aber psychologisch durchaus schlüssig.«

»Du solltest wirklich vorsichtig sein«, sagte Marla. »Jemand da draußen ist gefährlich, Goldy. Und mein gebrochenes Bein beweist es.«

Als Julian und ich wieder in unsere Straße kamen, stellte ich erleichtert fest, daß unmittelbar vor meinem Haus ein Polizist in einem Streifenwagen saß. Schulz hatte angerufen und eine Nachricht hinterlassen, daß die Mordkommission den ganzen Sonntag durcharbeiten müsse und am Montag Berater in der Schule seien, die sich um die Reaktionen der Schüler auf diesen jüngsten Mord kümmern würden. Ich solle mir keine Sorgen machen, hatte er hinzugefügt. Keine Sorgen. Sicher. Ich schlief nur mit Mühe ein und wachte am Sonntagmorgen auf, um festzustellen, daß eine blasse Sonne schien und meine Kopfschmerzen wiedergekommen waren.

Über Nacht waren fünfundzwanzig Zentimeter Schnee gefallen. Nicht einmal die glänzend weiße Welt vor dem Fenster konnte meine Stimmung heben.

Ich holte die Zeitung von der vereisten Veranda und blätterte sie nach einem Bericht über Suzanne Ferrell durch. Auf der Titelseite stand eine kurze Meldung: ZWEITER MORD IN PRIVATSCHULE. Zitternd las ich von Suzanne Joan Ferrell, 43, geboren in North Carolina, Absolventin des Middlebury College, seit fünfzehn Jahren Lehrerin an der Privatschule Elk Park; ihre Leiche wurde entdeckt, während die Schüler der Abschlußklasse ihre Hochschuleignungsprüfung ablegten... ihre Eltern aus Chapel Hill wurden benachrichtigt... ihr Vater war Architekt, ihre Mutter Leiterin des Fachbereichs Französisch an der University of North Carolina... Polizei hat keine Erklärung, keinen Verdacht... Tod durch Erdrosseln...

Ich nahm ein Blatt Papier und machte mich an die äußerst schwierige Aufgabe, Suzannes Eltern zu schreiben. Keiths Eltern hatte ich nur eine knappe Beileidskarte geschickt, da ich den Jungen eigentlich so gut wie gar nicht gekannt hatte. Hier lagen die Dinge anders. *Ich habe sie gekannt,* schrieb ich dem unbekannten Architekten und der Professorin, *sie war eine wunderbare Lehrerin. Ihr lag sehr an ihren Schülern...,* und dann kamen die Tränen, ausgiebig und rückhaltlos, Tränen über Tränen um diesen unerklärbaren Verlust. Ich ließ meinen Tränen freien Lauf, bis ich nicht mehr weinen konnte. Schließlich beendete ich voller Schmerz und Trauer den Brief, unterschrieb und adressierte ihn an die Ferrells am Fachbereich Französisch der University of North Carolina. Wie als Laune des Schicksals fand ich die Adresse der Universität in einem von Julians Büchern zur Studienberatung. Ich schlug das Buch zu und warf es in hohem Bogen durch die Küche, daß es mit lauten Knall gegen einen Schrank flog.

Mit zitternden Händen setzte ich Espresso auf. Während er durchlief, starrte ich aus dem Küchenfenster und sah den Hähern zu, die sich um die Vorherrschaft an meinem Futterhäuschen stritten.

Ich wandte mich ab. Eines war klar. Suzanne Ferrell hatte keinen Selbstmord begangen. Meine Espressomaschine zischte; ein duftender Kaffeestrahl schoß in die kleine Tasse. Hatte Suzanne Ferrell Café au lait bevorzugt? Hatte sie gerne französisch gegessen? Hinterließ sie einen Liebhaber? Ich würde es nie erfahren.

Denk nicht mehr dran. Ich wischte mir ein paar frische Tränen aus dem Gesicht und trank den Espresso. Julian kam herein und sagte zum Glück nichts über mein Aussehen oder das Studienberatungsbuch, das aufgeschlagen, mit dem Rücken nach oben auf dem Boden lag. Als er seinen Kaffee getrunken hatte, erinnerte er mich, daß wir mittags wieder einen Bronco-Halbzeitimbiß bei den Dawsons auszurichten hatten. *Ein italienischer Festschmaus* hatte ich auf meinem Terminkalender vermerkt. Ich stöhnte.

»Laß mich das Essen machen«, bot er an. Als ich schon protestieren wollte, fügte er hinzu: »Es wird mir helfen, mich auf andere Gedanken zu bringen.«

Da ich wußte, daß Kochen in dieser Hinsicht tatsächlich hilfreich sein konnte, willigte ich ein. Julian wirbelte durch die
Küche und stellte Zutaten bereit. Ich schaute zu, wie er
geschickt Fontina und Mozzarella zerkleinerte, mit Eiern,
Ricotta, Parmesan und weicher Butter verrührte und schließlich
kleingehacktes, frisches Basilikum und gepreßten Knoblauch
untermengte. Ich spürte eine Welle des Stolzes in mir aufsteigen, als er Zwiebeln und Knoblauch in Olivenöl anbriet und die
Zutaten für eine Tomatensoße hinzugab. Der üppige Duft nach
italienischem Essen erfüllte den Raum. Nachdem er Manicotti-
Nudeln gekocht hatte, füllte er sie mit der Fontina-Ricotta-
Mischung und löffelte die dicke Tomatensoße darüber.

»Wenn es heiß gemacht ist, bestreue ich es mit noch mehr Parmesan und gehacktem Cilantro«, erklärte er mir. »Ich achte
schon darauf, daß es gut aussieht, keine Sorge.«

Das Essen war das letzte, worüber ich mir Sorgen machte. Ich
raffte mich vom Stuhl hoch, zerkleinerte frischen Salat und
rührte eine Zitronenvinaigrette an. Ich hatte in der vorigen
Woche einige Stangenbrote gebacken und eingefroren. Julian
meinte, er werde noch eine Riesenplatte mit Antipasti zusammenstellen. Nach der Kirche wollte ich einen Fondantkuchen
backen, und das war dann schon alles.

Julian ging nicht mit in die Sonntagsmesse. Ich kam zu spät,
setzte mich in die letzte Reihe und schlüpfte hinaus zur Toilette,
als ich während des Segens wieder in Tränen ausbrach. Sobald
die Kommunion vorbei war, stahl ich mich leise davon. Ein paar
neugierige Seitenblicke trafen mich, aber ich sah entschlossen in
eine andere Richtung. Ich war nicht in Stimmung, über Mord zu
diskutieren.

Der bedrückte Ausdruck in Hank Dawsons rotem Gesicht, als
er mir an diesem Nachmittag die Tür öffnete, um mich einzulassen, rührte offenbar eher von der Aussicht her, daß die Broncos
sich den Redskins stellen mußten, als von etwas, das mit der

Elk-Park-Schule in Zusammenhang stand. Die Dawsons hatten sogar die Marenskys eingeladen. Merkwürdigerweise wirkten Hank und Stan freundschaftlich und resigniert verbrüdert, um eine weitere Tragödie draußen an der Schule durchzustehen. Entweder das, oder sie waren beide hervorragende Schauspieler.

Mit Caroline Dawson war es allerdings eine völlig andere Sache. Statt ihrer üblichen menopausenroten Ausstattung, dem mit penibler Sorgfalt zurechtgemachten Gesicht und der steifen Haltung trug sie ein unvorteilhaftes, cremefarbenes Kostüm aus einem fusseligen Wollstoff, der ständig streunende Watt statischer Ladung aufschnappte. Sie sah aus wie eine stämmige, elektrisch geladene Elfenbeinsäule. Auch ihr unordentlich hochgestecktes Haar und ihre allzu pedantische Inspektion des Essens und des Tisches, den wir für die Gäste deckten, hatten etwas Spitzes.

»Wir bezahlen viel Geld, damit Greer diese Schule besucht«, sagte sie wütend bei ihrem fünften unerwarteten Auftauchen in der Küche. »Es dürfte nicht sein, daß sie sich mit Verbrechen und ständigen Schikanen abfinden muß. Das ist nicht gerade das, was ich erwarte, wenn Sie wissen, was ich meine. Sie hätten nie anfangen dürfen, Pöbel in die Schule zu lassen. Solche Probleme hätten sie gar nicht erst, wenn sie einen höheren Standard gewahrt hätten.«

Ich sagte nichts. Alle bezahlten viel Geld, um auf diese Schule zu gehen, und ich wußte nicht, wie Caroline Pöbel definierte. Vielleicht gehörte Julian dazu?

Rhoda Marensky kam einmal groß und elegant hereinstolziert in einem grün-braunen Strickensemble und passenden, italienischen Lederschuhen. Im Elend verschwisterte sie sich mit Caroline. »Zuerst dieser Andrews-Mord. Stellen Sie sich vor, einer von unseren Mänteln war in die Sache verwickelt, und die Polizei sagte, sie hätten draußen bei der Leiche einen von unseren Kugelschreibern aus dem Laden gefunden... und jetzt Ferrell.

Julians Käsemanicotti

Für die Soße:
7 große Zwiebeln, gehackt
4 Knoblauchzehen, (vorzugsweise) gepreßt oder gehackt
2 Eßlöffel Olivenöl
340 g Tomatenmark
2 Eßlöffel fein gehackte, frische Oreganoblätter
1 kleines Lorbeerblatt
1 Teelöffel Salz
$^1/_2$ Teelöffel frisch gemahlener, schwarzer Pfeffer

Für die Pasta:
1 Teelöffel Olivenöl
14 Manicotti-Nudeln

Für die Füllung:
$1^1/_2$ Tasse Ricotta-Käse
6 große Eier
350 g Fontinakase, gerieben
125 g Mozzarella-Käse, gerieben
30 g frisch geriebenen Parmesankäse, beste Qualität
6 Eßlöffel weiche Butter (keine Margarine)
1 Teelöffel Salz
$^3/_4$ Teelöffel frisch gemahlenen schwarzen Pfeffer
2 Teelöffel fein gehackte, frische Basilikumblätter
frisch geriebenen Parmesankäse zum Bestreuen

Den Backofen auf 175 Grad vorheizen. Für die Soße die
Zwiebeln und den Knoblauch bei mittlerer Hitze vorsichtig
glasig schmoren, ca. fünf Minuten. Das Tomatenmark zugeben und verrühren. Nach und nach ca. 300 ml Wasser zugeben und verrühren. Die Gewürze zugeben, und die Soße

bei kleiner Flamme köcheln lassen, während Sie die Manicotti und die Füllung zubereiten.

Einen großen Topf Wasser zum Kochen bringen, das Olivenöl zugeben und die Manicotti ins Wasser geben. Knapp al dente kochen, etwa 10 bis 15 Minuten. Die Manicotti in einem Sieb abschütten und mit kaltem Wasser abschrecken. Beiseite stellen.

In einer großen Rührschüssel den Ricotta mit den Eiern verquirlen, bis beides gut vermengt ist. Die geriebenen Käse und die weiche Butter zugeben und gut verrühren. Salz, Pfeffer und Basilikum untermengen. Auf kleiner Stufe verquirlen, bis alles gut verrührt ist.

Die gekochten Manicotti vorsichtig mit der Käsemischung füllen und in zwei gefettete Auflaufformen von 23 × 33 Zentimeter Größe legen. Die Soße auf die Nudeln in beiden Formen verteilen und mit Parmesankäse überstreuen. Etwa 20 Minuten backen lassen, bis der Käse gut geschmolzen ist und die Soße Blasen wirft. *Ergibt 7 Portionen.*

Der arme Brad hat zwei Wochen kein Auge zugetan, und ich fürchte, er war nicht fähig, seine Arbeit über den ›Sturm‹ auch nur anzufangen. *Dafür* bezahlen wir schließlich nicht«, rief sie mit funkelnden Augen aus. »Es ist, als versuche jemand, unser *Leben* zu ruinieren!«

»Rhoda, Schatz«, rief Stan von der Küchentür aus, »wie hieß noch dieser Lacrosse-Spieler, der vor ein paar Jahren seine Hochschulreife an der Elk-Park-Schule gemacht hat und dann ans Johns Hopkins gegangen ist? Mir fällt es nicht ein, und Hank hat mich gerade gefragt, ob er zur Nationalen Ehrengesellschaft gehört.«

In einem Schleier aus Grün und Braun fegte Rhoda an Caroline Dawson, Julian und mir vorbei, als habe sie nie mit uns gesprochen. Caroline Dawson standen inzwischen Strähnen ihres

Haares und ihres beigefarbenen Kostüms vollends zu Berge. Auf ihren Wangen prangten flammendrote Flecken. Ob wir uns bitte beeilen könnten, herrschte sie uns an. Der Partyservice sei *so* teuer, und bei den ganzen Studienkosten, die sie im nächsten Jahr zu bezahlen hätten, könnten sie es sich nicht leisten, stundenlang auf ihr Essen zu warten.

Sobald sie aus der Küche gerauscht war, platzte Julian los: »Also, entschuldige, aber du kannst mich mal!«

»Herzlich willkommen beim Partyservice«, sagte ich und hievte ein Tablett hoch. »Man meint immer, es gehe nur ums Kochen, aber das ist nie der Fall.«

Wir servierten die Manicotti und ernteten ein paar widerwillig gewährte Komplimente. Es tat mir entsetzlich leid für Julian, zumal sie nach meinem Dafürhalten so gut geraten waren, daß einem das Wasser im Munde zusammenlief. Aber was konnte man schon erwarten, wenn die Redskins die Broncos haushoch schlugen? Es gab heftige und besserwisserische Diskussionen, warum das geschah: Der Trainer hatte die Aufstellung geändert, Elway hatte Angst um seine Schulter, ein Verteidiger hatte eine Vaterschaftsklage am Hals. Als Washington mit drei Touchdowns gewann, fürchtete ich schon um unser Trinkgeld. Doch Hank Dawson händigte mir widerstrebend zwanzig Dollar aus, als wir die letzten Kisten im Wagen verstauten.

Er lamentierte: »Als Greer in den Volleyball-Endspielen zur Landesmeisterschaft war, wollten wir einen Gourmet-Picknickkorb mitnehmen. Aber Caroline hat nein gesagt, wir müßten Schinkenbrote mitnehmen, wie wir es immer tun, oder es würde uns Unglück bringen!«

»Ach je«, meinte ich mitfühlend. Ich begriff den Zusammenhang mit den Manicotti nicht ganz.

»Jedenfalls«, fuhr er finster fort, hätten Sie das gleiche Essen machen sollen wie letzte Woche. Das hätte mehr Glück gebracht.«

Immer ist der Partyservice schuld.

19 »Glück?« meckerte Julian auf der Heimfahrt.
»Glück durch *Essen?* Was für ein Blödsinn.«
»Ich sage dir immer wieder, die Leute essen aus den unterschied-
lichsten Gründen. Wenn sie glauben, sie gewinnen den Super
Bowl, wenn sie Würstchen essen, dann hol dein Bratwurstrezept
heraus, und bring deine Wurstmaschine auf Touren. Auf Dauer
zahlt es sich aus, Jungchen.«
Nachdem wir ausgepackt hatten, verkündete er, er wolle sich an
seine Bewerbungsunterlagen fürs College setzen. Über die
Schulter rief er zurück, alles sei besser als der Gedanke an
Schweineinnereien. Ich lachte zum erstenmal seit zwei Tagen.
John Richard setzte Arch am Spätnachmittag vor der Haustür
ab, ihr Skiwochenende zu Halloween war zu Ende. Da stand er,
der starke, athletische Vater, und rührte keinen Finger, um seinem kleinen, zwölfjährigen Sohn mit Skiern, Skistiefeln, Ski-
stöcken, Nachtfeldstecher und Reisetasche zu helfen. Sollte ich
mich mit ihm anlegen, weil er Arch zwang, sich mit all seinem
Gepäck den Bürgersteig hinaufzukämpfen? Laß es! Schließlich
war er der Kotzbrocken. Und wenn ich auch nur ein Wort sagte,
würde die ganze Nachbarschaft wieder einmal feststellen, warum wir uns eigentlich hatten scheiden lassen.
Ich ging vorsichtig die Stufen hinunter, die Julian morgens
großzügig mit Salz bestreut hatte, nahm Arch die Skier und die

Stiefel ab und stellte verärgert fest, daß sein Gesicht von einem Sonnenbrand schweinchenrosa leuchtete und nur die Haut um die Augen durch die Schutzbrille eierschalenweiß geblieben war. Der Waschbäreffekt, der dadurch entstand, ließ für Montagmorgen nichts Gutes ahnen. Dann fiel mir auf, daß die Skier, die ich ihm abgenommen hatte, brandneue Rossignol-Skier mit prunkvollen Marker-Bindungen waren.

»Was ist los?« fragte ich.

Arch hielt die Augen gesenkt, während er seine Reisetasche die Treppe hinaufschleppte. »Papa hat den Sonnenschutz vergessen«, murmelte er.

»Und als Entschädigung hat er dir neue Skier gekauft?« fragte ich ungläubig.

»Ich glaub' schon.«

Sein Ton war ebenso niedergeschlagen wie seine Stimme. Mit einem Schlag fiel mir ein, daß ich ihn nicht einmal begrüßt hatte und ihm auch noch nichts von den tragischen Ereignissen des Wochenendes erzählt hatte. Ach, der Himmel verschone mich mit John Richard und seinen verschwenderischen Versuchen, sich mit Bestechungen von seinen Fehlern loszukaufen. Die Tatsache, daß ich mir solche luxuriösen Kinkerlitzchen nicht einmal annähernd leisten konnte, machte den Umgang damit nicht einfacher. Gar nicht zu reden von den Lehren, die Arch aus einem solchen Verhalten zog.

»Ich schäme mich zu Tode, wenn ich so, wie ich aussehe, morgen in die Schule muß«, sagte mein Sohn mit spröder Stimme. »Ich sehe aus wie ein roter Riese.«

»Ein...«

»Ach, laß nur, das ist eine Art Stern. Riesig, häßlich und rot.«

»Ach, Arch...«

»Sag jetzt bitte nichts, Mama. Kein Wort.«

»Du kannst morgen zu Hause bleiben«, sagte ich ihm und nahm ihn kurz in den Arm. »Die Polizei bewacht das Haus, wenn ich also weg muß, hast du Schutz.«

»*Prima!* Cool! Kann ich Todd einladen, die Wachposten zu beobachten?«

Wenn man ihnen den kleinen Finger reicht ...

»Du kannst ihn zum Abendessen einladen«, antwortete ich. Damit hatte ich wenigstens etwas mehr Zeit, eine Überleitung zu dem Mord an Miss Ferrell zu finden. Ich hegte die Hoffnung, daß Todd, der die siebte Klasse der städtischen High School besuchte, von der jüngsten Schreckensmeldung aus der Elk-Park-Schule noch nichts gehört hatte.

Julian stand gerade in der Küche und trank eine Cola, als Arch hereintrottete, um ihn zu begrüßen. Es war Julian hoch anzurechnen, daß er sich beim Anblick von Archs scheckigem Gesicht außer einer überrascht gehobenen Augenbraue nichts anmerken ließ. Beim Abendessen – es gab Fettuccine mit reichlichen Portionen der restlichen Tomatensoße – ergötzte Arch Todd, Julian und mich mit Geschichten, wie er *einen Meter achtzig abgehoben hatte und durch die Luft geflogen war und durch ein absolut gräßliches Bonzenfeld gebrettert war, bevor er auf diesen Burschen aus Texas donnerte.* Der Texaner hatte es vermutlich überlebt.

Als Arch zu Bett ging, erzählte ich ihm von Miss Ferrells Tod. Am nächsten Tag sollten Berater in die Schule kommen, sagte ich ihm. Wenn er also keine allzu großen Bedenken wegen seines Sonnenbrandes habe ... Arch sagte, Miss Ferrell sei nicht seine Lehrerin gewesen, aber sie sei so nett gewesen ... Ob es derselbe gewesen sei, der Keith erschlagen habe, fragte er. Ich sagte ihm, ich wisse es nicht. Nach einem Weilchen fragte Arch, ob wir für die beiden beten könnten.

»Nicht laut«, sagte er und wandte sich von mir ab.

»Nicht laut«, stimmte ich zu, und nachdem wir fünf Minuten still gebetet hatten, machte ich das Licht aus und ging hinunter.

In der Nacht kam Sturm auf. Kiefernzweige fegten und schlugen gegen das Haus, und durch alle Ritzen zog es kalt herein. Ich stand auf, um mir noch eine Decke zu holen. Der Streifenwagen vor unserer Einfahrt hätte mir die Gewähr für einen ruhigen Schlaf bieten sollen, aber das war nicht der Fall. Um Mitternacht, um halb drei und um vier schlich ich durchs Haus. Jedesmal sah ich nach den Jungen, die tief und fest schliefen, obwohl Arch lange aufgeblieben war, um jede Bewegung im Streifenwagen durch sein Fernglas zu verfolgen. Gegen fünf sank ich schließlich in tiefen Schlaf, wurde aber schon eine Stunde später abrupt geweckt, als das Telefon klingelte.

»Goldy.« Audrey Coopersmith klang panisch. »Ich muß mit dir reden. Ich bin seit Stunden auf.«

»Ach«, gurgelte ich.

»Carl ist zurück«, sprach sie hastig weiter, als verkünde sie einen atomaren Holocaust. »Er kam her und sprach mit Heather über seine ... Freundin.«

»Er kam her«, wiederholte ich, die Nase tief ins Kissen gedrückt.

»Er denkt daran, wieder zu heiraten.«

»Besser sie als dich«, murmelte ich.

»Die Polizei war hier, als er kam. Er hat nicht einmal gefragt, ob es mir gut geht. Er hat nicht einmal gefragt, was los ist.«

Herzlos sagte ich: »Audrey, das interessiert Carl nicht mehr.« Ich verkniff mir das dringende Bedürfnis, etwas von Wachwerden und Kaffeeduft zu sagen. Wenn ich von Kaffee spräche, würde das nur mein Verlangen danach schüren.

»Ich begreife einfach nicht, warum er sich so verhält, vor allem nach all diesen Jahren ...«

Ich drückte mein Gesicht in die Kissen und sagte nichts. Audrey war fest entschlossen, die ausführliche Litanei mit Carls Fehlern herunterzuleiern. Ich sagte: »Es tut mir leid, ich muß aufhören.«

»Carl regt Heather fürchterlich auf. Ich weiß nicht, wie sie das überstehen soll.«

»Bitte, bitte, bitte, Audrey, laß mich weiterschlafen. Ich verspreche dir, daß ich dich später zurückrufe.«

300

»Du interessierst dich nicht dafür. *Keiner* interessiert sich dafür«, fuhr sie mich an.

Und mit diesen Worten knallte sie den Hörer auf, ehe ich auch nur die Chance hatte, zu protestieren. Griesgrämig stand ich auf und ging hinunter, um am Kaffee zu riechen und mir eine Tasse aufzubrühen. Julian war schon auf und duschte. Audrey hatte Suzanne Ferrell nicht erwähnt, aber sicherlich war die Polizei deswegen bei ihr gewesen. Ich fragte mich, ob sie auch an der Schule Wachposten aufgestellt hatten.

Arch stolperte gegen sieben in die Küche. Seine leuchtendrote Waschbärmaske war etwas verblaßt, und ich stellte überrascht fest, daß er einen Skipullover und Jeans angezogen hatte. Er zog eine Schachtel Reiskrispies aus dem Schrank.

»Bist du sicher, daß du dich gut genug fühlst, in die Schule zu gehen?«

Er hörte auf, sich Krispies auf den Teller rieseln zu lassen und sah mich feierlich an. »Julian meint, wenn ich mit so einem Sonnenbrand in die Schule gehe, machen die anderen sich nicht über mich lustig. Sie finden mich cool, weil ich das ganze Wochenende skifahren war. Außerdem will ich hören, was die Berater sagen und sehen, ob der Französischclub etwas wegen Miss Ferrell unternimmt. Weißt du, ihren Eltern Blumen schikken, eine Karte schreiben.«

Innerhalb einer Stunde waren die beiden Jungen zur Tür hinaus. Schulz rief an und sagte, er wolle noch einmal nach Lakewood fahren, um an dem Kathy-Andrews-Fall zu arbeiten. Er fragte, wie es mir gehe, und ich sagte wahrheitsgemäß, daß ich völlig erledigt sei.

»Ich versuche die ganze Zeit, auszutüfteln, was da vorgeht. Da Miss Ferrell mit mir über Julian sprechen wollte, muß ich zumindest den Versuch unternehmen, mit dem Direktor über ihn zu sprechen.«

»Bleib dran«, sagte Schulz. »Du bist sehr vertrauenserweckend, Miss G.«

»Ja, sicher.«

Er versprach, sich am kommenden Freitagabend mit uns bei der letzten Studienberatung bei Tattered Cover zu treffen. Ob sie noch stattfinden sollte, wollte er wissen. Ich sagte, ich könne die Schule anrufen und fragen, ob ich immer noch die offizielle Partylieferantin sei.

»Sieh es einmal so«, beschwichtigte mich Schulz, »es ist dein letzter Abend mit diesen Studienberatungen.«

Ein schwacher Trost. Aber ich lächelte trotzdem. »Das Beste daran wird sein, daß ich dich sehe.«

»Ooo, ooo, das hätte ich auf Band aufnehmen sollen. Die Frau mag mich.«

Ich weidete mich den Rest des Tages an seinem boshaften Lachen.

Die Schulsekretärin teilte mir barsch mit, Direktor Perkins sei vollauf mit der Polizei, den Eltern und den Schülern beschäftigt. Er habe über Tage hinweg keine freie Minute, um mit mir zu sprechen. Dann ließ sie mich warten. Da ich es in dieser Zeit schaffte, einen Roquefort-Auflauf für unser vegetarisches Abendessen zu machen, vermute ich, daß ich lange warten mußte. Sie meldete sich schließlich wieder, um mir zu sagen, ja, es bliebe wie geplant, bei Freitag abend; ich solle einfach das gleiche Büfett vorbereiten. Und Direktor Perkins und ich könnten am Freitagmorgen um neun über Julian Teller sprechen, wenn ich es wünschte. Ja, *wenn,* dachte ich verstimmt.

Die Woche verging wie im Flug mit zahlreichen Besprechungen mit Kunden, die bereits Partys zum Erntedankfest und zu Weihnachten planten. Ich rief Marla jeden Tag an, das blieb jedoch meine engste Verbindung zu den Stadtgesprächen, die sich um die Erwachsenen in der Umgebung der Elk-Park-Schule rankten. Da Marla mit ihrem gebrochenen Bein nicht an ihrem Aerobic-Kurs teilnehmen konnte, hatte sie selbst kaum Zugang zu neuen Informationen, obwohl sie mir erzählte, sie habe gehört, Egon Schlichtmaier habe etwas mit einer anderen aus dem Sportclub.

»Neben Suzanne Ferrell? Wirklich?«

»Sie schwört, seine Beziehung zu Ferrell sei rein platonisch gewesen. Die andere Frau ist abstoßend mager«, erklärte Marla. »Ich *weiß* definitiv, daß sie sich das Fettgewebe hat absaugen lassen.« Sie erkundigte sich nach Julian, und ich versicherte ihr, daß es ihm offenbar gut ginge. Als ich sie fragte, wieso ihr eigentlich an Julian läge, meinte sie, sie hege große Sympathie für Vegetarier. Das war mir allerdings neu.

Am Donnerstag besuchten Julian und Arch das Seelenamt für Miss Ferrell in der katholischen Kirche. Ich hatte eine unaufschiebbare Verabredung mit einer Kundin, die mich für den Erntedanktag gebucht hatte. Sie wollte für zwanzig Personen ein Gänseessen, das ich mit meinen anderen Verpflichtungen abstimmen mußte. Im allgemeinen setzte ich mir eine Obergrenze von zehn Erntedankfestessen. Ich wollte die Vorbereitungen größtenteils am Dienstag und Mittwoch treffen, die fertigen Platten für neun Essen am Donnerstag früh ausliefern und nur bei einem Auftrag selbst servieren. John Richard nahm gewöhnlich Arch an diesem Wochenende mit zum Skifahren, und ich verdiente in diesen vier Tagen genug, um Arch und mich über die spärliche Auftragslage im Frühjahr hinwegzubringen. Nicht nur das, ich hatte gelernt, daß Kunden, die über dieses Wochenende Verwandte zu Besuch hatten, mindestens eine Woche lang kein Truthahn-Tetrazzini, keine Truthahn-Enchiladas, keine Truthahnbrötchen und überhaupt kein Geflügel jedweder Art sehen mochten. Es war also eine hervorragende Gelegenheit, Fischrezepte zur Geltung zu bringen, die ich entwickelt hatte. Die Kunden waren ausgehungert nach allem, das weder Bratensoße noch Preiselbeerkompott enthielt.

Der Sturm tobte die ganze Woche. Von Tag zu Tag sanken die Temperaturen weiter, und eine Eisschicht legte sich über die dunklen Tiefen des Aspen Meadow Lake. Nachdem ich am Freitagmorgen meine Yogaübungen beendet hatte, machte ich mich gegen neun Uhr auf den Weg und wünschte, ich hätte sechs weitere Schichten über meinen Rollkragenpullover und meine abgetragene Daunenjacke gezogen. Die strenge Kälte und der Schnee hatten die Geschäftsleute auf der Hauptstraße sogar bewogen, ihre Weihnachtsdekoration frühzeitig herauszuholen. Die digitale Temperaturanzeige an der Bank von Aspen Meadow war eine grimmige Mahnung, daß wir November in den Bergen hatten: minus acht Grad. Buckelige Eishöcker überzogen die Straße, der Schnee, den der Schneepflug aufgewirbelt hatte, war steinhart gefroren. Ich fuhr vorsichtig die Straße Richtung Elk-Park-Schule hinauf und überlegte, ob ich mit einem Partyservice auf Hawaii wohl einigermaßen unseren Lebensunterhalt bestreiten könnte.

Die verräterischen Scheinwerfer an der Seite, die riesigen Spiegel und das fast bis auf den Boden reichende Chassis ließen erkennen, daß der einzige Wagen, der außer meinem auf dem Schulparkplatz stand, ein ziviler Streifenwagen war. Weitere Ermittlungen im Ferrell-Mordfall? Vom Lehrerparkplatz her holte Egon Schlichtmaier mich ein, elegant in einer neuen, pelzbesetzten Bomberjacke, hielt eine der massiven Schultüren auf und verbeugte sich. Jemand hatte endlich das schwarze Kreppapier und Keiths Foto entfernt, fiel mir auf.

»Zu spät heute?« fragte ich.

»Ich habe erst um zehn Uhr Unterricht«, erwiderte er fröhlich. »Ich war beim Training, habe Sie aber nicht gesehen.«

Ich sah ihn an und sagte: »Hübsche Jacke.« Er schlenderte davon.

Der Direktor sei mitten in einer Konferenzschaltung, könne mich aber gleich empfangen, teilte die Sekretärin mir mit. Ich ging den Flur hinunter, um nach Arch zu sehen – diesmal, ohne entdeckt zu werden. Zu meiner Überraschung stand er im Sozialkundeunterricht vor der Klasse und trug etwas vor. Ehe ich mich davonschlich, um Julian zu finden, besah ich mir prüfend den Gesichtsausdruck seiner Klassenkameraden. Alle hörten aufmerksam zu. Stolz ließ ein kleines Flämmchen in meiner Brust aufleuchten.

Vor einer der Klassen im oberen Stockwerk des alten Hotels stand ein Polizist in Zivil Wache. Ich nickte ihm zu und stellte mich vor. Er antwortete nicht, doch als ich durch das Fenster in die Klasse sah, fragte er mich auch nicht nach meinem Personalausweis. Egon Schlichtmaiers Geschichtsstunde hatte gerade begonnen: Macguire Perkins stand vor der Klasse und hielt ein Referat. An der Tafel stand: DIE MONROE-DOKTRIN. Man mußte leider sagen, daß Macguire und die Rechtfertigung der Intervention in der amerikanischen Hemisphäre nicht die gleiche Aufmerksamkeit erfuhren wie Archs Vortrag. Greer Dawson kämmte ihr Haar; Heather Coopersmith rechnete auf einem Taschenrechner; Julian sah aus, als sei er gefährlich nah am Einschlafen. Einen kurzen Moment traf sich mein Blick mit dem von Macguire, und er winkte mir mit einer Hand einen Gruß zu. Ich wich erschrocken zurück. Das letzte, was ich brauchen konnte, war, daß Egon Schlichtmaier behauptete, ich störe seinen Unterricht. Ich stahl mich zurück zum Büro des Direktors.

»Er hat jetzt Zeit für Sie«, flötete die Sekretärin, ohne von ihrem Computermonitor aufzusehen. Ich marschierte in das Büro und fragte mich kurz, woher sie wohl gewußt hatte, daß ich es war. Roch ich nach Küche?

Direktor Perkins telefonierte wieder einmal, obwohl dieser Anruf offenbar weniger wichtig war als die Konferenzschaltung von vorhin; er legte die Hand auf die Sprechmuschel und winkte mich zu einem Tischchen hinüber, das beladen war mit einem Tablett voller Gebäck und einer silbernen elektrischen Kaffeemaschine.

Es mußte am frühen Morgen eine Kuratoriumssitzung stattgefunden haben, dachte ich, wegen all der Mohrenköpfe, Miniaturkäsekuchen, Schokoriegel und glasierten Napfkuchen auf dem Tablett. Ich schenkte mir eine Tasse Kaffee ein, verzichtete allerdings auf die Süßigkeiten. Wie kam es, daß Perkins mich nicht mit der Bewirtung dieser morgendlichen Sitzung beauftragt hatte? Reservierte er für mich leichte Aufgaben, wie in aller Herrgottsfrühe aufzustehen, um für unzählige Schüler gesunde Häppchen zu machen? Oder hatte er Angst, ich könnte hören, wie er den großen Gönnern den Mord an Suzanne Ferrell darlegte?

»Ja«, sagte er jetzt ins Telefon. »Ja, sehr tragisch«, aber wir müssen weitermachen. Es bleibt bei neunzehn Uhr. Ja, über Streßreduzierung bei Prüfungen. Ach, nein. Ich übernehme die Studienberatung selbst.« Er schniefte tief und resigniert. »Dieselbe Partylieferantin, ja.« Doch ehe er wieder »ta-ta« sagen konnte, hatte der Gesprächspartner am anderen Ende aufgelegt.

»Tattered Cover«, erklärte er mir und schüttelte seine Andy-Warhol-Mähne. Er sah sich auf dem Schreibtisch um, auf dem Papiere verstreut lagen und ein riesiger Korb frischer Blumen stand. Jemand dachte offenbar, er brauche Mitgefühl, da eine seiner Lehrerinnen ermordet worden war. Unter seinen Augen hingen graue Säcke faltiger Haut. Er trug ein marineblaues Sportsakko statt seines üblichen »Wiedersehen-in-Brideshead«-Tweed, und plötzlich fiel mir auf, daß er nicht einen einzigen Vergleich benutzt hatte, seit ich in sein Büro gekommen war.

»Geht es Ihnen gut, Direktor Perkins?«
Er sah mich mit unendlich traurigen Augen an. »Nein, Mrs. Bear, es geht mir nicht gut.«
Er schwenkte seinen Drehstuhl herum, bis er das Gemälde von Big Ben im Blick hatte. »George Albert Turner«, sagte er gedankenverloren. »Urenkel von Joseph Mallord William Turner. Nicht gerade ›Der Brand der Houses of Parliament‹, nicht?« Als er sich wieder mir zuwandte, fiel ein blasser Sonnenstrahl, der von draußen hereinschien, auf die kleinen Äderchen, die sein

Gesicht durchzogen. Mit trauriger Stimme erklärte er: »Und ebenso weit bin auch ich vom Eigentlichen entfernt.«

»Äh, da komme ich nicht ganz mit.«

»Die Reinheit des Strebens, mein Gott, Mrs. Bear! Die Reinheit der Kunst, die Reinheit der Forschung... all das«, Perkins rieb sich mit beiden Händen die Stirn, »hat nichts mit *alledem* hier zu tun« – er deutete auf den eleganten Raum.

»Mr. Perkins, ich weiß, Sie sind etwas aus dem Gleichgewicht gebracht. Ich kann ein andermal mit Ihnen über Julian sprechen. Sie hatten offenbar eine Sitzung...«

»Sitzung? Was für eine Sitzung?« Ein rauhes Lachen brach aus seiner Kehle. »Die einzigen Menschen, die ich zur Zeit treffe, sind Polizisten.«

»Aber« – ich deutete auf die Kaffeemaschine und die Teller mit Gebäck –, »ich dachte...«

Wieder dieser traurige, ironische Blick und die verzweifelte Summe. »Zwischenzeugnisse, Mrs. Bear! Die Blumen sind ein Geschenk! Die Besitzer des Blumengeschäftes möchten, daß ihr Sohn nach Brown geht, wenn er im nächsten Jahr mit der Schule fertig ist. Sie möchten, daß ich die Empfehlung schreibe, nachdem ich die Französischnote des Jungen von einem Befriedigend in ein Sehr gut geändert habe. Miss Ferrell wollte nicht, verstehen Sie.« Ich starrte den Direktor ungläubig an. Verlor er den Verstand? Er plapperte weiter. »Das Gebäck ist *ebenfalls* geschenkt. Einer meiner Lehrer hat einen neuen Pelzmantel. Er hat mich gefragt, ob er ihn annehmen darf, weil er mehr gekostet hat als seine ganze Garderobe zusammengenommen. Er schwört, die Spender hätten ihn nicht gebeten, eine Note zu ändern. Ich habe ihm gesagt: ›Nein, noch nicht.‹«

»Aber diese Leute, die wollten, daß Miss Ferrell das... für sie tut, könnten sie...«

Er schüttelte den Kopf. »Sie sind in Martinique. Mit ihrem Sohn. Sehen Sie, sie fahren jedes Jahr Ende Oktober, und der Junge verpaßt einiges in der Schule.« Er sah mich mit gerunzelter Stirn an. »Sie wollen, daß ich ihm Punkte gutschreibe, weil er nach Martinique fährt! Sie sagen, er spricht dort etwas Französisch, warum also nicht?«

»Haben Sie die Note geändert?«

Er versteifte sich. »Solche Fragen beantworte ich nicht. Sie glauben ja nicht, unter welchem Druck ich stehe.«

»Ich glaube es«, erklärte ich wahrheitsgemäß. »Sehen Sie sich doch nur an, was in den letzten Wochen hier passiert ist. Wo wir gerade von Geschenken sprechen, können Sie mir etwas mehr über das Stipendium erzählen, das Julian bekommen hat? Ich habe die Befürchtung, daß es einen Haken haben könnte. Vielleicht nicht sofort, aber, wie Sie selbst sagen würden, noch nicht. Wie bei Ihrem Lehrer mit dem Mantel. Vielleicht könnte Julian nächste Woche oder nächsten Monat eine anonyme Mitteilung bekommen, in der es heißt, wenn er das Stipendium behalten will, muß er bei einer Prüfung durchfallen, sich an einer bestimmten Schule nicht bewerben oder etwas in dieser Art.«

Perkins zuckte die Achseln und sah wieder auf den Neo-Turner. »Ich weiß ebenso viel wie Sie, Mrs. Bear. Wir haben einen Anruf von der Bank bekommen, und das ist alles. Soweit ich weiß, kennt niemand an dieser Schule den Spender. Oder kannte«, sagte er auf meine unausgesprochene Frage nach Miss Ferrell.

»Was glauben Sie, warum jemand sie umgebracht hat?«

»Wir alle haben unseren Kundenkreis, Mrs. Bear. Sie, ich, Miss Ferrell.« Er streckte seine Hände zu der ihm eigenen manierierten Geste der Hilflosigkeit aus. Seine Stimme wurde lauter. »Als Partylieferantin müssen Sie tun, was nach Ihrem Wissen Ihren Kunden schadet, wenn sie es so wollen. Wenn die dicken Karamel wollen statt Haferkleie, gut, warum nicht? Unzufriedene Eltern machen mir das Leben zur Hölle mit Anrufen, Briefen und allen möglichen Drohungen.«

»Ja, aber Sie sagen, Miss Ferrell wollte nicht mitspielen? So wie Miss Samuelson?«

Zorn sprühte aus seinen Augen. Ich merkte, wie ich vor der

unerwarteten Heftigkeit seiner offensichtlichen Verzweiflung und seinem Widerwillen, auf dieses Thema angesprochen zu werden, zurückwich. Perkins hatte sich bemüht, seine Abneigung gegen mich zu kaschieren, indem er versuchte – auf unprofessionelle Weise, fand ich –, mit seiner emotionalen Bürde Mitleid zu erwecken. Es hatte allerdings nicht gewirkt. Jetzt kniff er die Lippen zusammen und antwortete nicht.

Ich sagte: »Haben Sie der Polizei gesagt, daß Miss Ferrell vielleicht nicht mitspielen wollte?«

Sein abgehärmtes Gesicht wurde puterrot. »Natürlich habe ich das gesagt«, fauchte er. »Aber sie glauben, daß vielleicht jemand an diesem Morgen ihre Klasse durchsucht hat. Sie können ihr Notenbüchlein nicht finden; sie wissen nicht, was vorging oder wer möglicherweise Probleme gehabt haben könnte. Und ich bezweifle sehr, daß irgendwelche Eltern oder Schüler es wagen würden, jetzt *mich* unter Druck zu setzen.« Er grinste höhnisch. »Aber vielleicht weiß ich ja nicht alles, was sie wußte.«

»Was ist mit Egon Schlichtmaier? Haben Sie mit der Polizei über ihn gesprochen?«

Er fuhr sich mit der Hand ungeduldig über seine wollige Haarmasse. »Warum interessiert Sie das so sehr? Warum überlassen Sie das nicht einfach der Polizei?«

»Sehen Sie, der einzige, um den ich mir Sorgen mache, ist Julian. Ich möchte wissen, wer ihm dieses Stipendium geschenkt hat und warum.«

Er klopfte auf die Revers seines Sportsakkos. »Julian Teller ist ein guter Schüler.« Er schloß bestimmt den Mund.

Ich murmelte etwas Unverbindliches, und Perkins sagte, er sehe mich heute abend bei dem letzten Studienberatungsabend. Es klingelte zum Ende der Schulstunde, und ich brummte etwas in der Art, daß es Zeit für mich sei, zu gehen. Doch statt der üblichen Metapher zum Abschied schwenkte Direktor Perkins lediglich zurück zum Gemälde des Urenkels von Turner. Als ich sein Büro verließ, arbeitete es in meinem Kopf wie wild.

Jemand hat ihre Klasse durchsucht... sie können ihr Notenbüchlein nicht finden...

Im Flur sah ich mehrere Schüler der Abschlußklasse, die ich kannte. Alle wichen mir aus, indem sie den Blick abwandten oder sich plötzlich angeregt mit ihrem Nachbarn unterhielten. Wenn man zwei Leichen fand, konnte man schnell in Acht und Bann geraten, vermutete ich. Nur nicht bei Macguire Perkins, der den Korridor heruntergeschlichen kam und nickte, als ich ihn grüßte. Ich zog ihn am Ärmel.

»Macguire«, sagte ich, »ich muß mit Ihnen sprechen.«

»Ah ja, okay.«

Ich sah zu ihm auf. Denn dieser schlaksige, erbärmlich pickelgesichtige Basketballstar überragte mich um Längen. Ein blaukariertes Holzfällerhemd hing ihm über die Jeans, die auf abgetragenen Motorradstiefeln mündete. Keine Privatschulkleidung für den Sohn des Direktors.

»Ich möchte mit Ihnen über Miss Ferrell sprechen.«

»Ich, ähm, es tut mir wirklich leid um Miss Ferrell.«

»Ja, mir auch.«

»Wissen Sie, ich weiß, daß sie über meinen Collegebesuch wütend war und wegen... anderer Sachen, aber ich glaube, sie mochte mich.«

»Was für andere Sachen?«

»Einfach so Sachen«, sagte er.

»Zum Beispiel, weil Sie Ihren Führerschein wegen Trunkenheit am Steuer verloren haben? Oder weil Sie Steroide nehmen, um Ihre Muskeln aufzupeppen?«

Sein vernarbtes Gesicht wurde feuerrot. »Ja. Mit den Steroiden habe ich übrigens aufgehört. Ferrell hat mit mir darüber gesprochen, meinte, ich könnte auch ohne das Zeug stark sein, sowas in der Art.«

»Da hatte sie recht.« Ich zögerte. »Ich brauche da etwas, Macguire.«

»Was?«

»Es könnte sein, daß Miss Ferrells Klassenraum letzten Samstag durchsucht wurde. Als die Polizei ihn sich ansah, war er völlig durcheinander. Ich habe gerade mit Ihrem Vater gesprochen, und das hat mich auf den Gedanken gebracht... Hören Sie zu, ich brauche ihr Notenbuch. Sie kennen sich doch in dieser Schule aus wie kein anderer. Besteht die Möglichkeit, daß sie es irgendwo versteckt haben könnte?«

Macguire sah sich auf dem verschneiten Parkplatz um, ehe er antwortete. War der Verfolgungswahn eine Nebenwirkung seines Drogenmißbrauchs?

»Ich weiß vielleicht wirklich«, meinte er zögernd, »wo es sein könnte. Wissen Sie, ich bin groß und sehe Sachen, die andere nicht sehen.«

»Sagen Sie es mir.«

»Erinnern Sie sich, wie ich mein Schreiben an die University of Indiana vor der Klasse vorgelesen habe?« Ich nickte. »Sie hat neben der Tafel so große Poster hängen. Hinter dem gerahmten Bild von diesem Bogen in Paris habe ich etwas gesehen. Etwas wie ein braunes Notizbuch. Ich könnte nachsehen...«

»Bitte, tun Sie das.«

Er trottete davon und kam nach zwei Minuten mit einem triumphierenden Grinsen zurück. Er ließ seinen Ranzen von der Schulter gleiten und öffnete den Reißverschluß. Wieder warf er einen schnellen, prüfenden Blick über den Parkplatz. »Glück«, sagte er schlicht. Er zog ein braunes Spiralheft in Kunsledereinband hervor und reichte es mir. Da ich keine Handtasche bei mir hatte, hielt ich es einfach in der Hand.

»Geben Sie das den Bullen«, sagte er. »Vielleicht sagt es ihnen was.«

Dieser traurige, schlaksige Bursche tat mir aufrichtig leid.

»Danke, Macguire. Ich habe mir am Samstagmorgen solche Sorgen um Sie gemacht. Sie wirkten so nervös wegen der Prüfung.«

»Was, ich?« Er wich zurück und hielt protestierend die Hände hoch. »Ihre Kekse waren toll. Hinterher habe ich gedacht, warum soll ich mir wegen der Eignungstests solche Sorgen machen? Ich werde nie zu den Leuten gehören, die nach Harvard gehen. Zum Teufel, aus mir wird nie etwas.«

20   Als ich nach Hause kam, rief ich Tom Schulz
an in der Hoffnung, daß er schon aus Lakewood zurück wäre. Ich hatte kein Glück. Ich sprach auf seinen Anrufbeantworter, daß ich Suzanne Ferrells Notizbuch mit den Noten gefunden habe und wo er stecke. Drohend stand die Veranstaltung dieses Abends vor mir, und ich wußte, daß ich das Essen vorzubereiten hatte. Ich kam der Antwort auf manche Fragen näher, das spürte ich. Das Kochen konnte warten. Ich setzte mich an den Küchentisch und schlug Suzanne Ferrells Notenbuch auf.

Es war größer als die meisten Notenbücher, die ich gesehen hatte, und hatte fast das Format eines Kolleghefts. Es war in drei Abschnitte unterteilt: *Französisch III, Französisch IV* und *SB*. Als ich diesen Abschnitt aufschlug, stellte ich fest, daß *SB* für Studienberatung stand. Ich fand dort eine handgeschriebene Liste der besten Schüler der Abschlußklasse. 1. Keith Andrews, 2. Julian Teller, 3. Heather Coopersmith, 4. Greer Dawson, 5. Brad Marensky... Ich sah schnell nach und stellte fest, daß Brad Marensky und Greer Dawson im Kurs Französisch III waren; Julian und Heather Coopersmith waren im Kurs Französisch IV. Auch Keith Andrews war in diesem Kurs gewesen. Sie alle hatten ebenso wie Macguire Perkins an der Studienberatung teilgenommen.

In Französisch III schwankten Brad Marenskys Noten ständig zwischen Befriedigend und Gut, auf dem Zwischenzeugnis sollte er ein Gut minus bekommen. Auch Greer Dawsons Noten schwankten sehr stark: Anfangs hatte sie zwei Ungenügend, ansonsten nur Gut. Ihre Zeugnisnote war Befriedigend. Julian hatte zu Anfang des Schuljahres Sehr gut bekommen, dann ein Gut und bei einem Test in der letzten Woche ein Ungenügend. Auch er hatte auf dem Zwischenzeugnis ein Gut minus. Heather Coopersmith hatte mehrere Gut, unterstützt von zwei Sehr gut und sollte ein Gut plus bekommen. Keith Andrews hatte nur Sehr gut und ein Gut. Sein Name war durchgestrichen.

Nun, das sagte mir nicht viel. Oder, falls doch, hatte ich keine Ahnung, wie ich es auslegen sollte. Würde es letztlich auf eine mathematische Berechnung der Noten hinauslaufen? Würden Menschen dafür töten?

Beklommen schlug ich den Abschnitt zur Studienberatung auf. Außer der Rangliste gab es noch eine alphabetische Schülerliste. In sorgfältiger Handschrift waren dort Gespräche mit den Schülern, dem Direktor und den Eltern und ihre Reaktionen aufgeführt.

KEITH ANDREWS – *desillusioniert durch jüngste Besuche an Universitäten. Eltern in Europa. Wünschte, er könnte zu ihnen fahren, Oxford usw. besuchen. Sagt, jemand sollte ein College gründen, an dem alle Dozenten unterrichten, die den Preis für hervorragende Lehrtätigkeit, aber keine Professur bekommen haben. D. sagt, K. ist nicht zu trauen; schreibt etwas für die Zeitung. Ich sage, vermutlich harmlos.* Empfehlung: Stanford, Princeton, Columbia.

HEATHER COOPERSMITH – *Mutter besorgt. Saß beim Essen neben ihr. H. sagt, Mutter besessen vom College, weil Vater abgehauen. Will ihr Leben beherrschen. Eifersüchtig auf K. Behauptet, andere haben Geld, das sie ausgeben können, um ihre Kinder aufs*

College zu bringen. H. verträumt und abwesend. Will weniger vorgezeichnete Bahnen, weniger Druck in ihrem Studium. D. sagt, Mutter ist eine Qual. Empfehlung: Bennington, Antioch.

BRAD MARENSKY – *Eltern brachten Medienrangliste. Wollten Empfehlung für Dawson wissen! Sie finden, B. »verdient« Eliteschule. Sagen, Geschichte über den Pelzmantel, den sie dem Leiter der Zulassungsstelle in Williams geschenkt haben sollen, ist nicht wahr. Ob ich es für eine gute Idee hielte. (Habe nein gesagt.) Unfreundlichkeit des letzten Jahres offenbar vergessen. B. gleichgültig gegenüber den Schulen, schien mich allerdings zu beobachten. Sagte mir, er wolle »weit weg von seinen Eltern«. Fragte: »Wissen Sie Bescheid?« Ich fragte, worüber. Keine Antwort. D. hat keine Ahnung.* Empfehlung: Washington und Lee, Colby

GREER DAWSON – *äußerst schwierig. Will Eliteschule oder Stanford, aber Testergebnisse sind nicht gut genug; Noten schwankend. Eltern haben mir ein Jahr lang freies Essen angeboten, wenn ich ihr Empfehlung gebe. Bin nicht angetan. D. warnt, »Probleme, wenn die Schule Greer nicht in Princeton unterbringt«.* Empfehlung: Occidental, University of North Carolina

MACGUIRE PERKINS – *Habe nach Alkohol und Drogen gefragt. Meinte, er habe Talent zum Drama, aber er findet, nein; sagte, er ist depressiv. Therapie empfohlen. D. war dagegen, sieht schlecht aus.* Empfehlung: Basketballschulen: Indiana, North Carolina State, University of Nevada, Las Vegas.

Mit unbehaglichem Gefühl wandte ich mich den Notizen der Toten über Julian zu.

JULIAN TELLER – *Empfindlich. Möchte Ernährungswissen-*
schaften studieren. Im Rugg's nicht aufgeführt. Werde herumtele-
fonieren. J. weiß, daß Cornell einen Studiengang anbietet (Jane
Brody, Ehemalige); würde seinem Studienwunsch entsprechen.
Treffe mich am Morgen des 1. 11. mit der Pflegemutter (Partylie-
ferantin). Empfehlung: Cornell, Minnesota (?).

All das ergab für mich keinen sonderlichen Sinn, außer, daß es
meinen Verdacht gegen gewisse Leute bestätigte. Miss Ferrell
war schon ein findiges Kind, nur für Brad Marenskys Frage hatte
sie keine Erklärung gefunden: Wußte sie etwas von seinen Diebstählen? Offensichtlich nicht.
Ich erinnerte mich auch vage an den Rugg's, ein Nachschlage-
werk, in dem Colleges und Universitäten nach Studienfächern
aufgeführt waren. Wenn dort Ernährungswissenschaften nicht
angeführt waren, konnte ich vielleicht heute abend bei Tattered
Cover in der Kochbuchabteilung nachsehen, wo die jüngsten
Kochbuchautoren zur Schule gegangen waren. Immerhin war
das wenigstens etwas, das ich tun konnte, um Julian zu helfen.
Auch wenn er mittlerweile die finanziellen Mittel besaß, jede
Schule zu besuchen, die er wollte, konnte er zusehen, daß er das
Beste bekam, das für Geld zu haben war.
Ich bemühte mich, die Studienfragen aus meinem Kopf zu ver-
bannen, während ich Biscotti, etwas Obst und Käseplatten vor-
bereitete und ein Rezept für den Valentinstag ausprobierte:
Sweetheart-Sandwiches. Ein Sweetheart-Sandwich bestand aus
zwei Fondantkeksen mit einer Buttercremefüllung dazwischen.
Diese kleinen, mächtigen Plätzchen zu servieren war eine Inspi-
ration, die das Thema des heutigen Vertrages mir eingegeben
hatte: »Streßreduzierung bei Prüfungen«. Mein Rezept gegen
Streß war simpel: *Iß Süßigkeiten, und ruf mich an, wenn es vorbei*
ist.
Audrey rief an, zerknirscht über ihren frühmorgendlichen Ausbruch, und versicherte mir, sie wolle mir heute abend helfen. Ob

ich sie mit in die Buchhandlung nehmen könne? Heather war
mit Berechnungen der neuen Klassenrangfolge für ihre Mitschüler beschäftigt und mußte die Ergebnisse auf dem Weg nach
Denver bei ihren Freunden und Freundinnen abliefern. Heather
wollte nicht von Audrey gestört werden, erklärte Audrey mir
betrübt. Sollten wir weiße Uniformen anziehen, Schürzen oder
was? Ich antwortete, schwarzer Rock, weiße Bluse und ihre
Schürze mit dem Aufdruck GOLDILOCKS' PARTYSERVICE.
Sie versprach, gegen halb sechs bei mir zu sein.
Julian rief an. Er sagte, er sei zum Essen bei Neil; Neil nehme ihn
mit in die Buchhandlung und wir träfen uns dort. Es sei denn,
ich brauchte Hilfe. Ich versicherte ihm, daß ich alles im Griff
hatte. Arch kam nach Hause und erklärte, er müsse eine Tasche
packen, weil er über Nacht bei einem Freund bleiben wolle. Aber
zuerst sollte er die neuen Plätzchen probieren.
»Wenn du mir ein Glas Milch einschenkst«, feilschte er, rückte
seine Brille zurecht und legte sorgfältig drei frisch gebackene
Plätzchen auf seinen Teller. Mit geschlossenen Augen kostete er
das erste.
»Na?«
Er ließ mich ein Weilchen zappeln. Dann erklärte er äußerst
ernsthaft: »Köstlich, Mama. Jeder Lehrer würde dir dafür ein
Sehr gut plus geben.«
Ich grinste. »Fühlst du dich in der Schule wohler?«
Er schluckte, nahm einen Schluck Milch und wischte sich den
weißen Schnurrbart ab. »Gewissermaßen.«
»Was heißt das?«
»Die siebte Klasse ist wie...« Direktor Perkins' Manieriertheit
war ansteckend. Arch steckte einen zweiten Keks in den Mund
und kaute nachdenklich. »Die siebte Klasse ist halb wie Glück
und halb wie Totalitarismus.«
»*Totalitarismus?*«
»Ach, Mama.« Er rückte seine Brille zurecht. »Julian hat mir
dieses Wort für den Sozialkundeunterricht beigebracht.« Er

machte eine Pause. »Arbeiten sie immer noch daran, herauszubekommen, wer Keith Andrews und Miss Ferrell umgebracht hat?« Auf mein Nicken sagte er: »Weißt du, ich möchte einfach nur in einer sicheren Umgebung sein. Die Schule macht einem Angst, das muß ich zugeben.«

»Aber es ist nicht noch etwas passiert, oder?«

»Mama, die Polizei ist da. Was meinst du, wie sicher es da ist, wenn sie ihre Ermittler und die Wachen abziehen?«

Ich gab keine Antwort auf diese Frage. »Mach dir keine Sorgen«, sagte ich kurz angebunden, »wir oder die oder irgend jemand wird herausfinden, was passiert ist.«

Da er sich offenbar nicht weiter unterhalten wollte, machte ich mich wieder ans Kochen. Als um fünf Uhr nachmittags die Mutter des Schulfreundes kam, hatte Arch bereits ein halbes Dutzend Plätzchen vertilgt und erklärte, er wolle kein Abendessen.

Ich auch nicht, beschloß ich, als er fort war, aber nur weil ich voller Sorge war. Mein Magen knurrte in Erwartung des letzten Studienberatungsabends. Ich überlegte, wieviele Studienberater wohl Magengeschwüre hatten. Wenn diese letzte Prüfung vorbei war, konnte Audrey vielleicht mit ihrer Tochter nach Hause fahren, und Schulz und ich konnten essen gehen.

Audrey kam. Wir packten die Tabletts in den Lieferwagen, rasten nach Denver und trafen pünktlich um sechs bei Tattered Cover ein. Als ich zum Eingang im zweiten Stock hinauffuhr, an dem ich vorher schon geparkt hatte, fiel mir wieder ein, daß ich für Julian in den Kochbüchern Namen von Schulen nachschlagen wollte. Plötzlich kam mir auch Miss Ferrells Notenbüchlein wieder in den Sinn, das ich in eine meiner Kisten gepackt hatte in der Hoffnung, es nach dem Vortrag Schulz geben zu können. Bei all den Diebstählen unter den Schülern der Elk-Park-Schule wollte ich sichergehen und ihm dieses wertvolle Buch persönlich zur Auswertung übergeben. Doch ich hatte meine Lektion mit Keiths Computerdisketten gelernt: Ich würde das Notenbuch

Sweetheart-Sandwiches

Für das Gebäck:
125 g Butter
300 g Zucker
2 Eier
1 Teelöffel Vanilleextrakt
60 g ungesüßten Kakao
300 g Mehl
$^1/_2$ Teelöffel Salz
1 Teelöffel Backpulver
$^1/_2$ Teelöffel Natron

Für die Füllung:
50 g Butter
1 Teelöffel Vanilleextrakt
325 g Puderzucker
Schlagsahne

Für das Gebäck die Butter mit dem Zucker in einer großen Schüssel cremig rühren. Eier und Vanille zufügen und gut verrühren; beiseite stellen. Kakao, Mehl, Salz, Backpulver und Natron vermengen. Diese Mischung gründlich mit der Buttermasse verrühren. Den Teig abgedeckt 2 bis 3 Stunden kalt stellen. Den Backofen auf 190 Grad vorheizen und zwei Backbleche einfetten. Mit einem Teelöffel gleichmäßige Teigmengen abstechen, zu kleinen Bällchen formen und im Abstand von 5 Zentimetern auf die Backbleche setzen. 10 bis 15 Minuten backen, bis die Plätzchen goldgelb sind. Auf Rosten abkühlen lassen.
Für die Füllung die Butter schaumig rühren. Den Vanilleextrakt und den Puderzucker mit Sahne solange schlagen, bis die Masse die Konsistenz einer Glasurcreme hat.

Wenn die Plätzchen vollständig abgekühlt sind, $^1/_2$ Teelöffel der Füllung auf die Oberseite eines Plätzchens geben und ein zweites darauflegen. *Ergibt etwa 3 Dutzend.*

Variation:
Um die Hälfte der Kekse mit Vanillecreme und die andere Hälfte mit Pfefferminzcreme zu füllen, $^1/_2$ Teelöffel Pfefferminzextrakt in die *Hälfte* der Füllung geben. Die Pfefferminzfüllung rosa oder grün einfärben, ehe Sie die Plätzchen füllen.

---

während des Wirbels beim Servieren nicht unbeaufsichtigt in der Küche liegen lassen. Als Audrey damit beschäftigt war, Kisten aufzumachen, schnappte ich mir das Notenbuch, wickelte es in eine Schürze mit meinem Firmenaufdruck und stürmte durch den Eingang zum zweiten Stock und über die Innentreppe hinunter ins Erdgeschoß. Ich wollte es in den Geheimschrank legen, den Audrey mir in der Abteilung kaufmännische Bücher gezeigt hatte, doch vor dem Regal standen Leute, die nachlasen, wie man mit Aktien der Versorgungsunternehmen Millionen verdiente. Ich suchte einen ruhigeren Ort.
Die Angestellte in der Abteilung Kochbücher erkannte mich von unserer Begegnung in der vergangenen Woche wieder. Sie freute sich über meine Bitte, die letzten kulinarischen Neuerscheinungen zu sehen.
»Ach, Sie müssen sich aber unser Schaufenster ansehen!« rief sie lachend aus. »Es ist neu gestaltet, und Audrey und ich haben die Dekoration entworfen: ›Neues zu Essen und Trinken‹! Sie müssen bewundern, was sie gemacht hat.«
Sie wies mir den Weg zur Tür hinaus auf die First Avenue, wo ich mich nach rechts wandte und mich hinter einer Schaufensterscheibe einer Kulisse gegenübersah, die jeden ins nächste Restaurant laufen – nicht gehen – ließ. Aus jedem Winkel des

riesigen Schaufensters sprangen mich Fotos von Essen an: Sensationelle Poster von Jarlsberg, Gorgonzola und Goudarädern wetteiferten mit Hochglanzfotos von leuchtendroten Pfefferschoten, Roten Beten und Squash-Kürbissen, einem Gewirr bunter Nudeln, geräuchertem Fisch und dicken, saftigen Steaks, glänzenden Brotlaiben, sahnigen Käsekuchen, schimmernden Himbeertörtchen und dunklen Schokoladensouffles. Zwischen diesen Bildern standen Tische, auf denen sich mindestens hundert Kochbücher türmten, dicke und dünne, von Julia Child, Jane Brody, den Leuten von Silver Palate, den Cajun-Leuten und wie sie alle hießen. Wie Flaggen hingen über dieser kleinen Bühne Schürzen, Küchenhandtücher und Tischdecken. Hmm. Ich überlegte, ob ich die Frau wohl überreden konnte, eine Schürze von Goldilocks' Partyservice dort aufzuhängen. Schlimmstenfalls konnte sie mir eine abschlägige Antwort erteilen und mich für eine entsetzlich und unheilbar gewinnsüchtige Person halten. Und das war ich ja auch. Es war einen Versuch wert. Niemand, so überlegte ich, als ich wieder hineinging, ist über Bestechung erhaben.

Sie sei gerne bereit, die Schürze aufzuhängen, erklärte sie fröhlich. Ich begleitete sie an den Eingang des Schaufensters. Sie schlüpfte geschickt zwischen die Fotos, nahm eine rot-weiße Schürze ab und hängte meine Ersatzschürze, den Aufdruck GOLDILOCKS PARTYSERVICE der Straße zugewandt, auf. Angeregt schlängelte ich mich in den vorderen Teil des Fensters und ließ heimlich das Notenbuch unter den neuesten Paul Prud'homme gleiten. Es war schließlich *heiße* Ware.

»Passen Sie auf, wo Sie hintreten«, warnte mich die Frau, als ich versehentlich rückwärts gegen die Schaufensterscheibe trat.

»Keine Sorge«, versicherte ich ihr. Ich verschwand schleunigst von der Plattform des Fensters, vor dessen Scheibe einige Passanten auf der Straße standen und sich angesichts der Fotoauslagen das Wasser im Munde zusammenlaufen ließen; ich dankte der Frau von der Kochbuchabteilung und lief die Treppe hinauf in den zweiten Stock. Die Mitarbeiter stellten bereits Stühle auf, und Audrey hatte Kaffee gekocht und aus Konzentrat Apfelsaft gemacht. Ihr Gesicht war in einstudierte Falten gelegt.

»Macht Carl dir wieder Schwierigkeiten?« fragte ich.

»Nein«, sagte sie nach einem Weilchen. »Es ist Heather. Sie hat Probleme mit ihren Klassenkameraden. Jetzt will sie, daß ich sie nachher nach Hause fahre. Und sie sagte, Carl hat gerade angerufen, er müsse mit mir über irgendein neues Problem sprechen.«

Was gibt es sonst noch Neues, wollte ich sie fragen. Aber ich konnte mich beherrschen.

Nachdem wir ein Weilchen schweigend Plastiktassen in der winzigen Küche gestapelt hatten, sah Audrey mich jedoch finster an. »Heathers Klassenkameraden haben sie gebeten, die Rangfolge der Klasse zu berechnen, weil sie so gut mit Zahlen umgehen kann. Sie wollten ihr die Noten ihrer Zwischenzeugnisse durchgeben, die am Dienstag bekannt gegeben werden sollten. Aber sie versucht seit drei Tagen, einige der besten Schüler, unter anderem Brad Marensky und Greer Dawson, zu bewegen, ihr die Französischnoten zu geben und schafft es nicht. Ich weiß ja, sie haben beide Mannschaftstraining, aber warum antworten sie nicht auf Heathers Nachfragen? Ich meine, sie haben alle gesagt, sie *wollten*, daß sie das macht.«

»Ich weiß es bestimmt nicht, Audrey. Wenn du Heather nach Bennington schickst, hat sie überhaupt keine Noten mehr.«

Audrey machte *Tsss* und schulterte ein Tablett mit Obst und Käse. Im Saal stellte Miss Kaplan über Mikrophon den Redner des Abends vor, einen Mr. Rathgore. Ich brachte das erste Tablett mit Tassen hinaus, kehrte zurück, um den Wein und den Apfelsaft zu holen und huschte gerade rechtzeitig wieder hinaus, um zu sehen, daß die bedrückte Heather in ein heftiges Gespräch mit ihrer Mutter vertieft war, die verblüfft die Stirn runzelte.

Julian saß zwischen Egon Schlichtmaier und Macguire Perkins.

Die drei kicherten über einen gemeinsamen Scherz, als Mr. Rathgore, ein glatzköpfiger Bursche in glänzendem Kunstseidenanzug, seinen Vortrag begann.

»Wir alle hassen Prüfungen«, sagte er. Ein Chor von Seufzern begrüßte seine Worte.

Ich warf einen verstohlenen Blick auf den Direktor, der abwesend nickte. Perkins wirkte noch abgehärmter als am Morgen. Die Marenskys und die Dawsons hatten sich vorsichtshalber entschlossen, auf entgegengesetzten Seiten des Raumes Platz zu nehmen. Brad Marensky trug ein Johns-Hopkins-Sweatshirt; Greer Dawson war wieder in waldgrüne Moiré-Seide gehüllt. Zwischen den Dawsons und Audrey, die auf einer Couch seitlich des Redners saß, spielte sich offenbar ein Kampf ab, der mit stahlharten Blicken ausgefochten wurde. Nach einem Moment berührte Heather jedoch ihre Mutter am Arm, und Audrey wandte den Blick von den Dawsons ab.

»Schlimmer noch, es kann vorkommen, daß wir in den zermürbenden Prozeß geraten, uns mit unseren Kindern zu identifizieren, wenn sie Prüfungen machen«, fuhr Mr. Rathgore fort. »Alte Verhaltensmuster wiederholen sich. Eltern nehmen die schlechten Leistungen ihrer Kinder ernster, als die Kinder selbst...«

Das war kein Spaß. Die Leute begannen, unbehaglich auf ihren Stühlen herumzurutschen, was ich der Tatsache zuschrieb, daß der Vortrag den Nagel etwas zu genau auf den Kopf traf. Als ich die Pappbecher einzeln herausnahm, sah ich aus den Augenwinkeln, daß einige Zuhörer aufstanden, sich reckten und durch den Raum schlenderten. Vielleicht konnten sie es nicht länger ertragen, an ihre *letzte Erfolgschance* erinnert zu werden. Ich wandte mich mit aufmerksamer Miene Mr. Rathgore zu, sah aber statt dessen in das graue Gesicht Direktor Perkins', der durch den Raum zu mir gekommen war.

»Goldy«, flüsterte er laut, »ich bin erschöpfter als Perry, nachdem er die Antarktis durchquert hatte.« Er bedachte mich mit einem kühlen, schiefen Lächeln. Offenbar hatte er mir verzie-

hen, daß ich den Wirbel um Pamela Samuelson und ihre Beno-
tung angesprochen hatte. »Bitte sagen Sie mir, daß das kein ent-
koffeinierter Kaffee ist.«

»Es ist keiner«, versicherte ich ihm, während ich ihm das
schwarze Getränk in die erste Tasse goß. »Unverfälschter Kaffee, versprochen. Und nehmen Sie einen Valentinskeks dazu, sie
heißen Sweetheart-Sandwiches.«

Seine ausdrucksvolle Stirn legte sich in Falten. »Valentinskekse?
Wir haben nicht einmal das Erntedankfest überstanden! Ein
bißchen früh, finden Sie nicht?«

Doch ehe ich antworten konnte, tauchte Tom Schulz an der
anderen Seite des Tisches auf und begrüßte mich mit breitem
Lächeln. »Hast du für mich auch ein paar?«

»Endlich«, sagte ich mit einem Strahlen, das ich nicht zurück-
halten konnte. »Du bist zurück.« Ich reichte ihm eine Tasse
dampfenden, duftenden, schwarzen Kaffees und einen Teller
mit Sweetheart-Sandwiches. Der Direktor setzte zu einer jovia-
len Begrüßung für Schulz an, doch sie blieb ihm im Halse stek-
ken. Er wurde rot.

»Du hast noch etwas für mich?« raunte Schulz mir zu und ignorierte Perkins' Unbehagen. Mr. Rathgore unterbrach seinen
Vortrag und sah stirnrunzelnd zum Kaffeetisch hinüber. Einige
Eltern wandten die Köpfe, um zu sehen, was den Redner
ablenkte, und ich zog mich verlegen zurück. Direktor Perkins'
allzu fröhliches Lächeln erstarrte auf seinem Gesicht.

Alfred Perkins biß in seinen vorzeitigen Valentinskeks. Es waren
viel zu viele Neugierige in der Nähe, um Schulz das Notenbuch
jetzt zu geben, beschloß ich.

»Iß erst ein paar Kekse, sie sind...«

Doch ehe ich ihm den Teller reichen konnte, brach im Publikum
erneut ein elterlicher Zwist aus, diesmal zwischen Caroline
Dawson und Audrey Coopersmith.

»Was ist los mit Ihnen?« kreischte Caroline. Sie sprang auf die
Füße und sah zornfunkelnd auf Audrey Coopersmith herab.

Audrey schloß die Augen und hob abwehrend ihr spitzes Kinn. Caroline war ebenso rot wie ihr Kostüm. »Glauben Sie, Heather ist die einzige mit Talent? Glauben Sie, sie ist die einzige, die Mathematik kann? Haben Sie eigentlich eine Ahnung, wie sehr wir alle Ihre Angeberei *leid* sind?«

Audreys Ruhe war erschüttert. Sie sprühte Funken. »Ach, entschuldigen Sie, aber Hank und Stan haben damit angefangen...«

Mr. Rathgore sah Miss Kaplan verwirrt an, die einem Publikumsaufruhr während einer Autorenlesung hilflos gegenüberstand.

»Haben wir nicht!« protestierte Hank Dawson wütend mit seinen fleischigen Händen. »Stan hat nur gesagt, Heather wollte von Brad Noten haben, aber er war die ganze Woche beschäftigt, und Greer konnte ihre Noten auch nicht durchgeben. Ich habe nur gesagt, bei der Zeit, die das in Anspruch nimmt, sollte die Regierung Heather vielleicht engagieren, um das Haushaltsdefizit zu berechnen... also wirklich, beruhigen wir uns doch wieder!«

»Ich will mich nicht beruhigen!« schnaubte Audrey. Sie stand jetzt ebenfalls auf und zerrte an ihren Schürzenbändern. Sie schleuderte die Schürze fort und wedelte mit dem Finger vor den Dawsons herum. »Hank, Sie haben doch keine Ahnung! Wie können Sie es wagen, sich über Heather lustig zu machen? Das Haushaltsdefizit berechnen! Seit wann sind Sie Wirtschaftsexperte? Ich habe Sie alle so satt! Sie benehmen sich, als ob Sie alles wüßten, aber Sie wissen *überhaupt nichts*! Sie – Sie glauben doch, man kauft eine staatliche Schuldverschreibung, um aus dem Gefängnis zu kommen!«

Nicht schon wieder diese Leier. Einige Eltern murmelten und hüstelten; Schulz sah mich mit einer gehobenen Augenbraue an. Die Marenskys sprachen erregt miteinander. Sie besaßen vermutlich Staatsanleihen.

»Ich würde wirklich gerne wissen, wieso Hank Dawson meint,

schnippische Bemerkungen über die Berechnung des Haushalt-
defizits machen zu müssen«, wandte sich Audrey mit schriller
Stimme an das verdutzte Publikum. »Er denkt doch, die Lan-
deszentralbank sei eine Parkbank, die im Mittelpunkt der Staa-
ten steht!«

Audrey wartete keine Antwort ab. Wie es dem Anlaß entsprach,
stürmte sie hinaus. Heather schlängelte sich hinter ihr her.
Soviel zu meiner Hilfe beim Aufräumen.

Miss Kaplan bemühte sich, die Ordnung wiederherzustellen.
»Warum nehmen wir nicht alle... ein paar Erfrischungen zu
uns, und wenn Sie Fragen an Mr. Rathgore haben...« Ihre
Stimme ging im Lärmen der Leute unter, die ihre Mäntel nahmen und mit Einkaufstüten knisterten. Einige Eltern stellten
sich an, um Mr. Rathgores Buch zu kaufen: »Die wahre Prüfung«.

»Keine Sorge.« Julian tauchte mit einem Tablett Biscotti neben
mir auf. »Ich helfe dir. Du weißt doch, Heathers Mutter ist
immer im Streß. *Schwerem* Streß.«

Schulz nahm sich zwei Biscotti. »Wie du gesagt hast, Miss. G.,
ich sollte Plätzchen essen...«

Doch ehe ich einen Gedanken an ihn verschwenden konnte,
drang entfernt das laute Klirren zerbrechenden Glases zu uns.

Macguire, der an einem Bücherregal lehnte, war so erschrocken,
daß er fast hinfiel. Julians Tablett fiel scheppernd zu Boden.
Direktor Perkins sah entsetzt aus.

»Keiner rührt sich von der Stelle!« schrie Tom Schulz. Er sprang
durch den nahegelegenen Ausgang ins angrenzende Parkhaus.
Bestürzte Eltern sahen sich an; ein besorgtes Stimmengewirr
erfüllte die Luft. Der arme Mr. Rathgore wandte sich an die
Buchhändlerin. Er hatte vergessen, daß er ein Mikrophon
trug.

»Was zum Teufel geht hier vor?« dröhnte seine Stimme.

Miss Kaplan rang die Hände und preßte die Lippen zusammen.
Zuerst ein Streit zwischen Eltern und dann eine Störung durch

klirrendes Glas. Unwahrscheinlich, daß Mr. Rathgore sich in nächster Zeit zu einer weiteren Autogrammstunde bereitfand.

Schulz kam zurück. »Es ist dein Lieferwagen«, verkündete er lakonisch.

»Wessen Wagen?« schrie Mr. Rathgore ins Mikrophon.

Julian rief: »Jemand hat die Windschutzscheibe eingeschlagen! Genauso wie bei . . .« Aber er mußte gar nicht aussprechen, wessen Windschutzscheibe ebenfalls eingeschlagen worden war.

Schulz eilte quer durch den Raum zu mir, ohne auf das Durcheinander zu achten. »Goldy, ich bringe dich zu meinem Wagen. Ich benachrichtige die Wachposten. Ich möchte, daß du hier wegkommst, und zwar mit mir«, schloß er abrupt.

»Ich kann nicht . . . ich muß aufräumen.«

»Du mußt gehen«, plapperte Julian Schulz nach. »Das sage ich dir schon die ganze Zeit. Du bist bei diesen Leuten nicht sicher. Geh, geh jetzt. Ich räume auf.«

Schulz hatte mich am Arm gefaßt, um mich hinauszuführen. Ich stand wie angewurzelt.

»Und wie willst du nach Hause kommen?« fragte ich Julian und weigerte mich, mich vom Fleck zu rühren.

»Ich lasse mich mitnehmen oder so. Geh jetzt, geh.«

Ich war ganz benommen. Ich starrte die versammelten Schüler, Eltern, Lehrer und Angestellten der Buchhandlung an. Alle standen reglos da, wie in einem Schnappschuß festgehalten, und sahen zu, wie die Partylieferantin unerwartet unter Polizeischutz abzog. Ich fragte mich, wieviele wohl denken mochten, ich sei verhaftet.

21   Tom Schulz fuhr mit quietschenden Reifen um
――――― die Haarnadelkurven des Parkhauses. Innerhalb weniger Augenblicke schoß der Wagen die First Avenue
hinauf. »Wo ist Arch?« fragte er.
»Er bleibt über Nacht bei einem Freund. Ich begreife immer
noch nicht, wieso ich wegen einer zerbrochenen Windschutzscheibe weg soll. Ich komme mir lächerlich vor.«
»Komm schon, Goldy. Du weißt, daß du nicht bleiben kannst«,
sagte er lediglich.
Als wir eine Dreiviertelstunde später nach Aspen Meadow
kamen, war meine Nachbarschaft in tiefe Stille gehüllt. Die einzigen Geräusche kamen von einem Hund, der in der Ferne bellte, und von Tom Schulz, der leise mit dem Wachmann sprach.
Schulz kam kopfschüttelnd zu mir zurück. »Nichts Verdächtiges.« Er brachte mich die Eingangsstufen hinauf. An der Tür
zögerte ich.
»Hat der Wachposten etwas über Funk gehört, wer meinen
Wagen zertrümmert hat?«
»Nein. Hör zu, es gab noch einen Anruf für mich, der nichts mit
dieser Sache zu tun hat. Aber ich komme später herein und sehe
nach dir, wenn du willst.«
»Nicht nötig. Die Buchhandlung hat um neun geschlossen. Julian wird gegen zehn zu Hause sein.«

»Dann rufe ich dich an.«

Ich schaltete in allen Zimmern das Licht ein und sah auf die Uhr: halb zehn. Jedes Knacken, jeder Luftzug, jedes Geräusch ließ mich auffahren. Schließlich machte ich mir eine große Tasse dampfendheißer Schokolade, schlüpfte in meine Daunenjacke und setzte mich auf einen verschneiten Gartenstuhl vor dem Haus. Es erschien mir das Beste, den Streifenwagen im Blick zu haben.

Die heiße Schokolade war herrlich beruhigend. Ich lehnte mich zurück und sah in die Sterne, die über mir funkelten. Da kein Mond schien, war Arch vermutlich mit seinem Freund draußen, schwang seinen Nachtfeldstecher und zeigte begeistert auf Sirius und Cassiopeia. Ich konnte den Großen Bären und Orion finden, aber das war auch schon alles.

Gegen zehn ging ich ins Haus, hörte meinen Anrufbeantworter ab – keine Anrufe – und machte mir noch mehr heißen Kakao. Schokolade schmeckt am besten mit etwas Süßem, und ich bedauerte, daß ich wegen der Sache mit der Windschutzscheibe die Sweetheart-Sandwiches in der Buchhandlung zurückgelassen hatte. Allmählich gestalteten sich die Dinge so, daß bei jeder von mir bewirteten Veranstaltung der Elk-Park-Schule mit einer Störung zu rechnen war.

Zurück auf meinem Gartenstuhl, starrte ich wieder in den Himmel. Und plötzlich war es, als tue sich über mir am sternklaren Firmament ein Loch auf. Durch dieses Loch sah ich Rhoda Marensky in der Küche der Dawsons ausrufen: *Es ist, als versuche jemand unser Leben zu ruinieren.* Ich erinnerte mich an Hank Dawson, der dasselbe Gefühl etwas anders zum Ausdruck gebracht hatte: *Sie hätten dasselbe Essen machen sollen wie letzte Woche. Das hätte mehr Glück gebracht.* Rhoda und Hank glaubten anscheinend, wenn man das Richtige aß, genug schlief und immer die gleiche Alltagsroutine beibehielt, würde alles gutgehen.

Doch wenn jemand dein Leben aus der Bahn warf, ging es dir nicht gut.

Jemand hatte absichtlich Keith Andrews' Windschutzscheibe an dem Tag eingeschlagen, als der Vertreter von Princeton zu Besuch kam. Kurze Zeit später hatte dieselbe Person ihn wahrscheinlich umgebracht.

Jemand hatte ein Fenster in unserem Haus eingeworfen, eine Schlange in Archs Spind gehängt und möglicherweise eine tödliche Giftspinne in eine Schublade gesetzt. Jemand hatte unsere Eingangsstufen vereist, unseren Kamin verstopft und an einem unserer Autos die Windschutzscheibe eingeschlagen. Die Folge waren Polizeischutz, Angst, Streit, Schlafmangel, verpatzte Tests und unerledigte Hausaufgaben und Collegebewerbungen.

Derjenige, der am meisten darunter gelitten hatte, war ein äußerst sensibler Mensch, dem sehr an den Menschen seiner nächsten Umgebung lag und der schrecklich empfindlich auf Kritik und Grausamkeit reagierte.

War es möglich, daß weder Arch noch ich das eigentliche Ziel dieser Schikanen waren?

Entschuldige, aber du kannst mich mal. Und ein andermal:

Diese Sache in der Schule nimmt mich mit.

Ich sah Julian vor mir, der so vieles wußte, über das er nicht sprechen wollte – die Steroide, die heftigen Auseinandersetzungen zwischen seinen Klassenkameraden, vielleicht sogar Erpressung. Er war außerdem der zweitbeste Schüler der Abschlußklasse der Elk-Park-Schule. Keith Andrews, der beste, war tot.

Ich setzte mich kerzengerade auf und verschüttete Kakao auf meine Jacke. Ich hatte keine Zeit, ihn wegzuwischen oder auch nur darüber zu fluchen, denn ich lief schon ins Haus. Der Vorfall mit der Windschutzscheibe war vermutlich dazu gedacht, *mich* wegzulocken. Verdammt, mir hatte in der Buchhandlung nie Gefahr gedroht.

Ich fummelte an der Klinke der Haustür. In meinem Kopf überschlugen sich die Gedanken. Wer stand anderen in der Klassen-

rangfolge im Weg? Wer war für die Schikanen gegen seine Chefin und ihren Sohn empfänglich, an denen er so sehr hing? *Wer würde freiwillig anbieten, aufzuräumen, wenn ich fort war?*
Die ganze Zeit schon war Julian das eigentliche Ziel gewesen.

Ich rief Julians Freund, Neil Mansfield, an. Hatte Julian ihn gebeten, ihn mitzunehmen? Nein, Julian hatte gesagt, jemand anderes habe angeboten, ihn mit zurück nach Aspen Meadow zu nehmen. Wer? Neil wußte es nicht. Aber er sei seit einer Stunde zu Hause, meinte Neil, Julian müsse also inzwischen ebenfalls zu Hause sein. Großartig. Hatte Neil eine Idee, wer sonst vielleicht wissen könnte, von wem das Angebot stammte, ihn mitzunehmen? Keine Ahnung.
Ich versuchte, Schulz zu erreichen. Bei ihm zu Hause nahm niemand ab. In der Telefonzentrale des Sheriffbüros sagte man mir, der Mordermittler sei über seine Funksprechanlage nicht zu erreichen. Ich sah auf die Uhr; halb elf.
Ich hatte keine Idee, keinen Plan, nur Panik. Ich schnappte die Schlüssel für den Range Rover. Wenn ich die Polizei anriefe, würde ich nicht wissen, was ich ihnen sagen sollte oder wohin ich sie schicken sollte. Ich zwang mich, den Gedanken an den blutüberströmten Kopf Keith Andrews' aus meinem Gehirn zu verbannen.
Die Buchhandlung. Dort hatte ich Julian zuletzt gesehen; da würde ich anfangen. Vielleicht konnte ich Miss Kaplan anrufen oder eine andere Angestellte, vielleicht hatte ihn jemand weggehen sehen ... aber wie sollte ich an die Telefonnummer dieser Leute kommen? Widerstrebend wählte ich Audrey Coopersmiths Nummer, bekam aber nur eine verschlafene Heather an den Apparat.
»Mama ist nicht da. Sie ist mit Papa aus.«
»*Was?*«
»Sie hat gesagt, sie wollten versuchen, etwas zu klären.«
»Hören Sie zu, Heather, ich muß mit ihr sprechen. Ich ... habe

etwas im Laden vergessen... und ich muß wissen, wie ich da *jetzt* jemanden erreiche.«

»Warum? Die Buchhandlung ist geschlossen.«

»Sie haben nicht vielleicht Julian gesehen? Nach der Veranstaltung?«

»Mrs. Bear, Sie bringen mich ganz durcheinander. Haben Sie etwas oder jemanden in der Buchhandlung vergessen?«

Ach Gott, das Notenbuch. Ich hatte *tatsächlich* etwas in der Buchhandlung liegenlassen. Wenn Julian noch lebte, wenn jemand genügend Interesse an diesem Notenbuch hatte... vielleicht konnte ich ein Tauschgeschäft machen. Aber ich wußte nicht, mit wem ich es zu tun hatte, was diese Person vorhatte und wann.

»Heather, hören Sie zu, ich habe ein großes Problem. Julians Leben ist möglicherweise in Gefahr... und ich habe etwas. Ich habe Miss Ferrells Notenbuch.«

Heather sog scharf die Luft ein. »Sie? Aber wir haben es gesucht; ich kann die Klassenrangfolge ohne das Buch nicht berechnen.«

»Hören Sie genau zu. Sie müssen für mich bei jedem Schüler der Abschlußklasse zu Hause anrufen. Sorgen Sie dafür, daß Sie mit dem Schüler *und* mit den Eltern sprechen...«

»Aber es ist schon *spät*...«

»Bitte! Sagen Sie *jedem einzelnen,* daß ich Miss Ferrells Notenbuch habe und es gegen Julian eintausche, in der Elk-Park-Schule in« – ich sah hastig auf die Uhr – »zwei Stunden.«

»Auch meiner Mutter? Ich weiß nämlich nicht, wo sie ist. Und Sie haben immer noch keine Möglichkeit, in den Laden zu kommen.«

»Machen Sie sie ausfindig. Zum Laden fällt mir schon etwas ein. Ihre Mutter und Carl müssen doch ein Lieblingsrestaurant haben oder so etwas. Treiben Sie sie auf. Bitte, Heather, treiben Sie *alle auf.*«

»Sie sind völlig verrückt geworden.«

»Vertrauen Sie mir.« Ich legte auf, ehe sie meinen Geisteszustand weiter analysieren konnte.

Ich lief zum Range Rover hinaus. Als ich den ersten Gang einlegte, dachte ich: Audrey ist mit Carl aus? Unglaublich. Aber das war nun wirklich meine letzte Sorge.

Mit heulendem Motor raste ich über den Highway nach Denver. An der Ampel der First Avenue bog ich links in die Milwaukee Street ein und fuhr auf die Auffahrt zum Parkhaus. Als erstes mußte ich feststellen, ob Julian meinen Lieferwagen weggefahren hatte.

Pech: Das Parkhaus war geschlossen. Schlimmer noch, die Schranke war heruntergelassen.

Was war eine Schranke gegen den Nashornschutz eines Geländewagens? Ich setzte zurück, trat aufs Gas und brach durch die Schranke.

Die Betonwände und die höhlenartigen Tiefen des verlassenen Parkhauses warfen das Dröhnen des Motors hallend zurück. Immer weiter fuhr ich hinauf bis in die zweite Etage. Und da stand mein Lieferwagen allein neben dem Eingang. Um die Reifen glitzerten Glassplitter.

Ich hörte mein Herz in den Ohren schlagen. Wie kam ich nur in den Laden? Hatte Audrey vielleicht ihre Handtasche in meinem Wagen liegenlassen, als sie wutschnaubend aus der Buchhandlung gestürmt war? Ich hoffte verzweifelt, daß sie ihre Sicherheitskarte für die Eingangstür dagelassen hatte. Es sei denn, sie hätte ihren Wutanfall nur gespielt...

Besser, ich stellte keine Spekulationen an, bis ich das Notenbuch in der Hand hatte. Ich sprang aus dem Rover und öffnete die Tür des Lieferwagens. Das Geräusch hallte gespenstisch nach.

»Julian?« flüsterte ich in den kalten Innenraum des Wagens hinein. Stille. Und dann sah ich im Licht der Deckenbeleuchtung erschrocken das Durcheinander von Papieren, Kisten und Tassen. Der ganze Wagen war ein Trümmerhaufen.

Ich war so wütend, daß ich fast die Tür zuknallte. Aber dann sah ich Audrey Coopersmiths' Handtasche umgedreht auf dem Boden liegen. Ich suchte verzweifelt nach der Magnetkarte. Sie war nicht da. Was nun?

Ein Knall durchbrach die Stille. Ein Schuß. Ich fiel nach vorne.

Das Geräusch war aus dem Laden gekommen.

Ich rannte zum Sicherheitsschalter des Hintereingangs. Er zeigte grünes Licht: Wer auch immer meinen Wagen verwüstet hatte, er hatte wohl Audreys Karte benutzt, um die elektronische Türsicherung zu öffnen. Ich schob die erste Glastür auf und dann die zweite. Ich fluchte wie ein Fuhrmann, um gegen meine Angst anzukämpfen, während ich in die tiefe Dunkelheit der Buchhandlung trat.

Es war stockfinster, und es herrschte völlige Stille. Vorsichtig trat ich auf den weichen Teppichboden. Die Buchhandlung strömte einen intensiven Geruch nach Papier, Teppich, Leim, Büchern, Stühlen, Holz und Staub aus. Es hing noch der Geruch von Menschen in der Luft. Ich war nicht weit von der kleinen Küche entfernt, konnte aber nichts sehen. Der Schreibtisch war ganz in der Nähe; Audrey hatte ihn mir gezeigt...

Die Taschenlampen. Unter jedem Schreibtisch. Ich ging durch die Dunkelheit, ohne zu wissen, ob ich geradeaus oder in Schlenkern lief, konzentrierte mich auf die Richtung, in der nach meiner Erinnerung der Schreibtisch stehen mußte. Mein Fuß stieß gegen einen Stuhl. Er rollte quietschend auf winzigen, unsichtbaren Rollen nach vorne. Verdammt. Ich tastete unter dem Schreibtisch herum, bis ich die kalten Metallklammern spürte, die die Taschenlampe hielten. Meine Finger schlossen sich um die Lampe. Als ich sie einschaltete, hörte ich wieder einen Schuß. Diesmal lauter. Näher.

»Julian!« rief ich in die Dunkelheit.

Das Telefon. Ruf Schulz an. Ich zwängte mich unter dem Schreibtisch vor, stand auf und richtete den Lichtkegel auf das

Telefon. Ich wählte 911, bat sie, sofort zu Tattered Cover zu kommen, und legte auf. Die Stille lastete schwer auf mir.

»Julian!« schrie ich wieder.

Der Strahl meiner Taschenlampe fuhr über den Teppichboden zur Treppe.

Und dann sah ich etwas, das nicht hierher gehörte und das mir das Herz stocken ließ. Kurz vor der Treppe war ein großer, dunkler Fleck auf dem Teppich. Ich stürzte darauf zu, blieb aber abrupt stehen und machte kehrt. Blut in einer Buchhandlung. Moment.

Was hatte ich gerade zu mir gesagt?

Etwas, das nicht hierher gehörte.

In meinem Kopf schwirrte es.

Was hatte die Frau in Lakewood gesagt? *Etwas, für das es zu spät war, etwas, das nicht hierher gehörte*... Was hatte Arch gesagt? *Man kann Andromeda im Sommer nicht sehen*... und natürlich konnte man im Winter kein Good-Humor-Eis vom Eismann kaufen, oder? Und in einer makellosen Küche würde ich keine Spinne finden, nicht? Tom Schulz hatte mir immer gesagt: *Wenn du irgend etwas bemerkst, das fehl am Platz ist*...

Und jetzt wußte ich es. Die Verbrechen, den Täter, selbst die Methoden ... *ich* kannte sie. Ich sank gegen ein Bücherregal, mir wurde übel. *Beweg dich,* befahl ich mir.

Ich ging die breite, mit Teppich belegte Treppe hinunter, richtete die Taschenlampe vor mich, bis ich den ersten Stock erreichte. Hier roch es anders, es waren mehr Menschen hier gewesen, es lag ein stärkerer Schweißgeruch in der Luft. Seit den beiden Schüssen hatte ich kein Geräusch mehr gehört.

»Julian?«

»Goldy?« kam von weiter unten ein Schrei, der mir das Blut in den Adern gerinnen ließ. »Goldy! Hilfe!« Julians Stimme.

»Wo bist du?« brüllte ich, hörte aber nur ein Scharren, Rennen und dumpfe Schritte. Fast stolperte ich, als ich den letzten Treppenabsatz hinunterlief.

Hier im Erdgeschoß war es heller. Von den Straßenlaternen der First Avenue und der Milwaukee Street fiel Licht durch die Schaufenster herein.

»Arh!« hörte ich wieder Julians erstickte Summe. Und dann ein schleifendes Geräusch von... woher? Von der Abteilung für Wirtschaftsbücher.

Ich rannte durch die Schatten zu der Stelle, an der ich ihn vermutete, in der Nähe des Ausgangs zur Milwaukee Street. Ich schwenkte den Schein der Taschenlampe über den Teppichboden – nichts. Als ich die Kassen im Erdgeschoß fast erreicht hatte, prallte etwas gegen mich. Ich fiel mit lautem Krach nach vorne, die Taschenlampe flog über den Teppich. Ich rappelte mich auf die Knie und machte einen Satz nach der Lampe, als mich der Körper wieder rammte. Ich schnappte die Taschenlampe und wirbelte herum. Der Lichtkegel schien in das wütende, ledrige Gesicht Hank Dawsons.

»Sie Mistkerl!« schrie ich und schwenkte wild meine Taschenlampe. »Wo ist Julian?«

Er machte einen Satz auf mich zu, aber ich sprang beiseite. Fluchend wich er zurück und stürzte sich wieder auf mich. Außer mir griff ich nach einem Drahtgestell für übergroße Paperbacks und kippte es vor ihm um. Hank stolperte und fiel. Verzweifelt schnappte ich mir Bücher, irgendwelche Bücher, von Regalen und warf sie nach ihm.

Zu meiner Verwunderung blieb er reglos am Boden liegen. Ich sauste um die Ecke in die Abteilung Wirtschaftsbücher.

»Julian« rief ich zwischen die Regale, »ich bin's! Du mußt schnell herauskommen.« Welches von diesen verflixten Regalen war das, das sich nach vorne ziehen ließ? Ich konnte mich nicht erinnern. Doch ganz langsam, widersinnig, als sei ich in einem Horrorfilm, sah ich ein Regal sich bewegen. Bücher schwankten und fielen auf den Boden. Ein Gesicht lauerte aus einem leeren Regal. Ich schrie kurz auf.

»Ist Mr. Dawson... tot?«

Es war Julian. »Am Boden, aber nicht k.o.«, sagte ich, als ich meine Sprache wiedergefunden hatte. »Mein Gott, Julian, ist das Blut in deinem Gesicht? Ich bin so froh, daß du lebst. Die Polizei ist unterwegs, aber wir müssen hier raus.«

»Ich kann nicht gehen«, wimmerte er. »Er hat mich angeschossen...«

Hank Dawson stöhnte und regte sich unter den Büchern.

»Geh!« flüsterte Julian verzweifelt. »Verschwinde hier!«

»Schnell wieder da rein«, befahl ich ihm. Er stöhnte und zwängte sich zurück in das enge Kämmerchen. Ich schob gerade die Bücherwand wieder vor, als Hank Dawson um die Ecke kam.

»Hi, Goldy«, sagte er absurderweise, als sei ich in dieser dunklen Buchhandlung, um das Essen für ein Bronco-Brunch zu servieren.

»Hank...«

»Ich will das, weshalb ich hier bin«, sagte er mit beängstigender Ruhe. »Ich will den Jungen.«

»Hank...«

»Soll ich einfach anfangen, auf die Regale zu schießen? Ich weiß, daß er hier irgendwo ist.«

»Warten Sie!« schrie ich. »Da ist noch etwas, das Sie brauchen werden. Etwas, das Sie schon vorher gesucht haben.«

Er leuchtete mir mit der Taschenlampe ins Gesicht. Das Licht blendete mich. »Was?«

»Miss Ferrells Notenbuch. Sie haben es in ihrer Klasse gesucht, nicht? Und... in meinem Lieferwagen? Ich habe es hier im Laden.« Stolz fügte ich hinzu: »Ohne das werden Sie nie beweisen können, daß Greer die Beste ist.« Ich mußte ihn von Julian fortlocken. Julian war die Schlüsselfigur.

Hank atmete schwer. »Das Buch«, sagte er. »Wo ist es?«

»Hier im Laden. Ich habe es versteckt, ich wollte es... der Polizei geben«, stotterte ich. Ich hatte Angst. Und ich war rasend, blind vor Wut.

Hank warf einen Seitenblick auf die reglosen Bücherregale.

Zufrieden, daß Julian außer Gefecht gesetzt war, knurrte er: »Gut, gehen wir es holen.« Er trat beiseite; ich ging an ihm vorbei. Er stank nach Schweiß.

Meine Füße schlurften über den Teppich. Hank stapfte dicht hinter mir her. Wo war meine verfluchte Taschenlampe? Ich wollte ihn sehen. Ich wollte dem Mann in die Augen sehen, der einen Jugendlichen, eine Lehrerin und eine Frau in Lakewood ermordet hatte, um seine Tochter in eine Eliteschule zu bringen.

»Keine Mätzchen!« Er ließ die Taschenlampe hochschnellen und traf mich unterm Kinn. Mein Schädel brummte vor Schmerz. Ich taumelte, und Hank stieß mich gegen die Kasse.

Ich machte mich mit einer schnellen Drehung von ihm los. Verdammt, verdammt, verdammt. Ich mußte eine Möglichkeit finden, ihn hereinzulegen. Aber fürs erste mußte ich nachdenken, gehen und tun, was er wollte, bis ich mir eine Fluchtmöglichkeit ausgedacht hatte. »Ich kann das Notenbuch nicht finden, wenn ich meine Taschenlampe nicht habe. Ist es in Ordnung, wenn ich sie hole?« sagte ich zu der stinkenden Gestalt hinter mir.

»Gehen Sie damit vor mir her. Wenn Sie auch nur einen Zentimeter vom Weg abweichen, jage ich Ihnen eine Kugel in den Rücken.«

Ich tat, was er mir befohlen hatte, ging sehr langsam und versuchte, nicht an Julian zu denken. Oder an Hanks Waffe.

Ich beugte mich hinunter und nahm langsam, ganz langsam meine Taschenlampe auf. »Warum haben Sie Keith Andrews umgebracht?« fragte ich, während ich mich langsam aufrichtete.

»Er war im Weg«, brummte Hank. »Der aufgeblasene, kleine Schnüffler.«

»Sie haben wirklich alles gut geplant. Ihm die Windschutzscheibe einzuschlagen, damit er die Sache mit dem Princeton-Vertreter vermasselt. Ihn psychologisch fertigzumachen. Genau wie in der Football-Liga. Aber Keith ließ sich nicht so leicht fertigmachen. Daher haben Sie sich jemanden mit den gleichen Initialen und dem gleichen Nachnamen gesucht und ihre Kreditkarte gestohlen und sie in einen der Mäntel der Marenskys gesteckt, um sie psychologisch fertigzumachen. Aber Kathy Andrews hat Sie erwischt, als Sie ihre Post gestohlen haben, darum mußten Sie sie umbringen.«

»Diese Frau in Lakewood war mir egal. Sie mußten sich nicht achtzehn Jahre lang die Angeberei von den Marenskys anhören. Sie für den Mord an Keith Andrews ins Gefängnis zu bringen, hätte zwei Fliegen mit einer Klappe geschlagen.« Er kicherte. »Schade, daß es nicht geklappt hat.«

»Jemand hat den Lieferwagen gesehen, den Sie benutzt haben, den Wagen von Greer, dem Hammer, unten in Lakewood, mit dem Kennzeichen *GD HMR*,« sagte ich aufs Geratewohl. »Die Zeugin, die ihn gesehen hat, konnte sich nur erinnern, daß es etwas war, für das es zu früh war, das im Oktober fehl am Platz war. Die Zeugin dachte, das Kennzeichen stünde für *Good Humor*, aber das ist mir erst heute abend klar geworden. Ich habe etwas gesehen« – ich biß die Zähne zusammen –, »das fehl am Platz war und dachte, wie fehl am Platz ein Eiswagen im Herbst ist.«

»Brillant«, fuhr er mich an. »Das wird Sie in die verdammten Eliteschulen bringen.«

Das halbe Ladenlokal lag noch zwischen uns und den Schaufenstern.

»Und dann haben Sie versucht, Julian einzuschüchtern. Den zweiten in der Klasse; Sie haben sich überlegt, wenn Sie Arch und mir Angst einjagen, könnten Sie Julian damit treffen, richtig? Ihn genug erschüttern, daß er seine Eignungstests verpatzt. Und fast hätten Sie es auch geschafft mit dem Stein, den Sie in unser Fenster geworfen haben, mit der Schlange in Archs Spind, dem verstopften Kamin, der Spinne in Ihrer eigenen, makellosen Schublade, dem Streit, den Sie mit Audrey vom Zaum gebrochen haben, um mich loszuwerden...«

»Halten Sie den Mund!« Wieder kicherte er grauenerregend.

»Sie wissen, was man immer sagt, Goldy. Man muß die andere Mannschaft ins Schwitzen bringen, laß sie glauben, sie verlieren. Alles lief gut, bis die Bullen anfingen, Ihr Haus zu bewachen.«

»Ja, sie haben Sie abgeschreckt.« Ich zögerte. »Und dann Miss Ferrell. Sie wollte Greer kein Sehr gut in Französisch geben, aber Sie dachten, damit könnten Sie sich an Perkins wenden. Schließlich war das an der Schule früher schon gelaufen.«

»Als ob ich das nicht wüßte. Und jetzt *halten Sie den Mund*, habe ich gesagt.«

Ich blieb bei den Zeitschriften stehen. »Warum mußten Sie Miss Ferrell *umbringen*?« hakte ich nach.

»Ich habe nicht über hunderttausend Dollar bezahlt, um Greer auf diese Schule zu schicken, damit sie schließlich in irgendeinem Nest im Mittleren Westen landet. Jetzt hören Sie auf zu reden und gehen Sie.«

Irgendein Nest im Mittleren Westen? Du bist selbst im Mittleren Westen zur Schule gegangen, oder? Nur, wie Stan Marensky so brutal gesagt hat, du bist aus Michigan rausgeflogen, ehe du es zu etwas bringen konntest, Hank. Macguires Worte verfolgten mich: *Ich werde es nie zu etwas bringen.* Und wer hatte es, vor allem in seinen eigenen Augen, nie zu etwas gebracht? Ein Versager mit einem Restaurant, dessen einziges Vergnügen im Leben darin bestand, Gewichte zu heben und sonntags nachmittags bei einer Footballübertragung im Fernsehen seine Aggressionen loszuwerden. Aber er war ein Niemand, der jemand würde, wenn sein Nachwuchs nach Princeton ginge. Ich hätte es wissen müssen.

Eine letzte Reihe Zeitschriften zeichnete sich schemenhaft vor mir ab, ehe wir das Schaufenster erreichten. Ich stellte mir vor, ihn in die Tür zu stoßen und niederzuschlagen, wie ich es vorhin schon einmal getan hatte.

Er stieß mich hart gegen die Schulter. »Wo ist das verdammte Notenbuch?«

»Es ist keine zehn Schritte entfernt. Wenn Sie es mich nicht holen lassen, wird nichts aus all Ihren Plänen ...«

Offenbar zufrieden knuffte Hank mich wieder. »Gehen Sie es holen.«

Eigentlich, wollte ich ihm sagen, brauchen Sie es gar nicht mehr. In der Schaufensterauslage wird es wochenlang niemand finden. Und selbst wenn, wird man es vermutlich wegwerfen. Was bedeutete den Angestellten der Buchhandlung schon Suzanne Ferrell? Welcher Zusammenhang sollte zwischen ihr und Goldy, der Partylieferantin, und ihrer Hilfskraft, Julian Teller, bestehen, die man in ihrem Laden ermordet aufgefunden hatte?

Hör auf, so zu denken.

»Wir müssen uns ins Schaufenster zwängen«, warnte ich Hank.

»Wenn Sie lügen, bringe ich Sie auf der Stelle um, das schwöre ich Ihnen.«

»Wir sind nahe dran. Guter, alter Hank«, sagte ich grimmig, »das ist für Sie die letzte Yardlinie vor dem Tor, nicht? Mein einziger Bronco-Kumpel hat sich gegen mich gestellt.«

»Halten Sie den *Mund.*«

Ich ließ den Lichtkegel meiner Taschenlampe über den letzten Zeitschriftenständer gleiten. Ich hörte keinen Ton von Julian. Keine Sirenen oder Blinklichter. Verzweiflung erfaßte mich. Wir kamen an den schmalen Einstieg zum Schaufenster.

»Was jetzt?« fragte Hank.

»Es ist da drin. Unter einem Stapel Kochbücher.«

»Soll das ein Witz sein?« fragte er. »Gehen Sie rein und holen Sie es. Nein, warten Sie. Ich will nicht, daß Sie vielleicht durch eine andere Tür verschwinden. Sie gehen hinein und sagen mir dann, wo es ist.«

»Schon gut, schon gut«, sagte ich. Ich legte meine Taschenlampe ab. »Leuchten Sie auf diesen Stapel.« Ich deutete auf den kleinen Tisch zwischen mir und der Schaufensterscheibe. »Es liegt direkt unter dem obersten Buch.«

Vor meinem inneren Auge sah ich Arch. Adrenalin schoß durch meinen Körper, während ich mich mühsam durch die Dekoration schob.

»Weiter rüber«, befahl Hank ungeduldig. Gehorsam ging ich ein paar Zentimeter weiter nach rechts und spreizte die Beine, um mir einen festen Stand zu verschaffen. Zwischen Hank und mir waren etwa dreißig Zentimeter Platz und weitere fünfzig Zentimeter zwischen Hank und der Schaufensterscheibe. Er steckte die Pistole in den Hosenbund und griff gierig nach dem Stapel Kochbücher. Eine Chance.

Ich beugte mich vor und warf mich mit aller Kraft gegen Hank. Ich hörte ein verblüfftes *uuhm!*, als mein Kopf sich in seinen Bauch bohrte. Mit donnerndem Krachen sauste er in die Fensterscheibe. Ich spürte die Scheibe zerbrechen. Sie barst in riesige, herabfallende Scherben. Ich wich zurück. Hank Dawson schrie entsetzlich, als sein Körper durch das splitternde Glas brach. Die schweren Scheiben fielen herunter wie eine Guillotine.

»Ah! Ah!« schrie er. Er wand sich heulend auf dem Bürgersteig.

Am ganzen Körper zitternd kroch ich an die zerbrochene Schaufensterscheibe. Unter mir lag Hank Dawson ausgestreckt auf dem verschneiten Gehweg. Er starrte mich an.

»Ah ... ah ...« Er suchte verzweifelt nach Worten.

Ich setzte an: »Es tut mir leid ...«

»Hören Sie«, keuchte er. »Hören Sie ... sie ... sie konnte schon lesen, als ... sie ... erst vier war ...«

Und dann starb er.

22   »Ich schwöre dir, Goldy«, sagte Tom Schulz
──────── eine Stunde später kopfschüttelnd, »du
bekommst noch mehr Schwierigkeiten.«
Der Krankenwagen, der Julian fortbrachte, bog um die Ecke.
Ein Schuß hatte Julian an der Wade getroffen, aber er würde sich
wieder erholen. Ich hatte mehrere Prellungen, die aber nicht
gefährlich waren, wie die Männer vom Rettungsdienst mir ver-
sicherten. »Außerdem schwöre ich dir«, fuhr Schulz grimmig
fort, »daß ich dich und Julian das letztemal in einer gefährlichen
Lage alleingelassen habe.«
Ich sah mich nach den Streifenwagen und Feuerwehrwagen um.
Es waren wieder Wolken aufgezogen, und in einem hauchdün-
nen Schleier trudelten Schneeflocken aus einem Himmel, den
die Straßenlaternen der Stadt in rötliches Licht tauchten. Audrey hatte mir einige der Reize dieser Buchhandlung gezeigt.
Aber es war herrlich, nun draußen in der kalten, milden Luft zu
sein, vor allem um ein Uhr morgens.
»Du hast es doch nicht gewußt. Und ich habe versucht, dich
anzurufen«, sagte ich ihm. Tom Schulz brummte.
Die Polizeibeamten aus Denver, die auf meinen Notruf gekommen waren, hatten mir immer wieder dieselben Fragen gestellt.
»Wegen des Colleges?« fragten sie ungläubig und verblüfft.
»Wegen der Klassenrangfolge?«

Ja. Ich fragte mich flüchtig, ob Direktor Perkins mit einer Anzeige zu rechnen hatte. Noten zu ändern war vermutlich nicht ungesetzlich, auch wenn man als belastendes Indiz das Notenbuch einer Lehrerin hatte. Die einzigen Verbrechen, die mir neben Hanks bekannt waren, waren Macguire Perkins' Drogenmißbrauch und Brad Marenskys Diebstähle. Ich würde die beiden Jungen wohl kaum anzeigen. Beide waren unglückseligerweise nur dem Beispiel ihrer angeblichen Vorbilder gefolgt – dem ihrer Eltern.

»Und es ging darum, wer Klassenbester ist?« fragte mich ein entgeisterter Sergeant aus Denver mindestens zum sechsten Mal.

Ja. Nachdem Keith Andrews tot und die unkooperative Studienberaterin aus dem Weg war, hätte Greer Dawson mit einem Sehr gut in Französisch, einem außer Gefecht gesetzten oder toten Julian Heather überflügeln, Klassenbeste werden und Einzug in die Eliteschulen halten können und damit all das erreicht, was Hank für seine Tochter wünschte – und für sich.

Denn in Wahrheit ging es gar nicht darum, wer Klassenbeste war. Es ging vielmehr – und das konnte einem das Herz zerreißen – darum, sein Kind zu dem Erfolg zu führen, den er selbst nicht hatte. Greer Dawson tat mir entsetzlich leid. Ich wußte, daß sie diesen Erwartungen niemals gerecht werden konnte.

»Wie kann man denn Noten *kaufen*?« fragte der Polizist weiter.

»Genauso wie man Drogen kauft«, antwortete ich.

»Huch«, grummelte Schulz leise. »Zynische Miss G.«

Ich bat den Polizeibeamten aus Denver, in der Elk-Park-Schule anzurufen, um den Direktor auf seltsame Nachfragen vorzubereiten, die er möglicherweise von Eltern erhalten würde, die Heather Coopersmiths Anrufe aufgeschreckt hatte. Wie Alfred Perkins wohl auf dieses letzte Ereignis im dramatischen Konkurrenzkampf um die Collegezulassung reagieren würde, konnte ich mir nicht vorstellen. Es kümmerte mich aber auch nicht sonderlich.

Die Fotografen waren fertig. Hank Dawsons Leiche wurde fort-
gebracht. Ich sah nicht hin. Der Sergeant meinte, ich könne
gehen.

Schulz schlug vor, wir sollten durch die gepflasterte Gasse zwischen Tattered Cover und dem Janus Building gehen. Sein
Wagen stehe auf der Second Avenue, sagte er. Er nahm meine
Hand. Seine Hand war warm und rauh und war mir sehr willkommen.

»Du warst tapfer«, sagte er. »Verdammt tapfer.«

Die Erinnerung an Hank Dawson, der blutüberströmt, tot auf
dem Bürgersteig lag, machte mir weiche Knie. Ich blieb stehen
und legte den Kopf in den Nacken, um mir ein paar eisige
Schneeflocken in den Mund rieseln zu lassen. Die Luft war kalt,
frisch und schneidend. Herrlich. Ich tat einen tiefen Atemzug.

»Da ist eine Sache, die ich nicht herausbekommen habe«, sagte
ich. Wir standen auf dem rötlich beleuchteten Durchgang zwischen den beiden Häusern. Die Aktionen der Polizei hatten
einige nächtliche Autofahrer veranlaßt, anzuhalten. Ich hörte
ihre Motoren brummen; aus einem Autoradio klang Musik herüber.

»Eine Sache hast du nicht herausbekommen«, wiederholte
Schulz. »Zum Beispiel, was du weiter mit deinem Leben anfangen sollst.«

»Ja, das . . .« Eine Brise fuhr mir kalt über die Haut und ließ mich
zittern. Schulz zog mich an seine warme Brust.

»Was versteht Miss G. außerdem nicht?«

»Ich weiß, es klingt ziemlich belanglos nach allem, was passiert
ist, aber . . . das Stipendium für Julian. Was hat Hank sich davon
versprochen?«

»Ach, nichts.« Tom Schulz küßte mich auf die Wange und
umarmte mich ganz sanft, als sei ich zerbrechlich. Im Radio
spielten sie ein anderes Lied: *Moon River.* Die bittersüße Melo-
die drang durch die Schneeluft.

345

Ich sagte: »Du scheinst dir ziemlich sicher zu sein.«

Schulz seufzte. »Ich bin nur so froh, daß ihr beide, du und Julian, noch lebt...«

»Ja, aber... ist das Geld jetzt weg oder was? Julian muß das doch wissen.«

Er ließ mich los. Schneeflocken trieben mir auf Gesicht und Schultern.

»Das Geld ist nicht weg«, sagte Schulz. »Es ist nicht weg, weil ich es gestiftet habe, und ich habe deine Freundin Marla überredet, mit mir halbe-halbe zu machen.«

»Was?«

Er nahm meine Hand in seine und erklärte: »Ich hätte gedacht, eine findige Detektivin wie Miss G. hätte das herausbekommen. Ich habe dir gesagt, daß ich nicht weiß, was ich mit meinem Geld anfangen soll. Zu Julians Glück bin ich ein sparsamer Mensch. Und da ich keine eigenen Kinder habe, hatte ich das Gefühl, das wäre eine feine Sache. Marla mag Julian auch, und sie hat weiß Gott genug Geld. Sie hat gesagt« – er ahmte Marlas rauchige Stimme verblüffend gut nach –: »›Oh, oh, nie im Leben kann ich ein Geheimnis vor Goldy bewahren!‹ Und jetzt sieh nur, wer geplaudert hat.«

»Ach Gott...« sagte ich und begann zu schwanken. Ich verlor das Bewußtsein. Mein Körper fiel, sackte auf den Bürgersteig, und ich spürte Schulz' Hände, die mich sanft zu Boden sinken ließen. Es war alles zu viel – Keith Andrews, Suzanne Ferrell, Hank Dawson... überall Tod.

»Du wirst eine Therapie brauchen«, warnte Schulz. »Du hast viel durchgemacht.« Er streichelte meine Wange.

Der Bürgersteig war kalt. Ja, Therapie. Ich hatte zu viel erlebt. Nach all dem Tod stand meine eigene Sterblichkeit drohend vor mir. Was hielt mich eigentlich am Leben? Woran sollte ich noch glauben? Ich hatte Arch. Julian. Ich hatte... Schmerz erfüllte mich. Was hatte ich noch?

Hank Dawson hatte sich verzweifelt eine erfolgreiche Familie gewünscht. Audrey ebenfalls. Und auch die Marenskys. Direktor Perkins mit dem glücklosen Macguire. Und auch ich hatte mir das gewünscht. Wir alle hatten nach Erfolg gestrebt – oder nach dem, was wir uns unter Erfolg vorstellten. Ich hatte ein Bild von John Richard, Arch und mir als glücklicher Familie vor Augen gehabt und war damit eindeutig gescheitert. *Was war so schrecklich schiefgegangen?*

Das war schiefgegangen: meine Vorstellung, Hanks Vorstellung, Carolines, Brads, Macguires... wenn man *diese* Schulbildung, *dieses Geld, dieses* was auch immer habe, dann sei man erfolgreich.

Aber eigentlich, dachte ich, als ich auf dem kalten Pflaster lag und in Schulz' besorgtes Gesicht sah, war Erfolg etwas ganz anderes. Erfolg war eher eine Frage, die besten Menschen zu finden und mit ihnen durchs Leben zu gehen... es war, eine befriedigende Arbeit zu finden und dabei zu bleiben, durch dick und dünn, als wäre das Leben eine Abfolge von Sahnesoßen...

Plötzlich tat mir der Kopf weh, mein Magen tat weh, alles tat weh. Schulz redete beschwichtigend auf mich ein und half mir auf.

Ich zitterte. »Ich schäme mich so«, sagte ich, ohne ihn anzusehen.

»Ach, vergiß es.«

Ich legte den Kopf in den Nacken und ließ mir wieder ein paar herrliche Schneeflocken auf der Zunge zergehen. Schulz deutete auf den Himmel.

»Schade, daß Arch heute nacht nicht nach Milchstraßen Ausschau halten kann.«

»Na ja. Weißt du, er beklagt sich immer bei mir über die Wolken, die die Sterne verdecken. So wie meine ganzen Probleme verdeckt haben, daß ich dich sehr mag«, fügte ich hinzu.

»Nun hör sich einer diese Frau an. Sie spricht in Gleichnissen wie ein gewisser Direktor, den ich kenne. Und es klingt, als ob sie weich geworden wäre...«

»Tom, ich muß dir etwas sagen.«
Er nahm meine Hände und wartete. Schließlich sagte er:
»Na los.«
»Ja.«
»Ja was?« sagte Tom Schulz.
»Ja«, sagte ich bestimmt, ohne Zögern. »Ja, ich heirate dich.«

*»Diane Mott Davidson hat das Rezept
für Bestseller gefunden!«*
The Atlanta Constitution

Goldy Schulz' Catering-Service wird beauftragt, ein echt elisabethanisches Menü zu kochen. Goldy muss feststellen, dass britisches Essen gar nicht so fade ist wie angenommen – und außerdem tödlich sein kann ... Die »Königin des kulinarischen Krimis« Diane Mott Davidson mixt in ihrem elften Roman wieder meisterhaft Hochspannung und Fünf-Sterne-Rezepte zu einem unwiderstehlichen Krimiabenteuer!

Diane Mott Davidson

Darf's ein bisschen Mord sein?

Roman

Deutsche Erstausgabe

ULLSTEIN TASCHENBUCH

Neues von der »dünnen Frau«

Endlich hat die »dünne Frau« Ellie ihre Ruhe: Ehemann Bentley ist mit den Kindern in Urlaub. Da erhält sie einen Brief von drei alten Damen, Freundinnen ihrer Großmutter Sophia: Sophia möchte Kontakt mit Ellie aufnehmen. Nur wie soll das gehen? Ellies Großmutter ist vor langer Zeit verstorben! Verwundert macht Ellie sich auf den Weg in das kleine Dorf der alten Damen. Dort erfährt sie ungeahnte Dinge über die Vergangenheit ihrer Großmutter und ihrer Mutter, über einen lange zurückliegenden Mord und einen immer noch aktiven Mörder...

»Eindeutig Cannells bisher bestes Buch.«
Booklist

Dorothy Cannell

Der Club der alten Damen

Roman

Deutsche Erstausgabe

ULLSTEIN TASCHENBUCH

So klug und spannend wie sonst nur P.D. James!

Bradford, West Yorkshire: Nach der Ermordung von Rukhsana Mahmood soll Sergeant Khalid Ali das Team um Chefermittler John Hanford verstärken und für gute Beziehungen zu der großen asiatischen Gemeinde sorgen. Aber nicht nur Vorurteile in der Bevölkerung und unter den Polizisten erschweren die Ermittlungen: Die Ermordete hatte offenbar ein Geheimnis – und gleich mehrere Personen ein Motiv ...

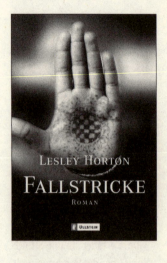

Lesley Horton

Fallstricke

Roman
Deutsche Erstausgabe

ULLSTEIN TASCHENBUCH